3

rororo

Ines Thorn wurde 1964 in Leipzig geboren. Nach einer Lehre als Buchhändlerin studierte sie Germanistik, Slawistik und Kulturphilosophie. Sie lebt und arbeitet in Frankfurt am Main. Bei rororo sind bereits ihre historischen Romane «Die Pelzhändlerin» (rororo 23762), «Die Silberschmiedin» (rororo 23857), «Die Wunderheilerin» (rororo 24264), «Unter dem Teebaum» (rororo 24484), «Die Kaufmannstochter» (rororo 24766) und «Die Tochter des Buchdruckers» (rororo 25363) erschienen. In der Reihe «Die Verbrechen von Frankfurt» erschienen bisher die Romane «Galgentochter» (rororo 24603) und «Höllenknecht» (rororo 24942).

Ines Thorn

Die Verbrechen von Frankfurt

TOTENREICH

HISTORISCHER ROMAN

ROWOHLT TASCHENBUCH VERLAG

Originalausgabe
Veröffentlicht im Rowohlt Taschenbuch Verlag,
Reinbek bei Hamburg, März 2011

Umschlaggestaltung any.way, Cathrin Günther
(Fotos: akg-images)
Satz New Baskerville Postscript (InDesign)
Gesamtherstellung CPI – Clausen & Bosse, Leck
Printed in Germany
ISBN 978 3 499 25371 3

INES THORN • TOTENREICH

KAPITEL 1

Frankfurt im Januar 1533

Pater Nau fror. Seit zwei Stunden saß er schon im Beichtstuhl und hörte sich die Sünden seiner Schäfchen an. Als junger Pater hatte er geglaubt, im Winter sündigten die Menschen aufgrund der Kälte weniger. Doch inzwischen wusste er, dass dies ein Irrtum war. Auf den Straßen lag Schnee, der Wind heulte durch die Gassen, die Frankfurter blieben in ihren warmen Stuben hocken und kamen vor lauter Nichtstun auf die seltsamsten Einfälle. Brave Ehemänner prügelten aus Langeweile ihre Weiber, Schwestern machten ihren Schwägern zum Zeitvertreib schöne Augen, Mütter hatten Muße, die Mängel ihrer Schwiegertöchter genauer zu erkunden, und die Gesellen in den Werkstätten trieben zur Zerstreuung ihren Schabernack mit den Lehrbuben.

«Und dann, Pater, hatte ich unzüchtige Gedanken, als ich dem Schlachter beim Zerlegen eines Schafes zuschaute.»

«So, so», sagte Pater Nau. «Ihr seid jetzt über sechzig Jahre, Mutter Dollhaus. Ihr solltet Eure Gedanken zügeln.»

«Ja, Pater. Ich bete jeden Abend dafür. Aber wenn ein

Mann so kräftige Muskeln hat, dann vergesse ich mein Alter. Erst gestern …»

Pater Nau hörte diese Geschichten Woche für Woche wieder, er langweilte sich unsäglich, und seine Gedanken schweiften ab. Vor seinem geistigen Auge erschien eine Kanne mit dampfendem Würzwein, auf dem Tisch stand ein gedeckter Apfelkuchen mit Schlagsahne. Hoffentlich sind Nüsse darin, dachte Bernhard Nau.

«Pater? Pater!»

«Äh … ja?»

«Meine Buße.»

«Ach so, ja. Also, Ihr betet zehn Rosenkränze und zehn Ave-Maria und nehmt heute Abend eine kalte Waschung vor.»

«Das ist alles? Ich soll mich nicht geißeln?»

«Herr im Himmel, nein, Mutter Dollhaus. Ihr sollt etwas viel Schwierigeres tun. Nämlich Eure Gedanken im Zaum halten. Und jetzt geht. Der Herr sei mit Euch.»

Ein Niesanfall des Paters begleitete die Abschiedsformel.

Im Beichtstuhl neben ihm raschelte es, und der Pater seufzte auf. Hoffentlich war Mutter Dollhaus die Letzte, dachte er. Es ist unglaublich, wie viele Sünden sich in einer Woche so ansammeln können.

Er lauschte nach draußen, und als alles ruhig blieb, schlüpfte er zurück in seine neuen Schuhe, die an den Zehen furchtbar drückten, und wollte den Beichtstuhl verlassen. Da hörte er schwere Schritte durch das Kirchenschiff hallen. Seufzend ließ sich der Pater zurück auf seinen Stuhl fallen. Kurz darauf knarrte die Tür, ein Schatten fiel durch die Luke zwischen den beiden kleinen Kammern.

«Der Herr sei mit Euch …», leierte Pater Nau, doch von nebenan kam kein Laut. Er beugte sich etwas nach vorn und spähte durch die vergitterte Luke zwischen den beiden Beichtkammern. Er sah eine Gestalt, die in einen dunklen Umhang gehüllt war, die Kapuze tief in die Stirn gezogen, und heftig schnaufte, aber ansonsten regungslos dasaß.

«Welche Sünde habt Ihr auf Euch geladen?», wollte der Pater wissen.

Ein Schnauben war die Antwort.

«Könnt Ihr nicht reden?», fragte der Pater.

Der andere schwieg. Pater Nau überlegte, ob es in seiner Gemeinde jemanden gab, der stumm war. Doch außer einer alten Magd fiel ihm niemand ein. Obwohl er den Schatten nur kurz gesehen hatte, war er überzeugt, dass es sich bei dem Jemand nebenan auf gar keinen Fall um die stumme Magd handelte. Und wenn es nicht die stumme Kathrein war, dann konnte der Schatten auch sprechen.

«Wie soll ich von Euren Sünden erfahren? Ihr müsst schon reden. Dafür ist die Beichte gemacht. Erleichtert Euer Gewissen. Sprecht Euch aus. Alles, was gesagt wird, bleibt unter uns. Das wisst Ihr doch, oder?»

Von der anderen Seite erklang ein tiefer Seufzer.

«Na, los doch. Redet mit mir.»

Noch mehrmals versuchte Nau, den Sünder zum Sprechen zu bewegen, doch außer hastigen Atemzügen und leisem Röcheln war nichts zu hören. Schließlich verlor Pater Nau die Geduld. «Also gut. Es ist kalt hier. Ich sitze seit Stunden in diesem Kasten. Meine Zehen sind eingefroren. Wenn Ihr nicht reden wollt, so lasst Ihr es eben. Ich spreche Euch von Euren Sünden los, so Ihr keine

Todsünde begangen habt und aufrichtig bereut. Betet zehn Rosenkränze und zehn Ave-Maria und nehmt heute Abend eine kalte Waschung vor.»

Da begann der Schatten zu sprechen. Eigentlich war es nur ein Flüstern, und Pater Nau musste sich sehr anstrengen, um die Worte zu verstehen:

«Warum bin ich nicht gestorben von Mutterleib an?

Warum bin ich nicht verschieden, da ich aus dem Leibe kam?

Warum hat man mich auf den Schoß gesetzt? Warum bin ich mit Brüsten gesäugt?

So läge ich doch nun und wäre still, schliefe und hätte Ruhe

mit den Königen und Ratsherren auf Erden, die das Wüste bauen,

oder mit den Fürsten, die Gold haben und deren Häuser voll Silber sind.

Oder wie eine unzeitige Geburt, die man verborgen hat, wäre ich gar nicht, wie Kinder, die das Licht nie gesehen haben.

Daselbst müssen doch aufhören die Gottlosen mit Toben; daselbst ruhen doch, die viel Mühe gehabt haben.

Da haben doch miteinander Frieden die Gefangenen und hören nicht die Stimme des Drängers.

Da sind beide, klein und groß, und der Knecht ist frei von seinem Herrn.»

«Was? Was sagt Ihr da? Das kenne ich doch. Es stammt aus der Bibel. Altes Testament, wenn mich nicht alles täuscht. Was wollt Ihr damit sagen?», fragte der Pater.

Doch statt einer Antwort hörte Pater Nau, wie neben ihm der Jemand aus dem Beichtstuhl schlüpfte. Doch ehe Nau seine Schuhe gefunden hatte und aus dem Beichtstuhl hervorlugen konnte, hörte er schon die schwere Kirchentür ins Schloss schlagen.

«Merkwürdig», murmelte er. «Kommt zur Beichte und rezitiert die Bibel. Wenn mir nur einfiele, wo diese dunklen Worte stehen! Na ja, der Sünder wird schon wissen, was er meint. Ist es meine Aufgabe, die Schrift zu deuten? Nein, das ist es nicht, dafür bin ich nicht gelehrt genug. Und nun endlich raus hier, sonst erstarre ich noch zu Eis.»

Pater Nau blies warmen Atem in seine eiskalten Hände, schob die Klappe nach unten, löschte die Kerze und verließ den Beichtstuhl. Dann ging er nach nebenan, um auch dort die Kerze zu löschen. Er öffnete die Tür – und prallte zurück. Auf der Sünderbank lag ein blutiges Stück Haut, und an dem Stück hing langes, blutverschmiertes blondes Haar.

Gern hätte der Pater aufgeschrien, doch seine Kehle war wie zugeschnürt. Er starrte auf den Skalp, unfähig, sich zu rühren. «Ich brauche Branntwein», flüsterte er. «Sehr viel Branntwein.» Dann sackten ihm die Knie weg.

Als er wieder zu sich kam, wusste er sofort, was geschehen war. Er rappelte sich auf, sah sich in seiner Kirche um. Alles war still. Vorsichtig und dabei nach Luft schnappend, öffnete er erneut die Tür zur Beichtkammer. Er hoffte, die Sünderbank wäre leer, alles nur ein böser Spuk gewesen, doch da lag noch immer das schwartige Stück Kopfhaut mit den langen Haaren daran.

Augenblicklich wurde ihm wieder schlecht, doch dieses Mal riss sich der Pater zusammen. Ganz tief atmete er ein und wieder aus, presste eine Hand auf sein rasendes Herz.

Vorsichtig trat er einen Schritt näher, doch er konnte

den Anblick des Skalps wirklich nicht ertragen. Er dachte daran, ins Pfarrhaus zu laufen und seine Schwester und Haushälterin Gustelies zu rufen. Er wollte nach dem Kirchendiener schreien, nach dem Schultheiß, dem Bischof, dem lieben Gott, doch nichts davon tat er.

Wie gelähmt blieb Pater Nau stehen, rang nach Luft und starrte auf das Ding im Beichtstuhl. Dann schloss er die Augen, zählte in Gedanken die Becher Wein, die er heute schon getrunken hatte, und öffnete vorsichtig das linke Auge. Die Kopfschwarte lag noch immer da. Und sie konnte dort unmöglich liegen bleiben.

Dieser Gedanke verursachte ihm einen solchen Schwindel, dass er mit hastigen, wankenden Schritten in die Sakristei eilte. Dort griff er ohne nachzudenken nach der Kanne mit dem Messwein, goss sich den Abendmahlspokal voll und trank ihn in einem Atemzug aus. Er spürte, wie der Wein ihn ein wenig beruhigte, doch noch immer lag der Skalp dort draußen, und Pater Nau schüttelte es. Also goss er sich den Pokal noch einmal voll und noch einmal. Allmählich ging es ihm besser.

Mit einer Hand angelte er nach der Kanne und äugte hinein, doch das Gefäß entglitt seiner Hand, fiel auf den Boden und ergoss seinen Inhalt über die Steinfliesen.

Gustelies wird mir die Hölle heißmachen, wenn sie die Schweinerei hier sieht, dachte der Pater und brach in aufgeregtes Gelächter aus. Dann überkam ihn eine solche Müdigkeit, dass er den Kopf auf die Brust sinken ließ und wenige Augenblicke später eingeschlafen war.

Er träumte davon, ein ganzes Fass Wein zu bekommen. Das Fass kam vom Weingut Burg aus Dellenhofen und enthielt einen so köstlichen Spätburgunder, dass ihm nur beim Anblick schon das Wasser im Munde zusammenlief.

Da erschien ein Schatten hinter dem Fass. Der Schattengeist befahl Pater Nau, den Wein ins Taufbecken zu gießen. Und als der Pater gehorchte, floss kein Wein in das Becken, sondern lange, blutige Haare. Im Traum schrie der Pater, und von seinem eigenen Schrei wachte er auf.

Sofort wusste er wieder, was geschehen war. Der Skalp, dachte er, der Skalp liegt noch immer im Beichtstuhl. Er muss da weg. Auf der Stelle. Er schluckte, spürte, wie der saure Wein ihm in die Kehle stieg. Gern hätte er sich noch ein wenig Mut angetrunken, doch die Kanne lag leer am Boden. Also faltete der Pater die Hände, richtete seinen Blick auf den Gekreuzigten und flehte: «Herr Jesus Christus, steh mir bei. Gib mir die Kraft und die Stärke, das verfluchte Ding zu holen, und sage mir, wo ich es verstecken kann.»

Die Glocken vom nahen Katharinenkloster schlugen die sechste Stunde. Schon bald würden die ersten Gläubigen zur Abendmesse erscheinen. Pater Nau musste sich sputen.

Er verließ die Sakristei, die rechte Hand um einen Rosenkranz geklammert. Am Taufbecken angekommen, strich er sich ein wenig Weihwasser auf die Stirn und warf einen flehenden Blick auf den Gekreuzigten. Hilf mir, bat er dringlich. Der Herr sah milde auf ihn herab.

Pater Nau begab sich mit zögernden Schritten zum Beichtstuhl. Vorsichtig öffnete er die Tür. Ihm war, als lauere der Teufel gerade dahinter.

Die Kopfschwarte mit den langen, blonden, blutdurchtränkten Haaren lag noch immer so, wie er sie verlassen hatte. Pater Nau sah sich nach allen Seiten um. Noch war die Kirche leer.

Er kniff die Augen zusammen, packte den Skalp bei

den Haaren, schüttelte sich, dann zog er das Ding von der Sünderbank und eilte, den Arm ausgestreckt, als hielte er eine Pfanne mit kochendem Öl, zurück in die Sakristei.

Kaum war die Tür hinter ihm ins Schloss gefallen, ließ er die Haare los. Sie fielen direkt unter den Tisch mit den Gerätschaften fürs Abendmahl. Von draußen waren Geräusche zu hören, und ihm fiel ein, dass er die Bürgersfrau Fernau als Strafe damit beauftragt hatte, den Altar mit Pflanzen zu schmücken. Er hatte gehofft, wenn die Fernauerin im Januar nach Blumen suchen musste, hätte sie weniger Zeit, ihre Nachbarin auszuspionieren und sie des Weinpanschens zu beschuldigen. Aber es schien so, als könne die Fernauerin an zwei Stellen gleichzeitig sein.

«Pater? Pater Nau, seid Ihr da drinnen? Ich muss dringend mit Euch reden. Heute Morgen hat meine Nachbarin ein höchst seltsames Gespräch mit ihrer Magd geführt», hörte er sie rufen.

«Ja», erwiderte der Pater mit einer Stimme, die er selbst nicht kannte. «Wartet, ich komme gleich zu Euch. Einen winzigen Augenblick noch. Richtet inzwischen den Altar her. Und seht zu, dass Ihr es mit der nötigen Andacht tut.»

Seine Blicke huschten durch die Sakristei. Der Skalp musste weg. Sofort. Die Fernauerin brachte es fertig und stürmte hier herein, wenn sie den Altar gerichtet hatte.

Aber wohin? Gustelies, die auch gleich kommen würde, um ihm beim Ankleiden zu helfen, kramte in jedem Schrank, in jeder Truhe. Und wenn sie erst einmal gefunden hatte, was er so eilig verbergen wollte, war das Beichtgeheimnis keinen Pfifferling mehr wert.

Gustelies und das Beichtgeheimnis. Das waren zwei Dinge, die sich gegenseitig aufhoben. Selbst der Papst, das wusste Pater Nau, würde irgendwann reden, wenn Gustelies ihn einmal in der Mangel hatte. Seine Schwester war eine gute, gottesfürchtige Frau, doch ihre Neugier war unersättlich.

Da fiel sein Blick auf die Truhe mit der Weihnachtskrippe. Dort hinein mit dem grausigen Ding, dachte er erleichtert. Weihnachten war schon ein paar Wochen her. Und ehe die Krippe das nächste Mal gebraucht würde, dauerte es Monate. Ja, in der Truhe war die Kopfschwarte einstweilen sicher.

Der Pater packte den Skalp mit vor Ekel verzogenem Mund, öffnete die Truhe, nahm das Jesuskind aus der Futterkrippe und legte es Maria vor die Füße, dann stopfte er den Skalp in die Wiege des Jesuskindleins, packte ein paar Heureste darauf, verschloss die Truhe, ließ sich darauf fallen und atmete erleichtert auf.

KAPITEL 2

Hella nahm die Teller vom Wandbord der Pfarrhausküche und verteilte sie auf dem Tisch, während Gustelies im Kupferkessel rührte und Heinz die Stiege nach oben zu Pater Naus Studierstube stieg. Er klopfte höflich, doch als von drinnen nichts zu hören war, öffnete er die Tür. Er sah den Pater mit gebeugtem Rücken an seinem Schreibpult stehen. «Zweites Buch der Makkabäer, Kapitel sieben, Vers sieben und acht», hörte er ihn murmeln.

«Bernhard, das Essen ist fertig», sagte er leise, doch Pater Nau schaute nicht einmal auf, sondern murmelte weiter vor sich hin: «Als der Erste so aus dem Leben geschieden war, führten sie den Zweiten auch hin, um ihren Mutwillen mit ihm zu treiben; und sie zogen ihm vom Kopf Haut und Haar ab und fragten ihn, ob er Saufleisch essen wollte oder den ganzen Leib Glied für Glied martern lassen.

Er aber antwortete in seiner Sprache und sagte: Ich will's nicht tun.

Daher marterten sie ihn weiter wie den Ersten.»

«Bernhard!» Heinz Blettner sprach ein wenig lauter. «Was tust du da? Gustelies hat das Essen fertig. Es gibt einen Schmortopf.»

«Was?» Der Pater schreckte hoch. «Was hast du gesagt?»

«Das Essen ist fertig. Was, zum Himmel, tust du da?»

«Ich?»

«Ja. Du. Oder ist sonst noch jemand hier?»

Der Pater sah sich in seiner Stube um. «Nein, hier ist niemand. Gottlob.»

«Was hast du gemacht?»

Pater Nau spitzte die Lippen und stieß die Luft pfeifend hervor. «Ich bereite meine nächste Predigt vor. Was denn sonst? Schließlich bin ich dafür zuständig.»

«Eine Predigt, in der es darum geht, einem anderen die Kopfhaut samt Haaren abzuziehen?»

Pater Nau nickte eifrig. «Jawohl. Siehst du, mein Sohn, die Bibel besteht aus Gleichnissen. Das Gleichnis mit der Kopfhaut hat also eine Bedeutung. Und diese versuche ich zu ergründen.»

«Aha. Der Schmortopf wartet», entgegnete der Richter und wandte sich ab. «Kommst du?»

Pater Nau erhob sich. «Ja, ja, gleich. Vorher will ich dich noch fragen, was du für eine Bedeutung hinter diesem Gleichnis vermutest.»

Heinz Blettner blickte den Onkel seiner Frau verblüfft an. «Seit wann fragst du mich so etwas? Ist Bruder Göck etwa krank?»

Pater Nau winkte ab. «Ach, weißt du, mein Sohn, mit Bruder Göck kann man hervorragend theologisch disputieren. Von Gleichnissen versteht er nichts. Er lebt in einem Kloster.»

Das leuchtete dem Richter ein. «Was ist mit Samson und Delilah. Waren da nicht auch Haare im Spiel?», fragte er.

«Ha! Das ist gut. Sehr gut sogar. Dem werde ich nachgehen. Gleich nach dem Essen.» Der Pater rieb sich die Hände. «Und jetzt lass uns runtergehen. Oder weißt du zufällig, welche Bibelstelle mit den Worten: ‹Warum bin ich nicht gestorben von Mutterleib an› beginnt?»

«Nein, weiß ich nicht. Für die Bibel bist du zuständig. Aber untersteh dich, Hella nach dieser Stelle zu fragen.»

«Warum?» Pater Nau kratzte sich am Kinn.

«Weil sie schwanger ist und vom Sterben bei der Geburt im Augenblick bestimmt nichts wissen will.»

«Das verstehe ich.» Pater Nau nickte. «Diese Art von Reue trifft die meisten ohnehin erst in späteren Jahren.»

Heinz Blettner betrachtete den Pater mit hochgezogenen Augenbrauen. «Geht es dir gut, mein Lieber?»

«Gut, gut. Was heißt das schon? Die Erde ist ein Jammertal und das Leben ein Graus.»

Der gewohnte Spruch des Paters beruhigte den Richter ein wenig.

In der Küche war der Tisch schon gedeckt. Pater Nau steckte seine Nase in den Topf, der über dem Herdfeuer köchelte. «Was gibt es heute?», fragte er.

«Schmortopf», erwiderte Gustelies.

«Und was ist da Schönes drin?»

«Seit wann interessierst du dich denn für Kochrezepte?», wollte Gustelies vom Pater wissen.

Pater Nau verzog den Mund. «Ich interessiere mich für alles, was auf der Welt passiert», teilte er mit beleidigtem Unterton mit.

«Also gut. Rindfleisch ist darin, Rübchen, ein paar Karotten, natürlich Zwiebeln, Lorbeerblätter, und für die Brühe habe ich ein gutes Stück Schwarte ausgekocht.»

Der Pater ließ den Löffel in den Kessel fallen. «Was?», fragte er. «Was hast du gesagt?»

«Schwarte. Das macht man so. Wegen des Geschmacks. Aber keine Angst. Sie war ganz frisch. Ich habe heute

Morgen selbst gesehen, wie der Schlachter sie geschnitten hat.»

Pater Nau riss entsetzt die Augen auf.

«Was ist denn los mit dir? Du bist ja ganz bleich.»

Pater Nau würgte. «Ich glaube ... mir ist schlecht. Ich ... ich werde heute nichts essen.»

Dann würgte er, schlug sich die Hand vor den Mund und rannte hinaus.

Gustelies sah ihm kopfschüttelnd nach.

«Was ist denn mit Onkel Bernhard los?», wollte Hella wissen. «Er führt sich ja auf, als wäre er ebenfalls schwanger.»

«Keine Sorge», erwiderte Gustelies gelassen. «Er hat zu tief in die Messweinkanne geschaut. Als ich vorhin in die Sakristei kam, lag sie umgekippt am Boden. Ich glaube, wir sollten zum Abendessen nicht mehr den guten Tropfen aus Dellenhofen ausschenken. Dem kann mein Bruder einfach nicht widerstehen. Ab sofort werden wir dafür den sauren Wein vom anderen Rheinufer verwenden.»

Gleich am nächsten Morgen begab sich Gustelies auf den Markt, um zu erfahren, wo es den billigsten und sauersten Wein der Gegend zu kaufen gab.

Als Erstes suchte sie ihre Freundin Jutta Hinterer auf, die am Römerberg eine Geldwechselstube betrieb.

Es war noch immer kalt, und Gustelies hatte sich ihr Tuch fest um den Hals gewickelt, doch der Wind blies ihr hart ins Gesicht, die Kälte zwickte in die Wangen. Die Straßen waren zwar so bevölkert wie an jedem Markttag, doch die kleinen Grüppchen, die sich an den Straßenecken sonst versammelten, um Neuigkeiten auszutauschen, fehlten. Auch die Brunnen, wo sich normalerweise Trauben von Mägden aufhielten, lagen heute verlassen. Die Frankfurter versteckten sich in dicken Umhängen und hasteten mit geduckten Schultern und ängstlich darauf bedacht, auf dem vereisten Pflaster nicht auszugleiten, durch ihre Stadt.

Auch Gustelies kam ins Rutschen, konnte sich aber gerade noch an einem Mauervorsprung festhalten. Empört hämmerte sie gegen die Tür, von der die Eisspur mitten auf die Straße führte. Eine junge Frau mit schnippischer Miene öffnete ihr. «Was gibt es denn?», fragte sie.

Gustelies deutete auf die Eisspur. «Ihr habt heute Morgen Euer Waschwasser auf die Gasse gekippt.»

«Na und?»

«Na und, na und! Es ist kalt. Das Wasser ist gefroren, und ich hätte mir um ein Haar den Fuß gebrochen.»

Die junge Frau zuckte gleichgültig mit den Schultern. «Ist das meine Schuld? Dann schaut, wohin Ihr Eure Füße setzt.»

Mit einem Knall flog die Tür wieder zu.

Gustelies holte tief Luft und rief so laut, dass es die ganze Gegend hören konnte: «Wenn Ihr schon Euer Waschwasser auskippt, dann streut wenigstens Asche auf das Eis, damit niemand hinfällt. Ich werde mich beim Rat beschweren, weil Ihr Eurer Bürgerpflicht nicht nachkommt.»

«Ja, zeigt sie nur an. Verdient hat sie es. Und grüßen kann sie auch nicht», mischte sich eine Nachbarin ein, aber Gustelies hob nur die Hand und eilte weiter.

In der Wechselstube von Jutta stand ein gusseisernes Becken, in dem einige Kohlestücke glühten. Jutta selbst hatte sich in ein Schaffell gehüllt, trug zwei Hauben übereinander und saß auf einem Schemel.

«Sitzt du bequem?», fragte Gustelies nach der Begrüßung ein wenig säuerlich. Sie war es gewohnt, dass Jutta aufstand und sie umarmte.

«Ja, das tue ich. Und unter meinen Röcken habe ich einen heißen Stein, der mir die Füße wärmt. Komm, setz dich mir gegenüber und stell deine Füße dazu.»

Gustelies kicherte und schüttelte den Kopf. «Wie sieht das denn aus?»

«Wie soll das schon aussehen? Wie zwei Frauen mit einem heißen Stein zwischen den Beinen. Außerdem kommt sowieso keiner. Zu dieser Zeit gibt es nur wenig Fremde in der Stadt, die Rheinische Gulden in Frankfurter Währung gewechselt haben wollen. Was gibt es sonst Neues bei dir?»

«Nicht viel. Nur, dass Pater Nau gestern den Messwein ausgetrunken hat und ich jetzt auf der Suche nach dem sauersten Wein der ganzen Gegend bin.»

Jutta kicherte. «Denkst du wirklich, das hält ihn vom Trinken ab?»

«Ich hoffe es wenigstens.»

«Na, ich an deiner Stelle würde mir nicht so viel Arbeit machen. Gieß einfach ein bisschen Essig in den Wein, dann ist er sauer genug.»

«In den guten aus Dellenhofen?»

Jutta zuckte gut gelaunt mit den Achseln. «Natürlich, was denn sonst. Wenn schon der gute Wein nicht mehr schmeckt, merkt Nau vielleicht, dass die Wahrheit womöglich doch nicht im Fass liegt.»

Gustelies nickte gedankenverloren. «Das Problem dabei ist nur, dass ich dann auch die saure Plörre zum Abend trinken muss.»

«Da hast du recht. Du kannst ja mal zum Bauern Hilgert in die Vorstadt gehen. Ich habe gehört, er keltert heimlich. Die Trauben dafür nimmt er vom Lohrberg, der eigentlich dem Rat gehört. So etwas Saures wie den Lohrbergwein habe ich noch nie getrunken. Brrr.» Jutta schüttelte sich.

Dann strich sie sich mit der flachen Hand über ihre Wange. «Siehst du was, meine Liebe?», fragte sie.

Gustelies suchte mit Blicken das Gesicht ihrer Freundin ab. «Ich weiß nicht, was du meinst», erwiderte sie. «Ich sehe nur, dass deine Haut glatt und weich ist, während meine von der Kälte rot und geschunden aussieht. Ich wette, wenn der Frühling kommt, ist mein Gesicht um Jahre gealtert.» Sie seufzte. «Früher habe ich geglaubt, dass mit dem Alter alles einfacher wird. Ich habe gedacht, mit vierzig fände man sich in der Welt zurecht. Keine Fragen mehr, dafür reichlich Antworten. Keine Irrtümer mehr, keine falschen Hoffnungen. Jetzt bin ich über vierzig und muss feststellen, dass sich eigentlich nichts geändert hat. Außer meiner Haut. Und meinen Knochen. Die schmerzen schon beim Aufstehen. Weißt du, was das ist, das Alter?»

Jutta zuckte mit den Achseln.

«Das Alter ist teuer und kostet viel Zeit. Was habe ich schon Geld ausgegeben für Haarwuchsmittel und Salben, für Schminke und Hauben, die so viel Stoff haben, dass sie meine Stirnfalten überdecken. Früher bin ich aufgestanden, habe mir eine Handvoll Wasser ins Gesicht geschüttet und war schön. Heute brauche ich erst einmal Kamillensud für die geschwollenen Augen, eine Essigspülung für mein Haar und eine Kampfersalbe für die Beine.» Sie schüttelte den Kopf. «Glaub mir, Jutta, das hatte ich mir wirklich anders vorgestellt.»

Die Freundin nickte nachdenklich. «Mir geht es ähnlich. Seit neuestem kann ich den linken Arm nicht mehr über den Kopf heben, weil er so schmerzt. Und mein Haar wird so grau, dass ich eine Glatze hätte, würde ich mir jedes Graue ausrupfen.» Sie beugte sich nahe zu Gustelies hinüber und raunte: «Stelle dir vor, wenn ich einmal rennen muss, dann schaukeln die Innenseiten meiner Oberschenkel im Takt. Brrr.»

Eine kleine Weile saßen die Frauen schweigend da, dann stand Jutta auf, zog eine Schublade hervor und entnahm ihr einen winzigen Tiegel.

«Hier», sagte sie. «Das zeige ich dir nur, weil du meine beste Freundin bist. Ich hoffe, du weißt das zu schätzen.»

«Was ist das?» Gustelies öffnete das Tiegelchen, betrachtete die hellrote Paste darin und roch sogar daran. «Mhm, lecker. Es riecht so gut, dass ich direkt Lust habe, hineinzubeißen. Irgendwie erinnert mich der Geruch an die Weihnachtsplätzchen von Klärchen Gaube, du weißt schon, der guten Haut. Aber natürlich habe ich kein Wort gesagt. Also, was ist das?»

«Wenn du mich zu Wort kommen lässt, dann erfährst du es. Mein Jungbrunnen. Du hast ja selbst gesagt, meinem Gesicht hätte der Winter dieses Mal nichts anhaben können.»

«Eine Zaubersalbe?»

Jutta nickte bedeutsam.

«Wo hast du sie her? Los, sag schon.»

Jutta sah sich nach allen Seiten um, doch die Wechselstube war so leer wie zuvor. «Es gibt da jemanden in der Vorstadt, der verkauft diese Salben.»

«Aha. Und was ist da drinnen?»

Jutta zuckte mit den Achseln. «Ich glaube, das will ich gar nicht wissen. Jemand hat erzählt, das Rote wäre das erste Mondblut einer Jungfrau. Darin wären die Wirkstoffe für glatte Haut enthalten. Aber ob das stimmt?»

«Egal», bestimmte Gustelies. «Hauptsache, es hilft. Kannst du mir einen solchen Zaubertiegel beschaffen?»

«Kann ich. Aber ich sage dir gleich, billig ist er nicht.»

«Wie viel?»

«Ein halber Gulden.»

«Nein! Dafür kriege ich ja beim Schlachter ein Achtel von einem Schwein.»

«Tja, alles ist teurer geworden.»

«Das ist wahr», bestätigte Gustelies. «Seitdem der Kaiser für seinen Krieg gegen die Türken vierzig Reiter, fast dreihundert Fußknechte und ein paar Büchsenmeister aus Frankfurt abgezogen hat, gibt es kaum noch Männer, die sich um das tägliche Brot kümmern. Weißt du, was die Käsefrau heute für eine Kanne verdünnte Milch haben wollte? Zehn Pfennige! Wenn das so weitergeht, weiß ich nicht, wie ich meinen Pater satt kriegen soll. Ich habe schon daran gedacht, meinen Käse selbst herzustellen. Ach, es ist wirklich ein Jammer.»

Jutta lachte. «Du hörst dich schon an wie dein Bruder. Was ist nun? Willst du die Salbe, obwohl sie so teuer ist?»

«Egal», wiederholte Gustelies. «Ich sagte ja schon, das Alter ist teuer und kostet viel Zeit. Bring mir so ein Tiegelchen.»

«Gut. Dann komm am Freitag wieder, ich denke, bis dahin habe ich die Salbe. Und jetzt nimm dir einstweilen von meiner.»

Lächelnd griff Gustelies in das Tiegelchen und strich sich großzügig das Wundermittel auf die Wangen.

KAPITEL 3

Pater Nau fror schon wieder. Außerdem drückten seine neuen Schuhe so sehr, dass jeder Schritt schmerzte.

Er fluchte leise vor sich und zog seinen Umhang fester um sich. Er hatte denkbar schlechte Laune, denn er verabscheute es, sein geliebtes Pfarrhaus zu verlassen. Die Stadt war ihm zu laut, die Menschen rücksichtslos. Sie rempelten und schrien, sie fluchten und drängelten. Außerdem konnte Pater Nau in vielen Dingen, die sie taten, keinen Sinn erkennen. Was zum Himmel trieb beispielsweise dieses junge Ding da drüben? Schaute sie tatsächlich der Nachbarin ins Fenster? Und der Mann da an der Ecke. Der hockte am Boden neben einem Balken und versuchte, den Frauen unter die Röcke zu schielen, wenn sie dieselben raffen mussten, um über den Balken zu steigen. Bei der Kälte. Mit bloßen Knien auf dem Boden! Pater Nau verstand die Welt einfach nicht. «Die Erde ist in Frevlerhand», murmelte er und wünschte sich sehnlichst zurück in seine Studierstube.

Stattdessen humpelte er zu den Fleischbänken und besah sich die Auslagen der Schlachter. Er verzog den Mund, als er die blauroten Hammelbeine betrachtete, die saftigen, dunkelroten Schweinelebern und daneben die Rindernieren. In einem Eimer an der Seite lagen gelbe Hühnerfüße, daneben befand sich ein Topf mit grauem

Kalbshirn. Dem Pater grauste es. Er aß sehr gern, aber das, was Gustelies auf den Tisch brachte, sah ganz anders aus als die ekligen Batzen, die hier herumlagen. Und vor allem stank es hier, dass einem übel werden konnte.

«Na, Pater, ist Eure Gustelies krank?», fragte ihn einer der Männer, die mit blutverschmierten Händen hinter den Bänken standen.

«Wie? Nein, nein. Ich wollte nur selbst einmal sehen, was sie in den Topf wirft.»

Der Schlachter lachte. «Keine Sorge, Pater. Sie nimmt nur das Beste. Niemandem hier ist es bisher gelungen, sie übers Ohr zu hauen.»

Das glaubte der Pater ihm aufs Wort. Er sah den Schlachter an und fand, dass dieser gutmütig aussah. «Sagt mir, mein Sohn, wie schneidet man einen Skalp?», wollte er dann wissen.

«Einen was?»

«Ihr wisst schon, die Kopfschwarte. Wie schneidet man die?»

Der Schlachter blies die Backen auf. «Das weiß ich nicht, Pater. Das tun wir bei unserem Vieh nicht. Wir schneiden ihm einfach nur die Kehle durch und zerlegen es dann in handliche Stücke, welche die Weiber in ihre Kessel werfen können.»

Der Pater wich zurück. «Also könnt Ihr mir auch nicht sagen, ob Skalpieren tödlich ist?»

Der Schlachter schüttelte den Kopf und sah den Pater dabei misstrauisch an. «Wozu wollt Ihr das wissen?»

Pater Nau hob beide Hände. «Ach, nur so. Ich hörte neulich von einem Reisenden, dass man es in der Neuen Welt so hält. Ihr wisst schon, die Seefahrer.»

Der Schlachter nickte. «Nun, so viel ich weiß, töten sie

so die Wilden. Aber hier gibt es keine Wilden. Nur Wildschweine.» Er lachte dröhnend.

«Eben», sagte Pater Nau. «Und deshalb frage ich ja.»

Wieder sah der Schlachter misstrauisch auf den kleinen Mann im schwarzen Umhang.

«Aber es war ja nur eine Frage. Uns Geistlichen kommen oft die seltsamsten Gedanken. Gott sei mit Euch, mein Sohn.»

Pater Nau sah zu, dass er davonkam.

Er begab sich zum Hafen, schlenderte wie ein Müßiggänger mit auf dem Rücken verschränkten Händen die Ladestraße auf und ab. Ein paar Auflader mussten ihm ausweichen. Einmal wäre er beinahe über ein Fass gestürzt, das über ein Brett von einem Lastkahn gerollt wurde, ein anderes Mal wich er nur knapp einer Peitsche aus, mit der ein Fuhrwerkskutscher seinen lahmen Gaul antrieb. Überall herrschte ohrenbetäubender Lärm. Die Hafenarbeiter brüllten die Auflader an, die Auflader riefen den Schauerleuten Unflätigkeiten zu. Flüche, Lachen, dazu das knarrende Geräusch einer riesigen Winde, das Poltern der Fässer und Säcke. Es stank nach Pech, mit dem die Fassdeckel verklebt wurden, nach Flusswasser und Männerschweiß. Pater Nau hielt sich am Rande des Geschehens, darauf bedacht, nicht in diesen Mahlstrom zu geraten.

Endlich sah er zwei starkbehaarte und bärtige Männer an einer Ecke stehen, die heimlich einen tiefen Schluck aus einem Krug nahmen.

«Gelobt sei Jesus Christus, meine Söhne.»

«In Ewigkeit. Amen.»

«Was führt Euch in unser Land?»

Die bärtigen Männer sahen sich an. «Wie meint Ihr das, Pater?»

Pater Nau lächelte. «Nun, Ihr seid so schwarz im Gesicht. Da erkennt unsereins gleich, dass Ihr aus der Neuen Welt kommen müsst. Seid Ihr gar mit Kolumbus gesegelt? Habt Ihr die roten Menschen gesehen? Sagt mir, wie geht das vor sich mit dem Skalpieren dort?»

Die Männer sahen sich verdutzt an. Dann trat der eine einen Schritt zurück und erklärte: «Pater Nau, wir waren nie in der Neuen Welt. Erkennt Ihr uns nicht? Wir sind es. Der Peter und der Paul. Wir haben einen Lastkahn mit Kohle entladen. Deshalb sind wir so schwarz.»

Der Pater trat näher heran, dann hob er die Hand und wischte mit dem Finger über Pauls Gesicht. Sein Finger wurde schwarz, und auf Pauls Wange erschien ein heller Streifen. Pater Nau schüttelte den Kopf. «Verstehe einer die Welt», sagte er zu sich. «Aus Weiß wird Schwarz und aus Schwarz wird Weiß, und alles ist durcheinander.»

Dann schüttelte er noch einmal den Kopf und schlenderte von dannen.

«Hast du vielleicht so ganz zufällig mal etwas von dem Sarazenen gehört?», fragte Pater Nau seine Schwester, als er wenig später in der Küche saß und ihr beim Kuchenbacken zusah. Seine Hände umfassten einen Becher mit heißem, gewürztem Wein, seine Füße steckten in einem Zuber mit heißem Wasser.

«Wen meinst du?», fragte Gustelies und knetete mit beiden Händen kraftvoll den Teig. Ihre Wangen färbten sich mit einem Mal rot.

«Du weißt schon, den Totenleser, der bei Heinz' letztem Fall, dem Kannibalenfall, dabei war.» Er runzelte die Stirn und blies in seinen Becher. «Hat er dir nicht sogar schöne Augen gemacht?»

Gustelies wurde noch röter. «Unsinn. In meinem Alter

macht kein Mann mir mehr schöne Augen. Von Arvaelo habe ich nichts mehr gehört, seit das Stadttor hinter ihm ins Schloss gefallen ist. Wie kommst du darauf?»

«Ist mir gerade so eingefallen. Wenn ich gewusst hätte, dass er nicht bleibt, hätte ich ihm noch ein paar Fragen gestellt.»

«Du? Seit wann interessierst du dich für fremde Menschen? Ich meine, für andere Menschen überhaupt? Normalerweise setzt du keinen Schritt vor die Haustür. Dein größtes Vergnügen ist es, mit Bruder Göck zu streiten und Wein zu trinken. Da fällt mir ein, was hast du heute eigentlich bei den Fleischbänken getrieben?»

«Ich?» Pater Nau guckte so unschuldig wie ein neugeborenes Kalb. «Nichts weiter. Du täuschst dich nämlich in mir, meine Liebe. Ich interessiere mich sehr wohl für meine Mitmenschen. Nun, und heute wollte ich die Mitglieder unserer Gemeinde mal in ihrem Alltag betrachten.» Er nickte heftig.

Gustelies verzog den Mund. «Wer's glaubt, wird selig. Du ergreifst doch schon die Flucht, wenn dich jemand anspricht, den du nicht von Kindesbeinen an kennst. Ich wundere mich ohnehin, dass du alleine den Nachhauseweg gefunden hast. Wann hast du das letzte Mal deinen Fuß auf den Römer gesetzt?»

Gustelies starrte nachdenklich ins Weite. «Ah, jetzt weiß ich es wieder. Zu den Passionsspielen vor zwei Jahren. Also, was ist jetzt mit Arvaelo?»

«Nichts weiter. Ich habe mich nur gefragt, ob man dort, wo er herkommt, die Menschen skalpiert.»

«Skalpiert?»

«Ja, du weißt schon. Man schneidet ihnen die Kopfhaut ab, aber so, dass die Haare noch dran sind.»

Gustelies ließ den Teig zurück in die Schüssel fallen. «Hast du schon wieder getrunken?», fragte sie streng.

Pater Nau schüttelte empört den Kopf.

«Hauch mich an!», befahl Gustelies.

Pater Nau tat es.

«Warum willst du das mit dem Skalpieren wissen?», fragte sie dann.

«Ach, das ist wegen der Predigt am Sonntag. Ich habe da eine Bibelstelle gefunden, die sich mir nicht erklärt.»

«Dann frag Bruder Göck.»

«Das werde ich tun. Gleich heute Nachmittag. Aber vorher wüsste ich gern, was dieser Sarazene dazu gesagt hat. Damit ich nicht gar so dumm vor Bruder Göck dastehe. Das verstehst du doch?»

«Ja», erwiderte Gustelies. Seit Jahren schon stritten Bruder Göck und Pater Nau über alle möglichen theologischen Angelegenheiten, und Gustelies war kein einziger Fall bekannt, bei dem sie mal einer Meinung gewesen waren. Sie fand, die beiden führten sich auf wie zwei Krieger in einer Schlacht. Ständig waren sie bemüht, einander bei einer Unwissenheit zu ertappen.

«Wir haben nicht über das Skalpieren gesprochen», erklärte sie. «Warum auch? Der angebliche Kannibale hatte ja nur die Glieder und den Kopf vom Rumpf getrennt. Nur einmal, ich erinnere mich, es war im Garten von Hella und Heinz, da hielt Arvaelo einen Vortrag über Blut. Ja, und dabei erwähnte er ein Vorkommnis. Ein Mann war mit seinem Haar in eine Winde geraten. Ein Stück Kopfhaut war dabei abgerissen, und Arvaelo war es nur mit Mühe gelungen, die Blutung zu stillen. Der Kopf, hatte er erklärt, blutet nämlich unwahrscheinlich stark.»

«Hat er überlebt?»

«Arvaelo?»

«Unfug. Der Mann mit der Winde.»

Gustelies zuckte mit den Achseln. «Ich habe keine Ahnung. Es ging damals darum, welche Form die Blutspritzer haben, wenn sie auf die Erde treffen.»

«Aha.»

Pater Nau versank in Schweigen. Trübsinnig starrte er in seinen Becher.

Gustelies hatte mittlerweile einen Kessel aufs Herdfeuer gesetzt. Sie nahm eine Handvoll Kräuter aus einem Leinensäckchen und streute sie in den Kessel.

«Das riecht nach Kamille», stellte Pater Nau fest. «Kochst du einen Sud davon? Ich hätte auch gern einen Becher.»

Gustelies verdrehte die Augen. «Nein, das ist kein Sud zum Trinken. Das ist eine Kamillenspülung für mein Haar.»

«Für dein Haar? Ist es etwa erkältet?»

Gustelies drehte sich zu ihrem Bruder herum und stemmte die Fäuste in die Hüften. «Willst du nicht in deine Studierstube gehen und dort ein bisschen nachdenken?»

Der Pater schüttelte den Kopf und zeigte mit dem Finger auf den Kessel. «Kamille für die Haare?», fragte er wieder.

«Ja, Herr im Himmel. Frauen tun das manchmal. Sie spülen ihr Haar mit Kamille, damit es glänzt.»

Pater Nau machte große Augen. «Wozu das denn?»

«Das geht dich nichts an, mein Lieber. Kümmere du dich um deine Predigt.»

Pater Nau stand auf, starrte nachdenklich vor sich hin, dann ließ er sich schwer zurück auf die Küchenbank fallen. «Sind Haare wichtig?», fragte er. «Ich meine, haben Haare eine Bedeutung? Ändert sich was, wenn man keine Haare mehr hat?»

Gustelies seufzte nachhaltig. «Bei Samson steckte die Kraft in den Haaren. Als Delilah sie ihm nahm, war er schwach. Bei Frauen ist das ein bisschen anders. Das Haar ist ein Schmuck, verstehst du, ein Zeichen für ihre Weiblichkeit. Deshalb gilt das Kahlscheren auch als Strafe. Mit Ehebrecherinnen tut man so etwas. Sie werden ihrer Schönheit beraubt. Als Strafe für den Ehebruch.»

«Das Haar als Zeichen der Weiblichkeit?» Pater Nau zog die Stirne kraus.

«Natürlich. Deshalb muss eine verheiratete Frau ja auch ihr Haar unter einer Haube verbergen. Nur ihr Mann darf sie noch in ihrer ganzen Pracht sehen. Die jungen Mädchen dagegen zeigen, was sie haben. Sie bürsten ihr Haar, bringen es zum Glänzen, um den Burschen zu gefallen.»

«Ich verstehe. Also hätte eine glatzköpfige Frau es schwer, jemanden zu finden, der sie heiratet.»

«Genau so ist es, mein Lieber. Und jetzt geh und stör mich nicht weiter. Gleich kommt die Magd vom Seifenmacher und bringt mir neue Ware. Und dann, mein Lieber, mache ich dir heute Abend ein schönes heißes Bad mit frischer Seife.»

«Auch das noch», stöhnte der Mann und schlich sich von dannen.

KAPITEL 4

Warum bin ich nicht gestorben von Mutterleib an? Warum bin ich nicht verschieden, da ich aus dem Leibe kam?», zitierte Pater Nau.

Bruder Göck verzog den Mund. «Buch Hiob», erklärte er. «Wenn mich nicht alles täuscht, Kapitel drei.»

«Hiob?»

Bruder Göcks Blicke irrten in der Studierstube umher. «Hat Gustelies heute keine Plätzchen gebacken? Oder hast du sie wieder versteckt, um mir nichts davon abgeben zu müssen?»

«Hiob?», wiederholte Pater Nau und schlug sich mit der flachen Hand gegen die Stirn. «Natürlich! Hiob.»

«Sag mal, was redest du da eigentlich?», wollte Bruder Göck wissen. Er war aufgestanden und hatte eine Schublade aufgezogen. «Ah, wusste ich es doch!», sagte er und holte ein Kästchen mit Gebäck hervor, öffnete es und steckte sich ein Stück in den Mund.

«Was hast du denn bloß mit Hiob?», fragte er kauend.

«Ach, die nächste Predigt, weißt du. Ich denke darüber nach, wie es ist, wenn man alles hat und der Herr es plötzlich und scheinbar ohne Grund wieder nimmt.»

«So. Und was soll das bringen? Was willst du deiner Gemeinde damit sagen?»

«Das weiß ich noch nicht», bekannte Pater Nau. «Im

Augenblick stelle ich mir nur vor, wie das wohl sein mag.»

«Da musst du nicht selber denken, das kannst du alles in der Bibel nachlesen.»

«Ich will mir aber meine eigenen Gedanken dazu machen. Also, Bruder Göck, wie könnte so etwas sein?»

Der Antoniter goss Wein in seinen Becher. «Traurig. Sehr traurig. Ich glaube, die gesamte Hiobsgeschichte ist zu viel für eine Predigt. Wir haben im Kloster mal ein ganzes Jahr damit verbracht. Nimm dir einen Vers vor und rede darüber. Das ist schon mehr, als mancher an einem Sonntagmorgen verkraften kann. Gib mal die Bibel her.»

Bruder Göck schlug das in Leder gebundene Buch auf. «Hier ist es», sagte er und las. «Das dritte Kapitel handelt davon, dass jemand bedauert, geboren zu sein. Er empfindet das Leben als Fron, den Tod dagegen als Freiheit. Reicht das nicht aus?»

«Er bedauert, geboren zu sein», wiederholte Pater Nau. «Warum bedauert jemand, geboren zu sein? Weißt du das etwa, schlauer Antoniter?»

«Lass mich nachdenken. Wenn ich krank bin und unter schrecklichem Husten leide, dazu vielleicht noch Schnupfen habe, Gliederschmerzen und Ohrenweh, ja, dann bedaure ich schon mal, geboren zu sein. Oder besser gesagt: Dann wünsche ich mir den Tod herbei.»

Pater Nau nickte verständnisvoll. «Ja, eine Erkältung ist etwas wirklich Schreckliches. Aber es geht nicht darum, sich den Tod zu wünschen, sondern das eigene Leben zu verfluchen. Deine Erklärung taugt in diesem Falle nichts, mein Lieber.»

Bruder Göck stopfte nachdenklich ein weiteres Plätzchen in sich hinein.

«Mach nicht so viele Krümel», schimpfte Pater Nau. «Gustelies reißt mir den Kopf ab, wenn sie schon wieder meine Stube fegen muss.»

«Lass mich mit deinen Krümeln zufrieden, ich habe Wichtiges zu bedenken. Also: Wenn ich wünsche, nicht geboren zu sein, dann heißt das, dass mein Leben anders verläuft oder verlaufen ist, als ich mir das gewünscht habe.»

«Klingt einleuchtend.»

«Zum Beispiel», führte Bruder Göck aus, «wenn eine große Schuld auf mir lastet, wenn ich vielleicht eine Todsünde begangen habe, oder wenn meine Hoffnungen sich ins Gegenteil verkehrt haben.»

«Oder!» Pater Nau reckte seinen rechten Zeigefinger in die Höhe. «Wenn ich Gott nicht verstanden habe.»

«Ach was.» Bruder Göck winkte ab. «Das tun die allermeisten Menschen nicht, und viele davon merken es noch nicht einmal.»

Pater Nau hatte schon den Mund zu einer Erwiderung geöffnet, da wurde die Tür aufgerissen. Gustelies stand mit hochroten Wangen auf der Schwelle. «Habt Ihr ein Klopfen überhört?», wollte sie wissen.

«Stör uns nicht, wir jagen gerade einer interessanten theologischen Frage nach», erwiderte Pater Nau.

«Nun, die Jagd kann wohl noch ein paar Augenblicke warten. Ich will jetzt wissen, ob ihr ein Klopfen gehört habt, denn ich brauche unbedingt frische Seife.»

Bruder Göck blickte Gustelies verdutzt an. «Seife?»

«Ja. Seife. Die Magd des Seifenmachers wollte kommen, um sie mir zu bringen. Aber bisher war sie nicht da. Ich war kurz im Garten und kann mir gut vorstellen, dass ihr beiden Jäger das Klopfen überhört habt.»

Bruder Göck und Pater Nau sahen sich an, dann schüttelten sie den Kopf.

«Wozu in aller Welt taugen eure Dispute, wenn sie mich um meine Seife bringen?», fragte Gustelies und knallte die Tür hinter sich zu.

Kurze Zeit später eilte sie, bewaffnet mit einem Weidenkorb über dem Arm, durch die Stadt. Noch immer war es kalt, doch das Eis auf den Gassen begann allmählich zu tauen, der Schnee hatte sich in braunen Matsch verwandelt.

«Iiih!», schrie Gustelies auf, als ein Lehrjunge an ihr vorüberrannte und Matsch hinter ihm aufspritzte, der natürlich auf Gustelies' Rocksaum ein neues Zuhause fand. «Kannst du denn nicht aufpassen, Bengel?»

Sie war schlecht gelaunt. Heute Morgen auf dem Markt hatte sie festgestellt, dass die Preise weiter gestiegen waren. In der letzten Woche hatte sie noch einen ganzen Hasen für das Geld bekommen, das heute nicht einmal mehr für eine Hasenkeule gelangt hatte. Wenn das so weitergeht, dachte sie, und der Rat dem Wucher nicht endlich Einhalt gebietet, so werde ich mich noch selbst auf die Lauer legen müssen. Bei diesem Gedanken stahl sich ein Lächeln auf ihr Gesicht. Ihr Verhältnis zu den wilden Kaninchen war seit jeher angespannt, doch seitdem sich die Vierbeiner über ihre frischen Pflänzchen hermachten und sogar die Büsche benagten, herrschte zwischen Gustelies und den Kaninchen ein erbitterter Krieg im Pfarrgarten.

Und nun hatten diese beiden Geistlichen, mit denen ohnehin nichts Gescheites anzufangen war, auch noch die Seifenmagd verpasst, sodass Gustelies sich höchstselbst in die Siedergasse aufmachen musste.

Ihr Rock war bis zu den Knien beschmutzt, als sie endlich dort anlangte. Missmutig hämmerte sie an die Tür. Die Frau des Seifensieders öffnete ihr. «Gott zum Gruße, Kurzwegin. Was führt Euch zu uns?»

«Seife, was denn sonst?», antwortete Gustelies bissig. «Eure Magd sollte heute kommen, aber Pater Nau hat wohl ihr Klopfen überhört. Deshalb bin ich nun da.»

«Ach?» Die Frau des Seifensieders legte aufmerksam den Kopf schief. «Bei Euch war sie, die Lilo?»

«Wieso?», fragte Gustelies zurück. «So war es doch ausgemacht, oder nicht?»

Die Seifensiederin sah sich um, winkte einer Nachbarin zu, die aus dem Fenster lehnte. «Kommt lieber rein, Kurzwegin, es müssen ja nicht alle hören, was wir zu bereden haben.»

Verdutzt folgte Gustelies der Frau in die Küche. Hier standen zahlreiche Töpfe, in denen Fett und Asche brodelten. Es roch nach Lavendel und anderen Duftölen, die den Seifen zugesetzt wurden.

«Also, was ist denn nun mit der Magd?»

Die Seifensiederin setzte sich, die Hände auf dem Kittel gefaltet. «Ich weiß es nicht, Kurzwegin, das müsst Ihr mir glauben. Heute Morgen ist sie weggegangen wie immer, hatte alle Bestellungen dabei. Aber ausgeliefert hat sie nichts.»

«Ach?» Gustelies stellte ihren Weidenkorb auf den Fußboden und verschränkte die Arme vor der Brust. «Woher wisst Ihr das?»

«Den ganzen Nachmittag klopft es schon an der Tür. Wütende Kunden, die sich über das Fernbleiben der Lilo beschweren. Ich dachte mir schon das Schlimmste.»

Sie atmete laut aus und hob die Hände. «Aber da sie

ja bei Euch war, scheint sie sich nur verschwatzt zu haben. Sie wird eine Ohrfeige bekommen, wenn sie hier auftaucht, und alles ist wieder gut.»

«Nun, ich weiß nicht sicher, ob sie da war, die Lilo. Ich war die ganze Zeit im Haus und nur einmal kurz im Garten. Der Pater schwört, er hätte in dieser Zeit kein Klopfen gehört.»

«Wirklich nicht? Aber Ihr sagtet doch ...»

«Ihr kennt doch Pater Nau», unterbrach Gustelies die Seifensiederin. «Wenn er erst einmal in einen Disput verstrickt ist, hört er selbst die Glocken von Jericho nicht mehr.»

«War sie nun da, die Lilo, oder nicht?», wollte die Seifensiederin wissen und hatte auf einmal einen ängstlichen Blick.

«Beschwören kann ich nichts», entgegnete Gustelies.

Da fing die Seifensiederin an zu weinen. Gustelies legte ihr eine Hand auf den Arm. «Na, na, meine Gute, es wird schon nicht so schlimm sein. Viele Mägde laufen ihren Dienstherren davon. Ihr werdet eine neue finden. Die Kunden werden's Euch nicht nachtragen.»

«Aber darum geht es doch nicht allein», schluchzte die Seifensiederin.

«Nicht? Worum denn dann?»

Die Frau putzte sich mit ihrer Schürze geräuschvoll die Nase. «Unsere Lilo, sie ist schwanger. Schon bald sollte das Kindlein kommen.»

«Oh, verflixt. Wahrscheinlich hat irgendein Tunichtgut die Unschuld des armen Kindes ausgenutzt. Sie ist nicht die Erste, der das geschieht. Vielleicht hat sie sich zusammen mit diesem Schürzenjäger aus dem Staub gemacht? Ach, es ist schon ein Kreuz mit den Männern und der

Liebe! Die wenigsten sind es wert, aber das stellt sich immer erst hinterher heraus. In der Hölle soll der Verführer schmoren!»

«Es ist unser Sohn.»

«Was?»

«Der Schürzenjäger, der in der Hölle schmoren soll, das ist unser Sohn.»

Gustelies schluckte. «Oh, das ... äh ... wollte ... also, der Eure, der ist natürlich eine Ausnahme.»

Die Seifensiederin beachtete Gustelies' Gestammel nicht. «Im letzten Herbst ist er auf Befehl des Kaisers in den Türkenkrieg gezogen. Verheiratet wären die beiden schon, wenn der Krieg nicht wäre, und alles hätte seine Ordnung gehabt. Sie haben sich geliebt, die Lilo und der Lothar. Eine gute Seifensiedersfrau wäre sie geworden. Und ordentlich und anständig dazu.»

«Hmm, dann kann sie also nicht weggelaufen sein.»

«Ja, eben. Deshalb mache ich mir ja solche Sorgen. Immer pünktlich und zuverlässig, die Lilo. So etwas wie heute ist noch nie vorgekommen.»

«Wann und wo ist sie denn zuletzt gesehen worden?», fragte Gustelies.

«Als die Turmuhr die siebte Stunde geschlagen hat, ist sie aufgebrochen. Zur Mittagszeit hätte sie zurück sein sollen. Und danach wollte sie den anderen Teil der Waren ausliefern.»

«Und jetzt läutet es gleich zur Vesper, und sie ist noch nicht zurück.»

Die Seifensiederin nickte und schaute Gustelies hilfesuchend an.

Gustelies stand auf. «Hat sie Verwandte oder Freundinnen in der Stadt?», fragte sie.

«Eine verwitwete Tante. Und ein ehemaliges Nachbarsmädchen. Sie wohnen beide nur zwei Straßen weiter.»

«Gut», erklärte Gustelies. «Ich bin ohnehin auf dem Weg zu meiner Tochter und meinem Schwiegersohn. Ich werde dem Richter erzählen, was hier geschehen ist. Ihr geht derweil zur Tante und zur Freundin und schaut, ob die Lilo vielleicht dort ist. Ist sie es nicht, dann besucht noch einmal alle Kunden, denen die Lilo heute Waren ausliefern sollte, und befragt sie ausführlicher. Auf diese Art können wir feststellen, wo und wann das Mädchen womöglich abhandengekommen ist.»

Die Seifensiederin riss vor Entsetzen die Augen auf. «Ihr meint also, der Lilo ist wahrhaftig etwas zugestoßen?»

«Aber nein, aber nein. Ihr wisst doch, wie die jungen Dinger heutzutage sind. Haben ihre Gedanken oft in den Füßen und rennen los wie junge Hunde, ohne Bescheid zu geben. Und wenn sie dazu noch schwanger ist, herrje! Welche Frau in guter Hoffnung wird nicht von seltsamen Gedanken geplagt? Sie wird sich schon finden, da bin ich ganz sicher.»

Die Seifensiederin nickte, doch ohne viel Hoffnung.

KAPITEL 5

Als Gustelies ein wenig außer Atem bei ihrer Tochter im Richterhaus eintraf, fand sie Hella sehr beschäftigt vor. Sie saß in der Küche neben der schwarzen Hilde und starrte mit weitaufgerissenen Augen auf einen Faden, an dem ihr Ehering hing. Die schwarze Hilde pendelte damit über Hellas gewölbten Bauch.

«Was, in aller Welt, treibst du da?», wollte Gustelies wissen und beäugte misstrauisch die schwarze Hilde.

«Wie sieht es denn aus?», fragte Hella zurück. «Ich will doch einfach nur wissen, ob ich einen Jungen oder ein Mädchen bekomme.»

«Aha.» Gustelies stemmte die Hände in die Hüften und sah die schwarze Hilde streng an. «Und? Was ist rausgekommen?»

Die schwarze Hilde fing ihr Pendel ein. «Ihr habt gestört. Jetzt sind die Schwingungen weg.»

«Aha. Ich habe die Schwingungen vertrieben, na, so etwas aber auch. Und vorher? Als ich noch nicht da war?»

«Wir hatten gerade erst begonnen. Das Pendel hat sich noch seinen Weg gesucht.»

«Ist es gekreist oder hin- und hergeschwungen?»

«Mama, jetzt lass doch», mischte sich Hella in das Verhör.

«Also, es hat sich gerade erst eingeschwungen.»

«Mit anderen Worten», beendete Gustelies das Gespräch, «euer Hokuspokus hat zu keinem Ergebnis geführt.»

Die schwarze Hilde stülpte die Unterlippe vor. «Niemand ist verpflichtet, an meine Kunst zu glauben.»

«Das wäre ja auch noch schöner», sagte Gustelies bestimmt, gab der Frau ein paar Groschen und wedelte sie mit der Hand zur Tür hinaus.

«Mutter!» Hella hatte sich aufgesetzt. «Was fällt dir ein? Du kannst doch nicht einfach meine Gäste aus meinem Haus werfen.»

«Gäste? Wenn die schwarze Hilde ein Gast ist, dann bin ich ein Engelchen. Sie hat dich betrogen, deine Gutgläubigkeit ausgenutzt. Pendeln! Pfft! Dass ich nicht lache!»

Gustelies nahm das Pendel vom Tisch, zerbiss den Faden und reichte Hella den Ehering. «Da, steck ihn wieder an. Sonst bringt es Unglück.» Dann setzte sie sich. «Und überhaupt: Jeder vernünftige Mensch weiß, wie man das Geschlecht eines Ungeborenen bestimmt. Man braucht nur zu wissen, in welche Richtung die Füße bei der Zeugung gezeigt haben. Also, welche Richtung war es bei dir?»

Hella kniff die Augen zusammen. «In welche Richtung? Du … du meinst, als Heinz und ich …»

«Keine Einzelheiten, bitte!» Gustelies hob abwehrend die Hände. «Sag mir nur die Richtung.»

Hella zog die Stirn in Falten und dachte eine Weile nach. «Nach oben», erklärte sie dann. «Meine Fersen haben nach oben gezeigt, die Zehen nach unten.»

Gustelies bekreuzigte sich. «Herr im Himmel, verzeih meiner sündigen Tochter.»

Dann wandte sie sich an Hella. «Gerade nach oben? Mit ausgestreckten Zehen, die direkt zur Erde zeigen?»

Hella schloss die Augen, dachte noch einmal nach. «Nun ja, vielleicht haben die Fersen ein wenig in Richtung Süden gezeigt.» Gustelies bemerkte zufrieden, dass eine kräftige Röte die Wangen ihrer Tochter färbte.

«Du bekommst ein Mädchen. Das steht so fest wie das Amen in der Kirche», verkündete sie und schlug bekräftigend mit der Hand auf den Küchentisch.

«Weil meine Fersen nach Süden gezeigt haben während der Zeugung?»

«Richtig. So ist das Leben nun einmal. Es gibt für alles Gesetze und Regeln.»

Hella verzog den Mund. «Ah, natürlich, so ist das. Wenn ich mich recht entsinne, so hat dir deine Mutter einen Jungen vorausgesagt. Hattest du da die Fersen im Norden?»

Gustelies verzog den Mund, als hätte sie auf einen Knochen gebissen. «Ach, die alten Zeiten. Die Menschen waren damals abergläubisch. Nein, meine Zehen haben nach Süden gezeigt. So, wie es der ehelichen Sitte entsprach und auch heute noch entspricht, meine Liebe. Der Mann oben, die Frau unten, ordentlich auf der Bettstatt, die nach Süden ausgerichtet ist. Und ich habe ein Mädchen bekommen. Also wirst du auch eines kriegen, weil ja die Zehen die Verlängerung der Fersen sind.»

Hella lachte. «Wie gut, Mutter, dass du nicht so abergläubisch bist, wie es deine Mutter war. Deine Thesen sind wissenschaftlich und beruhen auf der Erkenntnis der Natur.»

Hella stand auf.

«Du brauchst gar nicht zu lachen, meine Liebe. Du wirst schon sehen, dass ich recht habe.»

Hella biss sich auf die Lippen, dann fragte sie, während sie ihrer Mutter einen Becher mit Apfelmost vorsetzte: «Warum bist du hergekommen? Ist etwas geschehen?»

Gustelies blickte wie die Unschuld selbst umher. «Nichts ist geschehen. Ich wollte einfach nur einmal sehen, wie es meiner schwangeren Tochter geht. Und dich fragen, ob du noch Seife übrig hast.»

«Seife?»

«Ja, Herrgott. Seife. Lilo, die Magd der Sieder, sollte heute kommen und eine Lieferung bringen. Pater Nau muss heute Abend in den Waschzuber steigen. Aber die Lilo ist nicht gekommen. Und Seife brauche ich trotzdem.»

Hella öffnete die Tür zur Vorratskammer und kramte in einem Holzkästchen. «Lavendel oder Pfirsichkernöl? Wie soll der Pater riechen?»

Gustelies kicherte. «Hast du nichts, das nach Rotwein riecht? Dann brauche ich mich nicht umzustellen.»

Auch Hella kicherte und legte einen Riegel Ringelblumenseife auf den Tisch. «Da, das muss gehen. Wo ist denn die Lilo abgeblieben? Hat sie etwa ihr Kind schon bekommen?»

Gustelies schüttelte den Kopf. «Nein, das ist ja das Merkwürdige. Sie ist verschwunden. Wie vom Erdboden verschluckt.»

«Verschwunden? Die Lilo? Das kann ich mir gar nicht vorstellen. Die Lilo, die ist doch treu wie Gold. Und gefreut hat sie sich auf das Kind und darauf, bald die junge Seifensiederin zu sein und nicht mehr nur die Magd. Ob ihr unterwegs etwas zugestoßen ist?»

Gustelies schüttelte den Kopf. «Das kann ich mir nicht vorstellen. Die Lilo war ja nur in der Stadt unterwegs. Irgendjemand hätte sie doch gefunden. Nein, sie ist weg. Richtig weg und verschwunden.»

Die beiden Frauen hingen kurz ihren Gedanken nach, als die Haustür mit einem gewaltigen Krach aufgestoßen wurde.

Heinz stürmte herein und stellte eine Kiepe, aus der Erde rieselte, auf den frischgescheuerten Tisch, daneben warf er ein Bündel Zweige.

«Iii!», rief Hella aus und wischte die Erdkrümel zur Seite. «Was ist denn das für eine Schweinerei?»

Gustelies hatte sich erhoben, begrüßte ihren Schwiegersohn mit einem Kuss auf die Wange.

«Gut, dass du hier bist», sagte Heinz und strich seiner Frau übers Haar. «Ich habe von einem Bauern etliche Pfund Schwarzwurzelgemüse bekommen.» Er rieb sich die Hände. «Oh, und dazu Schmalzfladen! Mir läuft jetzt schon das Wasser im Mund zusammen.» Er wandte sich an Hella. «Und für dich, mein Herz, sind die Zweige.»

«Was soll ich denn mit dem Gestrüpp?», wollte Hella wissen.

«Das ist kein Gestrüpp, das sind Blutpflaumenzweige. Stell sie in handwarmes Wasser. Sie werden bald die schönsten Blüten treiben. Heinz hat dir den Frühling ins Haus gebracht.» Gustelies nahm die Zweige hoch und betrachtete sie mit Wohlgefallen.

Während Hella nach einer Vase suchte und Gustelies ihre Nase in die Kiepe mit dem Winterspargel steckte, redete Heinz weiter. «Schwarzwurzeln mit Schinkenspeck. Eine wunderbare Wintermahlzeit. Was sagst du, Gustelies?»

Gustelies nahm einen Stängel heraus, kratzte mit dem Zeigefinger die schwarze Kruste ab. «Viel Arbeit, sage ich dazu. Wenn ich das ganze Gemüse für euch verarbeiten soll, dann braucht es mehr als nur einen Riegel Ringelblumenseife. Im Übrigen würde ich den Winterspargel in einer Apfelweinsoße auftragen. Die Schmalzfladen können meinetwegen bleiben, aber Hella muss die Flomen, das Bauchfett vom Schwein, dafür besorgen. Schließlich steigen die Preise täglich weiter in den Himmel, nur die Einkünfte von Pater Nau sind auf dem Boden geblieben. Ich brauche mindestens vier Pfund, besser fünf.»

«Wir schicken die Magd nach den Flomen, dann muss Hella nicht so viel laufen», erklärte Heinz Blettner und leckte sich schon vorab die Lippen. «Aber eines verstehe ich nicht. Was hat das alles mit Ringelblumenseife zu tun?»

«Die brauche ich, weil die Magd der Seifensieder verschwunden ist, und zwar spurlos.»

«Na und?», fragte der Richter nach. «Was ist daran ungewöhnlich? Jedem von uns ist schon mal eine Magd davongelaufen.»

«Aber nicht die Lilo», erwiderten Hella und Gustelies wie aus einem Mund.

Hella berichtete ihrem verdutzten Ehemann vom Verschwinden der Seifensiedermagd. Doch Heinz blieb gelassen. «Sie ist schwanger. Gut. Der Kindvater ist im Türkenkrieg. Vielleicht hat sie es mit der Angst bekommen und ist zu ihm.»

«Du meinst, sie wollte ihn noch einmal sehen, bevor sie womöglich im Kindbett stirbt?», fragte Gustelies.

«Pscht!» Heinz Blettner presste eine Hand auf Gustelies' Mund. «Musst du das laut sagen? Du weißt doch, Hella ist schwanger.»

«Na und? Meinst du nicht, sie hat sich darum noch

keine Sorgen gemacht? Es hilft ihr nicht besonders, wenn du solche Themen vermeidest. Tröste sie lieber, wenn die Angst kommt.»

«Mutter hat recht», bestätigte Hella. «Angst hat wohl jede Schwangere. Und nicht davon zu reden, macht alles nur noch schlimmer.» Dann wandte sie sich an ihre Mutter. «Meinst du, die Lilo hat sich auf den Weg nach Wien gemacht?»

Gustelies schüttelte den Kopf. «Nie im Leben. Auf so einen Einfall kann nur ein Mann kommen. Stell dir nur vor, unterwegs setzen die Wehen ein! Nein, so eine Gefahr nimmt keine Schwangere auf sich, die ihr Kind behalten will.»

«Aber wo ist sie dann?» Plötzlich hatte Hella Tränen in den Augen. «Vielleicht ist sie irgendwo ganz allein und sorgt sich. Vielleicht friert sie, vielleicht hat sie gar Schmerzen.»

«Hat sie nicht», bestimmte Gustelies, aber auch ihr fiel nicht ein, wo die Magd sein könnte.

«Du solltest sie suchen lassen», schlug sie ihrem Schwiegersohn vor.

«Eine Magd? Wie lange ist sie denn schon weg? Hat mal jemand an den Stadttoren nachgefragt?»

«Nein, das hat wahrscheinlich noch niemand getan. Und weg ist sie seit heute Morgen.»

«Na, also.» Heinz Blettner streckte die Beine unter den Tisch und zog die Schuhe aus. «Kein Mensch sucht nach einer Magd, die gerade mal einen Tag verschwunden ist. Wenn sie in ein paar Tagen noch nicht wieder da ist, werde ich einen Büttel zu den Torwächtern schicken. Und jetzt, Weib, sag mir, was es zu essen gibt.»

KAPITEL 6

«‹*Vergebens strebe ich nach Glück;*
Verderben will mich das Geschick:
Denn stellt ich Totenkleidung her,
so stürbe sicher keiner mehr,
und wollt ich Kerzenhändler sein,
dann gäb es nur noch Sonnenschein.›
Abraham ben Meir ibn Esra hat recht», murmelte Pater Nau vor sich hin und sann dem Sechszeiler, den der Sarazene Arvaelo ihm beigebracht hatte, nach.

Er saß, nach Ringelblumenseife duftend, im Beichtstuhl und langweilte sich unsäglich bei den dürftigen Bekenntnissen seiner Gemeindemitglieder. Hin und wieder nickte er sogar ein bisschen ein. Dazwischen saß er da, wackelte mit den eiskalten Zehen und dachte an die Schmalzfladen, die Gustelies ihm gestern versprochen hatte, wenn er in den Waschzuber stieg.

Dieser Winter dauert einfach zu lange, dachte er und hörte nur mit halbem Ohr dem Totengräber Raimund zu, der angab, seine Frau wieder einmal geschlagen zu haben.

«Zehn Vaterunser, zehn Ave-Maria und heute Abend eine kalte Waschung», urteilte Pater Nau und betrachtete seine eiskalten Füße, die in dicken, von Gustelies gestrickten Schafwollsocken steckten.

Raimund verließ den Beichtstuhl, und Pater Nau hielt für einen Augenblick den Atem an, entspannte sich aber wieder, als eine Waschfrau bekannte, einem ihrer Auftraggeber ein Viertelchen Butter gestohlen zu haben.

Auch wenn Bernhard Nau es niemals zugeben würde, er hatte Angst. Seit der letzten Beichte hatte er keine Nacht mehr durchgeschlafen. Stets befürchtete er, der fremde Schatten mit der Hiobsbotschaft und dem Skalp würde wieder auftauchen.

Auch jetzt hockte die Angst ihm im Nacken. Noch bevor die Wäscherin Marthe ihre Beichte beendet hatte, fragte der Pater: «Sag, gute Frau, sitzt da draußen noch jemand, der seine Sünden bekennen will?»

«Wie?»

«Bist du die Letzte?»

«Äh, ja, Pater, und die Butter, die habe ich mir dann auf die Hände geschmiert, weil die doch so entzündet und voller Risse waren ...»

«Ja, ja, schon gut. Zehn Vaterunser, zehn Ave-Maria ...»

«... und am Abend eine kalte Waschung, ich weiß schon, Pater.»

«Nein, weißt du nicht. Und wag es nicht noch einmal, mir ins Wort zu fallen. Also: Zehn Vaterunser, zehn Ave-Maria, noch einmal fünf Vaterunser für Widerworte gegen den Pater, und dann geh ins Pfarrhaus und lass dir von der Gustelies was für deine Hände geben. Das wollte ich sagen.»

Pater Nau angelte nach seinen Schuhen und wollte gemeinsam mit der Wäscherin den Beichtstuhl verlassen und nach Hause eilen, als ihn an der Kirchentür eine Stimme zurückhielt. «Ich möchte beichten, Pater.»

Pater Nau wirbelte herum – und erstarrte, als er einen schwarzen Schatten, dessen Gesicht unter einer großen Kapuze verborgen war, in den Beichtstuhl schlüpfen sah.

«Die Beichtzeit ist überschritten, mein Sohn», rief er, doch als eine Antwort ausblieb, atmete er tief ein und aus, ignorierte das Zittern in seinen Knien und begab sich zurück in den Stuhl.

«Schau her und lerne, wie man den Winterspargel putzt!», bestimmte Gustelies. «Schwarzwurzeln müssen zuallererst gründlich im Wasser abgebürstet werden. Da, schnapp dir die Gemüsebürste.»

«Ich bin schwanger», erklärte Hella. «Ich kann kein Gemüse bürsten.»

«Du bist ja wohl nicht an den Händen schwanger, also los, erhebe dich.»

«Ich bin überall schwanger», widersprach Hella, griff sich aber die Bürste und reinigte den Spargel.

«Du kannst noch immer nicht kochen wie eine richtige Bürgersfrau. Ich möchte bloß wissen, warum ich in dieser Hinsicht so bei dir versagt habe.»

Gustelies ließ ihre Bürste sinken und strich sich eine Haarsträhne aus dem Gesicht. Sie betrachtete dabei ihre Tochter, als käme von dort endlich die Antwort, nach der sie seit Jahren suchte. Aber Hella kicherte nur, und Gustelies beäugte ihre Arbeit.

«Na, so geht es einigermaßen. Wenn die Stangen gebürstet und geputzt sind, schneidet man sie in kleine Stücke und legt sie in Milch, damit sie sich nicht gleich wieder verfärben. Dann kocht man die Schwarzwurzeln in der Milch, bis die Stangen schön bissfest sind.»

«Soll ich den Topf schon auf den Herd stellen?», wollte Hella wissen.

Gustelies schüttelte den Kopf. «Pater Nau müsste eigentlich gleich fertig sein, aber dein Mann ist noch nicht da. Wir müssen also noch warten. Es wäre furchtbar, wenn das Gemüse verkochte.»

«Heinz wollte in der Kirche auf Onkel Bernhard warten und dann mit ihm zusammen kommen.»

«Aber sind sie schon da? Nein! Wir bereiten inzwischen die Apfelweinsoße vor.»

Hella seufzte. «Ich wette, ich muss dafür Äpfel schälen.»

Gustelies hielt inne. «Donnerwetter, du hast ja doch etwas bei mir gelernt. Vier Stück, und achte darauf, dass keine Kerne in der Soße landen.»

Gustelies schälte ein paar Zwiebeln und dünstete danach die kleingeschnittenen Äpfel und Zwiebeln in etwas Butter an. Dann goss sie einen guten Becher Apfelwein dazu und ließ alles vor sich hin köcheln.

«Zum Schluss rühre ich noch Schmand unter, gebe ein bisschen Muskat hinzu und eine Handvoll getrocknetes Peterkraut. Schon fertig.»

Hella nickte. «Stimmt. Das ist gar nicht so schwer. Wenn doch bloß die blöde Schwarzwurzelschrubberei nicht wäre!»

«Schmalzfladen gehen schneller. Geh mal in die Vorratskammer. Da steht der Teig, den ich mit Mehl und Hefe vermischt habe. Er müsste allmählich aufgegangen sein.»

Hella tat, wie ihr befohlen war. Gustelies formte aus dem Teig zwanzig kleine Klößchen, die sie mit bemehlten Händen zu Kreisen zog. Dann holte sie das Schweinefett aus der Kammer, gab es in einen flachen Topf und sah begeistert zu, wie sich das Schmalz verflüssigte.

«So, sie könnten jetzt eigentlich langsam kommen, das Essen ist fast fertig», sagte sie, als die Tür sich öffnete und Pater Nau von Heinz Blettner in die Küche geschoben wurde.

Gustelies fuhr herum und starrte ihren Bruder an, als wäre er ein Geist. «Um Himmels willen, wie siehst du denn aus?», fragte sie entsetzt.

Das Gewand hing schief am Pater, und unter dem Saum schauten statt schwarzer Schuhe rote Schafwollsocken hervor. Auf Kopf und Kragen hingen ein paar Heustängel.

Pater Nau schluckte, breitete kraftlos die Arme aus und verkündete mit Grabesstimme: «Die Erde ist in Frevlerhand.»

«Ja, das wissen wir», erklärte Gustelies. «Und außerdem ist sie ein Jammertal und das Leben ein Graus. Und jetzt sage mir, warum du so verstört aussiehst?»

Pater Nau schwieg.

«Na, los. Sag schon!»

Pater Nau biss sich auf die Lippen.

«Wer nicht will, der hat schon», stellte Gustelies beleidigt fest. «Dann zieh dich jetzt um. Ich möchte überhaupt wissen, warum du das nicht schon in der Sakristei getan hast. Und wo sind eigentlich deine Schuhe? Die neuen, schwarzen.»

Pater Nau schlurfte aus der Küche, als wäre er während seiner Beichtstunde um Jahre gealtert.

Gustelies und Hella sahen ihm nach, dann wandte sich Gustelies an ihren Schwiegersohn. «Was ist mit ihm los? Er wirkt ja, als wäre er dem Teufel höchstselbst begegnet.»

Heinz ließ sich auf die Küchenbank sinken. «Ich weiß es nicht», erwiderte er und zog Hella, die neben ihm saß, dicht an sich heran. «Ich habe wahrhaftig keine Ahnung. Als ich in die Kirche kam, war der Beichtstuhl leer. Ich habe nach dem Pater gerufen, aber da kam keine Antwort. Schließlich ging ich in die Sakristei. Als ich die Tür öffnete, schrie Bernhard auf: ‹Weiche, Satan, weiche!› und ‹Die Erde ist in Frevlerhand!› Er selbst saß auf dem Boden vor der Truhe, war über und über mit Stroh bedeckt. Die leere Messweinkanne stand neben ihm. Als ich näher kam, hielt er sich die Augen zu und wimmerte: ‹Ich kann das nicht, ich bin doch auch nur ein Mensch. Jeder Pater ist ein Mensch.› Ich hockte mich neben ihn, sammelte das Heu von seiner Kutte und erklärte ihm immer wieder, wer ich bin. Irgendwann sah er mich mit großen Augen an und fragte, ob ich Branntwein dabeihätte.»

«Und?», fragte Hella. «Hattest du?»

«Natürlich nicht!» empörte sich Heinz. «Nun ja. Nur noch einen winzigen Rest.»

«Aha. Wusste ich es doch!»

«Du verstehst nicht, Weib. Branntwein ist für Männer so etwas wie Medizin. Hilft in jeder misslichen Lage. Wer weiß, was geschehen wäre, wenn ich heute keinen Schluck dabeigehabt hätte. Es ist sogar möglich, dass ich damit unserem Bernhard das Leben gerettet habe.»

«Und weiter?», fragte Gustelies dann.

«Nichts weiter. Ich habe Bernhard beim Arm genommen, die Sakristei verschlossen, die Kerzen in der Kirche gelöscht und bin mit ihm hierhergekommen. Das ist alles.»

«Er ist schon seit ein paar Tagen so merkwürdig.» Gustelies schüttelte den Kopf. «Ich muss mal mit Bruder Göck reden. Wer weiß, was der ihm wieder von der Hölle erzählt hat.»

Pater Nau kam zurück in die Küche geschlurft. Er trug noch immer die Socken, hatte aber mittlerweile die Kutte abgelegt. Er ließ sich auf die Küchenbank fallen und starrte wortlos auf die gescheuerte Tischplatte.

«Was ist denn mit dir? Jetzt rede doch endlich!» Gustelies' Stimme war ungeduldiger geworden.

Der Pater schüttelte nur ein wenig den Kopf.

«Na gut! Wie du willst.»

Wenig später durchzogen köstliche Gerüche nach Apfelwein und Schmalzfladen die Küche. Als der erste Fladen vor Pater Nau auf dem Teller lag, fragte dieser: «Was ist das? Wieder Schwarte?»

«Was hast du nur immer mit der Schwarte?», fragte Gustelies. «Das ist nichts anderes als Schweinefett, auch Flomen oder grüner Speck genannt.»

Bei dem Begriff «grüner Speck» sprang Pater Nau auf, würgte, presste sich die Hand vor den Mund und eilte nach draußen.

Gustelies stand vor dem Herd, den Kochlöffel erhoben, und erklärte: «Ich wette, irgendjemand aus der Gemeinde hat ihm Plätzchen gebracht. Er wird während der Beichte die Dinger aufgegessen haben, und nun ist ihm schlecht.»

Sie wandte sich an Hella. «Siehst du, Kind, das kommt davon, wenn man Plätzchen nicht wie ich mit guter Butter backt, sondern billigen grünen Speck dafür nimmt.»

Sie sah durch die offene Küchentür in den Garten und beobachtete den Pater, der würgend über dem kleinen Misthaufen hing. «Na, ich kann mir schon denken, wer das war. Unseren Pater zu vergiften! Diesmal kommt sie mir nicht ungeschoren davon!»

Bei dem Wort «ungeschoren» schrie Bernhard Nau auf und sank neben dem Misthaufen zu Boden.

Am nächsten Morgen weckte Gustelies ihren Bruder so sanft, wie sie es vermochte. «Bernhard», flötete sie. «Bernhardlein, dein Morgenmahl ist fertig.»

Pater Nau riss mühsam ein Auge auf. Als er Gustelies' Gesicht so dicht vor seinem sah, fing er an zu zittern, zog sich die Bettdecke über den Kopf und wimmerte: «Nicht. Bitte nicht.»

«Was soll das heißen?», wollte Gustelies wissen und riss ihm die Decke weg.

«Ach, du bist es nur.» Pater Nau war sichtlich erleichtert.

«Ja, ich bin es nur. Ich habe dir dein Morgenmahl gebracht. Frisches Laugengebäck, in warme Mandelmilch getunkt.»

Pater Nau schüttelte den Kopf. «Ich mag nichts essen.»

«Doch, du musst. Und sogar schleunigst – die Kirche wartet auf dich. Ich habe vom Fenster aus schon die ersten gesehen, die zur Morgenmesse gingen.»

«Nein!» Der Pater schüttelte energisch den Kopf. «Ich gehe nicht in die Kirche. Nicht heute und nicht morgen. Nie mehr.»

«Du bist Priester, deine Wirkungsstätte ist die Kirche!», erklärte Gustelies. «Und jetzt hoch mit dir.»

«Nein!» Pater Nau sprach mit solchem Nachdruck, dass Gustelies aufhorchte. «Keine Macht der Welt bringt mich wieder in dieses Gemäuer.»

Gustelies stand ratlos vor dem Bett. Behutsam streckte sie eine Hand aus und legte sie dem Pater auf die Stirn. «Du bist ja ganz heiß. Du hast schreckliches Fieber. Na, das erklärt alles. Bleib du heute nur ruhig im Bett. Ich sage bei den Antonitern Bescheid, dass sie deine Arbeit übernehmen. Schlaf jetzt am besten. Und ich gehe derweil auf den Markt und kaufe Lindenblüten, um dein Fieber zu senken.»

Der Pater nickte und schloss die Augen, und Gustelies verließ wie auf Katzenpfoten das Zimmer.

Bruder Göck maulte zwar, als er hörte, er müsse Pater Nau vertreten, aber Gustelies versprach ihm ein paar Schmalzfladen und eine Kanne guten Dellenhofer Spätburgunder, wenn er jetzt gleich käme. Dann eilte sie vom Antoniterkloster hinunter zum Markt, der wie immer auf dem Platz vor dem Römer abgehalten wurde.

Und ebenfalls wie immer suchte sie zuerst ihre Freundin Jutta Hinterer in der Wechselstube auf. «Der Pater ist krank», erklärte sie der Geldwechslerin.

«Das tut mir leid für ihn, aber zumindest geht es ihm besser als dem armen Ding, das man heute Nacht gefunden hat.»

«Welches arme Ding?», wollte Gustelies wissen, doch dann fiel ihr noch etwas anderes ein. «Hast du meine Jungbrunnensalbe?»

Jutta nickte, griff in ihre Rocktasche und holte daraus einen kleinen Tiegel hervor.

Gustelies dankte und steckte den Tiegel in die eigene Rocktasche.

«Warte, ich kriege noch einen halben Gulden von dir.»

«Ach, ja.» Gustelies seufzte und holte ihren Geldbeutel hervor. Sie sah ungläubig hinein, reichte der Freundin das Geldstück und schüttelte den Kopf. «Es ist nicht zu fassen. Mein Haushaltsgeld ist schon wieder aufgebraucht. Ich fürchte, ich muss mich diese Woche tatsächlich auf die Lauer legen und einen Stadthasen fangen.» Sie seufzte tief auf, dann fragte sie noch einmal: «Welches arme Ding?»

«Sag bloß, du weißt noch nichts?»

«Nein. Mir sagt ja keiner was.»

«Und das, obwohl du die Schwiegermutter des Richters bist.»

«Eben darum. Du weißt doch, dass Heinz den Bütteln und Schreibern Anweisungen gegeben hat, sämtliche Gerichtsfälle vor Hella und mir zu verbergen.»

«Na ja, mir hat niemand etwas verboten, deshalb weiß ich auch Bescheid. Also, in der Nacht, der Vollmond schien, und die Uhr am Römer schlug gerade die Geisterstunde, da legte ein Lastkahn am Hafen an. Und weißt du, was die Schiffer beim Antäuen entdeckt haben?»

«Nein. Was denn?»

«Eine Leiche, die am Ufer lag, womöglich sogar im Wasser trieb. Man verständigte sofort den Richter. Und der hat die Leiche bergen lassen, aber einer der Schiffer hat mir heute Morgen berichtet, dass es sich bei dem Leichnam um eine junge Frau gehandelt hat. Eine junge Frau, der man den Bauch aufgeschlitzt hat und die ausgeweidet war wie ein Stadthase.»

KAPITEL 7

Sorgenvoll schritt Richter Blettner im Seitengebäude des Henkershauses auf und ab. «Wo bleibt der denn nun schon wieder?»

Der Henker stand beim großen Holztisch, auf dem die Leiche lag, und wusch diese behutsam mit einem feuchten Schwamm ab. «Er ist nie pünktlich, der Eddi. Was will man auch erwarten von einem Leichenbeschauer, der sich ekelt, eine Leiche anzufassen.» Bei jeder Bewegung des Henkers flackerten die Fackeln auf und warfen bedrohliche Schatten an die Wände.

Der Richter schüttelte sich ein wenig. «Um deine Arbeit beneide ich dich wirklich nicht», erklärte er dem Henker.

Der zuckte nur mit den Achseln. Er war ein schweigsamer Mann, der nur sprach, wenn es sich nicht vermeiden ließ. Er lebte mit Frau und sechs Kindern in der Vorstadt, denn er galt als unrein. Doch das machte dem Henker nichts aus. Seit Generationen schon war die Familie als Scharfrichter bestellt. Und ebenfalls seit Generationen hatten sie sich daran gewöhnt, von den Menschen gemieden zu werden.

Von draußen war Gepolter zu hören.

«Na, endlich», sagte Richter Blettner und sah zu, wie Eddi Metzel den Raum betrat.

«Gott zum Gruße», sprach er und rieb sich gut gelaunt die Hände. «Was haben wir denn da?»

«Eine Leiche, Eddi. Und zwar eine ziemlich übel zugerichtete. Ich will alles wissen. Alter der Frau, Herkunft, Art der Verletzungen und so weiter und so fort. Am besten, du machst dich sofort an die Arbeit.»

Eddi nickte. «Der Henker muss mir dabei helfen. Mein Gehilfe liegt mit Durchfall im Bett.»

Der Scharfrichter schüttelte den Kopf. «Das geht nicht. Mein Gehilfe, der Stöcker, hat sich beim letzten Handabschlagen mit der Axt den eigenen Daumen gespalten. Ich muss heute selbst eine Auspeitschung und eine Anbindung an den Schandpfahl übernehmen.» Er wusch sich die Hände in einer Schüssel, nickte zum Gruß und verließ die Leichenhalle.

«Dann musst du mir helfen, Richter. Oder wenigstens dein Schreiber.»

Richter Blettner sah zu seinem Gehilfen. Der lehnte mit grünem Gesicht an der Wand, unfähig zum Protest. «Ich mache das. Der da drüben muss ja schließlich mitschreiben. Und das kann er meinetwegen mit dem Gesicht zur Wand tun.»

Eddi Metzel zündete noch ein paar Fackeln an, dann trat er dicht an den Tisch. «Es handelt sich also hier um eine noch junge Frau. Wurde sie so aufgefunden? Wann? Wo? Von wem?»

Der Schreiber starrte auf seine Aufzeichnungen. «Gestern Nacht. Als der Mond an der höchsten Stelle stand. Gefunden wurde sie von zwei Schiffern. Sie lag am Mainufer, die Beine bis zu den Schenkeln im Wasser.»

«Was hatte sie an? Wo ist ihre Kleidung? Schmuck? Schuhe? Sonstiges?»

«Sie war nackt», erklärte der Schreiber mit zittriger Stimme und hüstelte.

«Das ist alles, was wir wissen. Die Hafenarbeiter werden befragt, aber die beiden Schiffer haben nichts gesehen und nichts gehört. Gefunden haben sie die Tote, weil sie von ihrem Kahn aus etwas Helles im Mondlicht am Ufer gesehen hatten. Und jetzt, Leichenbeschauer, stelle ich hier die Fragen. Wie alt ist sie ungefähr?» Richter Blettner hatte bereits das Wams abgelegt und die Ärmel hochgekrempelt.

Eddi Metzel beugte sich über den Tisch, griff nach dem Kinn der Toten und öffnete ihr den Mund. «Zu unserem Glück ist die Leichenstarre schon weg. Daraus schließe ich, dass sie schon mindestens fünf Tage lang tot ist. Aber selbstverständlich hat sie nicht so lange im Wasser gelegen.»

«Woher weißt du das?», wollte Richter Blettner wissen.

«Ganz einfach. Die Haut ist vom Wasser nicht so sehr aufgequollen. Auch die übrigen Anzeichen für eine typische Wasserleiche fehlen. Beerenförmige Fingerkuppen, Krebse in den ausgefressenen Augenhöhlen, Flussaale, die sich an den Lippen gütlich getan haben. Nein, die hier lag nur sehr kurze Zeit im Main. Im Übrigen wurde sie seit ihrem Tod an einem kalten Ort aufbewahrt.»

«Woher weißt du das schon wieder, mein Lieber?» Der Richter sah Eddi überrascht an.

«Der Sarazene hat mir erklärt, dass die Fäulnisbildung von der Temperatur abhängig ist. Siehst du hier vielleicht ausgeprägte Fäulnis oder Verwesung, wie sie für eine fünf Tage alte Leiche üblich wäre? Nein. Also lag sie an einem kalten Ort.»

«Nun, es ist schließlich Winter», stellte der Richter fest.

Der Leichenbeschauer warf ihm einen scheelen Blick zu. «Und im Winter wird dort, wo Menschen leben, der Kamin geheizt.»

Der Richter nickte und nahm sich vor, später den Leichenbeschauer zu fragen, ob auch er von Arvaelo in der Totenleserei unterrichtet worden war.

«Gib mir den Mundsperrer und eine Kerze.» Eddi streckte seine Hand nach dem Richter aus. Blettner nahm das Gewünschte von einem kleinen Tischlein, und der Leichenbeschauer leuchtete die Mundhöhle der Toten damit aus.

«Von den Weisheitszähnen sind noch nicht alle vier voll ausgebildet. Nicht älter als zwanzig Jahre, würde ich sagen.»

«Schreiber, hast du das?»

«Ja, Herr.»

«Gut. Eddi, mach weiter. Kannst du mir etwas über ihre Herkunft sagen oder darüber, was sie gemacht hat?»

Eddi nahm eine Hand der Toten, betrachtete sie gründlich, Finger für Finger. «Ihre Nägel sind sehr kurz geschnitten und sauber. Entweder hat sie vor ihrem Tod gebadet, oder sie ist in letzter Zeit nicht mit dreckigen Dingen in Berührung gekommen. Sie gehört sicher nicht zu einem Färber- oder Gerberhaushalt. Die Fingerspitzen sind nicht zerstochen, also scheiden auch die Schneider-, Kürschner-, Haubenmacher- und Stickerzünfte aus. Zudem sind ihre Hände nicht von Brandblasen oder Narben verunstaltet. Ich denke also auch nicht, dass sie eine Magd war.»

«Eine Patrizierin etwa?» Dem Richter graute, als er

daran dachte, wie er das dem Schultheiß Krafft von Elckershausen beibringen sollte.

«Nein, ich glaube nicht. Die Patrizierinnen schmieren sich Bleiweiß auf die Stirn, um ihre Haut zu bleichen. Die hier hat keine Reste davon. Auch die typischen Anzeichen von Bleiweiß, diese kleinen Pickel, hat sie nicht. Ihre Haut ist ganz rein.»

«Keine Handwerkerin, keine Patrizierin, keine Magd», murmelte der Richter vor sich hin. «Herrgott, was kann sie denn sonst noch gewesen sein?» Plötzlich kam ihm ein Gedanke. Er riss die Augen auf. «Oh, nein, Eddi, sag mir, dass sie keine Nonne war.»

Er wandte sich an den Schreiber. «Weißt du, wer in letzter Zeit als vermisst gemeldet worden ist? War eine Nonne darunter?»

Der Schreiber schüttelte den grünen Kopf, und Heinz Blettner beruhigte sich wieder ein wenig.

Der Leichenbeschauer schritt langsam um den Tisch herum. «Die Todesursache kann ich nicht so ohne weiteres bestimmen. Fest steht, dass ihr jemand mit einem Y-Schnitt den Körper geöffnet hat.»

Eddi beugte sich über die Tote und zog die leicht aufgeworfene Bauchdecke mit den grauen Schnitträndern ein Stück zurück. «Sie ist ausgeweidet worden. Keine Leber, keine Lungen, keine Nieren, keine Milz. Nicht einmal der Magen ist noch da. Und das Herz hat man ihr ebenfalls herausgeschnitten. Halt mal.» Eddi wies den Richter an, die andere Seite der Bauchdecke hochzuziehen. «Siehst du das?», fragte er dann. Der Richter atmete flach und verneinte.

«Da! Das Herz fehlt. Siehst du das ganze Blut ringsum? Sie hat noch gelebt, als man an ihr Herz ging. Es ist ihr buchstäblich bei lebendigem Leib herausgetrennt worden. Das Blut ist übrigens ein weiterer Beweis dafür, dass sie nur sehr kurz im Wasser gelegen hat.»

Blettner schluckte. «Somit haben wir also die Todesursache?»

Der Leichenbeschauer bestätigte das. Dann ging er ein paar Schritte, spähte in den offenen Unterleib der Toten. «Die Därme sind vorhanden. Hilf mir mal, sie zur Seite zu räumen.» Beherzt griff er in den Leib, holte mit beiden Händen die Darmschlingen heraus und legte sie neben die Tote. «Na, was haben wir denn da?», fragte er dann. «Sie war schwanger! Sie war sogar hochschwanger. Schau dir den Uterus an. Groß wie ein Kürbis. Und siehst du auch den Schnitt darin? Das Kind ist der Mutter ebenfalls aus dem Bauch geschnitten worden. Und der Mutterkuchen fehlt auch.» Eddi Metzel sah nachdenklich zur gegenüberliegenden Wand.

«Was?», fragte Blettner. Er hatte das Gefühl, dass sein Herz mit einem Mal nicht mehr im richtigen Rhythmus schlug. Schwanger. Das Kind aus dem Bauch geschnitten. Er musste mehrmals ganz tief durchatmen, damit seine weichen Knie nicht einknickten.

«Ich bin nicht sicher», erklärte der Leichenbeschauer. «Aber mir ist, als hätte ich schon einmal von einem Verfahren gehört, bei dem das Kind der Mutter aus dem Bauch geschnitten wird. Ich muss mich kundig machen. Fest steht jedenfalls, dass sie kurz vor der Niederkunft stand.»

Der Richter schüttelte sich. Einen Augenblick dachte er an seine Hella, und das Grauen überkam ihn. Der Schreiber war mittlerweile mit dem Rücken an der Wand herabgerutscht und hockte, noch immer grüngesichtig, auf dem Boden, die Schiefertafel zwischen die Knie geklemmt. Sein Atem ging in flachen Stößen. Schweißperlen standen ihm auf der Stirn, und der Griffel in seiner Hand zitterte.

«Hat es noch gelebt, das Kind?», presste Heinz Blettner mit zusammengepressten Zähnen hervor.

Eddi Metzel betrachtete inzwischen die Genitalien der Frau. «Geboren auf natürlichem Wege hat sie es jedenfalls nicht», erklärte er. «Mehr kann ich dazu auch nicht sagen.»

Er schaute auf, sah Richter Blettner an. «Wer macht so etwas?», fragte er.

«Ich weiß es nicht», erwiderte Blettner mit grauem Gesicht, in dem das Entsetzen stand. «Ich weiß nur, dass wir ihn fangen müssen. Und zwar so schnell wie möglich.»

«Glaubst du etwa …» Eddi Metzel sprach den Satz nicht zu Ende, aber Blettner wusste auch so, was der Leichenbeschauer meinte. Er hob die Schultern. «Bei Gott, ich hoffe nicht, dass wir es hier mit einem Serienmörder zu tun haben. Aber ich kann auch nichts ausschließen. Jedenfalls werde ich Hella nicht mehr allein aus dem Haus lassen.»

Eddi nickte. «Lasst uns die Leiche umdrehen. Ich will sehen, wie sie von hinten aussieht.»

Der Richter packte die Tote behutsam bei den Knöcheln, Eddi nahm die Schultern, dann drehten sie die Leiche auf den Bauch.

«Um Gottes willen, was in aller Welt ist das denn?», rief Eddi aus und schlug sich die Hand vor den Mund.

«Was ist?», fragte der Richter, trat an das obere Ende des Tisches und starrte auf den blutigen Schädel, dem ein männerfaustgroßes Stück Kopfhaut samt Haaren fehlte.

«Was in aller Welt hat das zu bedeuten?», fragte Heinz Blettner entgeistert.

«Ich weiß es nicht», gab Eddi Metzel zu. «Und ich glaube, ich will es auch gar nicht wissen.»

KAPITEL 8

Feiner Nieselregen verbarg die Stadt hinter einem Schleier. Wolken trieben wie dicke Federbetten über die Dächer, schmiegten sich um die Türme der Wachen und vermischten sich mit dem Rauch, der aus den zahlreichen Schornsteinen aufstieg. Darunter kreisten ein paar Raben und erfüllten die Luft mit lautem Krächzen.

«Und?», fragte Richter Heinz Blettner die beiden Stadtbüttel. «Habt ihr etwas gefunden?»

«Nein, Herr.»

«Dann sucht, bis ihr etwas findet.»

Er seufzte laut auf und besah sich den Boden zu seinen Füßen. Der Uferbereich, an dem die Leiche in der Nacht geborgen worden war, war völlig zertreten. Es war unmöglich, einzelne Fußspuren auszumachen. Auch das Gras, ohnehin spärlich durch die Schneelast der letzten Wochen, war niedergetreten.

Blettner holte einen Hornkamm aus seiner Wamstasche. «Büttel», rief er.

Der Mann kam, und Blettner reichte ihm den Kamm. «Hier, nimm das und dreh damit jeden Grashalm um. Es muss etwas zu finden sein. Irgendwas. Ganz gleich. Und wenn du einen verdächtigen Fleck siehst, dann sag Bescheid.»

Der Büttel besah missmutig den Kamm, während Richter Blettner, eine Hand am Kinn, auf und ab ging und dabei vor sich hin murmelte. «Was in aller Welt sollte die Leiche am Main? Nirgendwo ist Blut. Er wird ihr also nicht hier das Herz und das Kind aus dem Leib gerissen haben. Tatort und Fundort sind somit nicht identisch. Hat er die Leiche am Ufer abgelegt, damit sie gefunden wird? Oder wollte er sie mit einem Nachen wegschaffen und ist dabei gestört worden? Wem gehören eigentlich die Kähne hier am Ufer?»

Blettner sah auf und winkte den Schreiber zu sich. «Die Kähne hier, die Fischerkähne. Sind die vollständig, oder fehlt da einer? Wem gehören die überhaupt?»

Der Schreiber zuckte mit den Achseln. «Woher soll ich das wissen, Herr?»

«Dann geh und finde es heraus.»

Der Schreiber nickte und kam wenig später mit einem Fischer zurück.

Der stellte sich ans Ufer, kratzte sich am Kopf und überlegte. «Und?», wollte Richter Blettner wissen.

«Einer fehlt. Der Kahn vom Krebsfischer Simon. Aber der Simon ist gestorben vor ein paar Wochen. Kann sein, dass die Witwe den Kahn aus dem Wasser geholt hat. Getaugt hat er nichts, da war ein riesiges Loch im Boden. So groß, dass alles Pech der Welt es nicht stopfen konnte.»

«Aha. Außer Simons Kahn fehlt nichts. Alle anderen Boote kennst du, oder?»

«Ganz recht, Herr.»

Blettner wandte sich ab. Ihm war kalt. Er hatte Hunger und Durst und das dringende Bedürfnis, nach Hause zu gehen und nach seiner schwangeren Frau zu sehen. Er wollte einfach nur wissen, ob es ihr gutging. Sie sollte mit ihm schimpfen, ihn für die dreckigen Sachen rügen, sich über die Schmutzspuren seiner Schuhe aufregen, ganz egal, nur da sein sollte sie. Da und gesund sein.

«Ich gehe», erklärte Blettner einem Büttel. «Komm nach dem Mittag ins Malefizamt und berichte mir, was ihr gefunden habt. Und seht euch auch die Kähne an. Achtet auf Blut und auf Dinge, die nicht in ein Boot gehören. Hast du mich verstanden?»

«Ja, Herr.»

Blettner nickte, zog die Schultern hoch und marschierte zum Römer hinauf.

An der Geldwechselstube stieß er auf seine Schwiegermutter.

«Und?», fragte Gustelies mit blitzenden Augen. «Was ist geschehen? Sag schon!»

Richter Blettner sah nachdenklich zwischen Jutta und Gustelies hin und her. Dann entschied er sich, seinen eigenen Anweisungen zuwiderzuhandeln.

«Eine junge Frau. Am Ufer. Tot. Ausgeweidet. Sie war schwanger. Das Kind ist ihr aus dem Leib geschnitten worden.»

Gustelies schrie auf und presste sich eine Hand vor den Mund.

Der Richter trat dicht an sie heran. «Das ist alles, mehr weiß ich noch nicht. Aber ich bitte dich bei den Gebeinen der heiligen Hildegard: kein Wort zu Hella. Und pass ab jetzt auf sie auf. Sie sollte keinen Fuß mehr allein vor die Tür setzen.»

Gustelies nickte. Ihr Gesicht war blass geworden.

«Wer ist sie denn?», wollte Jutta Hinterer wissen. «Die Tote, meine ich.»

«Ich habe keine Ahnung», erklärte Blettner. «Niemand kennt sie. Sie ist keine Magd, keine Handwerkerin mit typischen Handwerkerhänden, keine Patrizierin und wohl auch keine Nonne. Ich muss schauen, wer im Malefizamt als vermisst gemeldet wurde.»

Er hob die Hand zum Gruß und schlurfte über den Platz hinüber zum Amt.

Die beiden Frauen sahen ihm nach. «Keine Magd, keine Handwerkerin, keine Nonne, keine Patrizierin», überlegte Jutta Hinterer laut. «Und von uns Geldwechslerinnen fehlt auch keine. Wer war sie?»

«Ja. Das ist die Frage», entgegnete Gustelies. «Wer war die Frau, und wo ist ihr Kind geblieben?»

Die Frauen sahen sich an. «Denkst du, was ich denke?», fragte Jutta.

«Ich denke, ich denke dasselbe wie du», antwortete Gustelies. «Hast du heute Nachmittag Zeit?»

Jutta hob die Hände. «Für so etwas habe ich immer Zeit, meine Liebe.»

«Gut, dann such ein paar Sachen zusammen, die du nicht mehr brauchst. Mit leeren Händen können wir dort nämlich nicht auftauchen.»

Im Malefizamt hatte Richter Blettner sich die Vermisstenmeldungen bringen lassen und sah sie jetzt einzeln durch. «Anna Rübner, Wäscherin, fünfundvierzig Jahre, vermisst seit dem Hochwasser im Oktober. Na, die scheidet wohl aus. Sie wird ertrunken sein. Gut. Wen haben wir noch?»

Der Schreiber stand hinter seinem Pult und sah ins Registerbuch. Auch vor ihm lagen Kopien der Vermisstenzettel. «Ilsegard Schwäbli. Neunzehn Jahre alt. Eine Wanderdirne, die seit der Herbstmesse als vermisst gilt.»

«Wer hat sie gemeldet?»

Der Schreiber blätterte. «Ah, hier steht es. Eine Freundin. Hüttli, Annabell. Ebenfalls Wanderdirne. Sie sagte aus, dass die Schwäbli mit einem Freier in dessen Herberge gegangen und von dort nicht wiedergekommen wäre. Der Büttel hat damals in der Herberge nachgefragt. Aber die hatten keine Ahnung. Nichts gehört und nichts gesehen.»

«Eine Wanderhure, na ja. Sie wird wohl weitergewandert sein. Womöglich ohne die Freundin, die ja auch Konkurrenz ist. Ich glaube, die können wir auch streichen. Wer noch?»

«Roswitha Blunck. Magd. Sechsunddreißig Jahre alt.»

«Und weiter?»

Wieder blätterte der Schreiber mit angelecktem Zeigefinger im Registerbuch. «Die Blunck wurde von der Magd der Nachbarin vermisst gemeldet. Es hieß, ihr Dienstherr hätte ein Techtelmechtel mit ihr und seine Frau wäre dahintergekommen. Mit dem Nudelholz soll sie die Blunck vom Hof gejagt haben.» Der Schreiber kicherte. «Das hätte sie mal mit meinem Weib machen sollen, die Blunck. Dann wäre die Meine jetzt eine Mörderin.»

«Schreiber, reiß dich zusammen. Wir suchen nach einer Toten. War sie schwanger, die Blunck?»

«Davon steht hier nichts.» Der Schreiber kicherte wieder und schüttelte den Kopf. «Die Meine hätte der Blunck wohl auch den Bastard aus dem Leib geholt.»

«Schreiber! Herrgott noch eins, jetzt konzentrier dich. Du scheinst dir ja regelrecht zu wünschen, dass dein Weib hinter deine Liebeleien kommt.»

Der Schreiber wurde rot wie Klatschmohn. Er räusperte sich: «Verzeihung, Herr. Mehr haben wir nicht. Es gab da noch zwei, die sich wieder eingefunden haben, und eine, von der es heißt, sie ist mit den Unseren in den Türkenkrieg gezogen. Gehört habe ich noch von einer aus Vilbel. Aber die scheidet wohl auch aus. Sie hatte einen Wolfsrachen. Aber die war schwanger. Hmm, wahrscheinlich war sie eine Werwölfin oder so etwas. Jedenfalls kann ich mir keinen denken, der so einer ein Kind macht.»

«Hmpf!», machte Richter Blettner. Er hatte kaum zugehört, nahm jetzt aber den Federkiel, an dessen Ende er gekaut hatte, aus dem Mund. «Wenn es hier in der Stadt keine Vermissten mehr gibt, dann müssen wir eben in der Vorstadt nachfragen. Schreiber, ich gehe jetzt zu Tisch. Du aber machst dich auf den Weg und fragst in der Vorstadt nach.»

Der Schreiber verzog das Gesicht.

«Was ist denn nun wieder?»

«Kann das nicht einer der Büttel machen?»

«Warum denn? Du erstickst ja nicht gerade in Arbeit hier.»

«Trotzdem. Mein Weib. Ihr wisst doch.»

«Gar nichts weiß ich. Was ist mit Eurem Weib?»

Der Schreiber wurde wieder blutrot. «Sie … nun ja … sie … Es wird Ärger geben, wenn sie hört, dass ich in der Vorstadt war.»

Der Schreiber sah den Richter hilfesuchend an. Blettner begann schallend zu lachen. «Hat sie dich erwischt, die Deine? Hat sie dir vor dem Hurenhaus aufgelauert, was? Und dir gedroht, wenn du dort noch einmal gesehen wirst, dann kannst du dein Bett in der Gosse machen, nicht wahr?»

Der Schreiber nickte und wusste vor Verlegenheit nicht, wo er hinschauen sollte.

Richter Blettner kicherte noch immer.

«Darf ich den Bütteln Bescheid sagen?», fragte der

Schreiber kläglich. Blettner schüttelte den Kopf. «Nein», bestimmte er. «Du gehst. Immerhin scheinst du ja ziemlich gute Verbindungen in die Vorstadt zu haben. Und komm mir bloß mit Ergebnissen zurück, sonst sage ich deinem Weib, wo du gewesen bist.»

Noch immer kichernd erhob er sich und verließ das Malefizamt. Auf dem Gang traf er den zweiten Bürgermeister, den Schultheiß Krafft von Elckershausen.

«Na, wie geht es voran mit der Toten?»

Blettner zuckte mit den Achseln. «Eigentlich gar nicht, Ratsherr. Wir wissen nicht, wer sie ist.»

Der Schultheiß legte ihm einen Arm um die Schulter. «Nun, dann können wir den Fall zu den Akten legen. Eine unbekannte Tote heißt ja wohl, dass die Frau keine Bürgerin unserer Stadt war. Macht einen Vermerk und beendet den Fall.»

Richter Blettner stand für einen Augenblick der Mund offen. «Aber warum denn das?», fragte er.

Krafft von Elckershausen seufzte. «Ihr wisst doch selbst, was in Frankfurt gerade los ist. Der Kaiser droht der Stadt mit einer kaiserlichen Acht, weil ein paar Kirchen sich der neuen Lehre angeschlossen haben. Wir müssen alles tun, um dem Kaiser nicht noch neue Munition zu geben. Die Stadt hat viel zu verlieren. Zuvorderst ihren Status als Reichsstadt. Ihr wisst, was das bedeutet? Keine Messen mehr, keine Krönungen. Wir verkommen zu einem Provinznest. Der Reichtum versiegt, und schon bald sind wir das Armenhaus des Landes. So sieht es aus.»

Blettner machte sich los. «Wollt Ihr damit sagen, Ratsherr, dass die Tote ungesühnt bleibt, weil die Stadt sonst verarmen könnte?»

«Jetzt seid doch nicht so theatralisch, Richter. Die Tote ist tot. Zum Leben erwecken könnt Ihr sie nicht. Also sorgt wenigstens dafür, dass wir anderen hier unser Auskommen behalten. Der Kaiser ist verärgert und droht mit Sanktionen. Im Rat sieht es nicht besser aus. Die Vertreter der Zünfte drängen auf Abschaffung der katholischen Gottesdienste. Sie wollen, dass Frankfurt ganz und gar der neuen Lehre anhängt. Die Patrizier sind da gemäßigter. Und über uns allen schwebt das Schwert des Kaisers und des Erzbischofs von Mainz. So leid es mir tut, Richter, aber einen neuen Criminalskandal können wir uns nicht leisten. Der Kaiser und der Erzbischof würden sofort behaupten, Tod und Verderben seien uns von den Lutherischen gebracht worden. Sie würden die Lutherischen verbieten. Nun gehören aber einige Patrizier und viele Zunftmeister zu den Neugläubigen. Wollen wir denen etwa Ärger machen? Das hieße wahrhaftig, der Stadt die Lebensader zu durchtrennen. Also, Blettner, stellt Euch nicht so an. Wie gesagt. Die Tote ist tot und bleibt es auch. Schließt die Akte, und es ist für uns alle am besten so.»

«Und was soll ich als Begründung hineinschreiben?»

Der Schultheiß kratzte sich am Kopf. «Gab es nicht Wölfe hier in der Gegend? Der Winter war hart und lang. Noch immer liegt Schnee auf den Höhen. Ja, so machen wir es. Schreibt, dass ein Wolf sie angefallen und zerrissen hat. So etwas kommt schließlich immer wieder vor. Und wenn niemand einen Wolf in unserer Gegend gesehen hat, dann schreibt meinetwegen etwas von wilden Hunden. Euch fällt schon etwas ein, Richter.»

Als Gustelies zurück ins Pfarrhaus kam, lag Pater Nau noch immer im Bett, daneben saß Bruder Göck und aß die letzten kalten Schmalzfladen.

«Wie geht es dir?», fragte Gustelies und beugte sich zu ihrem Bruder hinab, um ihm die Hand auf die Stirn zu legen. «Pfui Teufel», schrie sie auf. «Du hast Wein getrunken.» Wütend funkelte sie den Antonitermönch an. «Und Ihr, Bruder Göck, habt den Wein aus dem Keller geholt.»

Bruder Göck machte den Mund auf und hob den Zeigefinger, doch Gustelies unterbrach ihn. «Lügt mich bloß nicht an, ich kriege sowieso alles heraus.»

Dann packte sie den Mönch bei seiner Kutte und zerrte ihn vom Stuhl. «Ihr geht jetzt zurück in Eure Abtei, mein Lieber. Pater Nau ist krank, er braucht Ruhe.»

«Ich wollte ihm Trost spenden», maulte Bruder Göck. «Es ist nicht gut, einen Kranken allein zu lassen.»

«Trost habt Ihr ja nun genug gespendet, und ab sofort bin ich wieder da. Also raus mit Euch! Ihr könnt morgen wiederkommen.»

Sie gab dem Antoniter einen leichten Stoß und schob ihn in Richtung Tür. Als er hinaus war, wandte sie sich wieder ihrem Bruder zu. «Und? Wie geht es dir? Ich hoffe, der Wein stößt dir sauer auf.»

«Oh!» Pater Nau begann zu stöhnen. «Mein Kopf. Er brummt und summt. Die Erde ist ein Jammertal und das Leben ein Graus.»

«Es geht dir also besser», stellte Gustelies fest und fuhr fort: «Das ist auch gut so. Du musst so schnell wie möglich wieder auf die Kanzel. In der Stadt blüht einmal wieder das Verbrechen. Die Leute brauchen Zuspruch und die Vergewisserung des rechten Weges, jawohl.»

Pater Nau setzte sich auf und schob sich das Kissen in den Rücken. «Erzähl. Was ist passiert?»

Gustelies ließ sich mit wichtiger Miene auf dem Bettrand nieder. «Eine Frau ist ermordet worden», berichtete sie. «Ihre Leiche wurde am Ufer des Mains gefunden. Und stell dir nur vor, sie war ausgeweidet wie ein Stadthase. Sogar das Kind hatte man ihr aus dem Leib geschnitten.»

«Und sonst?» Pater Nau hatte einen angespannten Gesichtsausdruck.

«Was denn noch? Reicht dir das etwa nicht?»

«Doch, doch. Natürlich. Die Erde ist in Frevlerhand, ich sag's ja immer. Gab es sonst noch Merkwürdigkeiten an der Toten?»

Gustelies stand auf und schüttelte den Kopf. «Manchmal verstehe ich dich nicht. Einen Tag bist du so empfindsam, dass du nicht einmal ein Stück Schweineschwarte essen kannst, und am anderen Tag können es dir gar nicht genug Grausamkeiten sein.»

Pater Nau wurde bleich um die Nase. Er schluckte, dann sagte er mit schwacher Stimme: «War denn nun noch etwas Besonderes an der Toten?»

Gustelies schüttelte den Kopf.

«Dann könnten wir ja heute Abend mit Hella und Heinz eine Kanne Wein trinken, oder nicht? Ich bin krank. Abwechslung würde mir guttun.» Pater Nau schaffte es, so unschuldig wie ein Osterlämmchen zu gucken.

Gustelies zuckte unentschlossen mit den Achseln. «Ich habe heute Nachmittag etwas vor. Jutta und ich müssen einen Besuch machen. Zum Kochen komme ich da nicht. Aber du hast recht: Heinz und Hella könnten ruhig zu uns kommen. Ich schicke gleich den Nachbarsjungen hinüber, um Bescheid zu geben.»

Pater Nau entspannte sich und lehnte sich zurück in sein Kissen. «Dann schlafe ich jetzt noch ein wenig», verkündete er. «Im Schlaf heilt jede Krankheit.»

Gustelies nickte, dann ließ sie ihren Bruder allein.

Zwei Stunden später schleppte Gustelies einen vollen Sack in Richtung Römer. Jutta Hinterer wartete bereits vor ihrer Geldwechselstube. Auch sie hatte ein Bündel an einem Stock über der Schulter.

«Bist du bereit?», fragte Gustelies die Freundin.

«Zu jeder Schandtat», erwiderte Jutta, dann stiefelten die beiden Frauen über die Brücke hinüber nach Sachsenhausen.

«Weißt du, wo genau das Findelhaus liegt?», fragte Jutta und ließ schwer atmend ihr Bündel fallen.

«An der Straße, die hinaus in Richtung Darmstadt führt. Es ist nicht mehr weit.»

«Was genau wollen wir dort eigentlich fragen?», wollte Jutta wissen. «Ich meine, wir können uns doch da nicht einfach forsch erkundigen, ob kürzlich ein Findelkind aufgenommen wurde.»

«Warum nicht?», wollte Gustelies wissen. «Ich bin die Haushälterin eines Paters. Es ist sozusagen meine Aufgabe, mich um die Schwachen und Wehrlosen zu kümmern.»

Jutta lachte. «Deine Aufgabe? Die gute Frau vom Liebfrauenberg, was? Wer soll dir denn das glauben?»

Gustelies lächelte schief. «Na ja, die da drüben in Sachsenhausen wissen vielleicht nicht ganz so viel über mich wie die auf unserer Mainseite. Womöglich habe ich Glück, und sie wissen nicht einmal, dass der Blettner mein Schwiegersohn ist.»

«Wollen wir es hoffen», erwiderte Jutta. «Eine Geldwechslerin, die plötzlich die Nächstenliebe entdeckt hat, ist nämlich noch unglaubwürdiger als eine heimliche Criminalermittlerin.»

Als die beiden am Findelhaus ankamen, waren sie vollkommen erschöpft. Vor der Tür blieben sie stehen, ließen ihre Bündel fallen und sahen sich um. «Das ist aber merkwürdig», stellte Jutta Hinterer fest.

«Was denn?»

Jutta sah ihre Freundin an. «Ich war zwar noch nie in einem Findelhaus, aber ich kann mir beim besten Willen nicht erklären, warum eine solche Einrichtung eine so hohe Mauer braucht.»

«Du hast recht», bestätigte Gustelies. «Und weißt du, was noch komisch ist? Dass es hier so ruhig ist. Wo Kinder sind, herrscht normalerweise Lärm und Geschrei. Aber hier ist nichts. Gar nichts. Es ist so still wie auf einem Friedhof.»

Die beiden Frauen sahen sich bedeutungsvoll an, dann betätigte Jutta energisch den großen Messingklopfer, der in der Mitte einer mit Eisen verstärkten Holztür hing.

Es dauerte eine Weile, bis sich die Tür endlich einen Spaltbreit öffnete. Eine ältere Frau steckte ihren Kopf heraus. «Was ist?», fragte sie mürrisch.

Gustelies lächelte ihr Sonntagsmessenlächeln und deutete auf den Sack zu ihren Füßen. «Wir bringen ein paar Sachen für die armen Kinder hier.»

Die Frau öffnete die Tür noch ein Stück weiter, griff nach dem Sack und wollte ihn hineinziehen. «Gottes Dank ist Euch gewiss.»

Gustelies schnappte den Sack am anderen Ende. «Nicht so schnell, gute Frau. Wir würden gern hereinkommen und uns ein wenig umsehen. Wissen Sie, ich bin die Haushälterin der Liebfrauengemeinde drüben auf der anderen Mainseite. Es gibt zahlreiche vermögende Leute in unserer Kirche. Wenn ich mit eigenen Augen sehen könnte, was hier gebraucht wird, so werde ich mein Bestes tun, Euch dies zu beschaffen.»

Die Frau kniff die Augen zusammen und musterte Gustelies und Jutta misstrauisch. Dann zuckte sie mit den Achseln. «Ich kann Euch nicht hereinbitten. Ich bin ganz allein hier, und das Essen muss gekocht werden. Kommt am Sonntag wieder, da ist Vater Raphael da. Er leitet dieses Haus, und er kann Euch auch alles zeigen.»

Schneller, als Gustelies den Mund aufbekam, krachte die Tür vor ihr ins Schloss. Verblüfft sah sie zu Jutta, die mit ebenso verdutztem Gesicht danebenstand.

«War das eben merkwürdig, oder kam mir das nur so vor?», fragte sie.

Gustelies legte einen Finger auf die Lippen. «Pscht!», raunte sie und näherte ihr Ohr der Tür.

«Was ist?», drängelte Jutta. «Was hörst du?»

Gustelies trat zurück und schüttelte den Kopf. «Nichts. Ich habe rein gar nichts gehört. Und genau das ist das Merkwürdige. Jutta, ich sage dir, hier stimmt etwas nicht. Und am Sonntag werde ich hier sein. Das steht so fest wie das Amen in der Kirche.»

«Halleluja. Ich bin dabei», erwiderte Jutta Hinterer.

KAPITEL 9

Schon von weitem hörte Heinz Blettner den Lärm, der aus dem Roten Ochsen kam. Einen Augenblick lang überlegte er, kehrtzumachen, doch dann fiel ihm wieder ein, dass die Ratsschänke wegen eines Wasserschadens geschlossen hatte. Und Blettner brauchte jetzt eine Erfrischung. Unbedingt. Die abendliche Kanne Wein gehörte für ihn zu seiner Arbeit wie für Gustelies das Salz zum Kochen.

Wenn ein Fall sich nicht von alleine lösen ließ – und wann war das schon einmal so? –, ging der Richter direkt vom Malefizamt in die Ratsschänke, saß zumeist allein an einem Tisch in der Ecke und grübelte über den Fakten, die sich nicht zu einem Bild zusammenbasteln ließen. Der Lärm der anderen störte ihn dabei wenig. Aber nun war die Ratsschänke geschlossen, und Richter Blettner musste sich einen anderen Ort zum Nachdenken suchen. Dabei war ihm der Rote Ochse eingefallen. Er kannte die Herberge aus einem anderen Criminalfall wie seine Westentasche. Zwar vermied er es eigentlich, Orte aufzusuchen, die früher einmal im Mittelpunkt seiner Ermittlungen gestanden hatten. Beim Roten Ochsen lag die Sache ein bisschen anders. Die ehemaligen Besitzer saßen im Verlies, der neue Pächter, der zufällig Eduard Ochs hieß und deshalb unbedingt die Herberge haben wollte, hatte alles neu anstreichen lassen, sodass im Grunde nicht mehr als der Name an die ehemalige Herberge erinnerte.

Richter Blettner stieß die Tür auf und machte dem Schankmädchen ein Zeichen.

Kurz darauf stand eine Kanne Wein vor ihm.

«Was ist denn hier los?», fragte er und deutete auf die rappelvolle Wirtsstube.

Das Schankmädchen zuckte mit den Achseln. «Die Wirtin, die Ricka, sie hat vor zwei Tagen einen gesunden Säugling zur Welt gebracht, obwohl sie die Hoffnung auf eigene Kinder schon aufgegeben hatte. Und seither wird gefeiert. Der Wirt lässt sich nicht lumpen und schenkt Freibier in Strömen aus.»

Das Mädchen zuckte noch einmal mit den Achseln, stülpte die Unterlippe vor und stapfte davon.

Am Nebentisch schlug sich einer auf die Schenkel. «Wenn das nicht wirklich ein Grund zum Feiern ist», rief er und sah seine Tischgenossen beifallheischend an. «Nicht schwanger, aber plötzlich ein Kind. Das hat noch nicht einmal unsere Heilige Jungfrau zuwege gebracht.»

Die anderen brüllten.

Richter Blettner hörte nicht darauf, sondern schenkte sich den ersten Becher Wein ein und begann mit seiner Grübelei. Krafft von Elckershausen hatte ihm befohlen, den Fall zu den Akten zu legen. Heinz Blettner wusste, dass der Schultheiß nicht aus Nachlässigkeit, sondern aus politischen Überlegungen heraus handelte. Und er verstand die Entscheidung des zweiten Bürgermeisters sogar. Aber er, Heinz Blettner, war kein Politiker. Er war Richter, und seine Frau war schwanger. Ich muss, dachte er, wenigstens eine ordentliche Begründung haben, um den Fall abzuschließen. Vielleicht ist es sogar so, wie der

Schultheiß gesagt hatte, vielleicht war es ein sehr ungewöhnlicher Unfall. Aber nur auf seinen Befehl hin kann ich diese Akte nicht schließen. Ich brauche etwas, womit mein Gewissen leben kann.

Wer ist die Frau, überlegte er weiter. Niemand scheint sie zu kennen. Ob sie eine Fremde war, nur auf Durchreise in der Stadt? Aber keine Frau reist allein. Schon gar nicht kurz vor der Niederkunft. Wir hätten gehört, wenn jemand eine Fremde vermisst. Gleichwohl werde ich morgen den Schreiber in die Herbergen schicken. Fragen soll er, ob die etwas gesehen oder gehört haben. Vielleicht ist es aber auch eine Frau, die sich irgendwo versteckt gehalten hat. Jemand, dessen Schwangerschaft nicht entdeckt werden sollte. Am Ende wollte die junge Frau das Kind womöglich nicht und hat sich, aus Angst vor der Schande, selbst gerichtet. Aber wie kam dann die Ausweidung zustande? Und warum war sie ausgeweidet worden? Hat da jemand ihre Innereien zu irgendetwas benötigt? Und wenn ja, wozu? Oder haben Tiere sie tot irgendwo gefunden, sie aufgebrochen und ihre Leiche zum Main geschleppt? Hat sich der Leichenbeschauer geirrt, als er von einem Schnitt gesprochen hat? Kann ein Tier mit seinen Reißzähnen einen Menschenleib so aufschlitzen?

Und was, in aller Welt, hatte es zu bedeuten, dass ein Stück der Kopfschwarte fehlte?

Plötzlich blitzte in seinem Hirn ein Gedanke auf. Blettner erstarrte mit der Weinkanne in der Hand, fieberhaft bemüht, den Gedanken zu fassen. Doch vergeblich. Der Lärm in der Schankstube war einfach zu groß, um sich konzentrieren zu können.

Blettner seufzte. Er dachte an die Worte des Schultheißen, der ihm befohlen hatte, den Fall zu den Akten zu legen. Vielleicht, dachte der Richter, ist das wirklich am besten so. Zumindest vermeiden wir dann eine Panik unter der Bevölkerung. Ich werde gleich morgen den Leichenbeschauer fragen, ob die fehlenden Innereien auch ein Tier gefressen haben könnte. Ja, es wäre mir wahrhaftig lieber, ich hätte eine Erklärung, damit ich den Fall mit gutem Gewissen abschließen kann.

Er stand auf, legte dem Mädchen ein paar Kreuzer für den Wein auf den Tisch. Da überfiel ihn wieder etwas, von dem er wusste, dass es wichtig war. In seinem Hirn arbeitete es. Doch wieder versickerte der Einfall, noch ehe er sich in sein Bewusstsein vorarbeiten konnte. Ich bin müde, dachte der Richter. Müde und hungrig. Es wird Zeit, dass ich ins Pfarrhaus gehe. Gustelies wird gut gekocht haben. Womöglich fällt mir nach dem Essen noch etwas ein.

Schon im Flur des Pfarrhauses duftete es nach Gebratenem. Blettner rieb sich die Hände. Sein Missmut versiegte.

Mit einem Lächeln auf dem Gesicht öffnete er die Küchentür.

«Guten Abend allerseits.»

Hella sprang auf, schlang die Arme um den Hals ihres Mannes und gab ihm einen Kuss. «Puh!», rief sie aus. «Du stinkst nach Wein. Das heißt, dein Fall steckt in einer Sackgasse. Du weißt also nicht, wer die tote Frau vom Main ist?»

Verblüfft schob Blettner seine Frau von sich und sah zu Gustelies. «Hast du ihr etwa davon erzählt?»

Gustelies zog ein empörtes Gesicht. «Kein Sterbenswörtchen.» Sie tauchte den Holzlöffel in die Pfanne, kratzte ein wenig darin herum und kostete, dann fuhr sie fort: «Du kannst mich zwar zum Stillschweigen verdonnern, aber nicht eine ganze Stadt.»

«Von wem weißt du es?», fragte Heinz sein Weib.

«Von der Magd. Sie war am Brunnen. Dort hat sie es erfahren. Also, sag schon, wer ist die Frau?»

Blettner schüttelte den Kopf. «Ich weiß es nicht. Ich habe nicht die leiseste Ahnung.»

Er setzte sich auf die Küchenbank und wandte sich an den Pater. «Und, wie geht es dir? Ich habe gehört, du bist krank.»

«Ach.» Pater Nau wedelte mit der Hand. «Krank oder nicht, die Menschen brauchen meinen Beistand in einer Zeit, in der die Erde in Frevlerhand ist.»

«Wie wahr, wie wahr.» Blettner nickte nachdenklich. «Aber um diesen Fall müssen wir uns nicht länger bekümmern. Krafft von Elckershausen hat angeordnet, die Akten zu schließen. Er meint, für den Tod der Unbekannten gäbe es mit Sicherheit eine natürliche ... äh ... ich meine, eine erklärbare Ursache. Ende der Geschichte.»

«Und du glaubst ihm?» Gustelies tischte saure Leber mit Erbsmus auf.

«Was soll ich tun? Was ich glaube, ist völlig unerheblich. Der Schultheiß ist der oberste Richter der Stadt. Wenn er bestimmt, dass der Fall abgeschlossen ist, dann ist das so.»

Als die Teller abgeräumt waren und der Wein auf dem Tisch stand, verschränkte Gustelies die Arme vor der Brust und sah ihren Schwiegersohn unverwandt an. «Was hast du herausgefunden?»

Blettner zog die Augenbrauen nach oben. «Ich rede nicht mit dir über meine Fälle, das weißt du doch. Der Schultheiß hat's strikt verboten. Und ich bin da ausnahmsweise einmal ganz seiner Meinung.»

Gustelies lehnte sich zurück, streckte die Beine aus und schlüpfte mit einem wohligen Seufzer aus ihren Holzschuhen. «Ahh. Das tut gut. Weiß der Schultheiß denn auch, wie ihr erfahren könntet, wer das arme Ding war?»

«Natürlich nicht, aber das spielt jetzt keine Rolle mehr», erwiderte der Richter. «Und jetzt lasst uns über etwas anderes sprechen.»

«Siehst du», entgegnete seine Schwiegermutter. «Ich würde es herauskriegen.»

«Du?»

«Ja. Ich. Nichts leichter als das. Deine Frau übrigens auch. Aber sie ist in diesem Fall wahrhaftig von den Ermittlungen ausgeschlossen.»

«Wie oft soll ich es noch sagen?» Blettner verdrehte die Augen. «Es gibt keinen Fall mehr.»

Hella schenkte den Worten ihres Mannes nicht die geringste Beachtung. «Ich bin schwanger, aber nicht krank und also auch nicht ausgeschlossen.»

«Trotzdem!», bestimmte Gustelies. «Und keine Widerworte, meine Liebe!»

Blettner spitzte die Ohren. «Nur aus reinem Interesse. Wie würdest du denn vorgehen?» Er hob die Hände. «Nicht, dass dies noch von Bedeutung wäre, aber ich lerne immer gern dazu.»

«So einfach ist das nicht, mein Lieber. Ehe ich dir etwas sage, will ich vorher von dir etwas hören.»

Blettner lachte auf. «Ich handle nicht. Wir sind doch hier nicht auf dem Markt.»

«Ich sage es ja. Die Welt wird immer schlechter. Jetzt feilscht die Familie schon am Küchentisch», bemerkte Pater Nau.

«Sei du mal ganz still! Du bist krank», bekam er von

Gustelies zu hören, die ihm aber zugleich seinen Weinbecher neu füllte. Dann sah sie ihren Schwiegersohn an. «Also, was ist jetzt?»

Heinz Blettner kniff die Augen zusammen und deutete mit dem Kinn auf Hella.

«Mich brauchst du nicht zu schonen», erklärte diese mit einem strahlenden Lächeln. «Was du mir verschweigst, erzählen mir andere umso lieber.»

«Ich will dich nicht aufregen. Du musst dich schonen.»

«Ich will mich aber nicht schonen!» Hella stampfte unter dem Tisch mit dem Fuß auf. «Wenn du mir nicht alles erzählst, dann mache ich mir meine eigenen Gedanken. Du weißt genau, wohin das führt.»

Heinz Blettner zuckte zusammen. O ja, das wusste er. Sie würde sich alle Auskünfte, die er ihr nicht gab, selbst einholen. Und Gott allein wusste, woher. Womöglich geriet sie auf die Art tatsächlich in Gefahr. Er seufzte. Obwohl er zehn Jahre älter war als seine Frau und schon seit drei Jahren mit ihr verheiratet, hatte er es bisher nicht geschafft, sie zu zähmen. Und er bezweifelte, dass ihm das je gelingen würde.

«Also!» Gustelies klopfte mit den Fingerspitzen auf den Tisch, und in diesem Augenblick erkannte Heinz Blettner, dass er alles, was er wusste, jetzt sagen würde. Immerhin, das war leider, leider unbestreitbar, hatten ihm seine Frau und seine Schwiegermutter schon so manches Mal geholfen. Überdies war dieser Fall ja erledigt. Und nicht einmal der Schultheiß hatte ihm verboten, über abgeschlossene Fälle zu reden.

«Wir wissen nichts, was ihr nicht auch schon wisst. Sie ist tot, sie ist unbekannt, sie war schwanger, und man hatte ihr das Kind aus dem Leib geschnitten.»

«Was habt ihr unternommen, um herauszufinden, wer sie war?», wollte Gustelies wissen.

«Wir haben alle befragt, die uns in den Sinn kamen. Den Schreiber habe ich sogar in die Vorstadt geschickt. Niemand weiß, wer sie ist.»

«Aha. Das dachte ich mir», erklärte Gustelies. Dann deutete sie mit einem Finger auf ihre Tochter. «Erzähl du ihm, wen du gefragt hättest.»

Hella verdrehte die Augen. «Natürlich die Hebammen und Kräuterfrauen. Wen denn sonst, wenn sie schwanger war? Und vielleicht die Apotheker. Dann, wenn das nichts bringt, die Spitzenklöpplerinnen und die Stickerinnen. Jede Mutter will doch für ihren Säugling das Beste und Schönste. Und wenn die Tote nicht erkennbar arm war, dann braucht sie bestickte Windeln und Mützchen mit Spitzen daran für das Kind.»

Blettner nickte gedankenvoll. Sie hat recht, dachte er. Manchmal taugen Frauen wahrhaftig etwas bei Criminalermittlungen. Aber jetzt ist es zu spät.

«Bei der Gelegenheit: Habt ihr eigentlich die Magd der Seifensieder gefunden?», hakte Gustelies nach.

Blettner schüttelte den Kopf. «In diesem Falle konnten wir nichts tun, da niemand sie als vermisst gemeldet hat. Und die Tote vom Main war schon tot, bevor Lilo verschwunden ist. Die alte Seifensiederin wurde befragt, aber sie ist sich mittlerweile sicher, dass ihre zukünftige Schwiegertochter nach Wien aufgebrochen ist, um bei ihrem Liebsten zu sein.»

«Pffft!», machte Hella. «Nie im Leben.»

«Wieso?», fragte der Richter.

«Weil eine Schwangerschaft kein Osterspaziergang ist. Wenn die Lilo noch bei Trost ist, dann kriegt sie ihr Kind schön zu Hause und nicht in irgendeiner verwanzten Herberge unterwegs.»

Pater Nau, der bislang geschwiegen hatte, hob den Kopf. «War etwas merkwürdig an der Toten?», fragte er.

«Alles an ihr. Oder findest du es normal, jemanden auszuweiden?»

Pater Nau reagierte nicht. Stur beharrte er auf seiner Frage. «Nichts Komisches an ihr? Der Kopf? War der in Ordnung?»

Gustelies kniff die Augen zusammen. «Warum in aller Welt willst du das wissen? Du hast heute Morgen schon so seltsam gefragt.»

Pater Nau setzte seine Unschuldsmiene auf. «Ich sehe das Ganze theologisch. Das Herz könnte der Sitz der Seele sein. Deshalb fehlt es. Womöglich handelt es sich um Seelenraub. Und zur Seele gehört nun einmal der Verstand. Deshalb will ich wissen, wie ihr Kopf aussah.»

Ihm kamen die Worte selbst eigenartig vor, deshalb wunderte er sich auch nicht, als Gustelies aufstand und ihm eine Hand auf die Stirn legte. «Fieber hat er nicht mehr.»

Der Richter aber nickte. «Erstaunlich, dass du das fragst. An der Toten war tatsächlich eine Besonderheit. Ein Stück Kopfschwarte fehlte ihr. So, als hätte man sie skalpiert. Doch wenn der Schultheiß der Ansicht ist, dass dies natürliche Ursachen hat, dann ist es so. Und wer von uns weiß schon, ob es nicht tatsächlich so war. Es ist doch gut möglich, dass ein Wolfsrudel die Arme so zugerichtet hat.»

«Das glaubst du doch nicht im Ernst?», wollte Hella wissen.

Blettner seufzte. «Es ist immerhin eine Erklärung, die nicht ganz von der Hand zu weisen ist.»

Er hob die Schultern und breitete die Arme aus. «Wir

können uns hier die Köpfe heißreden, doch es ändert nichts an der Tatsache, dass es in diesem Falle nichts mehr aufzuklären gibt.» Er sah zu seiner Frau, die beide Hände schützend über ihr ungeborenes Kind gelegt hatte. «Und ehrlich gesagt, ein Teil von mir ist gottfroh darüber. Und jetzt lasst uns endlich das Thema wechseln.»

Pater Nau schluckte. Sein Gesicht hatte mit einem Mal die Farbe von Hafergrütze. Er schenkte sich Wein ein, stürzte den Becher in einem Zug hinunter. Dann stand er auf. «Ich fühle mich doch noch ein wenig schwach», murmelte er dabei und verließ die Küche.

Gustelies schüttelte den Kopf. «Er ist noch nicht ganz gesund. Nein, wahrhaftig nicht. Ich werde Bruder Göck bitten müssen, auch morgen die Messe zu übernehmen. Und die Beichte womöglich auch.»

Während sich die Unterhaltung unten in der Küche um den neuesten Stadtklatsch drehte, kniete Pater Nau mit gefalteten Händen vor dem kleinen Altar in seiner Studierstube. Sein Blick war auf den gekreuzigten Jesus gerichtet. «Herr, was soll ich tun?», fragte er.

Der Mann am Kreuz schwieg.

«Ich muss doch etwas unternehmen. Zwei Kopfschwarten habe ich schon in der Krippe versteckt. Womöglich taucht schon bald eine zweite Tote auf. Und dann? Ich zittere vor jeder Beichte. Es ist nicht ausgeschlossen, dass schon morgen ein dritter Skalp auf der Sünderbank liegt.»

Jesus blieb noch immer stumm, dafür meldete sich eine zweite Stimme in Pater Naus Kopf. «Das Beichtgeheimnis. Du hast geschworen, es zu wahren. Es ist deine Pflicht zu schweigen.»

«Aber wenn es die nächste Tote gibt? Wenn ich rede, vielleicht kann ich dann weitere Morde verhindern. Gott wird ein Einsehen mit mir haben. Es muss weiter ermittelt werden. Ich weiß, dass es kein Wolf war, der die Frau zu Tode gebracht hat.»

«Das ist nicht deine Aufgabe. Du bist Pater, kein Ermittler. Das Beichtgeheimnis kann allein vom Papst aufgehoben werden.»

«Aber ich muss doch etwas tun. Ich MUSS. Meine Nichte ist schwanger. Ich kann nicht zulassen, dass noch weitere Morde in dieser Stadt geschehen. Meine Aufgabe ist es doch auch, die Menschen vor Schuld und Unrecht zu bewahren. Und nach Rom reisen und den Papst um Aufhebung des Schweigegelübdes bitten, kann ich erst recht nicht. Bis ich wieder zurück bin, ist am Ende halb Frankfurt skalpiert und gemordet.»

«Dann denk dir etwas aus. Aber vergiss nicht, du musst schweigen über das, was du im Beichtstuhl gehört und gesehen hast.»

KAPITEL 10

Halbtot vor Angst und Schrecken hockte Pater Nau in seinem Beichtstuhl. Gustelies hatte ihn nicht gehen lassen wollen, und auch Bruder Göck hatte angeboten, ihn zu vertreten, doch der Pater war stur geblieben. Das hier war seine Aufgabe. Gleichgültig, wie schlecht es ihm ging, er musste hier ausharren und Gott bitten, ihn heute mit einem weiteren Skalp zu verschonen.

Bruder Göck hatte ihn ohnedies schon auf den merkwürdigen Geruch in der Sakristei angesprochen, und Pater Nau wusste, wenn erst Gustelies kam und herumsuchte, war das Jüngste Gericht für ihn nicht mehr weit.

Nau seufzte und wischte sich mit einem Tuch über die schweißnasse Stirn, obwohl es in dem alten Gemäuer noch immer bitterkalt war. Bei jedem Knarzen der Beichtstuhltür zuckte er zusammen, und kalte Schauer jagten über seinen Rücken. Sieben Mal war das heute schon geschehen. Er hatte zwei üble Nachreden, drei Lügen, einen Fall von argem Neid und Mutter Dollhaus' Wollust vergeben. Jetzt war Pater Nau am Ende seiner Kräfte und ersehnte nichts so sehr wie eine Kanne Wein vom Weingut Burg aus Dellenhofen.

Er lauschte, und als alles still blieb, atmete er auf, angelte nach seinen Schuhen und rappelte sich von der

Bank hoch. Eben wollte er nach der Tür greifen, als von nebenan eine dunkle, leise Stimme erklang:

«Wenn man doch meinen Unmut wöge und mein Leiden zugleich in die Waage legte!

Denn nun ist es schwerer als Sand am Meer; darum gehen meine Worte irre.

Denn die Pfeile des Allmächtigen stecken in mir: derselben Gift muss mein Geist trinken, und die Schrecknisse Gottes sind auf mich gerichtet.

Das Wild schreit nicht, wenn es Gras hat; der Ochse blökt nicht, wenn er sein Futter hat.

Kann man auch essen, was ungesalzen ist? Oder wer mag kosten das Weiße um den Dotter?

Was meine Seele widerte anzurühren, das ist meine Speise, mir zum Ekel.»

Stumm und mit gefalteten Händen hockte der Pater auf seiner Bank, den Blick zum Himmel gerichtet. «Wieder Hiob. Bitte, Herr», betete er im Geist. «Erspar mir diese Prüfung. Ich bin alt. Ich bin nicht stark. Und ich gebe auch zu, dass ich nie ein guter Pater war. Aber bitte, Herr, lass diesen Kelch an mir vorübergehen. Du selbst hast gesagt, dass ein Mensch nicht mehr ertragen muss, als er tragen kann. Sieh, Herr, dies kann ich nicht tragen. Nenn mich feige, nenn mich schwach, egal, aber verschon mich mit weiteren Kopfschwarten.»

Vor lauter Qual hatte Nau nicht gehört, dass der Fremde den Beichtstuhl verlassen hatte. Zitternd hing er auf seiner Bank, unfähig, aufzustehen und sich in die Nachbarkammer zu begeben.

Erst als sein Durst so groß wurde, dass ihm die Zunge schier am Gaumen klebte, rappelte sich der Pater auf.

Müde und mit hängenden Schultern, als läge auf ihnen

die Last der ganzen Welt, schleppte er sich hinaus, legte eine zitternde, schweißfeuchte Hand auf den Knauf zum Nachbarbeichtstuhl, seufzte zum Gotterbarmen und öffnete schließlich die Kammer.

Dieses Mal erschrak er nicht, als er den langen, lockigen Zopf auf der Bank liegen sah. Er stöhnte laut auf, packte die braunen Haare, schaffte sie in die Sakristei und legte sie zu den beiden Kopfschwarten in die Krippe. Dann trank er einen großen Becher Messwein, der ihm so sauer wie Essig aufstieß, schleppte sich hinüber zum Pfarrhaus und begab sich wortlos und ohne auf Gustelies' Reden zu achten in seine Stube.

Richter Blettner hockte hinter seinem Schreibtisch im Malefizamt und wusste nicht, ob er froh oder bitter enttäuscht sein sollte. Krafft von Elckershausen hatte eben höchstpersönlich des Richters Abschlussbericht abgeholt.

«Wir sind uns doch einig, mein Freund?», hatte er gefragt. «Wir müssen unsere Stadt schützen. Politik verlangt immer Opfer. Wir haben noch Glück; die Frau war schon tot. Versteht Ihr mich, mein Lieber?»

Richter Blettner hatte genickt. Dann war der Schultheiß verschwunden, und in Blettner blieb ein Gefühl zurück, das ihm ganz und gar nicht behagte. Irgendetwas in ihm sträubte sich noch immer, die Tote als ein Wolfsopfer zu sehen. Richter Blettner riss sich nicht gerade um Arbeit, aber dieses Mal ging es um eine Schwangere. Und schwanger war auch seine Frau.

Wieder und wieder schlich ein Gedanke durch seinen Kopf, den er nicht zu fassen bekam, doch von dem er wusste, dass er wichtig war. Und dann noch die Magd der Seifensieder. Richter Blettner war schon zu lange im

Amt, um an solche Zufälle zu glauben. Zwei Schwangere. Eine tot, die andere verschwunden. Doch ihm waren die Hände gebunden.

Der Schreiber kam ins Zimmer, schreckte den Richter aus seinen Gedanken. «Nun, was hast du in der Vorstadt erfahren?»

Der Schreiber wich dem Blick des Richters aus. «Nicht viel, das sagte ich ja gestern schon.»

«Wo überall warst du genau?»

Der Schreiber zuckte mit den Achseln. «Wer soll sich denn die Namen der ganzen Vorstadt merken? Befragt wurde, wer mir über den Weg lief. Niemand hatte eine schwangere Unbekannte gesehen. Nicht einmal das Henkersweib.»

«Verstehe ich das richtig? Du bist durch die Vorstadt gestrolcht, hast hier und da ein Schwätzchen gehalten und ansonsten den lieben Gott einen guten Mann sein lassen?»

Der Schreiber stülpte beleidigt die Unterlippe vor. «Ich habe getan, was Ihr mir aufgetragen habt, Herr.»

Blettner seufzte tief, dann winkte er ab. «Ist in Ordnung, Schreiber. Die Sache hat sich eh erledigt.»

Der Schreiber nickte, dann tippte er mit dem Finger auf seine Schiefertafel. «Da ist etwas Neues. Der Schultheiß hat befohlen, dass wir uns um den Wasserschaden in der Ratsschänke kümmern. Der Wirt hat angezeigt, dass ihm dieser Schaden von Menschenhand zugefügt worden ist. Und wir sollen die Schuldigen ermitteln.»

Heinz Blettner seufzte. «Ist gut, Schreiber. Dann finde heraus, wem die Räume über der Ratsschänke gehören, wer Zugang zu ihnen hat, und dann suche nach der Ursache des Schadens.»

«Ich?» Der Schreiber tippte sich mit dem Zeigefinger auf die Brust.

«Ja. Du. Wer denn sonst? Ich muss Berichte verfassen und kann hier leider nicht weg.»

Der Schreiber verließ murrend den Raum, und Richter Blettner starrte vor sich auf seinen Schreibtisch, ganz in Grübeleien versunken, bis es Zeit war, nach Hause zu gehen.

Pater Nau wartete, bis das Pfarrhaus still lag und aus der Nachbarkammer nur das leise Schnarchen seiner Schwester Gustelies drang.

Dann schlich er auf Strümpfen die Treppen hinab, nahm die Öllampe vom Küchentisch, Gustelies' Weidenkorb aus der Kammer und eilte hinüber in die Sakristei. Mit spitzen Fingern öffnete er die Weihnachtstruhe und vermied es dabei, einen Blick auf die Schwarten zu richten. Nur den Zopf, an dem weder Haut noch Blut klebte, sah er an. Einige Fliegen stoben auf, doch der Pater achtete nicht auf sie. Er stopfte den ersten Skalp in den Korb, warf den zweiten dazu und obendrauf den Zopf. Der Geruch, der sich seit dem Öffnen der Truhe in der Sakristei breitgemacht hatte, stieg Pater Nau in die Nase und verursachte ihm Übelkeit. Am liebsten wäre er davongelaufen und hätte sich herzhaft übergeben.

Gleichzeitig lauschte er auf jedes Geräusch in der Kirche. Als es irgendwo knarrte, erstarrte er, legte eine Hand auf sein wild schlagendes Herz, dann legte er das Jesuskind zurück an seinen Stammplatz, schlug den Truhendeckel zu, packte den Korb mit beiden Händen und schleppte ihn vor die Kirche. Dort sah er sich nach allen Seiten um. Von fern hörte er den Nachtwächter die Stunden ausrufen, eine Katze überquerte den gepflasterten Liebfrauenberg, im Abfall quiekten ein paar Ratten, ansonsten blieb alles still.

Pater Nau hastete in Gustelies' Kräutergärtlein und grub mit einer Schippe ein Loch, das gerade groß genug für die zwei Kopfschwarten und den Zopf war und so klein, dass die Haare der drei aus der Erde ragten wie Spargelkraut.

Hinter sich hörte er ein Geräusch und wandte sich abrupt um. Eine Ratte saß am Beetrand, betrachtete ihn mit winzigen Augen und quiekte leise.

«O nein», erklärte der Pater mit Flüsterstimme. «Du kommst mir nicht in die Quere. Du wirst mir die grausligen Sachen nicht wieder ausbuddeln. Friss, was immer du willst, aber lass das Beet in Ruhe.»

Die Ratte quiekte erneut und leckte sich mit einer winzigen rosa Zunge über die Schnauze.

«Du wirst also nicht auf mich hören», stellte der Pater fest. «Sobald ich wieder in meiner Kammer bin, wirst du das Beet stürmen und dich an dein übles Werk machen. Und das muss ich verhindern, aber wie?»

Pater Nau sah auf die aufgeworfene Erde zu seinen Füßen. Bis an seine Nase drang der Geruch der Verwesung. Im Augenblick saß da nur eine Ratte, doch der Pater wusste genau, dass sich schon bald auch wilde Hunde, Katzen und anderes Getier hier zum Nachtmahl einfinden würde.

Von draußen hörte er die Stimme des Nachtwächters näher kommen. Mit beiden Händen riss Pater Nau an den Haaren und legte die Kopfschwarten und den Zopf wieder frei. Er warf alles mit spitzen Fingern in den Korb, dann eilte er zurück auf den Liebfrauenberg. Die Ratte folgte ihm.

Pater Nau wartete im Schatten der Kirche, bis der Nachtwächter auf dem Berg erschien. Dann stellte er den Korb mitten auf den Weg und rannte mit wehender Kutte davon, verbarg sich hinter einem Mauervorsprung und beobachtete die Gasse.

Der Nachtwächter schlich heran, schwenkte seine Öllampe und leierte seinen Spruch herunter. Plötzlich blieb er wie angewurzelt stehen, beugte den Oberkörper so weit nach vorn, dass er beinahe das Gleichgewicht verlor, und äugte in den Korb. Dann stöhnte er auf, schüttelte sich, leuchtete mit der Ölfunzel, schüttelte sich wieder und sah mit schreckweiten Augen nach allen Seiten umher. Die Ratte kauerte neben dem Korb und ließ den Nachtwächter nicht aus den Augen. Aus der Töngesgasse kam eine Katze herbeigesprungen, setzte sich neben die Ratte und streckte ihre Schnauze in Richtung des Korbes.

«Weg mit euch», schrie der Nachtwächter in hoher Not und schwenkte die Funzel. Dann packte er den Korb und lief davon.

Pater Nau in seiner Ecke aber atmete auf, wusch sich am Brunnen die Hände sauber und stieg dann zurück in seine Studierstube. Er machte sich nicht die Mühe, die Soutane auszuziehen, sondern legte sich, wie er war, in sein Bett, zog die Decke über den Kopf, betete in Gedanken und war eingeschlafen, noch bevor das Kissen warm wurde.

KAPITEL 11

Pater Nau schlief so tief und unschuldig wie ein Neugeborenes und schwelgte dabei in süßen Träumen. Er sah sich im Himmel, umgeben von liebreizenden Engeln, die Hosianna sangen und an goldenen Harfen zupften. Links neben ihm stand ein Fass mit Spätburgunder aus Dellenhofen, rechts neben ihm saß Bruder Göck.

«Sag, Pater Nau, bekommt man im Himmel vom Wein auch einen Kater?», fragte der Antoniter gerade.

Pater Nau schüttelte den Kopf. «Wein trinken mit Kopfschmerzen am nächsten Tag, das kann nicht der Himmel sein. Brummt dir denn der Schädel?»

Bruder Göck ließ sich ins sattgrüne Gras sinken. «Nein, mein Kopf ist so klar wie schon lange nicht mehr», murmelte er träge.

«Dann sind wir also wirklich im Himmel», erklärte Pater Nau heiter und ließ sich neben dem Antoniter ins Gras sinken.

«Herr im Himmel!» Eine schrille Stimme unterbrach seinen himmlischen Traum. «Werd endlich wach!»

Der Pater öffnete ein Auge und erblickte seine Schwester, die mit den Fäusten in den Hüften neben seinem Bett stand. «Ich bin nicht im Himmel?», fragte er.

«Im Gegenteil», erklärte ihm seine Schwester. «Hier wird dir gerade die Hölle heißgemacht.»

Er öffnete auch das andere Auge und erblickte zwei Büttel, von denen einer einen Kälberstrick in der Hand hielt. Dahinter stand Hella und trocknete sich mit einem bestickten Tüchlein die Augen.

«Was ist denn?», fragte der Pater.

«Was ist?», keifte Gustelies. «Das solltest du doch am besten wissen. Die Büttel sind hier, um dich zum Verhör zu führen.»

«Verhör?»

«Ja. Verhör. Vor unserer Kirche wurden in einem Korb zwei Kopfschwarten gefunden. IN MEINEM WEIDENKORB! Und ein brauner Zopf lag auch dabei. Geflochtenes Frauenhaar.»

«Und warum verhaftet man dann nicht dich?», wollte der Pater wissen.

«Also! Das ist doch die Höhe!» Gustelies riss ihrem Bruder die Bettdecke weg. «Dich hat man auf dem Liebfrauenberg gesehen. Jawohl, dich, mein Lieber. Der Nachtwächter hat deine Kutte um eine Ecke wehen sehen. Und dein Nachthemd hast du auch jetzt noch nicht an. Schämen solltest du dich.»

Der Pater gähnte, streckte sich herzhaft, dann kroch er aus dem Bett, streifte die Ärmel auf und hielt den Bütteln seine Handgelenke hin. «Na, macht schon. Bindet mich und bringt mich zum Verhör.»

«Ist das alles, was du dazu zu sagen hast?», keifte Gustelies weiter. «Wie sind diese ... diese ... Dinger in meinen Weidenkorb gekommen? Und was hast du damit zu tun? Warum schleichst du nachts auf dem Liebfrauenberg umher? Los, raus mit der Sprache!»

Sie fuchtelte mit den Händen vor Pater Naus Gesicht herum und machte Anstalten, ihn am Ohr zu ziehen.

«Büttel, ihr Laffen, seht ihr nicht, dass ich bedroht werde», wollte der Pater wissen. «Jetzt macht schon, bindet mich und bringt mich ins Malefizamt. Dort bin ich sicherer als hier.»

Gustelies versetzte dem Pater einen Knuff in die Seite. «Sag mir auf der Stelle, was das alles soll!», verlangte sie, doch Pater Nau hob nur die Schultern. «Bei Gott, ich weiß es selber nicht.»

Gustelies fuhr herum. «Hella, meinen Umhang. Aber hastig.»

Hella schluchzte noch einmal auf. «Was willst du mit dem Umhang?»

«Ich gehe natürlich mit aufs Malefizamt. Da wird sich ja herausstellen, was hier eigentlich gespielt wird.»

Das Zimmer von Richter Blettner im Malefizamt war so voll wie noch nie. Das Pult des Schreibers war in die Ecke gerückt worden, sodass der Schreiber mit dem Rücken an der Wand lehnen konnte. Daneben hatte der Gerichtsdiener zwei bequeme Sessel aufgestellt. In dem einen hockte der Schultheiß Krafft von Elckershausen, in dem anderen ein Vertreter der Diözese von Mainz.

Vor dem Schreibtisch saß Pater Nau auf einem Hocker, dahinter Richter Blettner. Gustelies stand hinter dem Pater, und neben der Tür waren zwei Büttel, die Schlagstöcke griffbereit. Außerdem war noch der Leichenbeschauer Eddi Metzel zugegen.

Blettner war blass, unter seinen Augen lagen tiefe Ringe, und seine Mundwinkel hingen nach unten.

Er seufzte, klopfte mit dem Zeigefinger auf den Tisch und sah endlich Pater Nau an.

«Was hast du uns zu sagen?»

Der Pater schwieg.

«Wie sind die Kopfschwarten und der Zopf in deinen Besitz gelangt?»

Der Pater schwieg.

«Gibst du wenigstens zu, dass du derjenige warst, der sie auf den Liebfrauenberg ausgestellt hat?»

Pater Nau nickte.

«So. Und warum hast du das gemacht?»

Der Pater blickte zu dem Vertreter aus Mainz. Der nickte ihm aufmunternd zu, verzog sogleich darauf aber das Gesicht in unverkennbarer Abscheu.

Pater Nau sah Heinz in die Augen. «Ich konnte mit der Schuld nicht mehr leben», sagte er.

Krafft von Elckershausen sprang auf. «Mit der Schuld, Pater? Also wart Ihr es, der ein grausames Verbrechen begangen hat?»

Der Pater schwieg.

«Wart Ihr es, der drei Frauen skalpiert oder geschoren hat?» Krafft von Elckershausen, groß und breit wie ein Fuhrknecht, beugte sich zu dem kleinen Pater hinunter. Der duckte den Kopf zwischen die Schultern und sah starr auf seine Hände.

«Tut den Mund auf!», brüllte Krafft von Elckershausen so laut, dass die Federn im Becher des Schreibers leise klapperten.

«Schreit ihn nicht so an», mischte sich Gustelies ein. «Ihr schüchtert ihn doch nur ein.»

Krafft von Elckershausen baute sich vor Gustelies auf. «Ihr sagt mir jetzt also, wie ich die Verhöre zu führen habe, ja, Weib?»

Gustelies streichelte Pater Naus Schulter. «Ich sage nur, dass Ihr ihn nicht einschüchtern sollt. Das ist alles. Er war es nämlich nicht. Er kann es überhaupt nicht gewesen sein.»

«So? Und warum nicht?» Der Schultheiß beugte sich nun zu Gustelies.

«Weil sich ihm schon der Magen umdreht, wenn nur eine Schweineschwarte im Kessel brodelt.»

«Na, das ist natürlich eine überzeugende Begründung!» Krafft von Elckershausen straffte sich. Seine Stimme wurde gefährlich leise: «Und es erklärt nicht, warum der Pater dann mit einem Korb voller Kopfschwarten und Weiberzöpfe um Mitternacht durch Frankfurt spaziert. Also, Pater, ich warte!»

Pater Nau schwieg und sah auf seine Hände.

«Bernhard, jetzt hör einmal zu.» Richter Blettner versuchte es etwas sanfter. «Wenn du uns erzählst, was geschehen ist, dann wird dir leichter. Ich könnte dafür sorgen, dass deine Strafe ein wenig gemildert wird.»

«Mir ist leicht», erklärte Pater Nau. «So leicht wie schon lange nicht mehr.»

Der Schultheiß winkte ab. «Das geht den meisten Verbrechern so, wenn sie endlich ertappt werden. Für mich klingt diese Bemerkung fast wie ein Schuldeingeständnis.» Er wandte sich an den Geistlichen aus Mainz. «Monsignore, was sagt Ihr dazu?»

Der Monsignore wiegte den Kopf. «Wenn es sich um einen normalen Menschen handeln würde, so müsste ich Euch wohl recht geben. Hier aber haben wir es mit einem Geistlichen zu tun. Unser Pater kennt die Zehn Gebote, er liebt unseren Herrn und würde nichts tun, was dieser ihm verboten hat und was unserer Heiligen Mutter Kirche Schaden zufügen könnte. Nicht wahr, Pater?»

Pater Nau seufzte und nickte.

Krafft von Elckershausen breitete die Arme aus. «Na, dann ist ja alles ganz einfach. Geistliche scheiden von vornherein als Verbrecher aus, und unser Pater hier sowieso, weil er schon vom Geruch der Schwarten kotzen muss. Aber die Frage bleibt: Wie kamt Ihr, Pater Nau, in den Besitz der Skalpe und des Zopfes?»

Der Pater schwieg weiter.

Nach einer Weile, in der der Schreiber die Geschehnisse auf dem Römer und der Monsignore seine Fingernägel betrachtete, Krafft von Elckershausen an seinem Kragen riss und Richter Blettner hilfesuchende Blicke zu Gustelies warf, sagte Pater Nau sehr leise: «Ich bin erschöpft, ich kann gar nicht mehr richtig denken.»

Krafft von Elckershausen stieß hörbar seinen Atem aus. «Also gut. Vielleicht ist das sogar besser so. Heute Nachmittag sprechen wir uns wieder. Bis dahin überlegt Euch gut, was Ihr uns zu sagen habt.»

Dann wandte er sich an die Büttel. «Bringt ihn ins Verlies.»

Die Büttel traten einen Schritt vor, doch Gustelies gebot ihnen Einhalt. «Halt, der Pater hat noch nichts gegessen heute. Ihr könnt ihn nicht so einfach von hier wegschleppen.»

«Ach? Sollen wir ihm vielleicht Honigmilch besorgen und weiche Butterhörnchen dazu?», höhnte er.

«Warme Milch ohne Honig reicht auch», erklärte Gustelies.

«Schluss jetzt mit den Faxen!» Auf der Stirn des Schultheißen schwoll eine dicke blaue Ader an. «Der Pater geht ins Verlies.» Dann wandte er sich an Gustelies. «Und wenn Ihr meint, Euer Paterchen braucht unbedingt ein Morgenmahl, dann besorgt ihm was. Ihr könnt es beim Wächter im Verlies abgeben. Und wenn Ihr Glück habt, gibt er einen Teil davon weiter.»

Die Büttel packten Pater Nau bei den Oberarmen und zogen ihn hinaus. Der Monsignore und der Schultheiß folgten ihnen.

Als die Tür hinter den Männern ins Schloss gefallen war, räusperte sich Gustelies. «Er war es nicht», sagte sie. «Er kann es gar nicht gewesen sein. Das weißt du auch, Heinz, oder nicht?»

Der Richter zuckte mit den Achseln. «So langsam weiß ich gar nichts mehr», erklärte er.

Nur wenige Augenblicke später stürmte Gustelies mit wehenden Röcken über den Römer und steuerte geradewegs auf die Geldwechslerbude ihrer Freundin Jutta Hinterer zu.

Diese lehnte schon weit aus ihrer Luke und rief: «Ist das wahr, was man sich heute Morgen erzählt? Unser Pater Nau ist verhaftet worden?»

Schnaufend kam Gustelies heran, ließ sich auf einem Schemel nieder und wedelte mit der Hand vor ihrem hochroten Gesicht herum. «Es ist unglaublich, aber wirklich wahr. Mein Bernhard hat in der Nacht zwei Kopfschwarten und einen abgeschnittenen Frauenzopf auf dem Liebfrauenberg abgestellt. IN MEINEM WEIDENKORB!»

Jutta schüttelte den Kopf. «Wie ist er denn zu den Dingern gekommen?»

Gustelies begann zu schluchzen. «Ich … ich weiß es nicht.»

«Und was sagt der Pater?» Jutta klopfte ihrer Freundin mitfühlend auf den Rücken.

«Das ist es ja eben. Er sagt nichts. Er schweigt wie der Brunhildisfelsen. Kein Satz, kein Wort, keine Silbe.»

«Hmmm», machte Jutta und zog nachdenklich die Unterlippe zwischen die Zähne. «Und was glaubst du, meine Liebe?»

Gustelies hob ihr tränenüberströmtes Gesicht. «Ich habe auch keine Ahnung, was passiert ist. Ich weiß nur, dass mein lieber Bernhard nicht einmal in der Lage ist, ein Kätzchen zu ertränken, geschweige denn, ein Weib zu skalpieren. Ehrlich gesagt hält er die Weiber allesamt für Teufelsbrut. Und vor nichts hat er mehr Furcht als vor ihnen.»

Jutta kicherte, doch als sie Gustelies' schmerzverzerrtes Gesicht sah, zog sie die Freundin in die Arme. «Du musst dich nicht unnötig sorgen, meine Liebe. Niemand, der den Pater kennt, wird glauben, dass er etwas mit diesen grauseligen Dingern zu tun hat. Im Gegenteil, seine Gemeinde wird aufstehen und die Freilassung verlangen. Was hat dein Schwiegersohn denn schon gegen ihn in der Hand? Nichts als dieses dumme Körbchen. Du wirst sehen, heute Mittag sitzt er bereits wieder am Tisch, dein Pater, und nörgelt an deinem Essen herum.»

«Glaubst du wirklich?» Noch ein letzter Schluchzer strömte aus Gustelies' Kehle.

«Natürlich glaube ich das wirklich. Was denn sonst?»

«Und wenn nicht?» Gustelies' Stimme zitterte schon wieder ein wenig.

«Tja, dann. Dann müssen wir uns eben etwas Neues ausdenken. Aber ich bin sicher, dass das nicht nötig sein wird. Vertrau den Frankfurtern.»

Frisch gestärkt von den Worten ihrer Freundin eilte Gustelies über den Markt, um mit den letzten Pfennigen ihres Haushaltsgeldes ein herzhaftes Morgenessen für ihren Pater einzukaufen. Als sie an einem Stand Klärchen Gaube sah, genannt die «gute Haut», die im letzten Jahr statt ihrer den Kuchenwettbewerb gewonnen hatte, hielt sie kurz inne, presste die Hand auf ihr Herz und schickte ein Stoßgebet zur heiligen Hildegard. Doch vergebens. Die gute Haut hatte sie schon entdeckt, zeigte gar mit dem Finger auf Gustelies und schrillte über den gesamten Platz: «Ist es wahr, meine Liebe, dass man deinen Bruder ins Verlies gesperrt hat? Ist er wirklich ein Mörder?»

Gustelies runzelte die Stirn. Warum, Herr, hast du die arme Schwangere zu dir gerufen, fragte sie stumm, wo doch Klärchen Gaube viel mehr im Saft steht?

Dann wandte sie sich an ihre Erzfeindin. «Das ist ein Versehen. Der Pater wurde zum Verhör bestellt. Heute Mittag ist er wieder zu Hause.»

Die gute Haut stellte ihren Weidenkorb auf den Boden und verschränkte die Arme vor der Brust. «Da habe ich aber anderes gehört. Er soll ein halbes Dutzend Frauen umgebracht haben.»

Die gute Haut hatte so laut geflüstert, dass jede Magd, jede Krämerin im Umkreis aufmerksam geworden war. «Er hat ihnen die Eingeweide herausgeschnitten, heißt es.»

«Ist das wahr?»

«Unser Pater?»

«Das kann ich mir gar nicht vorstellen!»

Von allen Seiten drängten die Frauen auf Gustelies zu. Ihre Stimmen vermischten sich zu einem Summen wie in einem Bienenkorb. Gustelies schloss kurz die Augen. Dann atmete sie einmal tief durch und erklärte mit entschlossener Miene: «Ihr alle kennt Pater Nau. Könnt ihr euch vorstellen, dass dieser aufrechte Mann jemandem etwas zuleide tun könnte?»

Die Frauen verstummten, sahen verlegen auf den Boden. Eine scharrte mit der Schuhspitze im Dreck, eine andere knüpfte die Bänder an ihrer Haube neu.

«Was ist? Warum schweigt ihr?» Gustelies betrachtete eine nach der anderen, und jede wich ihrem Blick aus.

«Was denn, verdammt noch eins?»

Die gute Haut schob ihren Busen ein Stück nach vorn. «Na ja, die guten Frauen hier fragen sich schon, warum du in jedem Jahr den Kuchenwettbewerb gewonnen hast. Es waren Zutaten in deinen Backwaren, die niemand kannte. Es ist nicht normal, dass ein Kuchen so gut schmeckt und im Nachhinein noch glücklich macht.»

Gustelies' Kinnlade sackte nach unten. Ihr war, als würde ihr die Luft abgedreht. «Was?», fragte sie entgeistert. «Was sagst du da?»

Die gute Haut trat einen Schritt zurück. «Ich sage nur, was alle denken. Mit deinen Kuchen stimmt etwas nicht. Und ich werde ganz gewiss am Ostersonntag nichts von dem essen, was du hergestellt hast.»

Gustelies schüttelte sich, als wäre sie in einen Gewitterguss gekommen. «Ihr glaubt also ernsthaft, der Pater sei schon länger ein heimlicher Frauenmörder, und ich habe irgendwas aus den Körperteilen in meinem Kuchen verbacken?»

Die Frau mit der Haube zuckte mit den Achseln. «Möglich ist alles. Man hat doch schon von allerlei Elixieren gehört», raunte sie. Gustelies packte sie beim Arm, zog sie ein Stück weg. «Das sagst ausgerechnet du, meine Liebe, ja? Du, die heulend in meiner Pfarrküche saß, weil dir die Lenden deines Alten nicht mehr genug glühten. Angefleht hast du mich nach einem Mittel.»

«So war es», bestätigte die Frau. «Und du hast mir in Honig eingelegte Nüsse gegeben. Und siehe da, der Alte war plötzlich wieder so heiß wie ein Jungvermählter.»

Gustelies stieß die Frau mit einem Knurren von sich. Dann sah sie in die Gesichter der anderen, die vor Sensationsgier ganz verzerrt waren. «Ihr seid von Sinnen», erklärte sie kraftlos. «Ganz und gar von Sinnen. Da ist selbst die heilige Hildegard machtlos.»

Sie drehte sich um und ging mit langsamen, mühevollen Schritten über den Römer und hinauf zur Warte, in der sich das Verlies befand.

Sie übergab dem Wächter den Korb mit ihren Einkäufen. «Wie geht es ihm?», fragte sie verzagt.

Der Wächter lächelte. «Wie soll ich sagen? Gut geht es ihm. Ihr braucht Euch nicht zu sorgen.»

Gustelies zog die Stirne kraus. «Wieso nicht sorgen? Was treibt er denn in seinem Verlies, mein Pater?»

«Er singt.»

«Er macht WAS?»

«Er singt. Küchenlieder, Gotteslob, Kindergesänge, alles eben.»

«Pater Nau singt Küchen- und Kinderlieder?» Gustelies musste das wiederholen, um es selbst zu glauben.

«So ist es, mein Liebe. Er sagt, so gut wie jetzt ging es ihm schon lange, lange nicht mehr. Ach, und Ihr sollt ihm sein Kopfkissen und die Bibel bringen.»

«Kopfkissen und Bibel?»

«Ja. Das sagte er.»

Gustelies schüttelte den Kopf. «Ist denn die ganze Welt verrückt geworden?»

KAPITEL 12

Also, erstens singt Pater Nau im Verlies Küchenlieder. Zweitens behauptet die gute Haut Klärchen Gaube, in meinem Kuchen wären Dinge, die da nicht hineingehören. Unaussprechliche Dinge. Drittens: Heinz, was haben die Ermittlungen ergeben? Viertens: Jutta, was hast du Neues gehört? Und fünftens: Hella, wohin geht eine Schwangere, wenn sie etwas braucht?»

Gustelies saß mit roten Wangen am Tisch im Pfarrhaus. Ihre Augen hatten einen unnatürlichen Glanz, der an Fieber erinnerte, in ihrem Fall jedoch von unterdrückter Wut herrührte. Ihr Gesichtsausdruck aber war ernst und konzentriert.

«Dass der Pater Küchenlieder singt, muss nicht unbedingt etwas Schlechtes bedeuten», gab Bruder Göck zu bedenken. «Am Ende kann unser Richter bei der Urteilssprechung darauf hinweisen, dass der Malefikant nicht ganz klar im Kopfe ist.»

«Ruhe, Antoniter!» Gustelies' Blick hätte gereicht, den Main bis zum nächsten Sommer gefrieren zu lassen. «Heinz, was weißt du?»

Richter Blettner zuckte mit den Achseln. «Nichts und wieder nichts. Der Pater schweigt und grinst. Allmählich mache ich mir Sorgen um ihn.»

«Hat er gejammert und geklagt?», fragte Gustelies.

«Eben nicht», erwiderte Heinz. «Kein ‹Die Erde ist ein Jammertal und das Leben ein Graus›. Und auch kein ‹Die Welt ist in Frevlerhand›.»

«Das ist wahrhaftig ein Grund zur Besorgnis», fand auch Jutta Hinterer.

«Um den Pater werde ich mich kümmern. Sobald man mich zu ihm lässt. Haben die Ermittlungen etwas ergeben? Was sagt der Leichenbeschauer?», fragte Gustelies.

«Die eine Kopfschwarte passt zu der Toten am Main. Zum Glück hatte der Henker bisher noch keine Zeit, sie zu begraben. Zu wem der andere Skalp und der Zopf gehören, das wissen wir nicht.»

«Weitere Leichen?», fragte Gustelies.

«Eben nicht.»

«Sag mal, führst du jetzt die Ermittlungen?», mischte sich Hella ein.

Gustelies sah erstaunt auf. «Das, meine Liebe, sind keine Ermittlungsarbeiten, das ist eine Familienangelegenheit. Ich werde von der guten Haut beschuldigt, unlautere Sachen zu verbacken.»

Heinz legte seiner Frau beruhigend die Hand auf den Oberschenkel. «Es gibt keine weiteren Leichen. Aber warum nennt ihr Klärchen Gaube eigentlich immer ‹die gute Haut›?»

«Pffft», machte Gustelies. «Als ob das auf meinem Mist gewachsen wäre! Die braven Bürger aus der Gemeinde nennen sie so. Sie kommt mit Hühnersuppe, wenn jemand krank ist, sie bringt Gallseife, wenn eine frisch verheiratet ist, und strickt den Neugeborenen feine Mützchen. Eine eben, die immer nur gut ist.»

«Und dabei so scheinheilig grinst, dass Schmalz vom

Himmel tropft», ergänzte Jutta Hinterer, und Hella nickte dazu.

«Weiter», machte Gustelies. «Wenn es bisher keine weiteren Leichen gibt, dann müssen wir sie eben finden.»

Jutta mischte sich ein. «Sollten wir nicht erst einmal herausfinden, wo der Säugling geblieben ist, so er noch lebt? Und wer die Frau war, die am Main lag?»

Gustelies trat unter dem Tisch gegen das Schienbein ihrer Freundin. «Aua!»

«Wir beide haben am Sonntag etwas vor, hast du das etwa schon vergessen?», raunte Gustelies.

«Ich bin von meinem Orden abgestellt, die Aufgaben des Paters hier zu übernehmen», bemerkte Bruder Göck. «Vielleicht erfahre ich ja etwas von der Gemeinde.»

Heinz meldete sich zu Wort. «Die Sakristei müsste mal gründlich saubergemacht werden.»

«Was?» Gustelies schnaubte. «Hast du keine anderen Sorgen?»

«Doch, weiß Gott. Aber in der Sakristei hängt ein Geruch, den Eddi Metzel nur zu gut kannte. Leichengeruch. Krafft von Elckershausen weiß noch nichts davon.»

«Soll das etwa heißen, dass da etwas in der Sakristei liegt, das einmal gelebt hat?»

Blettner zuckte mit den Achseln. «Ich habe vorhin gründlich gesucht, aber gefunden habe ich nichts.» Er räusperte sich. «Zum Glück. Trotzdem sollte mal jemand nachgucken, der sich dort auskennt. Ich werde jedenfalls morgen Boten in die umliegenden Orte schicken, um zu hören, ob dort jemand vermisst wird.»

«Dann gehe ich in die Vorstadt und spreche einmal die an, die der Schreiber nicht gefragt hat», erklärte Hella. «Dabei kann ich auch gleich noch die Kräuterfrauen und

Hebammen fragen. Ich wette, das hat der Schreiber auch nicht gemacht.»

«Ich halte die Predigt und ansonsten Augen und Ohren offen», steuerte Bruder Göck bei.

«Und Jutta und ich erledigen etwas», bestimmte Gustelies. «Sind alle damit einverstanden?»

Heinz Blettner saß am Tisch, stierte auf einen Punkt an der gegenüberliegenden Wand und rührte sich nicht.

Hella knuffte ihn in die Seite. «Was ist denn?», fragte sie.

«In meinem Hinterkopf, da hockt ein Gedanke. Ich weiß, dass er wichtig ist, aber er will sich einfach nicht zu erkennen geben. Irgendetwas ist mir aufgefallen. Irgendetwas war, das mit unserem Fall zu tun haben könnte.»

«Was denn?», fragte Hella.

«Streng dich an», ermunterte Jutta.

«Herr im Himmel, zeig ihm den Weg», meinte Bruder Göck.

«Ich schenke dir noch einen Becher Wein ein, dann denkt es sich besser», erklärte Gustelies.

Heinz winkte ab. «Nein, nein. Ich brauche Ruhe. Hella, lass uns nach Hause gehen. Ich muss noch einmal meine Unterlagen durchsehen, vielleicht komme ich ja darauf.»

Alle am Tisch erhoben sich, holten ihre Umhänge. Schon in der Tür fiel Jutta Hinterer noch etwas ein. «Sag, Heinz, was hat der Leichenbeschauer noch über die Kopfschwarten gesagt? Konnte er abschätzen, wie alt die Frauen waren? Und ob sie vielleicht schwanger waren? Oder war nur die Tote vom Main in gesegneten Umständen?»

Heinz ließ die Schultern hängen. «Eddi Metzel kam nicht weit. Anhand der Haare, die kein bisschen Grau aufwiesen, ist er zu dem Schluss gekommen, dass die Opfer noch ziemlich jung gewesen sein müssen. Aufgrund der Länge geht er davon aus, dass es sich um Frauenhaar handelt. Mehr konnte er beim besten Willen nicht sagen.»

«Hat jemand an den Haaren gerochen?», wollte Jutta wissen.

Bruder Göck kicherte. «Wonach sollte denn Weiberhaar riechen? Nach Schwefel?»

«Ruhe, Antoniter. Am Geruch der Haare lässt sich so manches erkennen. Eine Frau, die in einer Backstube arbeitet, riecht natürlich nach Gebackenem. Eine Seifensiederin nach Seife. Eine ordentliche Patrizierin nach Rosenöl», erklärte Gustelies. «Allerdings bezweifle ich schon stark, dass Eddi diese Gerüche kennt.»

Blettner nickte nachdenklich. «Das klingt einleuchtend», erklärte er. «Vielleicht sollte man wahrhaftig ein Weib an den Kopfschwarten und dem Zopf schnuppern lassen.»

«Wo sind sie jetzt?», fragte Jutta.

«Im Haus des Henkers, wo denn sonst.»

«In Ordnung», erklärte Gustelies. «Wir kommen morgen am späten Vormittag zum Henkershaus. Sorge du, Heinz, dafür, dass wir zügig mit der Arbeit beginnen können.»

Heinz Blettner verdrehte leicht die Augen, dann nickte er.

Auf dem Heimweg war er still. Auch Hella schwieg. Sie hatten den Liebfrauenberg schon hinter sich gelassen, als Heinz schließlich kleinlaut fragte: «Regt dich das nicht alles viel zu sehr auf, meine Liebe?»

Hella blieb stehen, schlang die Arme um seinen Hals

und küsste ihn. «Nein», sagte sie dann. «Ganz im Gegenteil. Ich möchte helfen, diesen Fall aufzuklären. Es geht um Neugeborene. Es geht um Frauen, die womöglich so alt sind wie ich. Es ist mir ein Bedürfnis, etwas zu tun.»

«Aber du versprichst mir, dass du nichts machst, was dich gefährden könnte, nicht wahr? Ich gebe dir einen Büttel mit, wenn du morgen in die Vorstadt gehst.»

«Ich verspreche es.» Hella hob die Hand zum Schwur. «Und jetzt lass uns nach Hause gehen. Mir ist nach ein wenig menschlicher Nähe, wenn du weißt, was ich meine.»

«Und ob, mein Herz. Und ob.»

Heinz legte seinen Arm um Hellas Schulter und schob sie rasch weiter. Mittlerweile waren sie in die Hasengasse gelangt. Die Tür vom Roten Ochsen stand sperrangelweit offen. Geschrei drang heraus. Und Heinz Blettner blieb plötzlich stehen, als wäre er festgeklebt. «Das war es», murmelte er. «Genau das war es.»

Er schaute die Straße auf und ab und winkte schließlich einem Laufburschen.

«Zu Diensten, Herr.»

«Bring meine Frau nach Hause, Junge. Pass gut auf sie auf, hörst du. Und geh erst weiter, wenn du den Riegel im Schloss gehört hast. Verstanden?»

«Ja, Herr. Ich werde auf die Herrin achten wie auf mein eigenes Leben.»

Richter Blettner drückte dem jungen Mann ein Geldstück in die Hand.

«Was soll das denn jetzt?», fragte Hella aufgebracht. «Was hast du vor?»

«Ich muss noch einmal in die Schänke, mein Herz. Es dauert nicht lange. Aber es ist wichtig. Du weißt schon, der Gedanke im Hinterkopf.»

Hella nickte. Ohnehin wusste sie, dass sie ihren Mann jetzt nicht dazu bewegen konnte, sie nach Hause zu begleiten. Also küsste sie ihn auf den Mund und wandte sich an den Burschen. «Auf geht's, wir müssen an der Ecke nach links abbiegen.»

Die Gaststube war so voll, dass sich Richter Blettner durch die Menge drängeln musste. Ganz hinten in einer Ecke fand er noch einen Platz. «Darf ich?», fragte er einen zahnlosen Greis, der fröhlich seinen Wein auf den Tisch sabberte.

«Aber immer doch, Herr. Wann gibt es in diesen Zeiten schon einmal etwas zu feiern.»

«Was wird denn hier gefeiert?», fragte der Richter. «Gab es nicht schon vor ein paar Tagen ein Fest?»

«Ja, gab es. Die Wirtin, die Ricka, sie hat geworfen. Zwillinge sollen es sein.»

«Wieso denn plötzlich Zwillinge? Letzte Woche war nur von einem Säugling die Rede.»

Der Alte kicherte. «Schaut Euch den Eduard an. Gibt an wie eine Lore Affen. Schlägt sich ein ums andere Mal gegen seine Lenden und schreit: ‹Da steckt die Kraft.›»

«Wieso Zwillinge?», wiederholte der Richter.

«Das Mädchen, die Steffi, hat erzählt, es wären von Anfang an zwei gewesen, aber das eine so krank und schwächlich, dass keiner geglaubt hat, es würde es bis zum Weihwasserbecken schaffen. Na ja, und heute sind sie getauft worden, die beiden. Und erst jetzt hat der Wirt auch die Geburt seiner zweiten Lendenfrucht bekanntgegeben.»

«Aha, weil beide nun getauft sind.»

«Ihr sagt es, Richter.»

«Zwei Kinder auf einen Schlag. Das muss für die Ricka ja eine Last gewesen sein in der Schwangerschaft.»

«I wo.» Der Alte kicherte wieder. «Sie hat die Bälger mit links ausgetragen. Das erzählt der Eduard jedem, der es hören will. Er selbst, sagt er, habe nichts bemerkt von der Schwangerschaft seiner Frau. Weggesteckt hätte sie die Unpässlichkeiten wie eine Milchkuh auf der Weide.»

«Und Ihr? Habt Ihr auch nichts bemerkt? Ihr seid ein erfahrener Mann. Euch kann man bestimmt nicht so leicht ein X für ein U vormachen.»

Der Alte sah den Richter an und nickte. «Drei Frauen habe ich zu Grabe getragen. Sieben Schwangerschaften mitgemacht. Die Meinen waren tapfer, haben nicht gejammert und geklagt, wie es heute Mode ist. Trotzdem sind sie mit jedem Tag dick und dicker geworden. Aufgegangen wie ein Hefeteig im Backrohr, sage ich Euch. Bei der Ricka habe ich nichts gemerkt. Na ja, drall und gut im Futter war sie schon immer, die Ricka. Ein richtiges Weib, wie es der Herrgott nur an einem herrlichen Sonnentag geschaffen haben kann. Aber wer kennt sich schon mit den Weibern aus? Die tragen ihre Brut manchmal wer weiß, wo.»

«Hmmm», brummte der Richter. «Gibt es im Roten Ochsen auch eine Magd?»

Der Alte zeigte mit seinem knochigen Finger auf das Schankmädchen. «Die da, die Steffi. Die macht alles. Am Tage putzt sie, und am Abend schenkt sie aus. Was wollt Ihr denn von ihr?»

«Ach, nichts weiter.» Der Richter winkte ab. «Die Meine ist auch schwanger. Da hat ein Mann schon so manche Frage, die einem das Weib schuldig bleibt.»

Der Alte nickte. «Ein Mysterium, die Weiber.»

Richter Blettner trank noch einen Becher Wein, beglückwünschte den stolzen Vater, dann stiefelte er gedankenverloren nach Hause.

KAPITEL 13

Die Stadt lag noch im Schatten der Nacht, als Richter Blettner vor dem Roten Ochsen hin und her ging. Er hatte seine Handschuhe zu Hause vergessen und blies nun auf die gefrorenen Finger, trat von einem Bein auf das andere und schaute den blassen Wölkchen hinterher, die bei jedem Atemzug aus seinem Mund quollen.

Als endlich die Seitentür knarrte, atmete er auf.

«Gott zum Gruße, Steffi», sagte er, und die Magd schrak zusammen und fuhr herum.

«Gott zum Gruße, Herr», erwiderte sie und wollte sich, in jeder Hand eine Milchkanne, von dannen machen.

«Jetzt warte doch, ich habe ein paar Worte mit dir zu reden.»

Die Steffi lief weiter, rief nur über ihre Schulter: «Ich kann nicht, Herr, die Wirtin wartet auf mich.»

Jetzt langte es dem Richter. «Stehenbleiben. Sofort!»

Die Steffi erstarrte.

«Wohin rennst du eigentlich so schnell?», fragte Blettner, als er bei dem Mädchen angelangt war.

«Wir brauchen Milch. Die Zwillinge, wisst Ihr, sie trinken und trinken. Die Wirtin kann gar nicht so viel Milch aus ihren Brüsten quetschen, wie die Kinder brauchen.»

«Und du gehst jetzt also nach Milch, ja?»

«Ja, Herr. Wie jeden Morgen.»

«Gut, dann begleite ich dich ein Stück.»

«Aber, Herr, das geht doch nicht.»

Blettner wedelte mit der Hand. «Doch, das geht. Ich bin der Richter der Stadt und außerdem verheiratet. Niemand wird etwas dabei finden. Also los.»

Die Steffi seufzte und legte dann einen Schritt vor, bei dem der Richter außer Atem geriet.

«Lauf langsamer, verflixt und zugenäht. Ich habe ein paar Fragen an dich. Wenn du nicht gleich deine Schritte einhältst, dann lasse ich dich eben von den Bütteln aufs Malefizamt bringen. Ist dir das lieber?»

Das Mädchen riss die Augen auf, verlangsamte auf der Stelle seine Schritte.

«Was wollt Ihr wissen, Herr?»

«Ach, nur ein paar Kleinigkeiten. Zum Beispiel, woher du die Milch holst.»

Das Schankmädchen schluckte. «Das soll ich nicht sagen, Herr.»

«Das wirst du aber müssen. Wenn nicht hier, dann auf dem Amt.»

«Also gut. Die Stutenmilch hole ich beim Pferdeschlachter. Er hat noch ein paar Tiere im Stall, und eine der Stuten hat gefohlt. Die andere Kanne lasse ich mir … lasse ich mir …»

«Ja? Ich höre!»

«Im Hause des Schultheißen füllen. Die Amme dort hat so viel Milch, dass sie ein ganzes Waisenheim beliefern könnte.»

«Krafft von Elckershausen?» Der Richter wurde laut.

«Pscht, Herr. Der Schultheiß selbst weiß nichts davon. Die Seine wohl auch nicht. Die Amme selbst hat sich angeboten. Und der Wirt zahlt gut.»

«Hmm», brummte der Richter. «Und warum stillt deine Herrin die Kinder nicht selbst?»

«Die Geburt war so anstrengend, dass sie keine Kraft zum Stillen hat.»

«So, so. Keine Kraft. Warst du dabei, als die Kinder geboren wurden? War ein Medicus zur Stelle? Eine Hebamme?»

Die Steffi schüttelte den Kopf. «Nein, Herr. Es ging wohl alles ganz schnell. Der Herr sagt, am Abend wäre die Seine ganz normal zu Bett gegangen, und dann, kurz nach Mitternacht, hätte die Geburt begonnen. Ganz schnell. Rausgeflutscht sollen sie sein wie Flussbarsche aus dem Netz.»

«Und am nächsten Morgen?»

«Da lag die Herrin im Bett, die Wiege neben sich.»

«Du hast die Kinder gesehen?»

«Nein, Herr. Die Wiege war mit einem Tuch bedeckt. Nur das Geschrei habe ich gehört.»

«Inzwischen hast du die Neugeborenen aber schon gesehen, oder?»

Die Steffi nickte. «Ich bin es doch, die den Kindern ihre Milch warm macht. Und während die Wirtin das eine füttert, halte ich so lange das andere.»

«Hmmm», machte der Richter wieder. «Hast du die Schwangerschaft bemerkt, mein Kind?»

Die Steffi schüttelte ihre dunklen Locken. «Nein, Herr. Ich arbeite den ganzen Tag, habe kaum einmal Zeit aufzuschauen.»

Blettner nickte, dann hielt er das Mädchen am Arm fest. «Sag mir, mein liebes Kind, kümmerst du dich auch um die Wäsche im Haus?»

Die Steffi nickte.

«Und auch um die Stoffstreifen der Herrin, die sie während ihrer Mondblutung trägt?»

Glutröte schoss ihr in die Wangen. Sie sah auf den Boden und kratzte mit der Schuhspitze über das Pflaster.

«Mädchen, ich bin verheiratet. Scham ist hier fehl am Platze. Also sag schon: Hast du in den letzten Monaten mit diesen Dingen zu tun gehabt?»

Die Steffi schluckte und drehte die mageren Schultern. Die Kannen in ihren Händen zitterten. «Ich habe immer so viel Wäsche, dass ich nicht so darauf achte», murmelte sie.

«Ich weiß, ich weiß. Aber jetzt, wo du darüber nachdenkst, fällt dir da etwas auf?»

Das Mädchen zuckte mit den Achseln, dann hauchte es: «Es war alles wie immer», packte die Kannen und hetzte davon.

Der Richter sah ihr nach. «Es war alles wie immer», wiederholte er. «Alles wie immer.»

Der Brückenwächter wischte sich gerade den Schlaf aus den Augen, als Gustelies und Jutta Hinterer die Mainbrücke in Richtung Sachsenhausen überquerten. «Na, meine Schönen, wo soll der Sonntagsausflug denn hingehen?», scherzte er.

Gustelies warf ihm einen bitteren Blick zu, aber Jutta lachte trotz der unverschämten Anrede mit zurückgeworfenem Kopf. «Warum fragst du das, Brückenmann? Willst uns wohl Gesellschaft leisten, was?»

«Zwei so dralle Weiber wie euch kriegt man nicht alle Tage zu sehen», erwiderte er, durch Juttas Worte ermutigt. «Ich wüsste schon, wie wir uns zusammen einen schönen Tag machen könnten.»

Er rieb sich über seine Leibesmitte. Jutta kicherte. «Juckt es dich schon?»

«Je länger ich euch ansehe, umso stärker wird das Kribbeln», bestätigte der Brückenwächter.

«Dann solltest du dich vielleicht mal gründlich waschen», versetzte Gustelies und zog Jutta weiter.

Sachsenhausen lag still. Nur hin und wieder trafen sie auf ein paar Leute, die zur nächsten Kirche eilten. Aber an den meisten Häusern waren die Läden noch geschlossen, selbst die Brunnen lagen still und verlassen.

«Sitten sind das hier», ärgerte sich Gustelies. «In meinem Haus riecht es um diese Zeit schon nach dem Sonntagsbraten.»

«Lass sie», beschwichtigte Jutta. «Die meisten Menschen hier sind Tagelöhner, die die ganze Woche schuften. Sie haben sich ihre Sonntagsruhe verdient.»

Gustelies schnaubte noch einmal, dann eilten sie zum Findelhaus und betätigten den Klopfer.

Diesmal wurde ihnen ziemlich rasch geöffnet. Ein Mann stand vor ihnen, mit einem Gesicht, welches so schmal war, dass es an einen Pferdekopf erinnerte. Die Augen lagen tief verschattet in den Höhlen und hatten die Farbe von schlammigem Flusswasser. Als der Mann den Mund öffnete, schrak Gustelies zurück. Lange gelbe Zähne unterstrichen den Eindruck des Pferdegesichtes noch.

«Gelobt sei Jesus Christus.»

«In Ewigkeit. Amen. Wir waren schon einmal da, und eine freundliche Frau teilte uns mit, dass wir Euch hier heute antreffen. Ihr seid doch Vater Raphael?»

Die gelben Pferdezähne rissen auseinander. «Ja, ganz richtig. Der bin ich. Vater Raphael. So zumindest nennen mich unsere lieben Kinder hier. Wie kann ich Euch helfen, Ihr guten Bürgersfrauen?»

Gustelies warf sich in die Brust und richtete ihre Haube. «Nun, wir kommen von der Liebfrauenkirche in der Stadt. Unsere Gemeinde hat sich der Nächstenliebe verschrieben. Wir wollen uns stärker als bisher um die Findelkinder kümmern. Unter unseren Schäfchen gibt es zahlreiche Handwerkersfrauen, die von Kleidungsstücken bis zu Einrichtungsgegenständen vielerlei Dinge herstellen können. Wir sind gekommen, um zu sehen, was die Euch Anvertrauten benötigen.»

Die Zähne klappten zusammen, der Mund Vater Raphaels war ein dünner Strich. «Wir danken Euch sehr», sprach er, doch seine harte Stimme strafte die Worte Lügen. «Im Augenblick haben wir alles. Nochmals vielen Dank, dass Ihr Euch herbemüht habt. Wenn Bedarf besteht, so werden wir uns gern an Euch wenden.»

Er nickte und wollte die Tür schließen, doch Jutta Hinterer hatte ihre Fülle bereits dagegengeworfen. Wie sonst auch nahm sie kein Blatt vor den Mund.

«Verstehe ich Euch richtig, Vater Raphael? Ihr wollt uns hinauswerfen? Ihr verweigert uns das Betreten des Findelhauses? Einer Einrichtung, die von den Steuern der braven Frankfurter bezahlt wird? Man könnte meinen, Ihr habt was zu verbergen. Dürfen wir nicht wissen, wofür Ihr unsere Gelder ausgebt?»

Der Mann schüttelte seinen Pferdeschädel, dass ihm die spärlichen Haare um die Ohren flogen. «Wir sind eine Einrichtung zum Schutze der Findelkinder. Viele haben Schreckliches erlebt. Euer Besuch würde sie nur verstören.»

«Aha!» Gustelies hob den Finger. «Seid sicher, auch

uns liegt das Wohl der Kinder am Herzen.» Ihre Stimme wurde lauter: «Und zwar so sehr, dass ich meinen Schwiegersohn, den Herrn Richter, über Euer seltsames Verhalten in Kenntnis setzen werde. Ich bin gespannt, ob die Stadtknechte, die er zweifelsohne schicken wird, Eure Kinder nicht noch mehr verstören.»

Vater Raphael schnaubte, und wieder fühlte sich Gustelies dabei an ein Pferd erinnert. Unauffällig, wie sie hoffte, betrachtete sie seine Füße. Doch die schienen ganz normal, steckten in derben Holzpantinen, die mit Leder überzogen waren.

Der Vater öffnete wortlos, doch mit mürrischer Miene das Tor, und Gustelies und Jutta traten in den Innenhof des Findelhauses.

Verblüfft sahen sie sich um. Der Hof war aus gestampftem Lehm. Sonst gab es nichts. Keinen Baum, keinen Strauch. Nirgendwo war zu erkennen, dass hier Kinder lebten. Es gab keine Lumpenbälle, die in irgendwelchen Ecken lagen, keine Birkenruten, zu Pfeil und Bogen gebunden, keine Reifen, Kreisel, nichts. Gar nichts.

Die Stille, die hier herrschte, war bedrückend. Gustelies schluckte. «Wo sind die Kinder?»

Vater Raphael zuckte mit den Achseln. «Wo sollen sie schon sein? In der Kirche natürlich.»

«Alle? Auch die Neugeborenen? Die, die man auf den Kirchenschwellen fand?»

Vater Raphael nickte ernsthaft. «Gerade für diese ist es wichtig, so früh wie möglich in die Nähe des Herrn zu kommen.»

Jutta drängte sich vor. «Erzieht Ihr die Kinder nach dem alten, dem katholischen Glauben, oder habt Ihr Euch der neuen Kirche, der lutherischen, zugewandt?»

Der Pater blickte Jutta mit einiger Abscheu an. «Wir wahren hier den einzig rechten Glauben.» Er hob einen Finger. «Den alleinig wahren und rechten Glauben, und das ist der lutherische.»

Jutta nickte eingeschüchtert, doch Gustelies stapfte bereits entschlossen über den Hof. «Zeigt uns, wie die Kinder leben», befahl sie.

Der Vater schlurfte lustlos hinter ihr her.

Das Gebäude war ein zweistöckiger, langgestreckter Bau, der ebenfalls in völliger Stille lag. Hinter der Haustür befand sich ein Vorsaal. Mehrere Paar Holzpantinen in allen möglichen Größen standen ordentlich nebeneinander. Links führte eine Tür in einen großen Saal, der mit Schankstubentischen und -bänken bestückt war. Es roch nach ranzigem Fett und verdorbenen Lebensmitteln. Auf einem Tisch an der Wand waren ungefähr drei Dutzend Holzschüsseln aufgereiht. Die Schüsseln waren klein, und die meisten von ihnen zeigten Spuren jahrelangen Gebrauchs.

«Riechst du das?», wandte sich Gustelies an Jutta.

Diese nickte. «Wäre das ein Gasthaus, ich würde schleunigst das Weite suchen.»

«Was gab es denn zum Frühstück?», wollte Gustelies wissen.

Vater Raphael zuckte mit den Achseln. «Was soll es schon gegeben haben? Mandelmilch und Honigplätzchen.» Er lachte keckernd, doch dann wurde sein Gesicht ernst, und die Augen in dem Pferdeschädel funkelten bösartig. «Was meint Ihr, was das hier ist? Die Messeherberge der Fugger? Bei uns gibt es am Morgen Hafergrütze. Die ist nahrhaft und gesund.»

Jutta nickte und schnupperte noch einmal gründlich

in der Luft. «Riecht aber nicht so», stellte sie fest. In diesem Augenblick erschien die Frau in der Tür, die Gustelies und Jutta bereits von ihrem ersten Besuch kannten. Ihr Gesicht war zugesperrt wie ein Weinkeller, die Lippen ein schmaler Strich. Sie sah zu Raphael. Der Mann nickte ihr kurz zu, und die Frau verschwand.

«Euer Weib?», wollte Jutta wissen.

Raphael nickte.

«Wie viele Leute arbeiten noch hier im Findelhaus?»

«Niemand weiter. Nur wir beide. Habt Ihr sonst noch Fragen?»

Jutta hatte bereits den Mund aufgeklappt, doch Gustelies trat ihr auf den Fuß und schob sie zur Seite. «Nein. Zum Essen der Kinder nicht mehr.»

Vater Raphael scheuchte die beiden Frauen aus dem Saal. «Wollt Ihr sehen, wo die Kinder schlafen?»

Er stieg vor den Frauen eine schmale Treppe hinauf, die in das obere Geschoss führte. «Hier», blaffte er und riss eine Tür auf. Dahinter befand sich ungefähr ein Dutzend Strohlager. Auf manchen lagen Decken, auf anderen nicht. Ein Geruch nach Schweiß, Angst und Exkrementen erfüllte die Luft.

«Hier schlafen die Kinder?» Gustelies schüttelte den Kopf. «Warum haben manche Decken und andere nicht?»

Vater Raphael räusperte sich. «Die Kinder haben ihre Eltern verloren. Manche nehmen sich die Decken als Ersatz und gehen nirgendwohin ohne sie. Ich wette, die fehlenden Decken sind jetzt alle beim Gottesdienst. Habt Ihr genug gesehen?»

Gustelies nickte und sah zu Jutta. Die stand im Flur, hatte die Augen ein wenig zusammengekniffen und lauschte angestrengt.

«Haben wir alles gesehen?», fragte Gustelies noch einmal und stieß ihre Freundin in die Seite.

«Was ist eigentlich in den anderen Räumen hier oben?», fragte Jutta und bemühte sich, ihrer Stimme einen beiläufigen Klang zu geben.

«Nichts von Interesse. Lager für Kleidung und Decken, Kerzen und Öl. Ein bisschen Spielzeug, damit die Kinder ein Geschenk haben, wenn ihr Namenstag ist.»

«Das ist sehr fürsorglich von Euch.» Jutta schenkte Vater Raphael ein Lächeln von der Sorte, wie sie es normalerweise für Leute übrig hatte, die sie gerade betrügen wollten. «Eine letzte Frage habe ich allerdings noch, Vater. Wie viele Neugeborene habt Ihr derzeit hier? Und wann sind die zu Euch gekommen?»

Vater Raphael runzelte die Stirn. «Ihr habt die Schlafkammer gesehen.»

«Ja, das haben wir. Und uns ist aufgefallen, dass nicht eine Wiege im Raum steht. Keine Wiege, kein Korb, nichts, worin ein Neugeborenes schlafen könnte.»

«Das liegt daran, dass wir derzeit keine Neugeborenen haben. Unser jüngstes Kind, ein Mädchen, ist vier Jahre alt.»

Gustelies zog ein erstauntes Gesicht. «Keine Neugeborenen? Nicht ein einziges? Aber vorhin sagtet Ihr ... Merkwürdig. Es ist Winter. Ich dachte stets, zu dieser Zeit nimmt die Zahl der Ausgesetzten zu.»

Vater Raphael wich Gustelies' Blick aus. Seine Augen huschten durch den düsteren Korridor. Dann breitete er die Arme aus. «Also gut. Unser Pfarrer Küttler, der Evangelische, der Richtige, er brachte neulich einen Säugling, den er auf der Kirchenschwelle gefunden hat.»

«Aha. Und wo ist der Säugling jetzt?» Gustelies musste

an sich halten, um nicht die Fäuste in die Seite zu stemmen.

«Nach zwei Tagen hat er das Kleine wieder bei uns abgeholt. Ein kinderloses Ehepaar hatte sich gefunden, die es aufziehen wollten.»

Gustelies kniff die Augen zusammen, während Jutta wieder ihr wölfisches Lächeln zeigte. «Ein Gottesglück für das Kleine.»

«Ihr sagt es, gute Frau. Aber so ist es meistens. Neugeborene sind eine Seltenheit in unserem Haus. Es finden sich fast immer gute, brave Leute, die ein Erbarmen mit den winzigen Menschlein haben und sie zu sich nehmen.»

«Gab es in den letzten beiden Wochen weitere Säuglinge, die Ihr vermittelt habt?»

Vater Raphael hob die Hände. «Nein, bei Gott, keinen einzigen. Im Übrigen übernimmt die Vermittlung stets ein Pater oder Pfarrer. Dazu ein Advocat. Mit dem Schriftkram kennen wir uns nicht aus, aber wir wollen, dass alles seine Ordnung hat.»

«Ich verstehe», erwiderte Gustelies und schoss wütende Blicke durch den Flur.

Jutta aber tätschelte den Ärmel von Vater Raphael. «Ich bin sicher, die Menschen hier in Sachsenhausen halten Euch und Euer Haus für einen Segen.»

«So ist es», bestätigte der Mann. «Seid Ihr nun fertig mit der Fragerei?»

Jutta nickte, dann packte sie Gustelies am Arm. «Ich glaube, wir haben genug gesehen. Habt recht vielen Dank, Vater, dass Ihr uns Einblick in Eure Arbeit gewährt habt.»

«Gern geschehen.» Wieder strafte der Gesichtsausdruck Raphaels seine Worte Lügen.

Er begleitete die Frauen zum Tor und wünschte Gottes Segen. Kaum vor der Tür, hörten sie, wie ein Riegel nachdrücklich vorgeschoben wurde.

Jutta zog Gustelies ein paar Schritte weiter. «Was hältst du davon?»

Gustelies stülpte die Unterlippe vor. «Hier ist irgendetwas ganz und gar nicht in Ordnung.»

«Ja», bestätigte Jutta. «Irgendetwas ist hier faul. Und ich hätte noch viele Fragen an Vater Raphael gehabt.»

«Ich auch, meine Liebe. Aber die Antworten, die holen wir uns lieber selbst. Und jetzt lass uns zum Henkershaus gehen.»

Jutta verharrte. «Am liebsten würde ich den Evangelischen gleich aufsuchen. Und den Katholischen danach. Es wäre interessant zu wissen, wie viele Kinder heute in der Messe waren. Und interessant wäre es auch, zu wissen, wer wann welche Säuglinge wohin vermittelt hat.»

Gustelies schüttelte den Kopf. «Kein guter Zeitpunkt. Wir müssen zum Henkershaus. Und außerdem sind die Gottesdienste am Ende noch in vollem Gange. Für den Kirchenbesuch der Findlinge gibt es genügend Zeugen. Da kann nichts vertuscht werden. Es reicht, wenn wir uns nächste Woche darum kümmern. Und die Vermittlungen werden, wie Vater Raphael schon sagte, von einem Advocatus aufgezeichnet. Heinz dürfte mit Sicherheit an die Unterlagen herankommen. Wir dagegen nicht.»

«Aber nur», fügte Jutta Hinterer an, «wenn Vater Raphael nicht doch auf eigene Rechnung und ohne einen Juristen die Säuglinge verhökert.»

KAPITEL 14

Hella hasste die trüben Frühmärztage, die einen spüren ließen, dass der Winter sich noch nicht endgültig in die rauen Berge verzogen hatte, sondern jederzeit bereit war, noch einmal mit Schnee und Kälte zurückzukommen. Aber es waren weder Schnee noch Kälte, die Hella den Frühling so inbrünstig herbeisehnen ließen, sondern es war die Abwesenheit von Farben. Seit Monaten, schien ihr, war alles um sie herum nur ein einziges Grau. Der Himmel, die Häuser, die Menschen, sogar der Main. Selbst die Gespräche auf dem Markt oder auf der Gasse hatten für sie etwas Graues an sich. Ein jeder klagte über das Reißen in den Knochen, den Husten, der einfach nicht besser werden wollte, über undichte Fenster, beklemmendes Heulen im Kamin und klamme Bettfedern.

Und hier in der Vorstadt war das Grau besonders schlimm. Es lugte aus jeder wackligen Kate, es lag wie ein Teppich über den verschlammten Wegen, hing wie ein Vorhang in der Luft. Selbst die Gesichter der Menschen hier hatten eine Farbe, die an grauen Brei erinnerte.

Hella legte eine Hand auf ihren gewölbten Leib. Nur keine Angst, mein Kleines, sprach sie in Gedanken zu ihrem Ungeborenen. Wenn du das Licht der Welt erblickst, dann werden die Bäume blühen, dann wird der Himmel blau sein und die Luft mild. Hab noch ein bisschen Geduld, bald wird alles besser.

In ihrem Hinterkopf aber saß ein grauer Wintergeist, der ungläubig den Kopf schüttelte. Woher willst du wissen, dass alles besser wird, fragte er. Vielleicht, meine Liebe, wird auch alles nur noch schlimmer.

Hella sah sich hastig nach allen Seiten um. Sie wollte diesen grauen Kobold, der seit Beginn der Schwangerschaft in ihrem Kopf hauste, nicht hören. Als sie über die Mauer des Henkers schaute, erblickte sie dessen Frau, die gerade die Röcke raffte und im Garten unter einem Apfelbaum ihr Wasser ließ.

Hella wollte sich abwenden, aber in diesem Augenblick ging das Weib in die Höhe und ermöglichte einen ungehinderten Blick auf ihren Bauch. Der sah aus wie ein frischgepflügter Acker nach einem Hagelschlag. Dann zog sie das Kleid hinauf bis über die Brüste, die aus dem Mieder gerutscht waren. Während die Henkersfrau alles wieder an die richtige Stelle schob, erblickte Hella die schlaffen, von Striemen durchzogenen Brüste, die aussahen wie die Waden eines Greises. Hella wollte sich gerade abwenden, als die Henkerin ihre Kleider fallen ließ und in ihre Richtung schaute.

«Gott zum Gruße», rief Hella.

«Gott zum Gruße auch Euch, Richtersfrau», erwiderte die Henkerin. «Seht Euch nur vor. Nach sechs Kindern könnt auch Ihr Euer Wasser nicht mehr halten. Da muss es manchmal schnell gehen. Bis zum Austritt hätte ich es nicht mehr geschafft.» Sie kicherte verlegen und sprach sofort weiter. «Wie geht es Euch? Seid Ihr auf dem Weg zu uns? Wartet, gleich komme ich und mache das Tor weit auf.»

Bevor Hella widersprechen konnte, eilte die Frau schon zum Tor.

«Henkerin, eigentlich wollte ich nichts von Euch. Jedenfalls nichts Besonderes. Nachher komme ich ohnehin noch einmal vorbei. Wenn der Meine und der Eure sich noch einmal die Tote vom Main anschauen», erklärte Hella der Frau, die mittlerweile im offenen Tor stand.

«Tja, das arme Ding.» Das Gesicht der Henkersfrau legte sich in Falten.

«Ihr wisst nicht zufällig, wer sie war?»

«Merkwürdig, dass Ihr das fragt, Richtersfrau. Mich fragt nämlich nie jemand nach irgendetwas. Die Henkersfrau ist eine unsichtbare Person, scheint mir. Selbst hier in der Vorstadt haben die Leute Angst, mich zu berühren oder mit mir zu sprechen. Auch ich gelte als unrein.»

Hella lächelte. «Ihr seid nicht reiner oder unreiner als alle anderen Menschen auch. Der Meine gibt dem Euren die Hand, und dann kommt er nach Hause und küsst mich mit Lippen, die nur einen Fingerbreit über einer Leiche hingen. Seit Jahren geht das schon so. Mein Vater hielt es nicht anders. Und was ist passiert? Nichts. Kümmert Euch nicht um das Geschwätz der anderen.»

«Ach, Geschwätz», jammerte die Henkersfrau. «Wenn ich doch nur manchmal ein wenig schwätzen könnte. Der Meine sagt ja kaum einmal ein Wort. Und die anderen halten sich von mir fern. Manchmal rede ich schon mit mir selbst, damit mir das Maul nicht einrostet.»

Hella nickte verstehend. Sie hatte schon Angst, dass ihr das Maul einrostete, wenn sie einmal eine Stunde lang nichts sagte.

«Und?», fragte sie weiter. «Kennt Ihr die Tote?»

«Ich bin mir nicht sicher», erklärte die Henkerin. «Aber

gesehen habe ich eine, die aussah wie sie. Und einen dicken Bauch hatte sie auch.»

Hella hielt den Atem an. «Wo habt Ihr sie gesehen? Und wann war das?»

Die Henkerin verschränkte die Arme und sah nachdenklich in die Luft. «Lasst mich nachdenken. Es muss im Jänner gewesen sein. Nach der großen Kälte, wisst Ihr. Meine Kinder hatten sich die Hände und Wangen blutig gekratzt, weil der Wind ihnen so in die Haut gebissen hat. Ich bin zur Kräuterfrau gegangen und habe nach einem Mittel gefragt. Eine Salbe wollte ich, eine fette, mit Arnika und Ringelblumen. Aber das Weib wollte mir eine andere aufschwatzen. Eine, die so viel kosten sollte wie eine schlachtreife Gans. Na, da kam mir der Gedanke, ich könnte den Kindern auch gleich Gänsefett draufschmieren.»

«Und?»

«Es hat geholfen, das Gänsefett. Nach einer Woche war die Haut wieder, wie sie sein sollte. Aber die andere Salbe, auf die schwöre ich.»

«Was für eine andere Salbe?»

«Habt Ihr meinen Leib nicht gesehen? Ich war sechsmal schwanger. Alles an mir ist ausgeleiert, schlimmer als bei einem alten Weinschlauch. Na ja, noch wisst Ihr nicht, wovon ich rede.»

«Die Striemen auf Eurem Leib?»

Die Henkerin nickte vertraulich. «Diese auch. Aber dann noch etwas anderes. Ihr wisst ja, wo die Kinder herkommen. Und auch da ist nicht mehr alles so straff, wie es bei einer Jungfrau ist. Der Alte will trotzdem seinen Spaß haben. Dafür die Salbe. Und ich versichere Euch, die hilft wirklich. Meine Streifen sind schon weit zurückgegangen.

Ich sehe wieder aus wie nach dem ersten Kind. Und das andere erst!» Wieder kicherte sie verlegen.

«Das freut mich für Euch», erklärte Hella peinlich berührt. «Aber was hat das mit der fremden Toten zu tun?»

«Als ich von dort ging, im Kopf schon auf der Suche nach dem Gänseschmalz, da ist mir die Frau, die Tote also, entgegengekommen. Ich habe mir nichts dabei gedacht, denn sie hat ja noch gelebt. Jede Frau braucht hin und wieder Kräuter. Und eine Schwangere sowieso.»

«Seid Ihr sicher, dass sie es war?»

Die Henkerin nickte. «Ziemlich sicher. Ich habe mich nämlich über ihre Kleidung gewundert.»

«Wieso das? Wie war sie denn angezogen?»

«Merkwürdig. Nicht so wie die Frauen aus der Stadt, aber auch nicht wie die einfachen Leute von hier. Wisst Ihr, das Kleid war so schlicht geschnitten wie das einer Nonne. Auch der Stoff war grau. Aber es war so eng, dass man jeden Körperteil darunter sehen konnte. Fast schon unzüchtig. Und der Schleier bedeckte zwar einen Teil ihres Haares, aber an den Seiten lugten gedrehte Locken hervor.» Die Henkerin schüttelte den Kopf. «Sie war eine Nonne und eine Hure zugleich. Versteht Ihr? Ein schlichtes Gewand über drallen Schenkeln.»

«Merkwürdig. Wirklich merkwürdig», bestätigte Hella. «Wer oder was könnte so eine denn sein?»

«Ich dachte mir zuerst, dass sie vielleicht von weit her käme. Aus dem Italienischen. Man hört ja immer wieder von den losen Sitten dort. Warum sollten also die Nonnen von Florenz keine engen Kleider tragen? Aber dann hörte ich, wie sie die Kräuterfrau begrüßte.»

«Und wie lauteten die Worte?», drängte Hella und trat vor Aufregung von einem Bein auf das andere.

«Wenn mich nicht alles täuscht, so sagte die italienische Nonne: ‹Gott zum Gruße. Bei einem solchen Wetter jagt man weder Wutz noch Hinkel vor die Tür.›»

Hella riss die Augen auf. «Sie sagte ‹Wutz› und ‹Hinkel›?»

Die Henkerin nickte.

«‹Wutz› und ‹Hinkel›. Nicht gerade besonders italienisch», stellte Hella fest.

Die Henkersfrau kicherte. «Na ja, besser als Schwein und Huhn klingen Wutz und Hinkel allemal.»

«Da habt Ihr recht. Aber diese Ausdrücke benutzt man nur im Hessischen. Und vielleicht noch ein Stück den Rhein entlang. In Frankfurt sagt jeder Wutz statt Schwein und Hinkel statt Huhn. Das klingt ganz und gar nach einer von uns.» Hella sah sich um. «Wo wohnt die Kräuterfrau?», fragte sie.

Die Henkerin zeigte auf eine Hütte, die ein Stück entfernt und ein wenig abseits von den anderen stand. «Dort.»

«Und Ihr kennt das Weib gut?»

Bedächtig wiegte die Henkersfrau den Kopf von rechts nach links. «Was heißt schon gut? Sie wohnt hier, solange ich denken kann. Sie verkauft Kräuter, stellt Salben und Tinkturen her. Man sieht sie oft im Morgengrauen in Richtung Wald gehen. Und manchmal dringen seltsame Gerüche aus ihrem Haus. Einmal im Monat bekommt sie Besuch von einem gutgekleideten Herrn aus der Stadt. Der kommt am späten Abend. Ich weiß das nur, weil ich dem Meinen manchmal bei Dunkelheit helfen muss mit den Leichen. Ja, und da habe ich den Mann schon mehrmals gesehen.»

«Aber Ihr wisst nicht, wer er ist?»

«Nein. Bedaure.»

Hella seufzte. «Dann muss ich das wohl selbst herausfinden.»

Sie winkte der Henkerin zu und machte sich auf den Weg zu der Kate am Rande der Vorstadt. Auf dem Weg dorthin beschlich sie ein leises Unbehagen. Ihr Mann hatte ihr strikt verboten, irgendwohin zu gehen, ohne ihm etwas zu sagen. Mit dem Finger hatte er sogar gedroht, und in seiner Stimme hatte eine Strenge und Besorgnis geklungen, die sie sonst nicht an ihm kannte. Und Hella hatte versprochen, dieses eine Mal wirklich ein gehorsames Weib zu sein. Sie sah sich nach dem Henkershaus um. Wenn er jetzt um die Ecke kommt, dachte sie, dann werde ich umkehren. Doch niemand kam. Hella verharrte einen Augenblick auf der Stelle. Warum sollte ich denn nicht zu einer Kräuterfrau gehen, beruhigte sie sich selbst. Ich bin schwanger. Meine Verdauung liegt im Argen. Ich brauche ein paar Tropfen. Es ist zum Wohle des Kindes. Jede Schwangere sucht hin und wieder eine Kräuterfrau auf. Was ist schon dabei? Nichts, gar nichts.

So bestärkt lief sie das restliche Stück zur Kate und klopfte.

Von drinnen rief eine hohe Stimme: «Wartet, ich komme gleich.»

Hella trat einen Schritt zurück und sah sich um. Auf den ersten Blick wirkte die Kate wirklich jämmerlich. Das Holz war alt und machte einen verwitterten Eindruck. Aber die Fenster waren aus Glas und hatten neue Holzläden davor. Auch der Garten war sehr gepflegt, schon jetzt, im zeitigen Frühjahr, waren die Beete ordentlich abgesteckt.

Unter dem Türsturz hingen ein paar Sträuße getrockneten Lavendels und verbreiteten einen angenehmen Duft, der allerdings nicht ausreichte, einen anderen, sehr viel würzigeren, süßlich-klebrigen Geruch zu überdecken.

So eine Verschwendung, dachte Hella beim Anblick der Lavendelsträuße. Duft über der Haustür, und ein Richtersgehalt reicht nicht einmal aus, um in jedes Schrankfach ein Lavendelkissen zu legen.

Sie klopfte noch einmal.

«Ja, ja, ich komme doch schon», erklang es von innen.

Hella streckte die Schultern und erwartete, dass die Tür von einem alten, gebückten Weib geöffnet wurde. Als die Hausherrin aber plötzlich neben ihr stand, erschrak sie so sehr, dass sie einen Schritt zurücksetzte.

Vor ihr stand eine nicht mehr ganz junge Frau, deren Gesicht vor Gesundheit und Kraft nur so strotzte. Die Frau musste die dreißig längst erreicht haben, doch in ihrem Gesicht zeigte sich keine Falte. Die Lippen waren prall und rot wie bei einem Neugeborenen, die Augen strahlten wie die einer Verliebten, und das Haar, welches ihr bis zu den Hüften hinunter reichte, glänzte wie die Abendsonne auf einem Kupferdach.

«Ihr seid erstaunt, meine Liebe?», fragte das Kräuterweib mit singender Stimme. «Entschuldigt, ich hätte Euch gleich sagen sollen, dass ich nicht zur Haustür hinauskomme. Ich war im Anbau und habe in einem Sud mit Kräutern gerührt.» Sie lachte ein glockenhelles Lachen, nahm Hella wie eine alte Freundin beim Arm. «Lasst uns zu mir hineingehen», sprach sie weiter. «Ihr seid ganz durchgefroren. Ich werde Euch einen Trank geben.»

Noch immer verblüfft folgte Hella der Frau, angezogen von deren Ausstrahlung, als hinge sie an Fäden.

«Setzt Euch, meine Liebe. Macht es Euch bequem.»

Die Kräuterfrau deutete auf einen gepolsterten Stuhl. «Ich hole Euch nur ein Kissen für den Rücken.»

Sprachlos nickte Hella. So aufmerksam war sonst nicht einmal ihr Mann. Ein Kissen für den Rücken.

Schon kam die Frau zurück, sorgte dafür, dass Hella alle Bequemlichkeit der Welt hatte.

«Ich habe mich noch nicht vorgestellt. Minerva ist mein Name.» Sie lachte. «Das bedeutet ‹Geist›. Minerva war bei den alten Römern eine Göttin und die Schutzheilige von Rom. Oh, mein Vater ist ein gelehrter Mann, der mit den alten Sprachen auf Duzfuß steht. Aber was führt Euch zu mir? Hat Euch wer geschickt?»

«Äh ... ja», stotterte Hella und blickte auf ein Regal, in dem ein halbes Dutzend in Leder gebundene Bücher, ein ungeheuerlicher Reichtum, stand. Minerva folgte ihren Blicken. «Ich sagte ja, mein Vater ist ein Gelehrter. Ich habe die Bücher von ihm.»

Hella nickte. «Die Henkersfrau hat mich geschickt. Ich komme um ein paar Tropfen für die Verdauung. Das Kind, wisst Ihr, es liegt wohl im Augenblick auf einer Stelle, die mir einiges abschnürt.»

«Ihr habt Verstopfungen?»

Hella wedelte mit der Hand zum Zeichen, dass ein solch klarer Ausdruck ihr nicht sehr behagte.

«Einen kleinen Augenblick, ich hole Euch etwas.»

Minerva sprang auf und verließ die Stube. Hella schöpfte tief Luft und sah sich um. Auch im Inneren der Kate sah es lange nicht so ärmlich aus, wie sie erwartet hatte. Der Stuhl, auf dem sie saß, war gut gepolstert, auf einer Bank lag ein feines, sauberes Lammfell. Der Kessel über dem Herd war aus Kupfer, und auf dem Boden lag ein geknüpfter Teppich. Alles hier drinnen erinnerte an eine gutbürgerliche Behausung, die mit Geschmack und Geld eingerichtet worden war.

«Da habt Ihr die Tropfen. Nehmt vor dem Schlafengehen zehn Stück mit einem Löffel Honig. Dann sollte alles mit Euch ins Reine kommen.»

Hella betrachtete das dunkle Fläschchen. «Kann ich sie wirklich unbesorgt nehmen?», fragte sie. «Ich bin schwanger und will dem Kind nicht schaden.»

«Seid ganz ruhig. Ich habe ein kleines Wurzelstück der Christrose ausgekocht und den Extrakt mit sehr viel Wasser verdünnt. Eurem Kind geschieht nichts. Habt keine Angst. Viele Schwangere kommen mit ihren Sorgen und Nöten zu mir.»

«Ja», sagte Hella. «Ich habe davon gehört. Die Henkersfrau sagt, Ihr habt wahre Wunder an ihr gewirkt.»

Minerva lachte. «Was meint sie damit?»

Hella schluckte. «Nun, ich habe durch Zufall ihren nackten Leib gesehen. Und auch die Brüste. Um ehrlich zu sein, ich war erschrocken. Das Henkersweib ließ durchblicken, dass ihr Leib früher noch mehr einem Hagelschaden glich, aber Ihr hättet ihr eine Salbe gegeben, die das Schlimmste zurückgenommen hat.»

Hella war bei diesen Worten leicht errötet und hatte sich unabsichtlich über ihren Bauch gestrichen.

Minerva, die sich ihr gegenüber auf einen Stuhl gesetzt hatte, beugte sich nach vorn und nahm Hellas Hand in die ihre.

«Ihr habt jetzt Angst, dass Ihr auch so ausseht, wenn Euer Kind erst geboren ist?», fragte sie einfühlsam.

Hella schluckte und nickte.

Minerva lächelte sanft, streichelte Hellas Hand. «Sorgt Euch nicht. Ihr seid noch jung, Eure Haut ist geschmeidig.

Schmiert Euch Öl auf Bauch, Busen und Schenkel. Nehmt eine Bürste, um das Öl in die Haut zu treiben. Und wenn alles nichts hilft, dann kommt noch einmal zu mir.»

«Ihr habt tatsächlich Wundersalben?»

Die Augen der Kräuterfrau blitzten belustigt auf. «Ihr seid klug, meine Liebe. Ihr wisst, dass der Herr mit Wundern sehr sparsam umgeht. Aber die Natur ist verschwenderisch in diesen Dingen. Und ich halte mich an die Natur.»

«Wo habt Ihr das gelernt?»

«Von meinem Vater. Er hat mir alles beigebracht.»

«Wo ist er jetzt, Euer Vater? Woher kommt Ihr? Und warum wohnt Ihr in der Vorstadt?»

«So viele Fragen auf einmal.» Wieder ließ die Frau ihr glockenhelles Lachen erklingen. «Mein Vater ist an einem Ort, an dem es ihm gutgeht. Ansonsten bin ich nicht anders als Ihr. In der Vorstadt lebe ich, um niemanden zu stören. Ihr wisst doch, wie das Volk ist, welches innerhalb der Stadtmauern lebt? Neugierig und geschwätzig. Manchmal braue ich Tränke von üblem Geruch, aber hoher Wirkung. Manchmal arbeite ich mit Alraune. Ich bin einfach vorsichtig.»

Hella nickte. Das verstand sie wahrhaftig. Die Leute waren dumm und abergläubisch. Besonders, wenn es um die Alraune ging. Man sagte, dass diese Pflanze nur unter einem Galgen wuchs. Wenn man sie ausriss, schrie sie angeblich so laut und schmerzlich wie ein Mensch. Hella selbst hatte eine solche Pflanze noch nie gesehen. Nur ein Mal, da kam ein fahrender Händler an ihr Haus, der ihr ein merkwürdig gewachsenes Wurzelstück verkaufen wollte und raunte, dies sei Alraune. Sie hatte ihm weder geglaubt noch von ihm gekauft.

Hella stand auf, trank den Becher aus, den das Kräuterweib ihr gebracht hatte, und fühlte sich mit einem Mal jung und frisch, stark und fröhlich.

«Der Besuch bei Euch hat mir gutgetan», sagte sie. «Aber nun will ich Euch nicht länger die Zeit stehlen.»

«Ich habe mich gefreut, dass Ihr da wart. Kommt bald wieder. Auch wenn Ihr keine Tropfen braucht. Ich habe immer einen Kräutertrank für Euch.»

Minerva lächelte sie schwesterlich an, dass Hella, die sich immer eine nahe Freundin oder Schwester gewünscht hatte, ganz warm ums Herz wurde.

«Das werde ich. Ganz bestimmt sogar», versprach sie.

KAPITEL 15

Hast du das gesehen?», fragte Jutta, als sie mit Gustelies über die Mainbrücke zurück nach Frankfurt schritt.

«Was denn?»

«Die Fenster. Die, die vom ersten Geschoss aus nach vorn zeigen, hatten Holzläden davor. So, als könne man sie getrost zum Lüften öffnen. Im Sommer weht ein laues Lüftchen hinein, und die Kinder könnten von Blumen und Bienen träumen. Ihre Schlafkammern aber gehen zur Rückseite des Hauses hinaus. Und!» Sie blieb stehen. «Die Fenster der Kammern waren vernagelt!»

«Vernagelt? Ich habe nur Ölpapier gesehen.»

«Ja. Genau. Ich zuerst auch. Aber dann bewegte sich das Papier in einem Luftzug, und dahinter waren die genagelten Bretter zu sehen.»

«Was hat das zu bedeuten?», wollte Gustelies wissen.

«Dass die Kinder hier gehalten werden wie Vieh. Das heißt es. In engen, stinkenden Kammern, ohne Licht und Luft und wahrscheinlich mit zu wenig Decken.»

Gustelies nickte. «Ist dir auch aufgefallen, dass der Vater von nur zwei Erwachsenen in diesem Haus sprach? Von sich und seinem Weib? Ich frage mich, wer dann mit den Kindern in der Kirche ist? Die Kleinen werden ja nicht von allein die Kirchenstufen erklimmen.»

«Und der Geruch im Speisesaal erst!» Jutta schüttelte sich. «Die armen Kinder. Vom Regen in die Traufe sind sie gekommen. Du musst unbedingt deinem Schwiegersohn Bescheid sagen.»

Gustelies schüttelte den Kopf. «Nein, das werde ich nicht. Wir beide, du und ich, werden uns das Haus noch einmal anschauen, heimlich, an einem Werktag. Jetzt bringt es nichts, Raphael vermutet vielleicht, dass wir noch herumschnüffeln. Vor allem möchte ich wissen, was in den übrigen Kammern da oben ist. Drei Dutzend Schüsseln standen im Speiseraum, ein Dutzend Nachtlager waren in der Kammer …»

«… aber vom Gang im obersten Stockwerk gingen insgesamt sechs Türen ab.»

«Du sagst es. Wir werden herausfinden, was sich dahinter tut und was die Geräusche bedeuten.»

«Du meinst dieses Rascheln und Kruscheln, als wären Herden von Mäusen unterwegs? Und dazwischen das Knarren von Holz.»

«Genau das. Wir finden heraus, was sich hinter den Türen tut, und dann werden wir, wenn es nötig ist, Heinz Bescheid sagen. Und jetzt sollten wir uns beeilen, er wartet sicher schon mit dem Leichenbeschauer beim Henker auf uns.»

Die beiden Frauen hakten einander unter, schritten über die Brücke und wandten sich dann nach links, eilten den Mainuferweg hinab und hatten alsbald die Vorstadt erreicht.

Vor dem Henkershaus stand Richter Heinz Blettner und trat von einem Fuß auf den anderen. «Na, endlich!», lautete seine Begrüßung. «Habt ihr euch unterwegs verschwatzt? Meine Zehen sind zu Eis gefroren.»

Gustelies zeigte mit dem Finger auf seine Schuhe. «Kein Wunder. Die sind ja auch für den Sommer. Hella hat dir die bestimmt nicht herausgestellt.»

Blettner räusperte sich verlegen. «Das ist ja jetzt ganz gleichgültig. Gehen wir endlich hinein. Eddi Metzel ist noch nicht da, aber das ist ja nichts Ungewöhnliches. Seid ihr bereit?»

Jutta und Gustelies nickten. Gemeinsam betraten sie den Anbau. Der Henker hatte bereits Fackeln entzündet, die den Leichnam auf dem Tisch beleuchteten.

Jutta schnappte nach Luft und zog sich den Umhang vor den Mund. «Meine Güte, wie kann man nur bei einem solchen Gestank arbeiten?», wollte sie wissen.

Gustelies sah sie vorwurfsvoll an. «Bei der heiligen Hildegard. Du redest ja wie eine Patrizierin. Das ist alles von Gott geschaffen. Auch der Gestank.»

«Na, dann ist es ja gut», meinte Jutta und verzog noch einmal den Mund.

«Kommt ruhig näher.» Der Henker hinter dem Tisch grinste. «Woran wollt Ihr riechen? An der Leiche oder lieber zuerst an der Kopfschwarte?»

«Der Mann ist wirklich ein Rohling», stellte Jutta leise fest.

Gustelies trat beherzt näher. «An beidem natürlich. Was glaubt Ihr denn?»

Dann beugte sie sich über den Kopf der Toten, wich zurück, als sie die Maden sah, die aus den Augenhöhlen quollen, schloss die Augen und schnüffelte. Dann hob sie die Nase, roch an ihrem Handgelenk und schnüffelte wieder am Haar der Toten. Dreimal wiederholte sie diese Prozedur. Alsdann trat sie einen Schritt zurück und sagte: «Jutta, jetzt bist du dran.»

Die Geldwechslerin beugte sich über die Leiche, schloss sofort die Augen, sog einmal ausführlich die Luft ein und war schon nach dem ersten Mal fertig.

«Und?», fragte der Richter. «Was habt ihr gerochen?»

«Noch nicht. Wir müssen erst die Kopfschwarte untersuchen», erklärte Gustelies wichtig und gab Jutta ein Zeichen, dass sie dieses Mal beginnen sollte.

Jutta schnüffelte, hob dann die Nase in die Luft, nickte und machte Gustelies Platz, die ihre dreimalige Schnüffelprozedur durchführte.

«Und jetzt?», drängelte der Richter.

«Warte ab!», beschied ihm Gustelies. «Wir müssen uns erst beraten. Gut Ding will Weile haben, das weißt du doch. Und mit Halbheiten sollte man bei so wichtigen Ermittlungen gar nicht erst anfangen.» Dem Richter blieb der Vorwurf in der Stimme seiner Schwiegermutter nicht verborgen. Er seufzte gottergeben.

In diesem Augenblick betrat Eddi Metzel den Leichenraum. «Ich hörte die Worte ‹beraten› und ‹Gut Ding will Weile haben›», sagte er fröhlich. «Findet hier etwa eine Ratsversammlung statt?»

«So etwas Ähnliches», erwiderte der Richter. «Gustelies und Jutta Hinterer ermitteln.»

«Oh!» Eddi wich ehrfurchtsvoll zurück. «Ich erinnere mich: die Geruchsproben. Sind die hohen Richterinnen schon zu einem Ergebnis gelangt?»

Blettner schüttelte den Kopf. «Das kann noch dauern. Du weißt doch, Eddi, zwei Frauen, drei Meinungen.»

«Ich habe dich gehört!» Gustelies drohte ihrem Schwiegersohn mit dem Zeigefinger. «Und im Gegensatz zum Rat sind wir uns einig.»

«Und?» Dem Richter schien es, als wiederhole er dieses Wort schon zum hundertsten Male.

«Sie riecht nicht nach Seife. Sie riecht nicht nach Werkstatt und nicht nach Küche», erklärte Jutta Hinterer.

«Aber sie riecht auch nicht nach Pfirsichkernöl oder Rosenwasser», fuhr Gustelies fort. «Ihr hattet also recht. Sie ist weder eine Handwerkerin noch eine Patrizierin.»

Der Richter und der Leichenbeschauer stießen enttäuscht die Luft durch die Nase.

«Aber!», fuhren Gustelies und Jutta in einem Wort fort. «Sie riecht nach Essig, Salz und ganz schwach auch nach Lavendel.»

«Was?» Eddi Metzel schaute ungläubig auf die Frauen.

«Essig, Salz, Lavendel», wiederholte Gustelies.

«Und was hat das zu bedeuten?», wollte der Richter wissen.

«Essig nimmt man, um Lebensmittel haltbar zu machen. Denk mal an eingelegte Zwiebeln, an Essiggurken oder an Sauerkraut in Fässern. Mit Salz pökelt man Fleisch. Auch zur Haltbarmachung von Fisch wird Salz verwandt. Daher der Name ‹Salzheringe›.»

Die beiden Männer schauten verständnislos wie Chorknaben.

«Und?», fragte Blettner erneut.

Jutta hob die Schultern. «Wir sind keine Ermittler. Zumindest gelten wir nicht als solche. Wir sind nur einfache Weiber, die es verstehen, einen Haushalt zu führen.»

«Und?»

«Die Reste der Frau riechen, als ob jemand Teile von ihr eingelegt hat. Oder als habe man sie neben einem Fass Sauerkraut und einer gepökelten Schweinehälfte festgehalten.»

«Ja, wobei wir eher auf eingelegt wetten», erklärte Jutta Hinterer. «Hätte sie nämlich nur in einer Vorratskammer gelegen, so wäre der Geruch vom Wasser abgespült und vom Winde weggeweht worden.»

«Eingelegt?» Eddi Metzel schüttelte sich.

«Eingelegt wie Sauerkraut, gepökelt wie eine Schinkenseite.»

Die beiden Männer starrten sich an. Für einen Augenblick schien es Gustelies, als suche jeder von den beiden irgendwo nach seinem Verstand. In den Augen des Richters und des Leichenbeschauers tanzten Funken, die Gustelies normalerweise nur von den Irren aus dem Heilig-Geist-Spital kannte.

Dann fuhr der Richter herum: «Seid ihr euch da ganz sicher?»

Jutta und Gustelies nickten.

Dann schwiegen alle eine ganze Weile, bis der Henker sich räusperte.

«Ähem, ich habe da auch noch was gerochen. Ist jetzt verflogen. War aber vor ein paar Tagen ganz deutlich, als man mir die Tote brachte.»

«Was habt Ihr gerochen?», wollten alle vier auf einmal wissen.

«Kokosfett», antwortete der Henker. «Ganz deutlich habe ich es gerochen. Kokosfett, wie es die Reichen zum Backen nehmen.»

Blettner verzog den Mund, doch noch ehe er etwas sagen konnte, wollte Gustelies wissen: «Woher, Henker, wisst Ihr denn, was die Reichen zum Backen nehmen?»

Der Mann schnaubte beleidigt und erwiderte so lange Gustelies' Blick, bis diese sich beschämt abwandte. «Verzeiht, Henker. Ihr lebt in der Vorstadt, da vergesse ich immer, dass Ihr es in puncto Reichtum mit jedem Patrizier aufnehmen könnt.»

Der Henker nickte besänftigt.

«Die Tote hat nach Kokosfett gerochen?» Richter Blettner schaute noch immer ungläubig. «Wie kommt sie denn an diesen Geruch? Und wo genau hat sie danach gerochen? An welcher Stelle?»

Der Henker seufzte. «Das weiß ich doch nicht. Ihr seid die Ermittler. Ich sage nur, was mir aufgefallen ist.»

«Und Ihr seid sicher, dass die Eure nicht zur selben Zeit gerade gebacken hat und der Duft bis hierher gedrungen ist?»

Jetzt wirkte der Blick des Henkers unsicher. Er fuhr mit der Hand durch die Luft, dann riss er zwei Fackeln aus der Halterung und löschte sie in einem Wassereimer. «Ich bin der Henker, in Gottes Namen. Ich kenne mich mit dem Töten und Foltern aus. Fragt mich das nächste Mal nur nach Dingen, die ich weiß. Und jetzt raus aus meiner Halle. Es ist heiliger Sonntag. Der Tag des Herrn. Und ich bin ein gottesfürchtiger Mann.»

Nacheinander verließen die beiden Frauen, der Richter und der Leichenbeschauer die Halle. Auf dem Hof, genau vor dem Wohnhaus, standen Hella und die Henkersfrau. Beide hatten gerötete Wangen und lächelnde Münder.

«Na, ihr Lieben, habt ihr etwas herausgefunden?», wollte Hella wissen.

Doch niemand antwortete ihr. Stattdessen stürzten Heinz und Gustelies direkt auf die Henkersfrau zu. «Habt Ihr vor ein paar Tagen gebacken?», wollte Gustelies wissen.

Die Henkersfrau nickte. «Gestern erst. Butterplätzchen

mit Zimt. Den hatte ich noch von der Weihnachtsbäckerei übrig. Warum fragt Ihr? Wollt Ihr ein paar davon haben? Es müsste noch etwas da sein.»

«Nein, nein.» Gustelies winkte ab. «Eure Plätzchen sind sicher ganz besonders köstlich. Aber wir müssen wissen, wann Ihr vor dem Zimtgebäck das letzte Mal gebacken habt.»

«Letzten Samstag. Ich backe immer samstags, damit die Meinen am Sonntag einen Kuchen haben.»

«Das mache ich auch so», rief Jutta Hinterer dazwischen. «Allerdings backe ich nur für mich und die Nachbarin. Wir sind ja Witwen. Und kinderlos.»

Gustelies fuhr herum und warf ihrer Freundin einen bitteren Blick zu, doch Jutta ließ sich davon nicht beirren. Die Augen der Henkersfrau flackerten ängstlich. «Warum fragt Ihr denn so? Ist irgendetwas nicht in Ordnung mit meiner Bäckerei? Hat der Rat einen neuen Erlass herausgegeben, der das Backen am Samstag verbietet?» Sie schaute schon vor der Antwort schuldbewusst drein.

«Aber nein.» Jutta trat näher und tätschelte der Henkersfrau den Arm. Allerdings achtete sie darauf, dass sie nicht mit der Haut, sondern nur mit dem Kleiderstoff der Frau in Berührung kam. «Nein, es ist alles in Ordnung. Jede ordentliche Hausfrau schiebt am Samstag einen Kuchen ins Backrohr. Der Eure hatte nur so von einem Eurer Kuchen geschwärmt. Er sagte, Ihr hättet ihn mit Kokosfett gebacken. Und er war sich nicht sicher, ob es diesen Kuchen am letzten Wochenende gab.»

Die Henkerin lächelte geschmeichelt und warf ihrem mürrischen Mann einen verliebten Blick zu. «Es war letzten Samstag. Der Meine hatte Namenstag. Deshalb habe ich seinen Lieblingskuchen gebacken.»

«Das ist recht von Euch, Ihr seid ein braves Weib», mischte sich jetzt auch noch der Richter in das Gespräch. «Doch sprecht, woher hattet Ihr das Kokosfett?»

Der Blick der Henkersfrau huschte von einem zum anderen. «Von einem reisenden Händler», flüsterte sie, als hätte sie ein Unrecht begangen. «Kurz vor dem Stadttor habe ich ihn getroffen.» Ihre Stimme wurde noch leiser. «Ich habe ihm allerdings verschwiegen, dass ich das Henkersweib bin.»

«Das ist ein lässliches Vergehen», urteilte Richter Blettner. «Wenn es denn überhaupt eines ist. Schließlich ist die Henkerei auch nur ein Beruf. Und dieser Reisende, er hat Euch etwas von dem Fett verkauft?»

Die Henkersfrau nickte. «Er hatte es von einem Händler zu Schiff, der in Frankfurt Station gemacht hat. Aus dem Französischen sei der Händler gewesen, hat er erzählt. Mir war's gleich, ich wollte nur das Fett.» Sie hob den Finger. «Und im Übrigen war ich nicht die Einzige, die noch vor dem Tor bei ihm gekauft hat.»

Der Richter winkte ab. «Solche Verstöße bearbeitet unser Schreiber. Für unseren Fall ist das unwichtig. Der fahrende Händler hat gegen geltendes Recht verstoßen, Ihr dagegen nicht.»

Er sah sich nach seiner Frau um und rieb sich die Hände. «Und wir beide sollten jetzt auch nach Hause gehen und den Sonntag genießen. So ein Schläfchen nach dem Mittag wird uns guttun.» Er wünschte allseits einen angenehmen Tag, dann nahm er Hella am Arm und verließ das Henkersgrundstück. Gustelies und Jutta folgten Arm in Arm, während der Leichenbeschauer den Weg zum Frauenhaus einschlug.

KAPITEL 16

Am Abend trafen sich Heinz und Hella, Gustelies und Jutta Hinterer in der Küche des Pfarrhauses.

Hella hatte gerötete Wangen, ihre Augen glänzten so frisch wie der Morgentau. Auch Heinz machte einen entspannten, wachen Eindruck.

Gustelies' Gesicht dagegen sah aus wie ein drei Tage alter Fischbauch. Blässlich grau und mit dunklen Ringen unter den Augen. Auch Jutta Hinterer war die Anspannung des Tages anzusehen.

«Was hast du von Onkel Bernhard gehört?», fragte Hella gleich als Erstes ihre Mutter.

Gustelies winkte traurig ab, und Hella hatte den Eindruck, dass Tränen in ihren Augen glitzerten. «Er singt nicht mehr.»

«Was?»

«Unser Pater singt nicht mehr. Er isst kaum, und er spricht nicht. Auf mich hat er fast schon gewirkt wie einer, der des Lebens müde ist.»

«Ach, was!» Jutta wedelte die trüben Gedanken mit der Hand fort. «Das kann ich mir nicht vorstellen. Er erlebt gerade Ungeheuerliches. Kein Mensch kann sich da normal verhalten.»

Leise fragte Hella: «Und wenn er aber doch Schuld auf sich geladen hat und diese nun nicht tragen kann?»

«Niemand glaubt im Ernst, dass unser Pater den Frauen etwas angetan hat. Wir haben ja noch nicht einmal die Leiche, die zu dem anderen Skalp gehört. Von dem Zopf will ich gar nicht erst anfangen.» Heinz schüttelte den Kopf. «Du bist seine Nichte, kennst ihn vom ersten Tag deiner Geburt. Wie kommst du nur auf den Gedanken, er könnte etwas mit diesen … diesen Dingen zu tun haben?»

«Natürlich glaube ich nicht, dass mein Onkel Unrecht verübt hat. Aber manchmal kann das Gewissen auch so drücken, dass das Leben plötzlich grau wird.»

Jutta beugte sich nach vorn. «Du meinst, er weiß mehr, als er uns sagt?»

Hella nickte. «Gibt es denn keine Möglichkeit, ihn aus dem Verlies dort zu holen?»

Heinz seufzte. «Ich glaube nicht. Sogar dem Schultheiß sind die Hände gebunden. Der Rat ist drauf und dran, Frankfurt zu einer lutherischen Stadt zu machen. Gegen den Kaiser, gegen den Erzbischof von Mainz. Ein katholischer Pater, der sich schuldig gemacht hat und im Verlies hockt, könnte dem Rat von großem Nutzen sein. Für den April ist eine Abstimmung einberufen worden über die Glaubenszukunft unserer Stadt. Der Bürgermeister selbst ist ein Evangelischer.»

«Und Krafft von Elckershausen?»

«Seine Frau ist katholisch. Sie hat durchgesetzt, dass ihr Säugling katholisch getauft wird. Wäre er auf der lutherischen Seite, würde ihm sein Weib ganz schön einheizen. Also hält er sich bedeckt, spricht weder der einen noch der anderen Seite zu. Die Herren im Rat sind mächtig, das wisst Ihr. Im Augenblick können wir für den Pater nichts tun als weiter zu ermitteln. Er kommt wohl erst frei, wenn wir den wahrhaft Schuldigen haben.»

«Aber bis dahin ist er uns vielleicht schon dem Wahn verfallen», jammerte Gustelies.

Die anderen sahen stumm auf den Tisch, bis Jutta laut aufseufzte und fragte: «Was haben wir jetzt? Und wie machen wir weiter?»

Hella schnäuzte sich in ihr Taschentuch, dann begann sie mit ihrem Bericht, erzählte von der Henkersfrau und deren Beobachtung, verschwieg aber wohlweislich ihren Besuch bei Minerva.

Dann erzählte Jutta vom Besuch im Findelhaus, aber auch sie verschwieg, dass sie und Gustelies vorhatten, dort noch einmal vorbeizuschauen.

Heinz fasste die Berichte zusammen: «Wir wissen jetzt also ein wenig mehr über unsere unbekannte Tote. Sie kam aus der Gegend, trug eine Art Nonnenkleid, aber mit weitem Ausschnitt und enger, als es für eine Nonne schicklich ist.»

«Nicht nur für eine Nonne», unterbrach Hella. «Sondern für jede anständige Frau.»

«Hmm», machte der Richter und sah an die Decke. «Das bringt mich auf einen Gedanken. Sie könnte eine Hure sein, eine aus dem Frauenhaus.»

Gustelies klappte der Unterkiefer runter. «Eine Nonne? Wie kommst du denn darauf?»

Der Richter sah nacheinander in die Gesichter der Frauen, ehe er antwortete: «Nun, unser Schreiber erwähnte einmal so etwas. Es soll wohl eine Frau in der Vorstadt gegeben haben, die in der Tracht einer Nonne den Männern Freuden bescherte. Der Schreiber hat's gesagt.»

«Was?» Den drei Frauen klappten die Münder auf.

«Das ... das ist ja Blasphemie!», empörte sich Gustelies.

«Mag sein, aber darum können wir uns jetzt nicht kümmern. Ich werde gleich morgen ins Frauenhaus gehen und mich dort erkundigen.»

Jutta lachte auf. «Und du meinst wirklich, dass die Frauen dort dir irgendetwas erzählen, wenn du als Richter auftauchst?»

«Soll ich mich vielleicht als Freier ausgeben?» Blettner tat empört, aber Jutta schüttelte den Kopf.

«Das würde dir niemand abnehmen. Du warst schon viel zu oft in dienstlichen Angelegenheiten dort. Kein Wort wirst du erfahren.»

«Ich kann meine Büttel schicken, oder den Schreiber, aber nein, das geht auch nicht. Auch die kennt man dort. Selbst unser Leichenbeschauer ist heute Mittag in diese Richtung gegangen.»

Hella überlegte laut: «Wir brauchen also einen Mann, den dort gewiss noch niemand gesehen hat. Einen, der ganz unverdächtig wirkt. So wie ein Reisender.» Ihre Blicke eilten zu Gustelies. Gustelies sah Jutta an. Jutta blickte zu Hella, dann sagten die drei Frauen wie aus einem Mund: «Bruder Göck!»

Just da stürmte der Antoniter mit wehender Kutte in die Pfarrhausküche. Als er alle Blicke auf sich gerichtet sah, fragte er: «Komme ich zu spät zum Abendbrot?»

Gustelies stand auf, nahm den Antoniter beim Arm, führte ihn zur Küchenbank und goss ihm einen Becher mit dem guten Spätburgunder aus Dellenhofen voll. «Aber nein, mein Lieber. Stärkt Euch erst einmal, die Abendmesse war sicher anstrengend.»

«Das könnt Ihr laut sagen. Puh! Ich dachte wirklich nicht, dass das Leben vor der Klostermauer so voller Niedertracht ist. Den Tag sehne ich herbei, an dem mein Freund Nau wieder auf der Kanzel steht.»

«Dafür würdet Ihr einiges tun, nicht wahr, Antoniter?», fragte Jutta lächelnd.

«Ihr sagt es. Eines meiner wenigen Hemden würde ich dafür geben.»

«Na, wir wollen nicht übertreiben», fuhr Gustelies fort. «Aber es gibt schon einen Weg, der Euch zurück hinter Eure Mauern führt.»

Bruder Göck ließ den Weinbecher auf halbem Weg zum Mund verharren und sah misstrauisch in die Runde. «Was habt Ihr ausgeheckt?»

«Zuerst die schlechte Nachricht. Pater Nau ist womöglich erkrankt. Der Aufenthalt im Verlies lässt uns alle sehr besorgt sein. Er singt nicht mehr.»

«Hmmpf», machte Bruder Göck.

«Aber zum Glück seid Ihr ja ein guter Freund, nicht wahr, Antoniter?» Hella rückte ein Stück näher an den Mönch heran.

«Was wollt Ihr?»

«Nichts weiter», erklärte Richter Blettner mit Chorknabenmiene. «Ihr sollt nur morgen mal ins Frauenhaus gehen und dort nach den Liebesdiensten einer Nonne fragen.»

Bruder Göck verschluckte sich und sprühte den guten Dellenhofener über den Küchentisch. Hella sprang auf und schlug dem Mönch ins Kreuz, Jutta holte Wasser, Gustelies reichte ihm ein Taschentuch.

Es dauerte ein paar Minuten, bis sich Bruder Göck von seinem Schrecken erholt hatte. Der Richter nutzte die

Zeit, um ihm ausführlich seine morgige Aufgabe zu erklären.

Als Bruder Göck sich wieder gefasst hatte, schüttelte er energisch den Kopf. «Pater Nau ist mein bester Freund, und ich bin schon allein aus christlicher Nächstenliebe verpflichtet, ihm zu helfen. Aber das? Nein. Das geht nicht. Geht gar nicht. Das kann ich nämlich nicht. Ich weiß ja nicht einmal, was ich da sagen soll. Und wenn mich eine anfasst, was mache ich dann?» Bruder Göck schüttelte sich. «Am Ende küsst sie mich noch! Pater Nau hat recht: Die Erde ist in Frevlerhand. Und ich kann da nicht hin. Auf gar keinen Fall!»

«Bei der heiligen Hildegard, jetzt stellt Euch nicht so an. Der Richter wird Euch begleiten, sich aber kurz vorher im Henkershaus verstecken. Unterwegs wird er Euch erklären, was Ihr dort zu sagen habt. Herr im Himmel, das kann doch nicht so schwer sein! Jeder Fuhrknecht weiß, wie so etwas geht.»

Bruder Göck versank in Trübsinn und starrte in seinen Weinbecher. «Ich muss es mir überlegen. Aber viel Hoffnung mache ich Euch nicht.»

Während er stumm und niedergeschlagen dasaß, sprachen die anderen weiter über den Stand der Ermittlungen.

«Jutta und ich versuchen gerade herauszufinden, wo die Säuglinge geblieben sind – so es mehr als einer ist. Wir haben da auch eine Spur, die wir aber weiterverfolgen müssen, ehe wir mehr erzählen können.»

Blettner erzählte von seiner Begegnung mit dem Schankmädchen Steffi.

«Du hast sie gefragt, ob ihre Wirtin ihre Monatsblutung hat?» Hella konnte es nicht fassen.

«Denk nicht, dass es mir leichtgefallen ist, über solche heiklen Dinge zu reden. Alles im Dienste der Stadt. Man sollte mich tatsächlich befördern.»

«Das heißt also, die Zwillinge der Ochsenwirtin könnten gar nicht ihre Kinder sein?»

«So ist es.»

«Und wie willst du den Beweis dafür antreten?», fragte Gustelies.

Der Richter zuckte mit den Achseln. «Das weiß ich auch noch nicht. Vielleicht über ein Wunder des Herrn.»

«Soll ich vielleicht einmal mit ihr reden?», fragte Hella. «So von Frau zu Frau. Immerhin bin ich schwanger und könnte einigen Rat gebrauchen.»

«Eine anständige Frau hat allein in einem Wirtshaus nichts zu suchen», erklärte Heinz Blettner streng. «Wage es nicht. Und die Wirtin würde schön staunen, wenn du als Fremde plötzlich weiblichen Rat bei ihr suchst.»

Hella zuckte mit den Achseln. «Hast du eine bessere Idee?»

Blettner sah auf den Tisch.

«Ich könnte hingehen», bot sich Jutta Hinterer an. «Viele Wirte kommen zu mir, um das fremde Geld, mit dem in ihren Schänken bezahlt wird, bei mir einzutauschen. Auch der Wirt vom Roten Ochsen. Oder aber seine Frau. Ich kenne Ricka, sie ist immer freundlich zu mir. Jetzt, wo ich von der Geburt erfahren habe, wäre es doch nur höflich, ihr meine Aufwartung zu machen. Allerdings muss ich ihr auch ein Geschenk mitbringen.»

Sie streckte ihre Hand zum Richter aus. «Du kannst es ja als städtische Kosten beim Kämmerer wieder eintreiben.»

Heinz seufzte, zückte seine Geldkatze, spähte hinein

und steckte sie sofort wieder zurück. «Ich glaube, ich mache das selbst. Der Ochs und ich, wir verstehen einander. Und so ein Gespräch von Mann zu Mann hat schon manche Ermittlung vorangetrieben.»

Dann wandte er sich an seine Frau. «Sag, Liebes, könntest du morgen zur Seifensiederei gehen und nach dem Verbleib der Lilo fragen?»

Hella nickte.

Dann stieß der Richter die Luft aus. «Es tut mir leid, ihr Lieben, dass ich euch bei diesem Fall so mit einspannen muss. Aber Krafft von Elckershausen hat die Ermittlungen einstweilen einstellen lassen. Er will abwarten, was der Rat im April entscheidet. Das heißt, ich bin im Amt auf mich allein gestellt. Und muss nebenbei noch den Wasserschaden in der Ratsschänke aufklären. Jedenfalls danke ich euch.»

Die anderen schüttelten abwehrend die Köpfe. «Bernhard Nau ist mein Bruder. Ich tue alles für ihn, was nötig ist», erklärte Gustelies.

«Und mein Onkel ist er», fügte Hella hinzu.

«Für mich ist er Beichtvater und Freund», ergänzte Jutta entschlossen. Dann blickten alle zu Bruder Göck.

«Was ist mit Euch?», fragte der Richter. «Seid Ihr bereit, uns zu helfen?»

Bruder Göck schaute mehr als kläglich drein. «Könnt Ihr mir versichern, dass mein Seelenheil dabei keinen Schaden nimmt?», fragte er mit ängstlicher Stimme.

Jutta Hinterer musste sich heimlich in den Oberschenkel kneifen, um nicht laut herauszulachen.

Heinz Blettner nickte ernst. «Nicht nur das, Antoniter. Ihr bekommt ein Fässchen Wein und von Gustelies einen wunderbaren Kuchen.»

Der Mönch verzog den Mund. «Ich glaube, ich möchte lieber keinen Kuchen.»

«Wieso denn nicht? Ihr wart doch sonst immer ganz wild darauf.» Gustelies war aufgesprungen und hatte die Fäuste in die Hüften gestemmt.

Bruder Göck zeichnete unschuldig mit dem Finger ein Muster auf die Tischplatte.

«Aha!», stellte Gustelies fest. «Ihr habt mit Klärchen Gaube, der guten Haut, gesprochen. Ist es so, Bruder? Leugnen hilft hier nicht.»

Der Antoniter stieß die Luft aus. «Ich habe einfach einen Appetit auf Hasenbraten. Niemand, meine liebe Gustelies, kann einen Hasenbraten so köstlich zubereiten wie Ihr.»

Gustelies war noch lange nicht besänftigt und hatte sich in Gedanken bereits notiert, dass ein ausführliches Gespräch mit der guten Haut nötig war. Aber das hatte Zeit. Sie streckte die offene Hand in Richtung ihres Schwiegersohnes.

«Was soll das denn jetzt?», fragte der.

«Geld. Ich brauche Geld, um einen Hasen für Bruder Göck zu kaufen. Vielleicht kannst du es dir als Gerichtskosten vom Kämmerer erstatten lassen.»

Der Richter löste seine Geldkatze erneut vom Hosenbund, öffnete sie und hielt sie seiner Schwiegermutter vor die Nase. «Leer», sagte er. «Nicht ein einziger Kupferpfennig ist mehr darin. Unser Pater Nau kostet mich ein Vermögen.»

Gustelies stöhnte.

«Da musst du dich wohl selbst auf die Lauer legen», kicherte Jutta Hinterer, und Gustelies warf ihr einen Blick dafür zu, der das Wasser im Kessel hätte gefrieren lassen können.

Langsam schlich sich ein Lächeln auf das Gesicht Bruder Göcks, der noch immer mit seiner richterlich bestellten Aufgabe haderte. «Nun, wahrscheinlich ist nur der ein guter Geistlicher, der auch die Niederungen des Menschen einmal selbst in Augenschein genommen hat.»

Verblüffte Blicke trafen ihn.

«Du sprichst hoffentlich von Klärchen Gaube», sagte Gustelies warnend.

«Nein. Eigentlich habe ich an das Frauenhaus gedacht.»

«Heißt das, Ihr geht dorthin, Antoniter?» Hella sprang auf und wollte Bruder Göck um den Hals fallen, aber der versteckte sich vorsichtshalber hinter Jutta Hinterer und kreuzte heimlich Zeige- und Mittelfinger der Hand.

«Nicht!», schrie er. «Die Weiber morgen reichen mir fürs ganze Leben.»

Hella kicherte und setzte sich wieder. Gustelies hauchte ergriffen: «Danke, mein lieber Antoniter.»

Und der erwiderte: «Ein Becher Dellenhofener wäre mir lieber.»

Sofort goss Jutta ihm ein, und der Antoniter trank so gierig, als wäre er am Verdursten.

Richter Blettner erhob sich. «Dann steht ja alles zum Besten. Genug für heute. Mir schwirrt schon der Kopf. Es wird Zeit, dass wir nach Hause kommen.»

Auch Hella erhob sich. Als Heinz ihr in den Umhang half, fiel ihr noch etwas ein. «Gab es eigentlich besondere Vorfälle in der Kirche, Bruder Göck?»

«Die Erde ist ein Jammertal und das Leben ein Graus», zitierte der Antoniter seinen Freund. «Pater Nau hat recht, ich wusste es schon immer.»

«Und was heißt das in diesem Falle?», wollte der Richter wissen.

«Die Menschen sind wirklich schlechter, als ich immer gedacht habe. Einer war am Freitag in der Beichte, der war sogar zu faul, mir wortgetreu seine Sünden zur Vergebung darzulegen. Stattdessen hat er Bibelverse zitiert. Pfff! Ist das zu fassen?»

«Was waren das für Bibelverse?»

Bruder Göck zuckte mit den Achseln. «Die Bibel ist ja ein öffentliches Buch. Es war Hiob:

Darum will ich auch meinem Munde nicht wehren; ich will reden in der Angst meines Herzens und will klagen in der Betrübnis meiner Seele.

Bin ich denn ein Meer oder ein Meerungeheuer, dass du mich so verwahrst?

Wenn ich gedachte: Mein Bett soll mich trösten, mein Lager soll mir meinen Jammer erleichtern,

so erschrecktest du mich mit Träumen und machtest mir Grauen durch Gesichte,

dass meine Seele wünschte erstickt zu sein und meine Gebeine den Tod.

Ich begehre nicht mehr zu leben. Lass ab von mir, denn meine Tage sind eitel.

Was ist ein Mensch, dass du ihn groß achtest und bekümmerst dich um ihn?

Du suchst ihn täglich heim und versuchst ihn alle Stunden.

Warum tust du dich nicht von mir und lässest mich nicht, bis ich nur meinen Speichel schlinge?

Habe ich gesündigt, was tue ich dir damit, o du Menschenhüter? Warum machst du mich zum Ziel deiner Anläufe, dass ich mir selbst eine Last bin?

Und warum vergibst du mir meine Missetat nicht und nimmst weg meine Sünde? Denn nun werde ich mich in die Erde legen, und wenn du mich morgen suchst, werde ich nicht da sein.»

KAPITEL 17

Der nächste Tag begann wie jeder Montag in der Reichsstadt. Mit einem Unterschied: Zum ersten Mal seit Wochen schien die Sonne so hell vom Himmel, als trüge sie ein Marienkleid. Die Menschen eilten auf die Gassen und hielten ihre winterblassen Gesichter ins Licht. Die ersten Vögel schrillten, als müssten sie ein ganzes Jahr Lärm nachholen. Katzen rekelten sich träge, und die frühen Mägde, die mit Eimern zum Brunnen liefen, sangen.

Hella stand ebenfalls in der Haustür und blinzelte in das Himmelsblau, als sie behutsam angestoßen wurde.

«Gelobt sei Jesus Christus.»

«In Ewigkeit, amen. Ach, Bruder Göck, was treibt Ihr so früh am Morgen schon?»

Bruder Göck sah aus, als hätte er die Nacht schlaflos verbracht. Er stöhnte und rieb sich die Knie. Dann deutete er auf seine Kutte. «Ich kann unmöglich in der Kluft der Antoniter ins Freudenhaus gehen. Der Richter muss mich einkleiden.» Er sah so grimmig aus wie ein Novembertag. «Und denkt ja nicht, dass es mir Spaß macht, wie ein Geck herumzulaufen. Die ganze Nacht habe ich unseren Herrn um Vergebung gebeten. Und wäre die Nächstenliebe nicht so heilig, ich schwöre beim heiligen Antonius, ich säße jetzt in meinem Kloster und hätte nichts mit alldem hier zu schaffen. Also, ist der Eure da? Hat er ein Beinkleid und ein Wams für mich?»

Hella unterdrückte ein Kichern. «Geht hinein, Bruder Göck, und ruft nach ihm. Er wird sich Eurer annehmen.»

Der Antoniter sah sich nach allen Seiten um.

«Ist noch was?», wollte Hella wissen.

«Hat der Eure ... hat er vielleicht einen Umhang mit Kapuze? Oder einen großen Hut?»

«Wozu braucht Ihr so etwas?»

Bruder Göck verzog empört den Mund. «Mein Gesicht muss verdeckt sein. Was meint Ihr, was geschieht, wenn mich jemand erkennt? Ich könnte meinen Brüdern niemals mehr in die Augen schauen.»

Bei dieser Vorstellung musste Hella laut auflachen. «Der Meine hat sowohl Umhang als auch Hut. Wie wäre es, wenn Ihr Euch dazu noch ein Tuch bis über die Nase zieht? Tut so, als wäret Ihr schlimm erkältet.»

Bruder Göck brummte noch einmal, dann betrat er das Haus.

Hella schlenderte die Straße hinab, grüßte freundlich nach allen Seiten, weil sie so beschwingt war vom Wetter, von der Aussicht auf Frühling und von der Hoffnung, dass alles wieder gut werden würde. Ihr unerschütterlicher Glaube daran, dass letztendlich das Gute siegte, ließ sie keinen Augenblick daran zweifeln, dass Pater Nau bald wieder im Pfarrhaus anzutreffen wäre. Es würde keine toten Frauen mehr geben, und sie könnte ganz in Ruhe darüber nachsinnen, welcher Vorname für ihr Kind der passende wäre.

Sophia?, überlegte sie und schüttelte dann den Kopf. Hildegard, nach der Lieblingsheiligen ihrer Mutter?

Oder besser Elisabeth wie die von Thüringen? Christine? Und wenn sie einen Jungen zur Welt brachte? Vielleicht Christian? Christian Blettner. Blettner, Christian. Oder Raimund. Nein, damit wäre Heinz nicht einverstanden. Matthias? Michael? Markus? Noch ehe Hella eine Entscheidung treffen konnte, war sie bereits vor dem Seifensiederhaus angelangt. Sie klopfte.

Schlurfende Schritte näherten sich der Tür. Hella schrak zurück, als die Seifensiederin vor ihr stand. Die Frau schien innerhalb weniger Tage um Jahre gealtert. Die Arme hingen wie Stöcke neben ihrem Körper, der Hals schien zu dünn, um den Kopf zu tragen. Wirres Haar lugte unter ihrer Haube hervor. Das Mieder war nachlässig geschlossen, auf dem Brusttuch prangte ein großer Fleck.

«Gelobt sei Jesus Christus, Seifensiederin.»

«Wir haben nichts mehr zu verkaufen», murmelte die Frau mit kraftloser Stimme und wollte Hella die Tür vor der Nase zuschlagen.

«So wartet doch!» Hella stellte einen Fuß auf die Schwelle. «Ich komme nicht wegen Seife, gute Frau. Wissen wollte ich, wie es der Lilo geht. Hat sie sich wieder eingefunden?»

Die alte Seifensiederin schüttelte den Kopf, dann brach es aus ihr heraus. Sie schluchzte, schlug sich vor die Brust, riss an ihrer Kleidung und weinte so herzzerreißend, dass Hella sie besorgt beim Arm nahm und ins Hausinnere führte.

Es dauerte, bis sich die Frau ein wenig beruhigt hatte. «Erzählt mir, was geschehen ist.»

Die Seifensiederin schnäuzte sich in ihre Schürze. «Unser Sohn, er ist tot», flüsterte sie. «Ein Bote brachte die

Nachricht. In der Gegend von Wien hat es ihn erwischt. Ein Pfeil traf ihn in den Hals, als er gegen die Türken kämpfte. Nun liegt er in fremder Erde, und niemand steht an seinem Grab.»

Wieder gellten die Schmerzensschreie der verzweifelten Mutter durch das Haus. Hella nahm die Untröstliche in den Arm, wiegte sie wie ein kleines Kind, strich ihr beruhigend über den Rücken. Sie hätte gern etwas Tröstliches gesagt, aber, bei Gott, ihr fiel nichts ein. Was sollte man einer Frau auch sagen, die gerade ihr Kind verloren hatte? Wieder dauerte es, bis die Seifensiederin sich beruhigt hatte.

«Und die Lilo?», fragte Hella sanft. «Ist sie Euch keine Stütze in der schweren Zeit?»

Tränen rannen über das Gesicht der Seifensiederin. Sie hob die Schultern. «Weg ist sie noch immer, die Lilo. Eine Magd hat gehört, wie eine andere berichtet hat, die Lilo wäre auf nach Wien. Doch das kann ich nicht glauben. Mir ist, als hätte ich auch sie verloren.»

«Ist denn jemand da, der sich um Euch kümmert?»

«Die Nachbarin. Sie hilft, wo sie kann. Aber eigentlich ist mir nicht zu helfen.»

Die Seifensiederin schaute auf. «Könnt Ihr mir sagen, Richtersweib, was mein Sohn mit den Türken zu tun hat? Warum hat er sein Leben lassen müssen in einer Schlacht, die uns nichts angeht? Alle habe ich verloren bei diesem Gemetzel, dessen Sinn ich nicht verstehe: Auch Lilo wird nicht wiederkommen, und ich werde kein Enkelkind haben. Niemand wird an unseren Gräbern stehen, wenn der Meine und ich einmal nicht mehr sind. Warum, Richtersfrau? Wir haben doch niemandem etwas getan.»

Hella schüttelte traurig den Kopf. «Der Kaiser hat Euern Sohn in den Krieg befohlen. Vielleicht kennt er die Antwort auf Eure Fragen. Ich verstehe davon so wenig wie Ihr. Aber die Lilo, gebt sie noch nicht auf. Am Ende kommt sie zurück und trägt den Enkel auf dem Arm.»

Die alte Frau schüttelte den Kopf. «Nein, sie ist auch verloren.» Sie legte eine Hand auf ihr Herz. «Hier drinnen spüre ich es. Und gespürt habe ich es auch, als mein einziger Sohn gestorben ist.»

Hella stand auf, strich der alten Frau noch einmal über die Schulter. «Ich wünsche Euch Kraft und Stärke. Verzweifelt nicht.»

«Das ist leicht gesagt», erwiderte die Seifensiederin und sah Hella traurig an. Dann deutete sie auf den schwangeren Leib. «Kommt Ihr mich einmal besuchen, wenn das Kindchen auf der Welt ist? Ich werde ja wohl keine Enkelkinder mehr auf dem Schoß schaukeln können.»

«Ich verspreche es.»

Hella reichte der Frau die Hand, dann verließ sie das Seifensiederhaus.

Gustelies und Jutta Hinterer schlenderten über die Mainbrücke nach Sachsenhausen. Beide trugen dunkle, alte Kleider und Hauben, die bis tief in die Stirn hinein reichten. «Ich wette, wir sehen aus wie alte Kräuterweiblein», kicherte Jutta.

«Oder wie die abgehärmten Frauen der Tagelöhner. Die armen Dinger. Na, jedenfalls werden wir in Sachsenhausen auf die Art kein Aufsehen erregen.»

«Woher weißt du eigentlich, dass Vater Raphael heute Morgen nicht im Findelhaus ist?»

Gustelies kicherte. «Heinz hat ihn aufs Malefizamt einbestellt. Zur Klärung einer anonymen Beschuldigung.»

Sie grinste und kniff ein Auge zu.

«So, so. Und wie lautet die anonyme Beschuldigung, die du dir ausgedacht hast?», wollte Jutta wissen.

«Unterschlagung städtischer Kostgelder für die Findelkinder. Einem solchen Hinweis muss nachgegangen werden. Immerhin bezahlen die braven Bürger der Stadt dafür. Wenn da was dran ist – und wir wissen beide, dass da etwas nicht stimmt –, so kann Heinz beim Schultheiß und beim Rat gut Wetter machen.»

Jutta schlug ihrer Freundin anerkennend auf die Schulter, dann hakte sie sich unter, und gemeinsam näherten sie sich dem Findelhaus.

Das Tor war verschlossen, aber Jutta hatte beim letzten Besuch entdeckt, dass sich die Mauer nicht um das ganze Gelände zog, sondern in einiger Entfernung von der Straße in einen Zaun überging. Allerdings lag der Abfallgraben dazwischen.

«Da durch?» Gustelies rümpfte die Nase und spähte auf die verfaulten Kohlstrünke, die abgenagten Knochen und die Fischgräten, die sich in einer braunen, stinkenden Schlammmasse im Abfallgraben tummelten. «Was denkst du, Jutta, was das Braune da ist?», fragte sie mit angeekelt verzogenen Mundwinkeln.

Jutta zuckte mit den Achseln. «Ich glaube, das will ich nicht wissen. Schaffst du es, über den Graben zu springen?»

Gustelies wiegte die Hand hin und her. «Mit viel Anlauf und Gottes Hilfe und dem Beistand aller Engel und dem Zuspruch der heiligen Hildegard könnte es vielleicht gelingen.»

«Dann versuch's.»

Gustelies seufzte, ging ein paar Schritte zurück, raffte mit beiden Händen ihre Röcke und rannte los. Ein Schrei, sie sprang – und schon hing sie am anderen Ende des Grabens, die Schuhspitze einen Fingerbreit über der braunen Masse. Auf Knien und Ellbogen robbte sie den letzten Meter und stand schließlich strahlend auf der anderen Grabenseite. «Jetzt du!»

Jutta sah sich um. «Meinst du nicht, es reicht, wenn nur eine von uns …»

«Schlag dir das aus dem Kopf, meine Liebe. Du springst jetzt. Ich möchte schließlich auch was zu lachen haben.» Gustelies' Stimme duldete keinen Widerspruch.

Jutta seufzte, raffte ebenfalls die Röcke, nahm Anlauf, sprang ab – und schon klatschte ihr linker Schuh in die Brühe, bevor sie mit dem Gesicht voran auf der anderen Grabenseite landete.

Gustelies kicherte, reichte dann aber ihrer Freundin die Hand und zog sie hoch. «Deinen Schuh kannst du wohl vergessen», sagte sie und sah zu, wie er im Schlamm versank.

«Rotgefärbtes Kalbsleder», jammerte Jutta. «Noch so gut wie neu.»

Gustelies hatte unterdessen ihre Strümpfe ausgezogen. «Da, nimm die. Zieh sie beide über den unbeschuhten Fuß. Der Boden ist noch kalt. Ich will nicht, dass du dich erkältest.»

«Und du?»

Gustelies kicherte wieder. «Ich habe schließlich noch Schuhe. Und nun weiter.»

Die beiden Frauen schlichen im rechten Winkel zur Straße am Zaun entlang. Die Latten waren aber so dicht genagelt, dass es beinahe unmöglich war, einen Blick auf das Grundstück dahinter zu werfen.

«Lass uns bis zur Rückseite gehen. Ich wette, dort ist die Absperrung nicht so dicht. Die Gebäude des Findelhauses grenzen direkt an das Wäldchen.»

Wie zwei Diebinnen schlichen Jutta und Gustelies am Zaun entlang, bis sie die Rückseite erreicht hatten.

«Hast du gewusst, dass es hinter dem Wohnhaus noch ein Gebäude gibt?» Jutta sah durch die Zaunlatten, die tatsächlich an der Rückseite viel weniger dicht standen. Zum Teil waren die Nägel ein wenig lose, sodass es Jutta ein Leichtes war, zwei Latten zu entfernen. «Hier müssten wir durchpassen. Dann können wir gleich sehen, was in diesem Gebäude drin ist. Es sieht aus wie ein Wirtschaftsgebäude oder ein Gerätelager.»

Als die Frauen auf der anderen Seite des Zaunes standen, legte Gustelies einen Finger auf die Lippen. «Pscht!» Und nach einer Weile: «Hast du das auch gehört?»

Jutta nickte. «Was ist das?»

«Ich habe keine Ahnung, was dieses Knarren und Rumpeln bedeuten soll. Aber wie ein Kinderspiel klingt es nicht. Komm, lass uns näher rangehen.»

«Da, ein Fenster ist offen. Der Holzladen hängt kaputt herunter. Und von dort kommt auch der Krach.»

Die beiden Frauen gingen näher, standen unter dem Fenster und lauschten auf das Knarren und Knirschen, das Rumpeln und Surren. Einmal hörten sie eine Frauenstimme im Befehlston etwas rufen.

«Wer von uns ist leichter?», wollte Gustelies wissen.

Jutta zog sofort den Bauch ein. «Ich glaube, ich bin das. Zumindest passe ich wieder in das Kleid vom letzten Jahr.»

Gustelies verdrehte die Augen. «Darum geht es jetzt nicht. Eine muss der anderen helfen, in das Fenster zu schauen.»

«Eine Spitzbubenleiter?»

«Genau.»

Jutta seufzte und verschränkte ihre Finger bei nach oben zeigenden Handflächen. «Aber mach schnell, lange kann ich dich bestimmt nicht halten.»

Gustelies stieg mit einem Fuß auf Juttas Hände, stützte sich mit einer Hand auf deren Kopf ab und griff mit der anderen nach dem Fensterbrett. Dann stöhnte sie leise und zog sich hoch.

«Was siehst du?», wollte Jutta von unten wissen. «Mach schnell, ich kann dich nicht länger halten.»

Schon ließ sie die Hände sinken, spürte Gustelies' Hand schwer auf ihrem Kopf, und endlich sprang die Freundin herunter. Mit vor Entsetzen aufgerissenen Augen starrte sie Jutta an.

«Was ist? Was hast du gesehen?»

«Etwas Ungeheuerliches», erwiderte Gustelies und presste eine Hand auf ihr Herz.

KAPITEL 18

«Also, was muss ich noch einmal sagen?» Bruder Göck, angetan mit den Sachen des Richters, zupfte an seinem Beinkleid herum. «Du lieber Himmel, diese Sachen schnüren ja den ganzen Körper ein. Ich komme mir vor wie in einem Verlies aus Tuch.»

«Wenigstens müsst ihr kein Mieder tragen wie die Weiber», tröstete Blettner.

«Das Wams kneift unter den Achseln, die Beinkleider kneifen auch, aber an einer Stelle, die ein Christenmensch gar nicht beschreiben kann.»

«Da könnt Ihr mal sehen, Bruder Göck, wie der Mensch schon zu Lebzeiten hier die Hölle erleiden muss.»

Bruder Göck beäugte misstrauisch seinen Aufzug. «Also, was muss ich sagen?»

«Ihr betretet das Frauenhaus, grüßt ordentlich und freundlich wie ein Ehrenmann.»

«Gelobt sei Jesus Christus?»

«Hmm. Kennt Ihr einen anderen Gruß? Vielleicht: Ich wünsche euch Mädchen einen wunderschönen Tag?»

«Das soll ich sagen?» Bruder Göck runzelte die Stirn. «Kein Wort vom Herrn?»

Blettner seufzte. «Später vielleicht. Am Anfang reicht es, wenn Ihr guten Tag sagt.»

«Hmm. Und wie weiter?»

«Ihr schaut Euch die Weiber an. Jede einzelne.»

«Wie? Dem Teufel frech ins Antlitz blicken?»

«Nicht in jeder Frau steckt der Satan, Bruder Göck.»

Der Antoniter wiegte ungläubig den Kopf.

«Ihr seht sie Euch alle an, dann geht Ihr zu der, die die Älteste zu sein scheint.»

«Und dann?»

«Dann fragt Ihr, ob das alle Weiber des Hauses wären. Ihr hättet von einer gehört, die wie eine Nonne geht. Die wolltet Ihr gern kennenlernen. Und dann wird die Frau Euch schon was dazu sagen.»

«Gut, und dann kann ich wieder gehen, oder?»

«Na ja, eigentlich schon. Aber die Hurenwirtin wird Euch anbieten, es mit einer anderen zu treiben. Sie wird die Vorzüge jeder Einzelnen preisen. Die eine macht es auf die französische Art, die andere vielleicht von hinten und eine dritte mit dem Mund.»

«WAS!» Bruder Göck wurde stocksteif, dann schüttelte er sich. «Was redet Ihr da eigentlich? Ich verstehe kein Wort von dem, was Ihr sagt. Warum französisch? Und was soll das mit dem Mund? Spricht die Französin etwa nicht mit dem Mund?»

Richter Blettner unterdrückte ein Grinsen. «Nicht so direkt, Antoniter, aber das muss Euch nicht kümmern. Sagt einfach, Ihr hättet Euch auf die Nonne gefreut, und nun, da die ja nicht da ist, wäre Euch die Lust abhandengekommen.»

«Nein!» Bruder Göck hob abwehrend beide Hände. «Das kriege ich niemals über die Lippen.»

Blettner seufzte. «Dann sagt meinetwegen, dass der Herr Euch keine Freude an solchen Dingen schenkt oder was auch immer Euch einfällt, aber findet heraus, ob und wann die Nonne da war und seit wann sie nicht mehr da ist. Habt Ihr das alles verstanden?»

Bruder Göck nickte und fuhr sich mit der Zunge über die Lippen. «Mein Mund ist ganz trocken.»

Blettner verstand, goss dem Mönch einen Becher Wein ein, packte ihn dann beim Arm und zog ihn durch die Gassen hinaus zur Vorstadt.

Als Hella die Seifensiederei verließ, fühlte sie sich so niedergeschlagen wie an einem trüben Januartag. Die Sonne schien ihr mit einem Mal schwefelgelb, der Himmel trug die Farbe von Waschküchenschimmel. Am liebsten hätte sie geweint, so trübsinnig war ihr zumute.

Seit sie schwanger geworden war, litt sie unter diesen Stimmungsschwankungen. Besonders schlimm war es zu Beginn gewesen. An nichts hatte sie sich freuen können, kaum etwas hatte ihr Interesse geweckt. Doch nach dem ersten Drittel war es ihr besser gegangen. Bis heute. Mit geducktem Kopf, ein Schluchzen nur mühsam unterdrückend, schlich sie nach Hause und dachte dabei beständig an die Trostlosigkeit der Seifensiederin und daran, dass diese den Tod der Ihren als so sinnlos empfand. Sie hatte alles verloren. Sohn, Schwiegertochter, Enkelkind. Niemand würde da sein, wenn sie einmal nicht mehr konnte. Keiner würde das Holz für den Ofen holen, niemand ihr das Kreuz mit Kampfer einreiben, und es würde auch keinen geben, der ihren Rat brauchte. Kein Kinderlachen, nichts.

Hella schluckte und wischte mit den Fäusten über ihre Augen. Als sie endlich ihr Haus erreicht hatte, fühlte sie sich verschwitzt und klebrig, als hätte sie einen Sommertag auf dem Markt verbracht.

Im Schlafzimmer ließ sie sich auf das Bett fallen, ließ die Schultern und den Kopf hängen, und schon tropften die ersten Tränen auf ihr Kleid. Hella weinte. Sie weinte um die arme Seifensiederin, die tote Frau vom Main, den gefallenen Sohn, die verlorene Schwiegertochter, um ihren Onkel und auch ein wenig um sich selbst. Als sie sich beruhigt hatte, zog sie ihr Kleid aus und ließ sich von der Magd eine Schüssel mit parfümiertem Wasser kommen. Düfte, hatte ihre Mutter Gustelies ihr immer wieder gesagt, heben die Stimmung. Jetzt war ihr nach einem frischen, frühlingshaften Duft, und sie nahm das Fläschchen mit dem Orangenwasser zur Hand.

Sie wusch sich, betrachtete dabei misstrauisch ihren Leib. Seitdem sie die Henkersfrau halbnackt gesehen hatte, hatte Hella es nicht gewagt, ihren Bauch und die Schenkel zu begutachten. Jetzt tat sie es, der Tag war ohnehin schlimm genug. Sie entdeckte einen haarfeinen weißen Streifen, der sich über ihre Hüfte bis zum Oberschenkel hinunterzog – und erschrak. Ihre Wehmut war mit einem Schlag verschwunden. Hastig zog sich Hella wieder an und verließ kurz darauf das Haus.

«Komm, schnell weg hier.» Gustelies brachte vor Aufregung kaum einen Ton heraus. Sie drängte Jutta durch den kaputten Zaun, zog sie unbarmherzig bis zum Abfallgraben, schaffte den Sprung dieses Mal ohne Anlauf, als trüge das Entsetzen sie auf Flügeln. Auch Jutta, die ihrer Freundin erschrocken gefolgt war, stand schließlich unbeschadet auf der Straße. Doch Gustelies zog sie weiter und hielt erst inne, als sie die Mainbrücke erreicht hatten.

«Ich kann nicht mehr», jammerte Jutta. «Schließlich

laufe ich links nur auf Strümpfen. Bleib stehen und erzähl mir endlich, was du gesehen hast.»

«Nicht so laut.» Gustelies sah sich hastig nach allen Seiten um. Ihre Stimme klang so angespannt, dass Jutta nicht widersprach. Ein Tagelöhner lief mit einer Axt über der Schulter an ihnen vorüber, ein Stückchen entfernt klapperte ein Fuhrwerk über die Pflastersteine, dann war die Straße leer, kein Mensch weit und breit zu sehen.

Gustelies hatte die Augen noch immer vor Entsetzen weit aufgerissen. «Webstühle. Ich habe Webstühle gesehen. Und daran haben Kinder gearbeitet. Mein Gott!» Sie schluckte, und ihre Augen füllten sich mit Tränen. «Es waren kleine Kinder, Jutta. Winzige Kinder. Die kleinsten vielleicht vier Jahre alt. Und alle hatten sie geschorene Köpfe. Eines hat mich mit großen, traurigen Augen angeschaut. Direkt ins Herz hat's mir geschaut, dass mir ganz anders wurde. Zerlumpt waren die Kleinen. Eines hatte ein Leibchen an, welches so zerrissen war, dass die nackte Schulter herausschaute. Und mager waren sie, die Mädchen und Kerlchen. So mager, dass die Augen groß wie Goldgulden in den verhärmten Gesichtchen lagen. Und keins von ihnen hat auch nur ein Wort gesagt. Ihre blassen Gesichtchen, ach, Jutta, die waren so traurig, so unendlich traurig.» Gustelies schniefte.

«Was? Was sagst du da?» Jutta Hinterer war ganz blass geworden.

Gustelies holte tief Luft. «Ja, Jutta. Jedes Wort entspricht der Wahrheit. Im Findelhaus arbeiten kleine, halbverhungerte Kinder in fast völliger Dunkelheit und mit zerrissenen Kleidern an riesigen Webstühlen. Und davor, nahe an einem Kohlebecken, saß die Frau von Vater Raphael, und sie hielt eine Peitsche in der Hand.»

Bruder Göck fühlte sich in den Sachen des Richters nicht nur eingesperrt, sondern regelrecht gefesselt. Er wusste kaum, wie er ein Bein vor das andere setzen sollte, ohne dass irgendwo etwas kniff oder rieb.

«Ich verstehe die Menschen nicht», murmelte er vor sich hin. «Warum gehen sie nicht alle ins Kloster?» Er blieb stehen und schnappte nach Luft. «Keine Freudenhäuser, keine Kriege, keine Ehestreitigkeiten, keine Habsucht. Dafür Ordnung und Ruhe und lauter glückliche, dicke Menschen mit vollen Weinbechern.» Er schüttelte den Kopf über den Unverstand der Geschöpfe Gottes und ging die letzten Meter zum Frauenhaus. Ihm war mulmig zumute, denn Blettner hatte ihn tatsächlich beim Henkershaus allein gelassen. Der saß jetzt sicher bei einem guten Tropfen in der Küche der Henkerin und ließ es sich wohl ergehen, während auf ihn, Bruder Göck, Gottes schlimmste Prüfung wartete.

«Na, Süßer, willst du dich verwöhnen lassen?»

Vor der Tür des Frauenhauses stand ein Weib mit rotbemalten Lippen. Bruder Göck erschrak und tastete nach dem Kreuz, welches er in der Rocktasche trug.

«Ja, ähm, deshalb bin ich gekommen», stammelte er und sah dabei auf den Boden.

«Bist wohl ein Schüchterner, was?» Die Frau kam näher und kitzelte Bruder Göck unter dem Kinn.

Der Antoniter wich mit angeekeltem Gesicht zurück und packte das Kreuz fester. Ganz heiß wurde ihm plötzlich, sodass er an seinem Wams reißen musste.

«Oh, du bist ja noch schamhafter, als ich dachte. Eine männliche Jungfrau gar?» Das Weib lachte, und für Bruder Göck klang das Gelächter, als schalle es geradewegs aus der Hölle.

«Sagt, gute Frau, gibt es noch andere von Eurer … ähm, von Eurer Sorte hier?» Seine Stimme klang dünn und ein wenig zittrig.

Das Weib lachte noch lauter. «Gute Frau», rief sie ins Haus hinein. «Hier ist einer, der hat mich ‹gute Frau› genannt.»

«Na, komm, mein Süßer, dann gehen wir mal zusammen rein.»

Sie nahm Bruder Göck am Oberarm und zerrte ihn in das, was der Mönch bei sich den Sündenpfuhl der Welt nannte.

Drinnen spähte er vorsichtig durch den Raum und war versucht, auf der Stelle wieder die Augen zu schließen. Überall so viel Haut. Schlimmer als auf den Fleischbänken war das. Bruder Göck sah halbnackte Brüste und Schenkel und Waden und Arme und Hälse. Mehr, als er ertragen konnte. Ihm wurde noch heißer, und er riss an dem Wams, bis es in den Nähten knirschte.

Eine ältere Frau, die – Gott sei Dank – etwas mehr Kleidung am Leib trug, kam auf ihn zu. «Ihr seid zum ersten Mal bei uns?», fragte sie.

Bruder Göck nickte.

«Was habt Ihr für Wünsche?»

«Ich … ich … habe gehört, dass es hier eine … eine Nonne gibt», stotterte er und spürte, wie ihm die Röte in die Wangen schoss.

«Eine Nonne wollt Ihr? Seid Ihr im Kloster erzogen worden?»

Der Antoniter schluckte und nickte.

«Kommt, setzt Euch!»

Widerstrebend ließ er sich zu einer Bank ziehen. Den gereichten Weinbecher leerte er in einem Zug.

«Wie ist das so in einem Kloster?», fragte die Frau, während die Halbnackten gespannt lauschten. «Hattet Ihr Schwierigkeiten mit dem Keuschheitsgelübde?»

Bruder Göcks Röte vertiefte sich. «Das … das solltet Ihr nicht fragen, gute Frau. Die Erde ist in Frevlerhand, und einzig der Beichtvater darf solche Sachen wissen.»

Eine der Frauen begann zu kichern, aber die Ältere verbot es ihr mit einer Handbewegung.

«Ihr habt also noch nie mit einer Frau zu tun gehabt?»

Bruder Göck saß wie erstarrt. Heinz Blettner hatte ihm nicht erklärt, was er in solch einer Situation tun oder sagen sollte. Seine Blicke huschten verzweifelt durch den Raum. Da sprach die Frau weiter und legte ihm dabei eine Hand auf den Unterarm. Bruder Göck spürte die Wärme wie das Höllenfeuer durch den Ärmel. «Ihr braucht Euch Eurer Tugend nicht zu schämen. Die Tugend ist ein Gut.»

Wieder kicherte eine der jungen Huren.

«Ruhe», rief die Ältere, und das Kichern verstummte.

«Ihr seid ein guter Mann. Es muss keine Nonne sein, die Euch das Lieben lehrt.»

Jetzt reichte es Bruder Göck. Er fühlte sich so falsch verstanden wie im ganzen Leben noch nicht. Am liebsten hätte er mit dem Fuß aufgestampft, hätte die Sünde lauthals verdammt und wäre aus diesem Haus geflohen. Aber da fiel ihm sein Freund Pater Nau ein, und er riss sich zusammen. Er war ja nicht zum Spaß hier, o nein, er hatte einen Auftrag.

«Habt Ihr etwa keine, die wie eine Nonne aussieht?», fragte er, und Trotz klang in seiner Stimme. «Allein deshalb bin ich gekommen. Weil es nämlich hieß, hier gäbe es eine solche Frau.»

Die Ältere seufzte leise. «Früher, ja, da war wirklich eine hier, die ein Nonnenkleid trug. Aber jetzt nicht mehr.»

«Wo ist sie hin?», wollte Bruder Göck wissen.

Die Ältere hob die Schultern. «Sie kam, und niemand wusste, woher. Und sie ging, und niemand wusste, wohin. Macht Euch keine Sorgen deshalb. Ihr hättet keine Freude an ihr gehabt, denn sie war schwanger und verschwand, als die Niederkunft bevorstand. Vielleicht lebt sie nun wie eine anständige Frau. Das würde Euch gefallen, nicht wahr, mein Süßer?»

Es gab nichts, was dem Antoniter im Augenblick gleichgültiger wäre. «Ihr habt hier also keine Nonne?», beharrte er trotzig.

«Nein, leider nicht. Aber alles andere, was Ihr Euch in Euren kühnsten Träumen noch nicht ausgemalt habt, könnt Ihr hier haben. Die Mädchen würden Euch nach Strich und Faden verwöhnen. Sie würden Euch streicheln und herzen. An Stellen, Süßer, an die Ihr nie gedacht habt. Und hinterher werdet Ihr Euch leicht und glücklich fühlen. Sagt, mögt Ihr eine mit schwarzen Haaren oder liebe eine Blonde? Oder … wollt Ihr gar beide?»

Bruder Göck sprang auf. «Was zu viel ist, ist zu viel!», zeterte er mit hochrotem Gesicht. «Ich habe doch nur nach einer Nonne gefragt. Ihr habt keine, also gehe ich jetzt.»

Er war so schnell aus der Tür hinausgehuscht, dass die Frauen ihm nur verwundert nachschauen konnten.

KAPITEL 19

«Ah, Richter, Ihr kommt wie gerufen. Eddi Metzel wird auch gleich hier sein.»

«Wieso, Henker, was ist denn?»

Der große Mann schüttelte den Kopf. «Wisst Ihr nichts? War kein Bote bei Euch?»

«Nein, ich bin ... äh ... in einer anderen Angelegenheit hier. Was gibt es denn nun?»

Der Henker winkte ab. «Nichts Aufregendes, Richter. Ein Jagdpächter hat oben auf dem Lohrberg eine Leiche gefunden. Sie liegt schon in meiner Halle.»

«Wen? Eine Frau etwa?»

«Keine Ahnung. Der Tierfraß hat die Leiche so entstellt, dass nichts mehr zu erkennen ist.» Er seufzte, doch als er des Richters blasses Gesicht sah, fügte er hinzu: «Keine große Sache, Richter. Passiert immer, wenn der Schnee taut. Solange alles friert, habe ich hier den Himmel auf Erden. Aber im Frühjahr, da zeigen sich die Sünden des Winters. Mädchen werden im Fluss gefunden, Leichen im Wald. Jedes Jahr dasselbe. Aber Bescheid sagen muss ich Euch schon. So lautet die Vorschrift.»

Der Richter beruhigte sich ein wenig. «Kann ich die Leiche sehen? Sie ist gewiss schon eine ganze Weile tot, oder nicht?»

«Weiß ich es? Ich bin der Henker. Der Leichenbeschauer muss sich die Reste anschauen und seine Meinung kundtun. Aber ich sage Euch gleich, viel zu sehen gibt es nicht.»

Der Henker führte den Richter in die Leichenhalle, wo er ein paar Fackeln entzündete. Als die Letzte brannte, kam der Leichenbeschauer gemütlich herangeschlendert.

«Wie sieht es aus?», fragte er. «Oh, so schrecklich wie sonst stinkt es ja heute gar nicht. Die Leiche ist also schon älter oder lag irgendwo gut gekühlt.»

Er stellte seine Tasche hin und krempelte die Ärmel seines Wamses auf. «Dann lasst mich mal sehen.»

Er trat neben den Richter an den Tisch. «Puh. Die oder den hat es ja wirklich schlimm erwischt.»

Er zeigte mit dem Finger auf die Augenhöhlen, die leer und dunkel wie Brunnenschächte waren. «Seht, das kann Vogelfraß gewesen sein. Kaum ist jemand tot, da machen sie sich schon über die Augäpfel her. Dann kommen die Lippen und die Wangen dran. Dabei helfen aber auch andere Tiere mit. Grässlich, sich das vorzustellen. Hier sind zwar noch ein paar Haarsträhnen, und die sind ziemlich lang. Aber, bei Gott, bei den Patriziern ist es jetzt auch in Mode, das Haar lang zu tragen. Sie wollen so sein wie die Italienischen.»

«Ja, grässlich», stimmte Richter Blettner zu. «Ist sie einmal Mann oder Frau gewesen, die Leiche?»

Eddi Metzel schaute sich die Menschenreste an. An vielen Stellen ragten einzelne Knochen aus dem, was einmal ein Körper gewesen war.

«Das kann ich erst sagen, wenn das Skelett freiliegt. Schaut mal, überall sind noch Reste von Fettgewebe und Muskeln vorhanden. Die Knochen sind zum Teil noch miteinander verbunden. Henker, da, in dem Korb, sind das die restlichen Knochen?»

Der Henker nickte.

«Was ist zu tun?», fragte der Richter. «Und könnt Ihr sagen, wie lange das hier schon tot ist?»

Eddi Metzel zerrte an einem Muskelstrang. «Der ist noch ziemlich fest, und ich fühle keinen Leichenkäse. Das ist, musst du wissen, eine schmierige Masse, die sich bildet, wenn der Körper sich langsam auflöst. Kann aber auch von den Tieren weggeleckt worden sein.»

«Zum Himmel, Eddi, kannst du das nicht ein bisschen taktvoller ausdrücken?» Der Richter presste sich ein parfümiertes Tuch an die Stirn. «Mir wird ganz schlecht bei deinen Erzählungen.»

«Verzeih, aber so ist nun mal die Natur. Arvaelo würde dir nichts anderes sagen.»

«Wenigstens würde er es anders ausdrücken.»

«Die Leiche muss gekocht werden», erklärte Metzel und krempelte sich die Ärmel herunter. «Das ganze Fleisch muss von den Knochen gelöst werden. Ich brauche das saubere Skelett, um Genaueres zu sagen. Der Schultheiß muss zustimmen, aber das wird er nicht tun.»

Blettner fuhr auf. «Wie? Hast du ihn schon gefragt?»

Der Leichenbeschauer schüttelte den Kopf. «Er ist zu mir gekommen. Der Bote des Henkers war dabei. Krafft von Elckershausen hat angeordnet, die Leiche zur Beerdigung freizugeben. Er hat mir auch schon gesagt, wie die Todesursache lautet, und er ließ keinen Zweifel daran, dass eine andere nicht in Frage kommt.»

«Und die lautet?»

«Tod durch Erfrieren, Leichenschändung durch Tierfraß.»

«Aber wie kann er denn so etwas machen, ohne meine Meinung zu hören?»

Eddi Metzel schaute den Richter an, als wäre dieser der dümmste Junge in der Sonntagsschule. «Weil im April der Rat tagt, deshalb. Er will den Lutherischen nicht noch mehr in die Hände spielen. Dass Pater Nau im Verlies hockt, bereitet ihm schon so genügend Ärger, hat er gesagt.»

Blettner nickte. «Die Leiche soll also nicht ausgekocht werden, um die Katholischen zu schützen, und deshalb gibt es dafür auch kein Geld aus der Stadtkasse.»

«Genau.»

«Henker, was kostet es, eine Leiche in den Kessel zu werfen?»

«Das ist nicht teuer. Kostspielig wird es, wenn die Gewebereste vom Knochen gelöst werden müssen.» Er tippte auf einen Muskelstrang. «Aber ich denke, hier löst sich alles von allein.»

«Bist du mir nicht noch einen Gefallen schuldig, Henker?», wollte der Richter wissen, aber der Henker schüttelte den Kopf.

«Nein, aber du schuldest mir noch eine Kanne Wein.»

«Ah.» Blettner kratzte sich am Kopf, dann entschied er. «Ich will, dass du die Leiche auskochst. Musst es ja nicht gleich an die große Glocke hängen. Und du, Eddi, wirst dir das Gerippe danach gründlich ansehen.»

Der Leichenbeschauer grinste. «Und wenn nicht?»

Blettner setzte seine Chorknabenmiene auf. «Dann werde ich deiner Frau erzählen, dass du am Sonntag nach unserem Treffen hier ins Hurenhaus gegangen bist.»

Eddis Gesicht verspannte sich. «Das würdest du nicht tun, oder? Wir sind doch Freunde?»

«Freunde hin, Freunde her. Bei einem Verbrechen hört die Freundschaft auf.»

«Aber wir wissen doch noch gar nicht, ob hier ein Verbrechen vorliegt», beschwerte sich Eddi.

«Und darum sollst du auch das Gerippe untersuchen. Aber vorher hol dein Augenglas hervor und besieh dir hier alles gründlich. Jede Kleinigkeit kann wichtig sein. Ich weiß, dass du mit Gerippen besser umgehen kannst als mit einem frischen Toten. Immerhin sind an den Knochen keine Blutspuren mehr.»

Der Henker lachte. Er und die meisten anderen, die den Leichenbeschauer kannten, wussten, dass Eddi Metzel Medizin studiert hatte und drauf und dran war, ein guter Arzt zu werden. Leider musste er seinen Beruf recht bald an den Nagel hängen. Er konnte nämlich kein Blut sehen.

Blettner wandte sich um und deutete mit dem Finger auf den Henker. «Und für dich, mein Lieber, fällt mir auch noch etwas ein. Also, heiz schon einmal den Kessel an. Wir treffen uns morgen zur selben Zeit hier. Und kein Wort zu niemandem, habt ihr mich verstanden?»

«Und was ist mit mir?», fragte der Schreiber. «Kann ich nicht auch etwas tun? Etwas, von dem der Schultheiß nichts wissen soll?»

Richter Blettner runzelte die Stirn, aber dann verstand er: «Ah, Schreiber, du willst etwas in der Hand haben, mit dem du mir bei Gelegenheit drohen kannst, damit ich deinem Weib nichts von deinen Ausflügen erzähle?» Er kicherte und drohte dem Schreiber mit dem Finger. «Gut, alter Schelm. Begib dich noch heute in die Vororte, schick meinethalben Boten aus, wenn du es nicht allein schaffst. Finde heraus, wer aus Seckbach, Bonames, Vilbel und all den anderen Orten verschwunden ist.»

Hella eilte durch die Vorstadt und schaute dabei weder nach rechts noch nach links. Sie wollte zu Minerva, der Kräuterfrau, hatte das Gefühl, dass nur die ihr helfen konnte. Viel zu lang erschien ihr der Weg heute. Sie hastete so schnell durch die Vorstadt, dass sie sogar vergaß, einen Blick zum Henkershaus zu werfen. Dort nämlich standen ihr Mann, der Scharfrichter und Eddi Metzel, aber sie waren so sehr ins Gespräch vertieft, dass sie Hella ebenfalls nicht bemerkten.

Als sie endlich vor Minervas Kate anlangte, war sie außer Atem, und das Herz schlug ihr bis zum Hals.

Sie klopfte so heftig an die Tür, dass sogleich von drinnen ein Ruf erschallte: «Ich komme, ich komme sofort. Ich habe Euch gehört.»

Einen Lidschlag später riss Minerva die Tür auf. «Um des Himmels willen, was ist denn passiert, meine Liebe? Rasch, kommt herein. Ich hole Euch einen Becher frisches Brunnenwasser.»

Hella ließ sich, noch immer schwer atmend, auf den gepolsterten Lehnstuhl sinken, trank dankbar das Wasser, in dem ein paar Blätter getrocknete Minze schwammen. Minerva hatte sich ihr gegenüber niedergelassen und sah ihr zu. Erst als Hella sich ein wenig beruhigt hatte, fragte sie mit sanfter Stimme: «Was ist geschehen, Bürgersfrau, was hat Euch so in Aufregung versetzt?»

Hella schöpfte tief Luft. «Ach, ich weiß es eigentlich auch nicht so genau. Die Welt, sie ist heute so grau und schlecht. Ich könnte immerzu weinen. Dabei hatte der Tag so schön begonnen.»

«Sprecht weiter, meine Liebe.»

Auf solche Art ermuntert, berichtete Hella von ihrem Besuch bei der Seifensiederin und endete schließlich bei dem weißen Streifen, der ihre Haut von der Hüfte bis zur Mitte des Oberschenkels verunzierte.

Minerva hörte ihr aufmerksam zu. «Ich mache Euch eine Salbe von Nachtkerzenöl. Die streicht Ihr über Schenkel und Bauch, auch über die Brüste, und nichts wird Eurer Haut geschehen, habt nur keine Angst.»

Hella nickte dankbar. Der Besuch bei Minerva tat ihr gut, brachte ihr flatterndes Inneres zur Ruhe.

«Und um die Stimmungsschwankungen sorgt Euch ebenfalls nicht. Ein Sud aus Baldrian und Johanniskraut wird Euch guttun. Ich fülle Euch ein Säckchen ab. Wartet hier, ich bin gleich zurück.»

Minerva strich ihr noch einmal über die Schulter und verschwand hinter einer Tür, die in den Anbau führte.

Hella entspannte sich, streckte die Beine und sah aus dem Fenster. Alles wird gut, dachte sie. Gerade wollte sie sich ausmalen, wie es wäre, eine Freundin wie Minerva zu haben, als sie draußen die Henkersfrau entdeckte, die auf dem Weg zur Kate war.

Hella spürte ein wenig Ärger in sich aufsteigen. Die Henkerin, die hatte ihr gerade noch gefehlt! Sie hatte gehofft, noch ein wenig mit Minerva plaudern zu können, aber nach einem Gespräch zu dritt stand ihr nicht der Sinn. Als die Henkersfrau näher kam, beobachtete Hella, dass sie sich ein bisschen merkwürdig verhielt. Sie blieb manchmal stehen, sah sich um, verbarg sich einmal sogar hinter einem Baum, als jemand ihren Weg kreuzte.

Gespannt beobachtete Hella ihr Näherkommen. Gleich wird sie anklopfen, dachte sie, doch die Henkersfrau mied die Tür und begab sich direkt zum Anbau. «Minerva? Minerva!», hörte Hella das Henkersweib rufen. Sie stand auf, trat ans Fenster, das einen Spalt offen stand.

«Was schreist du so?», hörte Hella die Stimme des Kräuterweibes. «Sei leise, ich habe Besuch.»

«Ja, ja», erwiderte das Henkersweib. «Aber es ist dringend. Der Meine kocht heute eine Leiche aus, und ich wollte wissen, ob du mir das Fett davon abkaufst? Und ob du auch etwas von dem Leichenwasser brauchst. Das kostet fast nichts.»

«Abkaufen?» Minerva lachte. «Hast du vergessen, wie viele Schulden du noch bei mir hast? Ich gebe dir die teuersten Mittel und frage nie, wann du sie mir bezahlst. Du kannst mit dem Leichenfett einen Teil deiner Schuld abtragen. Und vom Wasser nehme ich dir auch etwas ab. Kommen wir ins Geschäft?»

Die Henkersfrau, Hella sah es aus ihrer Fensterecke heraus, zog die Schultern nach oben. «Ich gebe dir so viel Leichenfett, wie du nur willst, aber gib du mir bitte noch etwas von deinem Öl.»

Minerva nickte. «Ich bin kein Unmensch, das weißt du. Bring mir, was du hast, und dann sehen wir weiter. Und vergiss nicht: kein Wort, zu keiner Menschenseele.»

Sie reichte der Henkersfrau die Hand. «Sagt, wann habt ihr die nächste Hinrichtung?»

Die Henkerin schüttelte den Kopf. «Im Winter ist nicht so viel zu tun. Die Leute bleiben zu Hause hinter dem Ofen, selbst die Mörder.»

«Und was ist mit den Selbstmördern?»

«Noch nicht. Aber ich denke, in den nächsten Tagen wird es wieder anfangen. Die dummen Mädchen, die sich in kalten Winternächten haben schwängern lassen, die werden sich jetzt, wenn ihnen der Bauch schwillt, reihenweise in den Main stürzen. So ist es in jedem Frühjahr.»

«Und der Deine, der steckt die Dirnen in ein Fass, nicht wahr?»

«Ja, so ist es vorgeschrieben.»

«Und dann?»

«Er macht das an dem Tag, an dem die toten Mädchen zu uns kommen. Er steckt sie ins Fass und verschließt den Deckel mit Pech. Am nächsten Tag bringt er das Fass im Morgengrauen zusammen mit dem Stöcker zur Mainbrücke und wirft es in den Fluss.»

Minerva schüttelte sich. «Ist es dir nicht unheimlich, mit einer Selbstmörderin in einem Fass unter deinem Schlafzimmerfenster?»

Die Henkersfrau sah erstaunt drein. «Aber nein! Wieso denn auch? Die Seelen der Unglücklichen sind längst im Fegefeuer, wenn sie zu uns kommen. Und vor faulem Fleisch ängstige ich mich wahrhaftig nicht. Mein Vater war Abdecker. Glaube mir, Minerva, wenn die Seele weggeflogen ist, dann sind nur noch Haut und Knochen übrig. Es gibt keinen Grund zur Angst.»

Minerva stieß einen Seufzer aus und sah dabei in Richtung Himmel. «Sie dauern mich, die armen Mädchen. Mit ihrem Leben bezahlen sie für ein bisschen Liebe und Wärme, während die Männer sich diese holen können, wann und wo immer sie wollen. Ich hoffe, der Herr ist ihren Seelen gnädig. Vergehst du nicht auch vor Mitleid mit den armen Dingern?»

Die Henkerin zuckte mit den Achseln. «Der Tod ist mein Broterwerb. Wenn ich um jede Leiche trauere, dann weine ich bald den ganzen Tag. Um die Lebenden müssen wir uns kümmern. Den Toten nützt unser Mitleid nichts mehr.»

Minerva nickte. «Recht hast du, Henkersweib. Also dann, bring mir das Fett. Aber komm in der Dunkelheit. Es ist besser, wenn niemand uns sieht. Du weißt ja, wie abergläubisch die Menschen sind. Und sonst halte Abstand zu mir. Ich habe dir schon einmal gesagt, dass es nicht gut wäre, wenn uns die Leute miteinander sähen.»

«Nicht in dieser, aber in der nächsten Nacht werde ich kommen», versprach die Henkerin. «Halte bis dahin das Öl für mich bereit.»

Hella sah, wie sich die Henkerin auf den Weg machte. Da fiel ihr mit einem Mal ein, dass die Henkersfrau von einer Nonne erzählt hatte, die bei Minerva war. Eine Nonne, die vermutlich aus dem Frauenhaus kam. Sie beschloss, die Kräuterfrau danach zu fragen.

Schnell nahm sie wieder in dem Armlehnstuhl Platz. Und nur einen Lidschlag später kam Minerva zurück in die Stube, in der Hand ein Leinensäckchen und ein Tiegelchen.

«Hier», sagte sie. «Aus dieser Mischung braut Euch einen Sud. Er wird Euch die gute Laune zurückbringen. Trinkt ihn am Abend, wenn Ihr nicht schlafen könnt, und trinkt ihn über den Tag, wenn Ihr schlechter Stimmung seid. Die Salbe aus Nachtkerzenöl streicht Euch am Morgen und am Abend auf die entsprechenden Stellen.»

Hella nahm dankbar die Mittel entgegen. «Und was ist, wenn das Nachtkerzenöl nicht hilft? Minerva, ich bin eine junge Frau. Mich graut, vor der Zeit wie ein altes Weib auszusehen. Habt Ihr noch andere Mittel für diesen Fall?»

Hella wusste nicht genau, warum sie fragte, denn eigentlich hatte sie nicht vor, sich den Rest ihres Lebens dem Erhalt ihrer Hautstraffheit zu widmen. Aber der Besuch der Henkerin und die Frage nach dem Leichenfett hatte etwas in ihr angestoßen, das sie noch nicht benennen konnte.

«Warten wir ab, bis es so weit ist», wiegelte Minerva ab. «Ich bin sicher, Ihr braucht nicht mehr als dieses Tiegelchen dort.»

Hella lächelte kläglich. «Aber wenn doch, Minerva? Wisst Ihr kein Mittel? Mir wäre wahrlich lieber, ich könnte sicher sein, dass Ihr mir im schlimmsten Fall helfen würdet.»

Minerva lächelte und warf ihr langes Haar nach hinten. «Es gibt viele Mittel und Wege. Vertraut mir, Bürgersfrau. Für jedes Problem gibt es eine Lösung in meinem Kräuterschrank.»

Hella nickte und lächelte. «Sagt, Minerva, kommen auch die Weiber aus dem Frauenhaus zu Euch?»

«Warum fragt Ihr?» Aus Minervas Stimme war die Leichtigkeit verschwunden.

«Aus keinem bestimmten Grund», erwiderte sie vage. «Es ist nur so, dass es eben auch Frauen sind. Frauen wie wir. Manchmal danke ich Gott, dass er mein Schicksal in eine andere Richtung gelenkt hat. Und oft dauern mich die Frauen.»

Minerva entspannte sich. «Ja, sie kommen zu mir. Zwar kümmert sich auch der Stadtarzt, denn das Hurenhaus ist ja der Stadt unterstellt, aber der hat weder Zeit noch Geduld für die Sorgen und Nöte der Frauen. Und wenn sie Probleme haben, die eben nur Weiber haben können, dann kommen sie zu mir.»

«In der Stadt spricht man von einer, die dort wie eine Nonne herumläuft. Ist das nicht merkwürdig?»

Minerva lachte. «Da könnt Ihr mal sehen, wie die Männer sind. Noch nicht einmal im Bett können sie von ihrer scheinheiligen Frömmigkeit lassen.»

«So seht Ihr das?»

«Ja. So sehe ich das. Ich habe viel erlebt, und mein Vertrauen in andere Menschen hat dabei gelitten.»

Hella horchte auf. «Habt Ihr Lust, mir davon zu erzählen?»

«Nicht heute. Ein anderes Mal bestimmt.»

«Und die Nonne? Ist an dem, was man sich auf dem Markt erzählt, etwas Wahres dran? Kennt Ihr sie?»

Zu Hellas großer Verwunderung nickte Minerva. «Ja, ich kenne sie. Zweimal war sie bei mir. Sie trug etwas Böses in sich und brauchte dies und das.»

«Das Böse? Was heißt denn das? Und wo ist sie jetzt?», wollte Hella wissen.

«Ich weiß es nicht sicher. Kann sein, dass sie die Franzosenkrankheit in sich trug. Kann sogar sein, dass ihr kein langes Leben mehr beschieden war», antwortete Minerva. «Sie war auf einmal da, blieb ein paar Wochen, und dann war sie plötzlich verschwunden.» Sie hob die Schultern. «Das ist nicht ungewöhnlich bei diesen Frauen. Viele wandern von Ort zu Ort. Sie war sehr schön, und ich bin sicher, sie hat einen Ort gefunden, an dem sie womöglich gesund werden kann.»

«Aber Genaueres wisst Ihr nicht?»

«Nein, hier in der Vorstadt fragt man nicht nach dem Woher und Wohin. Das Leben der Leute hier ist meist nicht so verlaufen, wie die Mütter es an der Wiege gesungen haben. Hier bei uns gilt: Was ich nicht weiß, macht mich nicht heiß. Ich rate Euch, Bürgersfrau, haltet es ebenso.»

Minerva blickte Hella an und schenkte ihr ein Lächeln. «Habe ich Euch geängstigt? Nun, das wollte ich nicht, verzeiht mir. Das Leben ist hart. Und trotzdem weiß ich tief in meinem Herzen, dass die Nonne jetzt ihren Frieden gefunden hat.»

«Da bin ich ja beruhigt», erklärte Hella und erhob sich. Aber in ihrem Inneren herrschte Aufruhr.

KAPITEL 20

Gustelies lief auf dem Gang des Malefizamtes auf und ab. «Ich möchte wissen, wo der Heinz wieder steckt! Muss sich ein Richter nicht an seinem Schreibtisch aufhalten? Wo ist er denn? Meine Güte, hier könnte auf dem Gang ein schlimmes Verbrechen geschehen, und niemand würde es merken.»

Jutta saß auf einer hölzernen Bank, die an der Wand stand, hatte die Hände unter ihre Schenkel geschoben und wippte mit den Füßen, wobei der bestrumpfte Fuß immer gegen den beschuhten stieß. «Die wenigsten Verbrechen werden aber nun mal auf dem Flur des Malefizamtes verübt. Sie geschehen draußen. Und deshalb muss dein Schwiegersohn auch hin und wieder mal seinen Schreibtisch verlassen.»

Gustelies warf der Freundin einen finsteren Blick zu. «Aber das hier ist wichtig. Wir sollten einen Boten beauftragen, der nach ihm sucht.»

«Die Boten werden sich um deinen Auftrag reißen. Oder hast du vergessen, dass die Bediensteten strenge Order haben, nicht mit dir und Hella zu sprechen?» Jutta blieb gelassen, als sie auf den Erlass des Schultheißen anspielte, der bewirken sollte, dass sich die beiden Frauen nicht immer in die Criminalia der Stadt einmischten.

«Kannst du nicht mal aufhören, mit den Füßen zu wippen?», ärgerte sich Gustelies. «Du machst mich damit noch vollkommen verrückt.»

Jutta wollte gerade zu einer deftigen Erwiderung ansetzen, als Heinz Blettner am Ende des Ganges erschien. Als er die beiden Frauen erkannte, verdüsterte sich seine Miene.

«Oh, hoher Besuch. Was kann ich für die werten Frauen tun?» Seine Stimme ließ erkennen, dass es ihm am liebsten wäre, nichts für sie tun zu müssen.

«Du musst sofort bewaffnete Stadtwachen nach Sachsenhausen schicken», erklärte Gustelies bestimmt. «Und Plätze im Verlies musst du freimachen lassen. Die Büttel sollen Stricke mitnehmen, und sie dürfen auf keinen Fall ihre Waffen vergessen. Sage ihnen, dass es gefährlich werden könnte.»

«Ich habe hier einen Wasserschaden aufzuklären», bemerkte der Richter, der sich von der Aufregung seiner Schwiegermutter nicht im mindesten anstecken ließ. «Und warum gleich die Stadtwache? Reicht nicht ein einzelner Büttel? Sicher geht es wieder einmal um einen Bäcker, der zu kleines Brot backt. Musst du immer gleich mit Kanonen auf Spatzen schießen?»

Gustelies trat auf ihren Schwiegersohn zu und riss an seinem Wams. «Himmel, kannst du mir nicht einmal glauben? In Sachsenhausen, im Findelhaus, da gibt es ein Nebengebäude. Kinder arbeiten dort an Webstühlen. Winzige Kinder mit großen traurigen Augen.»

Blettner seufzte. «Kommt erst einmal herein. Ich werde nach dem Schreiber schicken, damit er eure Aussagen aufnimmt.» Dann fiel ihm ein, dass er den ja gerade in die Vororte entsandt hatte. Er rief nach einem Gerichtsdiener und bat diesen, ihm irgendeinen Schreiber zu schicken.

Nur widerstrebend ließ sich Gustelies in das Richterzimmer schieben.

Heinz hieß die Frauen Platz nehmen und begab sich hinter seinen Schreibtisch. Als ein Schreiber kam und hinter dem Pult Platz genommen hatte, verschränkte Heinz Blettner die Hände auf der Tischplatte und sagte: «Also schön, erzählt, was ihr erlebt habt.»

Gustelies war noch immer so außer Atem, dass sie eine Hand auf ihren Busen pressen und nach Luft ringen musste. Ihr Gesicht war rot wie ein Septemberapfel.

Jutta gab dem Schreiber ein Zeichen, für die Freundin einen Becher Wasser zu holen, dann begann sie: «Im Findelhaus arbeiten kleine Kinder. Kleine, abgemagerte Kinder mit großen, schreckgeweiteten Augen.»

Heinz Blettner hob die Augenbrauen. «Im Findelhaus?»

«Genau. Drüben, in Sachsenhausen.»

«Und was habt ihr beiden, bitte schön, im Findelhaus verloren?»

Gustelies riss den Mund auf, doch ihr Schwiegersohn hob die Hand. «Nacheinander. Und von Anfang an. Ich will die ganze Geschichte hören.»

Jutta nickte, legte der Freundin beruhigend eine Hand auf den Rücken, dann begann sie: «Wir haben nach dem Neugeborenen gesucht. Wenn es überlebt hat, dann muss es ja irgendwo sein, oder?»

Heinz nickte.

«Und wo gibt man Neugeborene ab, die man nicht brauchen kann?»

«Im Findelhaus», erklärte Heinz. «Der Einfall stammt

natürlich von Gustelies, oder?» Seine Stimme wurde lauter. Er beugte sich über den Schreibtisch, und dieses Mal war es sein Gesicht, welches die Farbe von Septemberäpfeln annahm. «Und ihr beiden seid losgezogen, um auf eigene Faust zu ermitteln. Himmelherrgott, wie oft muss ich euch noch predigen, dass Criminalia Männersache sind?»

Gustelies lehnte sich im Stuhl zurück, presste die Lippen aufeinander und verschränkte die Arme. Ich sage nichts mehr, hieß diese Geste.

Jutta aber winkte ab. «Predigen kannst du später. Jetzt geht es erst einmal um die Kinder. Im Findelhaus, musst du wissen, regiert Vater Raphael. Nur dass bei unserem ersten Besuch dort überhaupt keine Kinder da waren. In der Kirche wären sie, erklärte Raphael. Neugeborene gäbe es derzeit überhaupt nicht. Das letzte habe Pfarrer Küttler, der Lutherische, an eine kinderlose Familie vermittelt.»

Jutta holte Luft. «Wir sind noch nicht dazu gekommen, die Sache zu überprüfen. Irgendwas kannst du ja schließlich auch tun.»

Heinz Blettner schnappte nach Luft, der Schreiber kicherte, verstummte aber augenblicklich unter den drohenden Blicken des Richters. «Weiter!», forderte Blettner die Geldwechslerin auf.

«Na ja, wir sind noch einmal hin, haben uns von hinten an das Grundstück herangeschlichen.» Sie hob den Fuß und zeigte ihren nassen Strumpf vor. «Mein Schuh ist dabei im Abfallgraben gelandet. Sag dem Stadtkämmerer Bescheid, ich muss mir ein neues Paar machen lassen. Auf Stadtkosten natürlich.»

«Natürlich!» Blettner verdrehte die Augen. «Dafür ist

die Stadtkasse ja da. Der Kämmerer wartet nur auf so was. Und dann?»

Jetzt rutschte aufgeregt Gustelies auf ihrem Stuhl hin und her. «Und dann sind wir durch den Zaun und zum Hintergebäude. Gruselig war's, denn alles war so still. Wie auf einem Friedhof. Nur ein Rascheln und Knispern lag in der Luft, als würden Geister durch die Luft rauschen.»

«Weiter!»

«Jetzt hetz mich nicht so», beschwerte sich Gustelies. «Wir haben immerhin Schreckliches erlebt! Mir ist jetzt noch ganz übel vor Angst. Wo war ich?»

«Beim Zaun», half ihr Jutta auf die Sprünge. «Und bei den Geistern.»

«Ja, der Zaun. Wahrscheinlich habe ich mir mein Kleid zerrissen.»

«Neue Kleider gibt's vom Stadtkämmerer nicht wegen deiner Alleingänge», ergänzte der Richter.

«Darüber reden wir später. Jedenfalls war da das Rascheln und Knispern. Jutta hat die Spitzbubenleiter gemacht, und ich habe ins Innere des Hauses geguckt.» Sie hielt inne und schöpfte tief Luft. «Und da waren die Kinder. Kleine Kinder, winzige Mädchen und Jungen, die meisten keine sechs Jahre alt. Sie hockten dort im Halbdunkel und mussten schuften wie die Brunnenputzer. Und vorne stand das Weib von Vater Raphael und schwang die Peitsche.»

Gustelies nickte noch einmal bekräftigend, dann ließ sie sich erschöpft gegen die Stuhllehne sinken.

Richter Blettner zog die Unterlippe zwischen die Zähne. «Ihr wollt mir also sagen, dass die Kinder im Findelhaus zur Arbeit gezwungen werden?»

«Na, endlich!» Jutta machte Anstalten zu klatschen.

«Ja, genau das wollen wir sagen. Kleine Kinder. Du musst sie da rausholen. Und den Vater Raphael musst du ins Verlies stecken. Für mindestens hundert Jahre. Und sein Weib gleich mit.»

«Hmm», brummte Blettner und kratzte sich am Kopf.

«Willst du nicht die Büttel rufen? Sag denen, die sollen nicht unbewaffnet dorthin gehen», schlug Gustelies vor.

«So einfach geht das nicht. Wenn es so ist, wie ihr sagt, ist kluges Vorgehen vonnöten.»

Er stand auf. «Zunächst einmal danke ich euch herzlich. Womöglich seid ihr dieses Mal wahrhaftig auf ein Verbrechen gestoßen. Ich werde euch auf dem Laufenden halten.» Er wies mit der Hand zur Tür.

«Was soll das denn?», empörte sich Gustelies. «Willst du uns wegjagen?»

«Natürlich nicht. Ich habe mich ja eben bedankt. Jetzt beginnen die offiziellen Ermittlungen, und ich muss einiges in die Wege leiten. Dabei könnt ihr mir leider nicht helfen. Geht stattdessen mal unseren Pater Nau besuchen. Ich hörte heute, dass es ihm wahrlich nicht gutgeht.»

Widerstrebend erhoben sich die beiden Frauen. «Ist das wahr?», fragte Gustelies. «Unserm Paterchen geht es schlecht?»

«Leider ja», seufzte Heinz Blettner. «Vielleicht müssen wir sogar nach dem Medicus rufen.»

«Tja, ich sage es nicht gern, aber der Pater leidet vermutlich an Auszehrung.» Gustelies schrie auf und schlug sich die Hand vor den Mund.

Der Medicus wischte sich die Hände am Wams ab und packte seine Siebensachen zusammen.

«Was können wir tun, Medicus?», fragte Jutta Hinterer, während Gustelies neben dem Strohlager im Verlies kniete und ihrem Bruder immer wieder über die Wange strich.

«Viel kann man nicht machen», erklärte der Stadtarzt ohne große Anteilnahme. «Warm halten, nahrhaftes Essen und beten.»

Jutta sah sich nach ihrer Freundin um und zog dann den Medicus in eine Ecke des Verlieses. «Redet nicht um den heißen Brei herum, Medicus. Ich habe gehört, Ihr wüsstet Wundermittel. Also sagt schon, wo man sie bekommt.»

Der Stadtarzt warf einen Blick auf den Pater, dann raunte er: «Er ist ein Geistlicher. Manch ein Wunder wirkt bei denen nicht.»

«Das soll nicht Eure Sorge sein. Wo bekomme ich die Wunder zu kaufen? Wie nennen sie sich?»

Der Stadtarzt wirkte noch immer unsicher.

«Was ich weiß, das wissen auch noch andere. Nur die Gerichtsbarkeit bisher noch nicht.» Jutta seufzte. «Wollen wir hoffen, dass das so bleibt, nicht wahr, Medicus? Es wäre doch jammerschade, wenn Ihr, und wer immer noch davon weiß, durch den Rat gezwungen würdet, Eure – sagen wir mal – ungewöhnlichen Heilmethoden zukünftig unterlassen zu müssen.»

Der Stadtarzt zog die Augenbrauen hoch. «Wollt Ihr mir drohen?», fragte er.

«Ja», erwiderte Jutta Hinterer einfach. «Und jetzt sagt, was Ihr zu sagen habt.»

«Ihr lasst mir keine Wahl.»

«Ganz recht.»

Der Stadtarzt beugte sich zu Jutta hinunter. «Sanguis hominis. Habt Ihr davon schon gehört?»

Jutta schüttelte den Kopf.

«Ein Lebenselixier. DAS Lebenselixier. Ihr bekommt es beim Apotheker Schwarzhaupt. Sagt ihm, ich hätte Euch geschickt. Dazu soll er noch ein Töpfchen Armesünderschmalz rausrücken. Das schmiert Ihr dem Siechen da auf die Brust. Und vom Elixier jeden Morgen und jeden Abend einen großen Löffel voll. Und jetzt: Der Herr sei mit Euch.»

«Und mit Euch», murmelte Jutta und sah zu, wie der Arzt aus dem Verlies verschwand.

Gustelies kniete noch immer neben Pater Nau. Jetzt wandte sie sich zu Jutta um. «Findest du nicht, dass er in der letzten halben Stunde ein wenig Farbe im Gesicht bekommen hat?», fragte sie.

Jutta blickte auf den Pater. Sein Gesicht hatte die Farbe von ausgespiener Hafergrütze. Die Lippen waren aufgesprungen, nur die Augen zeigten einen unnatürlichen Glanz.

«Er sieht aus wie Braunbier und Spucke», stellte Jutta fest und zog Gustelies auf die Füße. «Aber das wird schon wieder. Wir brauchen einfach nur die richtigen Arzneien.»

Pater Nau lächelte. Er wirkte trotz der Krankheit viel gelassener als üblich. «Ach, kümmert euch nicht um mich, ihr Lieben», erklärte er gut gelaunt. «Die Erde ist nun mal ein Jammertal und das Leben ein Graus.»

Gustelies seufzte erleichtert, als sie den gewohnten Spruch hörte. «Hast du vielleicht sogar Appetit auf ein Viertelchen Spätburgunder?», fragte sie eifrig. «Ich könnte dir ein rohes Ei hineinschlagen und etwas Honig dazugeben. Das wirkt Wunder. Weißt du noch, unsere Mutter hat uns auf die Art immer wieder hochgepäppelt.»

«Pfui!», schrie der Pater auf. «Das Viertelchen hätte ich gern, aber untersteh dich, da irgendetwas hineinzutun. Und schon gar kein glibberiges Ei, hörst du? Im Wein liegt die Wahrheit. Du wirst ja wohl die Wahrheit nicht verpanschen wollen, oder?»

Gustelies beeilte sich, das Gegenteil zu versichern, dann versprach sie: «Ich komme heute Nachmittag wieder und bringe dir, was du haben willst. Ruh dich schön aus bis dahin.»

Pater Nau kicherte. «Natürlich ruhe ich mich aus. Was soll man sonst in einem Verlies tun, frage ich.» Doch mit einem Male wurde sein Gesicht ernst. Er richtete sich sogar ein wenig auf. «Stimmt es», fragte er, «dass der Rat im April darüber berät, ob Frankfurt lutherisch oder katholisch wird? Ist es wahr, dass am Ende vielleicht sogar noch die katholischen Kirchen geschlossen werden sollen? Meine Kirche, meine Liebfrauenkirche womöglich auch?»

«Beruhige dich, mein Lieber. Noch ist nichts entschieden», versuchte Gustelies zu besänftigen. «Die Ratsherren sind nicht dumm. Sie werden das tun, was sie immer tun, nämlich einer Entscheidung aus dem Wege gehen. Noch will niemand deine Kirche schließen.»

Pater Nau sah seiner Schwester in die Augen, und Gustelies musste seinem Blick ausweichen.

«So schlimm steht es also», stellte er fest. «Wenn Frankfurt tatsächlich in Frevlerhand gerät, dann bleibe ich am besten hier.»

Mit diesen Worten drehte er sich zur Wand, winkte noch einmal und schloss die Augen, während Jutta und Gustelies das feuchte Loch verließen.

Draußen, vor der Warte, schüttelte sich Gustelies. In ihren Augen glitzerten Tränen. «Ich mache mir solche Sorgen um Bernhard», sagte sie. «Seit Jahren hat er nicht mehr gelächelt. Jetzt tut er es. Ich fürchte, es geht zu Ende mit ihm.»

«Ach was», winkte Jutta ab. «Sorgen musst du dir erst machen, wenn er das Leben schön und die Erde ein Paradies nennt. Aber so weit ist es noch nicht. Der Medicus hat mir ein paar Arzneien genannt, die ihm helfen können. Ich werde sie heute noch besorgen.»

KAPITEL 21

Richter Blettner seufzte. Er stand am Fenster des Malefizamtes und sah hinunter auf den Römer. Die Sache mit dem Findelhaus hat mir gerade noch gefehlt, dachte er. Ich muss mit dem Stadtkämmerer sprechen, dann mit dem Schultheiß Krafft von Elckershausen und mit diesem lutherischen Pfarrer Küttler. Diese Geschichte ist nicht einfach nur eine Geschichte, sie ist ein Politikum. Und mit Politik kann ich nicht umgehen.

Er seufzte noch einmal, straffte die Schultern, dann suchte er im Rathaus nach dem Schultheiß. Er traf Krafft von Elckershausen auf dem Gang, wenige Schritte vom Zimmer des Ersten Bürgermeisters entfernt.

Der Schultheiß schlug ihm auf die Schulter. «Na, Richter, was macht die Kunst? Die Skalpgeschichte haben wir ja noch einmal abgebogen, nicht wahr? Seht mir nur zu, dass Ihr mir keine weiteren Skandale und Skandälchen bis April auftut. Ihr wisst, der Rat tagt am Achtzehnten. Dann wird entschieden, ob es in Frankfurt weiterhin eine Jungfrau Maria geben wird.» Er seufzte und warf einen hilfesuchenden Blick gen Himmel. «Habt Ihr mich verstanden?»

Blettner nickte. «Verstanden schon, Herr. Aber leider richtet sich das Verbrechen nicht immer nach den Wünschen des Rates. Ich fürchte, im Findelhaus in Sachsenhausen werden die armen Waisen zur Arbeit gezwungen, noch lange vor dem arbeitsfähigen Alter, wie es scheint.»

Blettner berichtete dem Schultheiß, was er von Jutta und Gustelies gehört hatte. «Wie sollen wir Eurer Meinung nach vorgehen?», fragte er dann.

Krafft von Elckershausen presste die Lippen zu einem dünnen Strich zusammen. Blettner konnte schier sehen, wie seine Kiefer mahlten.

«Ist denn in dieser Stadt niemals Ruhe, Himmeldonnerwetternocheins?», fragte er.

Der Richter zuckte mit den Achseln.

«Welcher Glaubensrichtung gehört dieser Vater Raphael an? Der alten oder der neuen?»

«Er ist lutherisch», antwortete Blettner.

Der Schultheiß atmete auf. «Na, wenigstens etwas. Trotzdem müssen wir klug und behutsam vorgehen. Der Rat, Ihr wisst ja.»

Blettner nickte. «Was soll ich veranlassen? Wir müssen bald handeln, Herr. Wenn rauskommt, dass wir von diesen Dingen Kenntnis hatten und nichts unternommen haben, dann sitzt uns sogleich die Volksseele im Nacken.»

Der Schultheiß holte tief Luft. «Ich verbiete Euch, meine Worte in Euren Reden zu benutzen.»

«Verzeihung, Herr.»

«Und ansonsten muss ich erst über das rechte Vorgehen nachdenken. Wir dürfen nicht säumig sein, aber auch nicht überstürzt handeln. Ich werde Euch Bescheid geben, sobald ich mich entschieden habe.»

«Sehr wohl, Herr.»

Richter Blettner verbeugte sich leicht, dann machte er, dass er davonkam.

Draußen vor dem Malefizamt holte er erst einmal tief

Luft. Er stand auf der obersten Treppenstufe des Römers und hatte von hier einen guten Überblick über das alltägliche Markttreiben. Die Menschen huschten wie Ameisen hin und her. Rufe drangen an sein Ohr: «Kauft Fische, kauft frische Fische. Leute, kauft bei mir. Alles frisch gefangen.» Und: «Eine neue Haube für Eure Taube, ein Häubchen fürs Täubchen» und «Ochsenblut, gutes, nahrhaftes Ochsenblut. Hausfrauen, kauft Ochsenblut. Das stärkt dem Mann die Lenden und bringt Euch Freude.»

Blettner sah, wie Mutter Dollhaus eine Kanne vom Ochsenblut kaufte, er erblickte die Seifensiederin, die mit trauriger, trostloser Miene hinter ihrem Stand mit den Seifen hockte, er beobachtete seine Schwiegermutter Gustelies, die sich anstellte, gute Butter zu kaufen. Alles war so wie immer, dachte er, doch in seinem Inneren wusste Richter Blettner, dass der Schein trog.

Als er das Schankmädchen aus dem Roten Ochsen mit einem Korb voller Steckrüben sah, wusste er mit einem Male, was er zu tun hatte. Schnurstracks machte er sich auf den Weg ins Wirtshaus.

Dort traf er den Wirt, Eduard, der, ein Fuhrmannslied auf den Lippen, ein schweres Fass in sein Haus rollte.

«Wirt, auf ein Wort!», sprach ihn der Richter an.

Eduard hielt inne. «Was kann ich für Euch tun, Herr? Ist das nicht ein wunderschöner Tag?»

«Ja, ganz prächtig, Wirt. Und jetzt sagt mir, woher Ihr die Zwillinge habt.»

Eduard ließ das Fass los und schien nicht zu bemerken, dass es zurück auf die Straße rollte. «Woher sollen wir die Kinder haben? Gemacht habe ich sie, mit meinen Lenden, den eigenen. Geboren aus dem Schoße meiner Ricka.»

«Ja, ja, Ammenmärchen. Erzählt das Euren Saufnasen, aber nicht mir. Die Ricka war so wenig schwanger wie ich und Ihr. Aber Kinder habt Ihr nun doch. Also, Wirt, was habt Ihr dazu zu sagen?»

Eduard sah sich um. «Ist das ein Verhör, Richter? Habt Ihr einen Bescheid darüber?»

«Pfff», machte der Richter. «Habe ich nicht dabei, aber einen Bescheid könnt Ihr kriegen. Dazu die Büttel, die Euch dann gleich durch die Stadt aufs Amt führen. Im Augenblick bin ich aus alter Freundschaft hier.»

«Ja, ja, ist ja gut.» Der Wirt Eduard zog Blettner in den Hinterhof des Roten Ochsen. «Ich habe gleich gewusst, dass das nicht gutgeht. Keinen dicken Bauch und in der Schankstube gearbeitet bis zum letzten Tag. Und über Nacht die Zwillinge. Da muss man ja misstrauisch werden. Aber die Ricka, sie hat sich so sehr Kinder gewünscht, versteht Ihr? Und ich auch. Aber geklappt hat es nicht. Was, frage ich Euch, ist ein Wirt wert, der keinen Nachfolger hat, hä? Keinen roten Heller. Und als zuerst der eine Bub und dann der andere auf der Schwelle lagen, da haben wir's für ein Zeichen des Herrn gehalten. Geschworen haben wir vor dem Altar in Liebfrauen, dass wir sie halten werden, als wären's die eigenen.»

Eduard, ein stattlicher Mann, dem niemand in ganz Frankfurt etwas anhaben konnte, wirkte plötzlich klein und kraftlos. Blettner sah, wie seine Lippen zitterten. Der Wirt griff nach den Händen des Richters. «Blettner, alter Freund, lasst uns die Kinder, ich bitte Euch sehr. Die Ricka, sie ist so glücklich mit den beiden. Und ich bin es auch. Ich schwöre bei Gott, dass sie es gut haben werden. Zu aufrechten Christen werden wir sie erziehen. So wahr mir Gott helfe. Nehmt sie uns nicht.»

Blettner befreite sich aus dem Griff des Wirtes. «Jetzt mal der Reihe nach. Wie genau seid Ihr zu den Kindern gekommen?»

Der Wirt ließ sich auf dem Brunnenrand nieder. Er warf einen verzweifelten und zugleich liebevollen Blick hinauf zu einem Fenster, hinter dem Blettner Ricka und die Kinder vermutete. «In der Nacht, als Ihr die Leiche am Main gefunden habt, da hörten wir ein Greinen auf der Schwelle. Die Ricka dachte zuerst, es wäre eine Katze und wollte schon den Nachttopf aus dem Fenster leeren. Aber dann besann sie sich anders. ‹Es klingt wie ein Neugeborenes›, sagte sie zu mir. ‹Ach was›, erwiderte ich. ‹Das scheint dir nur so, weil du dir so sehr ein Kind wünschst. Selbst im Quieken eines Schweines hörst du schon Kindergebrüll.› – ‹Nein, nein, ich bin ganz sicher›, hat die Ricka geantwortet und mir die Pantoffeln zugeworfen. ‹Geh runter und sieh nach, ich bitte dich sehr›, hat sie gesagt. Und da bin ich in die Pantoffeln gestiegen und habe mich auf den Weg gemacht. Und dann, was soll ich sagen, da lag da dieses winzige Kind auf der Schwelle. Ganz rot war es im Gesicht, und geschrien hat es, als griffe der Teufel nach seiner Seele. Es war so klein, dass ich mich nicht getraut habe, es hochzunehmen. Aber da war schon die Ricka da. Sie hat's hochgenommen und an ihren warmen Busen gedrückt. Und gleich hat sie es gezärtelt, als ob's das eigene wär. Ich bin ein Mann, Richter, Ihr wisst es. Ein ganzer Kerl, aber ich sage Euch, der Anblick hätte mir beinahe die Tränen in die Augen getrieben. So lieb hat die Meine das Kindchen gehabt. Vom ersten Augenblick an.»

«Und dann habt Ihr es mit in die Stube genommen, nicht wahr?»

Der Wirt nickte. «Den Ofen habe ich nochmal angeheizt und Wasser aufgesetzt. Und die Ricka hat Milch warm gemacht. Sie hat das Kindchen gehalten, und es hat die warme Milch von ihrem Finger gesaugt. Und dann hat es die Äuglein aufgeschlagen und hat uns nacheinander angeschaut. Bei Gott, Richter, direkt ins Herz hat uns das Kindchen geschaut, als wollte es uns sagen, dass es bei uns bleiben will.»

«Und dann?»

Der Wirt spuckte auf den Boden, wischte sich verstohlen mit den Fäusten über das Gesicht und zog ein strenges Gesicht. «Ins Bett haben wir's getragen. Zwischen uns gelegt haben wir es, damit es nicht hinausfällt. Und die ganze Zeit hat es mit seinem kleinen Fäustchen Rickas Finger umklammert.» Er seufzte laut. «Und wir haben dagelegen und haben Gott für dieses Geschenk gedankt. Und nachgedacht, was wir den Leuten sagen. Und da hat die Ricka gemeint, es fühlt sich an für sie, als wäre es das eigene, als hätte sie es die ganze Zeit in ihrem Schoß gehabt. So lieb hatte sie das Kindchen da schon. Und sie hat noch gesagt, dass es gleichgültig ist, wo es denn herkommt, ein Gottesgeschenk sei es allemal. Und so haben wir gesagt, dass es das Unsere ist.»

Richter Blettner konnte in den Augen des Ochsenwirtes lesen, dass es ihm ernst war mit dem Kindchen und seiner Liebe zu ihm. Er klopfte ihm auf die Schulter. «Ich werde dafür sorgen, dass das Kindchen bei Euch bleiben kann, wenn es keine Mutter mehr hat. Aber Ordnung muss trotzdem sein. Ein Advocat muss kommen und eine Urkunde ausstellen.»

Eduard sah hoch. «Danke, Richter. Auch die Ricka wird's Euch danken.»

«Kein Grund zum Dank. Und jetzt sagt mir, woher Ihr das zweite Kindlein habt.»

Eduard lächelte, als er sich erinnerte. «Es lag ein paar Tage später auf der Schwelle. Genau wie das erste. Dieses Mal hatten wir schon Muttermilch im Haus. Während die Ricka es genährt hat, das Neue, habe ich den Bub im Arm gehalten. Ganz fest habe ich ihn gehalten, und gestaunt habe ich über die kleine Nase und die winzigen Finger.»

«War was dabei bei den Kindern? Ein Schreiben, Sachen mit eingesticktem Monogramm? Ein Kettchen, ein Medaillon oder sonst was?»

Eduard schüttelte den Kopf. «In Schaffelle waren sie gewickelt und mit Bast verschnürt. Alle beide.»

«Aha. Und wo sind die Schaffelle jetzt?»

Eduard sah betreten zu Boden. «Verbrannt haben wir sie.»

«Verbrannt? Warum habt Ihr das getan, um Gottes willen?»

«Sie lagen allein und hatten wohl Angst. Die Schaffelle waren verschmutzt, versteht Ihr? Gestunken haben sie. Wir mussten die Kindchen gleich baden, so verschmiert war ihre Haut. Blut und Schleim und was weiß ich noch. Es waren doch aber schon unsere Kinder, versteht Ihr, Richter? Deshalb mussten die Felle weg.»

Blettner seufzte. Natürlich verstand er. Er hätte es nicht anders gemacht.

«War etwas an den Fellen oder am Bast, das Euch aufgefallen ist? Irgendetwas Besonderes?»

Der Wirt sah fragend hoch.

«Ein Geruch vielleicht oder eine seltene Zeichnung oder ein merkwürdiger Knoten im Bast, meine ich.»

Eduard schüttelte den Kopf. «Nein, mir ist nichts aufgefallen. Und glaubt mir, wenn da was war, so habe ich es vor lauter Glück nicht bemerkt.»

Blettner nickte und stand auf.

«Und jetzt?», fragte der Wirt angstvoll. «Was geschieht jetzt? Ricka wird es das Herz brechen. Ihr könnt uns die Kindchen nicht wegnehmen.»

Blettner schüttelte den Kopf. «Hier werden keine Herzen gebrochen und keine Kinder weggenommen. Zunächst bleibt alles beim Alten. Ihr haltet den Mund und bleibt bei der Geschichte der unerwarteten Schwangerschaft. Ich werde nach den Müttern suchen, aber ich bin beinahe sicher, dass sie nicht mehr am Leben sind. In ein paar Wochen, wenn sich alles etwas beruhigt hat, werde ich Euch einen Advocatus schicken, wegen der Papiere. Und bis dahin kein Wort. Auch nicht zu Ricka. Ihr wollt sie doch nicht beunruhigen, oder?»

Eduard sah aus, als wäre ihm eine Last vom Gewicht des Domes von der Schulter gefallen. Wieder ergriff er die Hand des Richters. «Ich danke Euch, ich danke Euch vielmals. Ihr sollt wissen, dass im Roten Ochsen immer eine Kanne Wein für Euch bereitsteht. Immer, zu jeder Zeit.»

«Keine Bestechung, bitte», brummte Blettner. «Es reicht schon aus, wenn Ihr mir die Kanne immer bis zum Rand füllt.»

KAPITEL 22

Jutta Hinterer achtete darauf, dass sie von niemandem beim Betreten der Apotheke gesehen wurde.

Die Stadt lag still, seit die Glocken des Domes die Mittagsstunde verkündet hatten. Die meisten Frankfurter saßen gerade vor ihrem Essen. Nicht einmal die streunenden Hunde trieben sich mehr auf der Straße herum.

Zufrieden nickte Jutta und drückte die Tür zur Apotheke auf.

Drinnen erklang eine Glocke, und gleich darauf kam der Apotheker in den Verkaufsraum, um den Hals noch die Serviette und Bratensoße in den Mundwinkeln. «Was wollt Ihr, gute Frau? Habt Ihr keinen Mann zu Hause, dem der Magen knurrt?»

Jutta zog ein bekümmertes Gesicht. «Doch, das habe ich. Oder besser gesagt, das hatte ich. Nun liegt er krank darnieder und der Medicus hat kommen müssen. Es geht zu Ende, sagt der, nur eine Hoffnung gäbe es noch.»

«Braucht Ihr ein Kraut? Was hat er denn, der Eure?»

Jutta rang sich ein Schluchzen ab. «Die Auszehrung hat er. In der Nacht muss er husten, dass es klingt, als säße der Höllenhund in seiner Brust.»

«War schon Blut dabei? Beim Husten meine ich?»

Jutta machte eine unbestimmte Kopfbewegung, dann beugte sie sich über den hölzernen Apothekertisch und legte einen blitzblanken Goldgulden darauf. «Der Medicus hat mich zu Euch geschickt», flüsterte sie. «Er sagt, Ihr wüsstet ein sicheres Mittel. Am Geld soll's nicht liegen. Er ist ein guter Mann, müsst Ihr wissen.»

Der Apotheker wischte sich mit der Serviette die Bratensoße vom Mund. «Was hat er genau gesagt, der Medicus? Hat er etwas empfohlen?»

«Wartet, ich habe es aufgeschrieben.» Sie kramte umständlich einen Fetzen Papier aus ihrer Rocktasche und las stockend ab. «Sanguis hominis und ein Töpfchen Armesünderfett», raunte Jutta. «Er sagt, Ihr wüsstet dann schon.»

«So, so, das hat er also gesagt, der Medicus.»

Jutta nickte.

«Und wisst Ihr auch, was das ist, das Sanguis hominis und das Armesünderfett?»

Jutta riss die Augen auf und presste eine Hand auf ihr Herz. «Ich bin eine einfache Frau. Mit ausländischen Sprachen kenne ich mich nicht aus. Es heißt, habe ich gehört, dass die Gelehrten allen Dingen seltsame Namen geben. Ich denke mir, es handelt sich vielleicht um Thymian oder eine Salbe mit Thymian darin.»

Der Apotheker sah Jutta prüfend an, und die Geldwechslerin trug ihr Sonntagsmessengesicht zur Schau.

«Na gut», erklärte der Apotheker. «Der Medicus hat recht. Ich werde Euch die Mittel für den Euren herstellen.»

Jutta riss wieder die Augen auf und guckte kuhdumm. «Kann ich sie nicht gleich mitnehmen? Der Meine, er quält sich sehr.»

«Gut Ding will Weile haben», belehrte sie der Apotheker. «Ich bin schließlich kein Kräuterweib. Ich muss abmessen und abkochen und auswiegen und die Rezepturen zusammenstellen. Das braucht viel Aufmerksamkeit und ein großes Wissen über Mensch und Natur. Bescheidet Euch und kommt morgen wieder.»

Er grabschte nach dem Gulden und steckte ihn in sein Wams. «Für das Geld da kriegt Ihr ein Töpfchen Armesünderfett. Für das Sanguis hominis müsst Ihr noch einmal in die Tasche greifen. Ihr versteht, ich muss kostbare Ingredienzien verwenden, die ich höchstselbst anmischen muss. Der Rohstoff dafür kommt von weit, weit her, ich muss ihn erst besorgen. Der Eure ist Euch das doch wert, oder?»

Jutta Hinterer nickte eifrig, versprach einen weiteren Gulden und verließ die Apotheke.

Als Richter Blettner zurück ins Malefizamt kam, wartete der lutherische Pfarrer Küttler schon auf ihn.

«Wer hat Euch herbefohlen?», fragte Blettner.

«Der Schultheiß. Zum Glück schickte er einen Schreiber und ließ mich nicht von den Bütteln vorführen.»

«Warum sagt Ihr ‹zum Glück›? Habt Ihr denn etwas zu befürchten?»

Der Pfarrer schüttelte den Kopf. «Ich habe nichts Unrechtes getan. Aber unser Glauben ist neu. So manchem passt nicht, wie wir reden.»

Blettner nickte und sperrte seine Tür auf. «Kommt herein und berichtet. Den Schreiber rufe ich später dazu, wenn Euch das recht ist.»

Der Pfarrer seufzte erleichtert auf. «Ich werde Euch Rede und Antwort stehen, wie es sich für einen guten Christen gehört. Aber nun sagt mir endlich, warum ich hier bin.»

Blettner setzte sich und machte Küttler ein Zeichen, ebenfalls Platz zu nehmen. «Es geht um das Findelhaus, Pfarrer. Was wisst Ihr darüber?»

Der Pfarrer seufzte tief auf. «Das Findelhaus, ja. Es drückt mir aufs Gewissen. Vater Raphael ist gewiss nicht der beste Mann, mit Kindern Umgang zu haben. Auch sein Weib ist zu hart, wenn Ihr mich fragt. Aber wer soll diese Arbeit sonst tun? Sie wird schlecht bezahlt, Feierabend und Sonntage gibt es nie. Die Kinder müssen immer betreut werden. Und so manch ein Schlingel ist unter ihnen. Hat er was angestellt, der Vater Raphael? Ihr wisst schon, dass ich für das Seelenheil der Findlinge zuständig bin.»

«Und genau deshalb seid Ihr auch hier, Küttler. Sagt, die Findlinge, wie sind sie so?»

Der Pfarrer zuckte mit den Achseln. «Kinder eben. Zu meiner Zeit waren sie besser geraten, aber dies, hörte ich, sagt ein jeder, der erwachsen geworden ist. Sie sind still und falten die Hände, wenn es nottut. Sie kennen das Vaterunser, sitzen ansonsten in den hinteren Bänken und mucksen kaum. Zucht und Ordnung hat Vater Raphael ihnen schon beigebracht. Allein, ich frage mich, ob es ihnen an Liebe mangelt.»

«Ist Euch an den Kindern sonst irgendetwas aufgefallen?»

Küttler stülpte die Unterlippe vor und dachte nach. «Eigentlich nicht. Manche sind ein wenig blass. Zweimal ist mir schon eines während der Predigt eingeschlafen. Aber sonst?» Er schüttelte den Kopf.

«Wann wart Ihr zum letzten Mal im Findelhaus?»

«Jeden Freitag gehe ich dorthin. Das Mittagessen nehme ich mit den Kindern ein.»

«Was gab es am letzten Freitag zum Essen?»

Der Pfarrer runzelte die Stirn. «Warum fragt Ihr all das? Wollt Ihr mir nicht endlich sagen, worum es geht?»

«Ich stelle hier die Fragen, weil es zu meinem Beruf gehört. Und Ihr antwortet mir bitte nach bestem Wissen und Gewissen darauf.» Obwohl Richter Blettner freundlich gesprochen hatte, war die Schärfe in seiner Stimme doch nicht zu überhören gewesen.

«Würste gab es. Für die kleinen Kinder ein halbes Würstchen, für die Großen ein ganzes. Dazu Sauerkohl und Roggenbrot.»

«Hat es geschmeckt?»

Der Pfarrer verzog den Mund. «Im Vertrauen, Richter, die Meine daheim kocht allemal besser. Das Kraut, mir schien, als schmeckte es ein wenig gegoren. Und die Würstchen? Na ja, meine Hand lege ich nicht ins Feuer, dass sie wahrhaftig von einem Rind stammen. Aber sonst war es in Ordnung.»

«Wann gab es zuletzt ein Neugeborenes im Findelhaus?»

Küttler musste nicht lange überlegen. «Vor gar nicht langer Zeit. Gar nicht lange her ist das. Es lag auf meiner Kirchenschwelle. Da mein Weib schon vier davon zu Hause hat, habe ich's ins Findelhaus getragen. Am nächsten Tag kam ein Ehepaar aus der Nachbarschaft. Gute, rechtschaffene Leute. Die wollten das Kind. Also habe ich nach dem Advocaten rufen lassen und gemeinsam mit Vater Raphael das Kind zu seinen neuen Eltern gebracht.»

«Wie viel haben die dafür bezahlt?»

«Bitte? Ich verstehe Euch nicht.»

«Ihr versteht mich sehr gut, Pfarrer. Wie viel Geld gab Euch das Ehepaar für das Kindchen?»

Pfarrer Küttler wurde rot. «Wir verkaufen keine Kinder. Das ist gegen jedes Recht und jede Moral.»

«Das weiß ich auch», bestätigte Blettner. «Also? Wie viel?»

Pfarrer Küttler rutschte unbehaglich auf seinem Stuhl hin und her. «Unsere Kirche, sie braucht ein neues Dach. Auch das Gestühl ist morsch. Wir vom neuen Glauben besitzen keine Pfründe wie die Altgläubigen. Niemand schuldet uns einen Zehnt, und eine Steuer gibt es für uns auch nicht. Alles müssen wir uns selbst beschaffen. Das ist nicht gerecht. Hätte der Rat schon entschieden, dass Frankfurt lutherisch ist, müssten wir nicht betteln gehen.»

Blettner seufzte. «Was also habt Ihr im Namen Gottes und Luthers von den braven Eheleuten für Euern Glauben erbettelt?»

«Zehn Gulden.» Die Worte waren nicht lauter als ein Hauch.

«Was?» Blettner fuhr hoch. «So viel Geld? Dafür bekommt man drei Schafe.»

Küttler zuckte mit den Achseln. «Zehn Gulden. Sie gaben es freiwillig, das schwöre ich. Und mein Weib hat alles genau in unserem Kirchenhaushaltsbuch vermerkt. Ihr könnt es gerne nachprüfen.»

«Das werde ich, mein Lieber. Das werde ich. Und jetzt sprecht mit mir über die Kinderarbeit im Findelhaus.»

Der Pfarrer riss die Augen auf. «Kinderarbeit? Im Findelhaus? Davon weiß ich nichts!»

Blettner nickte. «Und was, mein Lieber, glaubt Ihr, dass die Kinder den ganzen Tag tun?»

«Sie ... sie werden wohl spielen. Wie ... wie die anderen Kinder auch. Vielleicht mit einem Lumpenball.» Er verstummte und rang die Hände. «Kann sein, dass das

Weib sich manchmal die Großen herannimmt, um zu helfen, das Haus zu putzen.»

«Das Haus putzen?»

Küttler nickte. «Ich sagte ja schon, es gibt kaum einen, der für die paar Groschen dort arbeiten will. Alles können Vater Raphael und seine Frau auch nicht tun. In einem Handwerkerhaushalt ist es überdies nicht anders. Auch da müssen die Kinder mit anpacken.»

«Kennt Ihr alle Gebäude dort?»

Der Pfarrer schüttelte den Kopf. «Ich kenne das Haupthaus. Vater Raphael verwaltet die Findelei eigenständig. Es müsste ihm wie Misstrauen scheinen, würde ich Einblick hinter jede Tür verlangen.»

«Da habt Ihr wohl recht.»

«Ja, und die Bezahlung ...»

«... ist schlecht, das habe ich mittlerweile verstanden. Eine letzte Frage habe ich noch. Habt Ihr jemals jemanden im Findelhaus gesehen, der dort nicht hingehört?»

Küttler hob die Augenbrauen. «Wie meint Ihr das?»

«Ich meine nicht den Milchmann oder den Medicus. Ich meine auch nicht die Ratsherren, falls sich jemals einer dort hinverirrt hat. Ich meine damit Leute, die offensichtlich nichts in einem Findelhaus zu schaffen haben.»

Der Pfarrer dachte nach. «Manchmal sehe ich den einen oder anderen Handwerker. Einmal war ein Brunnenputzer dort. Ein anderes Mal eine Näherin.»

«Gibt es jemanden, den Ihr schon zweimal da gesehen habt?»

Küttler nickte. «Der Weber Glänzer, ja, der ist oft dort. Und bei dem habe ich mich auch schon gefragt, was er da will. Er ist nämlich von Eurer Seite des Mains. Und dabei gibt es bei uns in Sachsenhausen auch einen.»

Richter Blettner läutete mit der Glocke nach dem Schreiber, dann wandte er sich an den lutherischen Pfarrer. «Ich fürchte, Ihr werdet ein paar Nächte im Verlies bleiben müssen. Aber seid nicht bange, für Unterhaltung ist dort gesorgt. Pater Nau, der katholische, ist auch im Verlies.»

Küttler riss die Augen auf. «Aber warum denn? Ich habe doch nichts getan!»

«Seht es als Schutzhaft an, mein Lieber. Ich schütze Euch damit sozusagen vor Euch selbst.» Er legte einen Finger auf seine Lippen. «Versteht Ihr, was ich damit sagen will?»

KAPITEL 23

Gustelies hatte gekocht, als würde sie ganze Regimenter zum Essen erwarten. Kochen war das Einzige, das sie beruhigte. Und Beruhigung brauchte sie dringend. Pater Nau litt an Auszehrung. Ihr Schwiegersohn Heinz weigerte sich, den Vorgängen im Findelhaus ein rasches Ende zu bereiten. Und noch immer war derjenige nicht gefasst, der junge Frauen skalpierte. Über die Beweggründe dieses Unholdes wagte Gustelies gar nicht nachzudenken. Also kochte sie. Zunächst eine Brühe aus Lamm, Schwein und Rind. Sie mischte Wasser mit einer Kanne Wein, gab die Knochen und Fleischstücke, ein paar Pfefferkörner und vier zerkleinerte Zwiebeln in den Kessel. Dann setzte sie den Kessel aufs Feuer und ließ die Sachen langsam vor sich hin köcheln.

Lange hatte Gustelies überlegt, was sie als Braten vorsetzen sollte. Ihr Haushaltsgeld war aufgebraucht, der Pater saß im Verlies, und sie hatte einfach keine Zeit gehabt, einen guten Hasen in der Schlinge zu fangen. Also hatte sie sich in ihrer Not an den alten Rudolf gewandt. Er war Fallensteller und kannte das Verlies in der Warte wahrscheinlich besser als seine Kate. Gustelies vermied es selbstverständlich, in etwaige Criminalia wie zum Beispiel Wilddieberei verwickelt zu werden, aber heute war es einfach nicht anders gegangen. Rudolf hatte ihr ein Dutzend

Wachteln gegeben, und Gustelies hatte ihm versprechen müssen, dass Pater Nau beim himmlischen Vater für den Wilddieb ein gutes Wort einlegte. Himmlischer Lohn sozusagen.

Jetzt stand Gustelies in der Küche des Pfarrhauses, wusch die Wachteln, streute Salz und Pfeffer auf die mageren, gerupften Viecher, legte sie nacheinander auf die dürren Brüste und ließ ihren Handballen darauf fallen, dass die Wachtelknochen krachten. Dann führte sie einen Bratspieß durch das Wachtelhinterteil bis zum Schlund hinaus, spießte die Unterschenkel auf einen kleineren Spieß, sagte «So!» und wandte sich dem nächsten Vogel zu, bis endlich das ganze Dutzend über dem offenen Herdfeuer hing.

Währenddessen schnitt sie frisches Roggenbrot in dicke Scheiben, stellte ein Töpfchen Butter und ein Fässchen Salz auf den Tisch. Als sie Teller, Becher und Besteck schön angeordnet hatte, klopfte es an der Pfarrhaustür, und gleich darauf stürmten Hella und Jutta die Küche.

Kurz danach erschien der Richter, der Bruder Göck im Schlepptau hatte.

Die Mahlzeit verlief beinahe schweigend, nur hin und wieder unterbrochen von der Bitte nach dem Salzfass oder dem Buttertöpfchen. Erst als das Mahl beendet, der Tisch abgeräumt und die Weinbecher gut gefüllt waren, schlug Gustelies leicht mit der flachen Hand auf den Tisch. «So, wir müssen endlich etwas tun. Der Pater stirbt uns unter den Fingern weg, und in der Stadt geht ein grausamer Verbrecher um. Außerdem sind da noch die Findelkinder. Heinz, meine Geduld ist am Ende. Wir müssen etwas tun.»

Heinz nagte noch immer an dem Wachtelknochen. «Wir tun, was wir können», murmelte er.

Jutta reckte sich. «Ich habe etwas herausgefunden. Beim Apotheker Schwarzhaupt war ich.» Sie senkte die Stimme und beugte sich ein wenig nach vorn. «Er handelt mit Medikamenten, die er aus Leichen herstellt. Menschenblut und Menschenfett. Er nennt es Sanguis hominis und Armesünderfett.»

«Er macht was?» Hella schüttelte sich.

«Jetzt stell dich nicht so an», beschied Gustelies ihr. «Medizin aus Leichenteilen wurde und wird zu allen Zeiten verkauft. Natürlich nur unter dem Ladentisch. Hast du etwa noch nie gehört, dass frisches, möglichst noch warmes Menschenblut als Lebenselixier sehr kostbar ist? Es soll auch gegen die Tollkrankheit helfen, gegen Auszehrung, die Franzosenkrankheit, kurz, gegen alle Übel der Menschheit. Manche Henker mischen das frische Blut von Enthaupteten mit Sand und verkaufen den Heilsand dann heimlich.»

«Unser Henker auch?», fragte der Richter und schaute verblüfft drein.

Jutta und Gustelies zuckten mit den Achseln. Hella aber wurde ein wenig bleich. «Die Henkersfrau war heute bei Minerva, der Kräuterfrau aus der Vorstadt. Ich habe gehört, wie die Henkerin ihr Leichenwasser und Fett angeboten hat.»

Jutta verlor ebenfalls ihre Gesichtsfarbe und wischte verstohlen an ihren Wangen herum. «Du kennst die Minerva?», fragte sie.

Hella nickte.

«Wer ist das?», fragte der Richter streng. «Und was habt ihr mit diesem Weib zu schaffen?»

Jutta achtete nicht auf ihn, sondern fragte Hella mit Nachdruck: «Hat sie dir von der Jungbrunnensalbe berichtet?»

Hella schüttelte den Kopf. «Tropfen zur Verdauung hat sie mir gegeben. Und eine Salbe aus Nachtkerzenöl für die Haut.» Sie sah unsicher zu ihrer Mutter.

Gustelies winkte ab. «Die kannst du ruhig nehmen. Die Mittel sind harmlos, bewirken nur Gutes. Aber was um Himmels willen ist in der Jungbrunnensalbe?»

«Ich weiß nicht, wovon ihr redet», mischte sich Blettner noch einmal ein, doch die Frauen beachteten ihn nicht.

Jutta murmelte nur: «Zur Messe hat mir mal einer was verkaufen wollen. Pinguedo hominis nannte er es. Menschenfett. Es war in Tonkrügen aufbewahrt, in Lorbeer- und Nussblätter eingehüllt. Kühl sollte ich es stellen. Er sagte, die Medici nähmen es zur Behandlung von Gicht, Knochenreißen, Schwindsucht, Auszehrung und zur Entgiftung. Und heute bin ich nun durch unseren Medicus zu einem Apotheker geschickt worden, der ebenfalls Menschenblut und Menschenfett verkauft.»

«Neu ist das nicht», erklärte Blettner nun. «Alle Apotheker und die meisten Henker handeln mit diesen Dingen, wenn auch unter der Hand.»

Jutta kramte in ihrem Weidenkorb und holte ein in Ölpapier gewickeltes Päckchen hervor. «Hier!», sagte sie. «Das ist ein Pfund Armesünderschmalz. Vom Apotheker. Wir sollen es unserem Pater auf die Brust schmieren gegen seine Auszehrung. Und genau das werde ich auch tun. Ich bin sicher, es wird helfen. Und das ist auch gar nicht die Frage.»

«Wie lautet denn die Frage?», wollte Hella wissen.

Jutta hob den Finger. «Die Frage lautet, woher der Apotheker das Leichenzeugs hat. So wie ich den Henker verstanden habe, gab es in der letzten Zeit keine Leichen außer der Toten vom Main und dem Skelett aus dem Wald.»

Der Richter winkte ab. «Das kann schon älter sein. Es war sehr kalt, hat sich bestimmt vom Herbst her gehalten.»

Bruder Göck, der bis jetzt geschwiegen hatte, meldete sich zu Wort:

«Leber, warm vom Lästerjud,
Nas vom Türk, Tatarenohrn;
Hand vom Kind, erwürgt mit Schnur,
Dreckgeborn von einer Hur,
Macht die Brühe prächtig pur.»

«Antoniter!», brüllte Gustelies. «Nicht in einem Pfarrhaus. Woher kennt Ihr überhaupt solche Sprüche?»

Bruder Göck kicherte. «Keine Vorwürfe bitte. Leute, die einen Geistlichen ins Hurenhaus schicken, sollten so etwas um ihres Seelenheils willen nicht tun. Aber ich war nicht immer in Frankfurt Antoniter. Als Novize war ich in Grünberg im Vogelsberg. Dort, wo sich Hase und Wolf gute Nacht sagen. Da gab es keine Ärzte, nur uns Mönche. Und der, der für den Kräutergarten zuständig war, Bruder Gabriel, der hat aus Menschenblut sogar Lattwerch gekocht.»

«Ihhh!», rief Hella und schüttelte sich. Jutta und Gustelies verzogen den Mund.

Blettner aber hatte nicht richtig zugehört. Er hob jetzt den Finger wie ein Schulmeister und sagte: «Die Frage ist nicht, ob Leichenzeugs oder nicht, sondern woher das Leichenzeugs stammt. Jutta – ich sage es wirklich nicht gern – hat recht. Unser Henker mag Menschenfett und

Leichenwasser verkaufen, aber frisches Menschenblut hatte er in den letzten Monaten nicht.»

Am Tisch herrschte für einen Augenblick Stille.

Dann raunte Gustelies leise: «Also ist der Apotheker der Mörder?»

Blettner schüttelte den Kopf. «Dann wären die meisten Apotheker Mörder. Sie haben doch alle so etwas. Wir müssen herausfinden, wer ihnen in letzter Zeit frisches Blut geliefert hat.»

«Und du glaubst, sie werden reden?» Jutta schüttelte den Kopf. «Damit stellen sie sich doch selbst an den Pranger. Leichenschändung. Ihr wisst schon. Jeder hier in der Stadt weiß, dass es gemacht wird, obwohl es verboten ist, aber niemand spricht darüber.»

Am nächsten Morgen schleppte Gustelies Eimer mit heißem Wasser und Seifenlauge in die Sakristei. Der Pater hatte ihr gestanden, dass er die Skalpe in der Truhe mit der Weihnachtskrippe versteckt hatte, und nun wollte Gustelies dem armen Jesuskind wieder ein sauberes Zuhause verschaffen. In ihrer Kittelschürze steckten zwei halbe Zwiebeln, ein Krug mit Essig und ein paar Eierschalen.

Doch ihre Gedanken drehten sich weder um den Frühjahrsputz noch um den Pater, sondern um die Toten und die Kinder im Findelhaus.

Zuerst rieb sie mit den Zwiebelhälften die Fenster der Sakristei von Fliegendreck sauber, dann zerbröselte sie die Eierschalen in den Abendmahlskelch, gab einen Schuss Essig dazu und hoffte, die Gerätschaften würden bis zum nächsten Morgen in hellem Glanz erstrahlen.

Zum Schluss schrubbte sie die Krippenfiguren mit Seifenlauge, wartete, bis sie getrocknet waren, und rieb sie danach mit Bienenwachs ein.

Nach zwei Stunden strahlte die Sakristei wie neu, und es roch nicht mehr nach merkwürdigen Dingen, sondern vor allem nach Bienenwachs und Sauberkeit. Aber Gustelies war über der Arbeit nicht ruhiger geworden. Die schlimmen Gedanken, die Sorgen trieben sie um. Was sollte sie nur tun? Sie fühlte sich so hilflos. Meine Güte, so hilflos hatte sie sich nicht einmal gefühlt, als Klärchen Gaube den Kuchenwettbewerb gewonnen hatte.

Klärchen Gaube. Die gute Haut. Ihr Name lag Gustelies auf der Zunge wie ein Stück verdorbenes Fleisch. Klärchen Gaube. Mit einem Mal durchzuckte sie ein Gedanke. Beherzt griff sie nach dem Wischeimer, goss die Seifenlauge über die Kirchenstufen, eilte in die Küche, zog ihr bestes Kleid an und machte sich auf den Weg.

Als Heinz Blettner an diesem Morgen das Henkershaus erreichte, war Eddi Metzel schon da.

Er stand mit müden Augen neben dem großen Tisch in der Leichenhalle. Auf dem Tisch lagen lose Knochen. Beinahe sah es aus wie ein Skelett, doch die Rippen waren nur unvollständig erhalten, außerdem fehlten ein Schienbein, ein paar Fingerknochen und ein Knöchel.

«Und?», fragte der Richter. «Zu welchem Ergebnis bist du gekommen?»

«Hmm», machte Eddi Metzel, hob den Totenschädel hoch und ließ dessen Gebiss mit einem klackenden Geräusch aufklappen.

Der Schreiber schüttelte sich und drehte das Gesicht zur Wand.

«Also? Ich höre?»

«Hmm», wiederholte Eddi und leuchtete mit einer Kerze in das Gebiss des Schädels. «Interessant.»

«Was ist so interessant?»

«Wie?» Endlich schreckte Eddi auf und ließ das Gebiss mit einem Knall zufallen.

«Was hast du herausgefunden, Herrgottnocheins? Ist das da männlich oder weiblich?»

«Das da war mal eine Frau. Und wenn du mich fragst, dann war sie noch ziemlich jung. Da, der Schädel, siehst du? Bei einer Erwachsenen wäre das alles zu, hier ist aber noch ein Spalt offen. Ich schätze sie so zwischen fünfzehn und zwanzig Jahren. Ganz grob. Die Zähne passen auch in das Altersbild.»

«War sie schwanger?»

Eddi hob die Schultern. «Ich habe keine Ahnung. Aber wenn sie schon Kinder hatte, dann waren das keine leichten Entbindungen, so schmal, wie das Becken ist.»

Blettner seufzte. «Wir sind also keinen Schritt weiter. Wir wissen nur, dass die Leiche eine Frau von ungefähr fünfzehn bis zwanzig Jahren war. Hast du herausfinden können, woran sie gestorben ist?»

«Auch das nicht, tut mir leid. Das Skelett ist, soweit vorhanden, in Ordnung. Sie könnte ertrunken, erstickt, erfroren oder vergiftet worden sein. Vielleicht war sie aber auch krank. Ein schlimmes Fieber, ein Herzfehler, was auch immer.»

Blettner seufzte noch einmal, dieses Mal aber sehr viel lauter. «Himmelnocheins, kommen wir denn wirklich keinen Schritt weiter?»

Er drehte sich zu dem Schreiber um. «Was hast du gestern in Erfahrung gebracht? Wird wer vermisst?»

Der Schreiber drehte sich um, senkte die Blicke auf

den Boden. «Ein altes Weib, ein Junge von fünf Jahren, ein Mann in bester Blüte und dann noch die, von der wir schon wissen.»

«Aha. Von wem wissen wir schon?»

Der Schreiber holte tief Luft. «In Vilbel wird eine junge Frau vermisst. Sie soll auch schwanger gewesen sein. Aber keiner hat sich als Vater dazu bekannt. Wie auch? Es heißt, sie hatte einen Wolfsrachen. Wahrscheinlich ist sie ins Wasser gegangen.»

Blettner nickte.

Aber Eddi Metzel stand plötzlich da, als wäre der Blitz in ihn gefahren. «Einen Wolfsrachen sagst du?»

«Ja, so hieß es. Einen Wolfsrachen. Manche sagen auch Hasenscharte dazu. Wie auch immer, sie war wohl hässlich wie die Nacht. Und niemand konnte sich vorstellen, dass es überhaupt einen Mann gab, der so eine schwängert.»

«Hach, Schreiber! Du bist nicht besser als die Mägde am Brunnen», klagte der Richter wieder einmal.

«Ein Wolfsrachen. Ja, das ist es!», murmelte Eddi vor sich hin.

«Was ist was?»

«Die Leiche. Der Schädel. Hier, sieh selbst.»

Er nahm den Schädel wieder auf und leuchtete mit der Kerze in das offene Gebiss. «Siehst du das?», fragte er den Richter.

«Ich sehe nur Knochen. Und dort einen Spalt.»

«Ja. Und jetzt weiß ich endlich auch, was dieser Spalt zu bedeuten hat. Es ist ein Wolfsrachen!»

Blettner fuhr zurück. «Willst du damit sagen, dass die Tote aus dem Wald vermutlich die schwangere junge Frau mit dem Wolfsrachen aus Vilbel war?»

«Ja», bestätigte Eddi Metzel. «Das meine ich. Und es

wäre gut möglich, dass der zweite Skalp ihr gehört. Welche Haarfarbe hatte sie noch einmal?»

Der Schreiber blätterte in seinen Unterlagen. «Mittelblond», sagte er. «Ihre Mutter hat ausgesagt, ihr Haar hätte ausgesehen wie ein Ascheimer. Mittelaschblond also.»

«Und der zweite Skalp war ebenfalls von einem aschigen Blond», fügte Blettner hinzu.

KAPITEL 24

Hella strich ruhelos durch ihr Haus. Sie rückte hier ein Deckchen zurecht, zupfte da an einem Kissen, schaute aus dem Fenster, wandte sich enttäuscht ab und sah nach der Magd, die in der Küche wirtschaftete. «Ist was einzukaufen?», fragte sie.

Die Magd schüttelte den Kopf. «Immer noch nicht, Herrin. Ihr fragt jetzt schon zum dritten Mal. Die Vorratskammer ist gut gefüllt, die Wäsche liegt eingeweicht im Zuber, der Korb mit den Stopfsachen steht dort auf der Küchenbank.»

«Hmm», murmelte Hella und ging zurück nach oben, schob einen Kerzenständer zurecht, rückte mit dem Fuß einen Läufer gerade, schaute aus dem Fenster und wandte sich enttäuscht ab. Dann kniete sie sogar vor einem gemalten Bild der Heiligen Jungfrau nieder und betete. Am Schluss ihrer Fürbitte sagte sie: «Und schütze auch Pater Nau, der an Auszehrung leidet.»

Es war, als hätte dieser Satz eine Schleuse in ihr geöffnet. Sie sah ihren geliebten, mürrischen Onkel vor sich. Ein kleiner, dünner Mann mit kindlichen blaugrünen Augen, die meist verwundert in die Welt schauten. Pater Nau mit seiner grämlichen Miene und Worten, die die Schlechtigkeit der Welt beklagen. Das Paterchen, ihr Paterchen, das versucht, heimlich eine volle Weinkanne in sein Studierzimmer zu schleppen. Der Pfarrer in der schwarzen Soutane, der mit brennenden Augen und ausholenden Gesten die armen Sünder der Stadt zu bekehren versucht. Ihr Onkel, der mit bloßen Füßen in dicken roten Wollsocken am Küchentisch sitzt und über Gustelies' Reden kichert.

Hella hatte nicht gewusst, wie sehr sie an ihrem Onkel hing, doch jetzt, mit einem Mal, wurde ihr klar, dass er ihr beinahe ein Vater war. Den eigenen, Richter Kurzweg, hatte sie viel zu früh verloren. Noch nicht einmal zehn Jahre alt war sie gewesen, als er starb. Von da an hatte Pater Nau sich ihrer angenommen. Und jetzt lag er elend in seinem Verlies, und nur Gott allein wusste, wie es mit ihm weitergehen würde.

Ich muss zu ihm, dachte Hella. Das Bedürfnis, ihren Onkel zu sehen, war plötzlich übermächtig. Sie stand auf, holte ihr rotes Kleid aus dem Schrank und mühte sich, hineinzukommen. Aber ihr Leib war mittlerweile so gewachsen, dass sie das Kleid kaum über Busen und Bauch bekam. Jetzt steckte sie fest, die Arme nach oben gereckt, den Kopf im Stoff und Schultern und Brustansätze wie eingeschnürt. Hella war gefangen. Sie rief, nein, sie brüllte nach der Magd, die alsbald mit ihren Holzpantinen die Treppe heraufgeklappert kam.

«Um des Herrgotts willen, Herrin, was macht Ihr da?», fragte sie erschrocken.

«Ich will als Jahrmarktsgauklerin auftreten, was denkst du denn? Hilf mir aus dem Kleid, du siehst doch, dass ich feststecke.»

Die Magd zerrte, die Nähte krachten, aber endlich war Hella aus ihrem Gefängnis befreit. «Schnell, hol mir das blaue. Ich habe es eilig.»

Die Magd gehorchte, brachte das blaue Kleid, doch ihre Miene zeigte deutlich an, dass sie nicht glaubte, Hella würde dort hineinpassen.

Auch Hella hatte Zweifel. «Und jetzt? Was soll ich jetzt tun? Alle meine Kleider sind endgültig zu eng.»

«Habt Ihr keinen Kittel?», fragte die Magd. «Einen leinenen Kittel, wie wir sie tragen.»

Hella rümpfte die Nase. «Einen habe ich noch, aber auch der ist zu eng.»

Ihre Blicke klebten am Kittel der Magd. Der war aus einfachem blauen Tuch und an einigen Stellen schon gestopft. Außerdem prangte ein Hafergrützefleck mitten auf der Brust.

Die Magd wich zurück, verschränkte ihre Arme. «Nein», sagte sie leise. «Nicht meinen. Was soll ich dann tragen?»

«Rede nicht», befahl ihr Hella. «Das ist ein Notfall. Zieh das Ding aus.»

Die Magd begann schon einmal vorsorglich zu zittern, obwohl der Kachelofen im Zimmer gut geheizt war.

«Stell dich nicht an.» Hellas Stimme wurde schärfer. «Zieh dein Kleid aus und nimm dir meinethalben ein Kleid von mir. Es muss ja nicht unbedingt mein Bestes sein.»

«Das rote?» Die Magd hörte zu zittern auf.

Hella seufzte. «Na gut.»

«Kann ich es behalten, oder muss ich es zurückgeben, wenn Ihr keinen Bauch mehr habt?» Die Magd blickt entschlossen drein. Hella dachte an die zerrissenen Nähte und daran, dass Heinz ihr ruhig mal wieder ein neues Kleid beim Gewandschneider spendieren könnte.

«Gut», sagte sie. «Du kannst es behalten, aber dafür bekomme ich noch deine Holzpantinen. Meine Füße sind geschwollen, ich passe nicht mehr in die Stiefel.»

Hurtig schlüpfte die Magd aus dem Kittel und aus den Pantinen und drehte sich schon im roten Kleid vor dem Spiegel.

«Hilf mir!», donnerte Hella.

Die Magd presste Hellas Bauch in den Kittel, schob ihre Füße in die Pantinen.

«Und jetzt geh und sieh, ob wir etwas haben, das ich Pater Nau mit ins Verlies nehmen kann. Etwas Stärkendes.»

Die Magd nickte und wirbelte aus dem Zimmer.

Hella besah sich im Spiegel. Das blaue Tuch machte ihre Haut blass. Die Augenringe zeigten violette Ränder, ihre Lippen wirkten blutleer. Die Holzpantinen waren ihr zu groß, sodass ihre Füße darin herumrutschten. Ich sehe aus wie eine Magd, die man verstoßen hat, dachte sie. Na, wenigstens wird mich niemand erkennen.

Sie stakste die Treppe hinab, ließ sich von der Magd in deren weiten, abgewetzten Umhang helfen, wickelte sich noch ein grobes Tuch um den Hals und verließ, den Henkelkorb über dem Arm, das Richtershaus.

An der Ecke standen zwei Nachbarinnen, die Weidenkörbe mit den Einkäufen zu Füßen, und tratschten.

Hella lächelte leise in sich hinein, zog sich die Kapuze tief ins Gesicht und drückte sich an den Frauen vorbei.

«Kannst du nicht aufpassen, du Trampel von einer Magd! Hättest mir bald den Korb umgestoßen!», rief eine der Nachbarinnen wutentbrannt. Hella kicherte leise und hob zur Entschuldigung die Hand.

Dann mühte sie sich durch die Gassen zur Warte. In der Nacht hatte es ein wenig geregnet, das Kopfsteinpflaster war nass und glitschig. Hella setzte vorsichtig einen Fuß vor den anderen, jeden Augenblick darauf gefasst, auszurutschen. Sie umkreiste ein welkes Kohlblatt, stieß eine Katze, die sich an ihr reiben wollte, mit dem Fuß zur Seite, wurde von einem Kutscher beschimpft, um ein Haar mit Wischwasser begossen und hatte endlich, vor Anstrengung keuchend, das Verlies erreicht.

Erschöpft lehnte sie sich kurz an die Mauer, um zu Atem zu kommen. Sie presste eine Hand auf ihr wild schlagendes Herz, den Korb zwischen die Füße geklemmt.

Ein Mann, nicht alt und nicht jung, nicht dick und nicht dünn, mit Haaren von unbestimmter Farbe und Augen, die keinerlei Eindruck hinterließen, grüßte sie.

Hella war der Meinung, diesen Mann noch nie gesehen zu haben, doch sie wusste auch, dass der Eindruck täuschen konnte. Er hatte ein so nichtssagendes Allerweltsgesicht, dass er ihr gleichzeitig vollkommen fremd und vertraut wie ein alter Hauslatsch erschien.

«Gott zum Gruße», sagte er.

«Euch auch Gottes Segen», erwiderte Hella.

«Es ist kalt heute, nicht wahr?»

Hella zuckte mit den Achseln. Ihr war glühend heiß unter dem groben Umhang. «War schon schlimmer. Der Frühling wird bald kommen.»

Der Mann lächelte freundlich und deutete auf ihren gewaltigen Leib. «Nicht nur der Frühling.»

Hella lächelte, legte eine Hand vorsichtig auf ihren Bauch. «Da habt Ihr wohl recht», sagte sie, konnte aber nicht verhindern, dass ein Seufzer aus ihrer Kehle stieg.

«Es ist nicht leicht in dieser Zeit, ein Kind zu bekommen. Besonders, wenn man keinen Mann dazu hat, nicht wahr?»

Hella wollte empört widersprechen, doch dann fiel ihr ein, dass sie wie eine Magd gekleidet war. Sie nickte und benutzte Pater Naus Lieblingsspruch. «Ja, das Leben ist ein Graus und die Erde ein Jammertal.»

«So ist es, so ist es. Sagt, habt Ihr einen Platz für das Kind?»

Hella seufzte noch einmal aus tiefstem Herzen. Es machte ihr jetzt Spaß, in die Rolle einer Magd zu schlüpfen. Sie setzte eine Leidensmiene auf und erwiderte mit dünner Stimme: «Vielleicht findet sich im rechten Augenblick ein Stall mit einer Krippe.» Insgeheim musste sie über ihre biblischen Worte kichern, aber der Mann sah sie mitleidig an. «Wovon wollt Ihr leben, Mädchen? Mit dem Säugling findet Ihr schwerlich eine Arbeit.»

Wieder seufzte Hella so theatralisch, wie sie nur konnte. «Ich vertraue auf den Herrn. Es gibt viele, die nicht säen und nicht ernten, aber der Herr ernährt sie doch.»

Der Fremde schien die Bibel ebenfalls zu kennen. Er nickte schwermütig und legte ihr seine überraschend feine Hand auf den Arm. «Schwer werdet Ihr es haben. Euer ganzes Leben lang. So viel Sorgen, so viel Leid für eine einzige Stunde Liebe.»

«Nun aber bleibt Glaube, Hoffnung, Liebe, diese drei; aber die Liebe ist die größte unter ihnen», entgegnete Hella und fügte in Gedanken hinzu: «Neues Testament, erster Korintherbrief, Kapitel dreizehn.»

«Aber das Leben, mein Kind, hat gezeigt, dass es für die Armen nicht so ist. Habt Ihr's noch nicht am eigenen Leib gespürt? Die Kälte und die Hartherzigkeit?»

«Doch, doch.» Hella nickte.

«Da kann man schon verstehen, dass so manche, der

es ging wie Euch, ins Wasser gegangen ist. Habt Ihr nie daran gedacht?»

In Hellas Kopf schwirrten die Gedanken plötzlich wie Bienen in einem Stock durcheinander. Ihr Körper spannte sich, als wittere sie Gefahr. Es waren weniger die Worte des Mannes, die sie entsetzten, sondern eher sein Blick, der mit einem Male etwas Lauerndes hatte.

Sie schlang den Umhang fester um sich. «Ich muss gehen», sagte sie. «Mein Onkel sitzt im Verlies. Ich muss schauen, wie es ihm geht.»

Der Mann nickte. «Ja, die Armen. Verlies, Verzicht, Verderben. Das ist ihr Los. Da scheint der Himmel doch für vieles eine Lösung zu sein.»

Hella erschauerte. Sie nahm ihren Korb in die eine Hand und betätigte mit der anderen den schweren Türklopfer der Warte.

Der Mann nickte ihr zu, dann ging er weiter, als hätte er es urplötzlich eilig. Hella sah ihm nach. Die Worte des Wärters erst holten sie aus ihren Gedanken.

«Was wollt Ihr? Wir haben keine freien Nachtlager.»

Hella wandte sich um. «Meinen Onkel will ich besuchen, Pater Nau.» Sie sprach die Worte so hoheitsvoll, dass der Wärter die Augen zusammenkniff. «Seid Ihr das, Richtersweib?»

Hella straffte die Schultern. «Wer denn sonst?»

Der Wärter schluckte. «Ich dachte, Ihr seid eines von den armen Dingern, die sich zum Gebären keinen anderen Rat mehr wissen, als im Verlies anzuklopfen.»

«Ach, ja? Gibt es so etwas?» Hella wunderte sich.

«Aber ja. Jede Menge. Und im Frühjahr besonders. Da kommen die, die sich im Sommer im Heu vergnügt haben und nun weder ein noch aus wissen.»

«Und nehmt Ihr sie auf?»

Der Wärter schüttelte den Kopf. «Nein, der Rat hat's verboten. Eine ist uns gestorben dabei, und dann wollte niemand die Schuld daran tragen. Eine andere hat sich heimlich weggeschlichen und uns ihren Säugling dagelassen. Jetzt hat der Rat dem einen Riegel vorgeschoben.» Er deutete auf das massive Türschloss und kicherte über seinen Witz.

«Und was geschieht mit den Frauen, die Ihr wegschickt?», wollte Hella wissen.

Der Wärter zuckte mit den Achseln. «Sie werden's anderswo versuchen.»

«Hm», machte Hella, spitzte den Mund und legte nachdenklich ihren Zeigefinger ans Kinn. «Sagt, draußen, vor der Tür, da hat mich einer angesprochen.»

«Er wird Euch gekannt haben. Niemand ist unhöflich zum Weib des Richters.»

«Nein, er hat mich nicht erkannt. Er dachte, ich wäre eine schwangere Magd, die im Verlies um ein Plätzchen nachsuchen will. Das wird mir aber jetzt erst klar. Er sprach immerzu vom Tod. So, als fürchtete er, ich würde ins Wasser gehen, wenn Ihr mir keinen Einlass gewährt. Habt Ihr den Mann schon einmal gesehen? Habt Ihr von ihm gehört? Er ist von durchschnittlicher Größe und Statur und hat ein Allerweltsgesicht.»

Der Wächter schüttelte den Kopf. «Das ist kein vornehmes Viertel hier, Richtersweib. Gesindel, wohin man schaut. Das Verlies steht nicht umsonst hier. Was vor den Toren geschieht, das darf mich nicht kümmern.»

KAPITEL 25

Hella erschrak beinahe ebenso sehr wie Pater Nau.

Der Pater fuhr von seinem Strohlager hoch, kreuzte die Finger und schrie: «Hinweg, hinweg, du Teufelsbrut. Was trägst du da im Bauch? Willst du mir diese Schuld anhängen?»

«Er ist im Fieber», erklärte der Wärter. «Da schreit er immer so. Geht ruhig näher, damit er Euch erkennt.»

Er steckte eine rußende Pechfackel in den Wandhalter, dann trat er neben das Strohlager und brüllte, dass seine Stimme durch den dunklen Bau schallte: «Eh, du da, du hast Besuch!»

Hella zog die Augenbrauen hoch. «Wie redet Ihr denn mit Pater Nau?! ‹Hochwürden› sagt man, wenn man ihn anspricht.»

«Mag sein, dass das für einen gilt, der auf der Kanzel steht. Hier drinnen ist er nur ein Gefangener», erwiderte der Wärter, dann ließ er Hella und den Pater allein.

«Onkel Bernhard, ich bin es. Erkennst du mich nicht?» Hella kniete sich neben das Strohlager auf den kalten, feuchten Steinboden. Mit einer Hand streichelte sie die Wange ihres Onkels, mit der anderen schob sie ihre Kapuze zurück.

«Ach, du bist es!» Die Stimme Pater Naus klang heiser und dünn. Gleich setzte ein Husten ein, bei dem der

Geistliche eine Hand auf die Brust presste und dabei ein Gesicht zog, als würde er in Stücke gerissen.

«Tut es so weh?», fragte Hella.

«Als ob der Höllenhund in meinem Inneren haust», erklärte Pater Nau mit fiebrigem Blick.

Hella reichte ihm den Wasserkrug, holte dann ein wenig Salbe aus dem Korb und bestrich die aufgesprungenen Lippen ihres Onkels damit.

Dann half sie Nau, sich aufzurichten. «Magst du etwas essen?», fragte sie. «Ich habe frisches Brot und gute Butter, dazu ein Stückchen Räucherwurst.»

Der Kranke schüttelte den Kopf. «Geh mir fort mit Essen. Ich behalt's ja doch nicht bei mir. Hast du Wein dabei?»

Hella schüttelte den Kopf. «Nein, keinen Wein. Nur einen Sud aus Lindenblüten und Thymian gegen deinen Husten.»

Pater Nau ließ sich gehorsam etwas davon einflößen, dann, nach einem erneuten Hustenanfall, fragte er: «Gibt es etwas Neues in der Stadt? Einen neuen Skalp vielleicht? Deine Mutter erzählt mir nämlich nichts. Und das Geldwechslerweib kommt auch nur, um mir stinkende Salbe auf die Brust zu schmieren. Sie wollen mich nicht aufregen, sagen sie.»

«Und dabei regst du dich viel mehr auf, wenn du nichts weißt, stimmt's?»

«Du sagst es, Kind. Also, was tut sich in der Stadt?»

Hella seufzte. «Die Ermittlungen stocken. Es geht nicht vorwärts und nicht rückwärts.»

«Gab es in meiner Kirche Ungewöhnliches?»

Hella schüttelte den Kopf. «Nicht, seit Bruder Göck aus dem Freudenhaus zurückkam.»

Pater Nau richtete sich auf. Seine ohnehin fieberroten Wangen begannen noch mehr zu glühen. «Sag das noch einmal. Mein Freund, der Antoniter, war im Frauenhaus?» Er wollte losprusten, doch ein Hustenanfall hielt ihn davon ab.

«Ja. Heinz hat ihn hingeschickt, um nach einer Hure zu fragen, die im Nonnenkleid ihren Dienst am Manne tut. Aber Bruder Göck hat's verdorben. Vor lauter Angst um sein Seelenheil hat er vergessen, die richtigen Fragen zu stellen. Ich wette, er ist mit wehender Mönchskutte durch die Vorstadt gefegt.»

Pater Nau verzog das Gesicht. «Erzähl mir etwas Trauriges, mein Kind. Ich darf nicht lachen, das tut zu weh. Kein Wort mehr über Bruder Göck und das Frauenhaus, sonst zerreißt es mir die Brust. Gibt es Neuigkeiten aus meiner Kirche? Etwas Ungewöhnliches bei der Beichte? Hat der Antoniter da was erzählt?»

«Eigentlich nicht. Nur einmal, da hat er über einen geredet, der nichts über seine Sünden verlauten ließ, aber aus dem Buch Hiob zitiert hat.»

«Was?» Pater Nau fuhr auf. «Und dann?»

«Nichts weiter.» Hella runzelte die Stirn.

«Kein Skalp? Kein Blut? Keine Haare? Was hat der Göck mit ihm gemacht?»

«Ich weiß es nicht. Eine Strafe wird er ihm schon aufgebrummt haben. Ansonsten hat er nichts erzählt. Nur dass er wünscht, du würdest bald wiederkommen. Die Welt ist in Frevlerhand, behauptet er. Und jetzt wüsste er auch, was du damit meintest.»

«Siehst du», erklärte Pater Nau schnaufend. «Bruder Göck ist so unschuldig wie ein Osterlamm. Es wurde einmal Zeit, dass er sich mit der Welt auseinandersetzt.»

Hella verkniff sich ein Lächeln, denn der Pater war auch nicht gerade berühmt für seine Weltoffenheit.

Jetzt versuchte Nau, sich aufzurappeln.

«Was hast du vor, Onkel?», fragte Hella besorgt.

«Was soll ich schon vorhaben? Ich will hier raus. Und zwar sofort. Dein Mann und dieser verzärtelte Antoniter schaffen es ja wohl nicht ohne meine Hilfe, die Stadt vom Gräuel zu befreien. Also auf, du lenkst den Wärter ab, und ich schleiche mich hinaus.»

Hella drückte ihren Onkel mit Gewalt auf das Strohlager zurück. «Du bleibst schön hier. Du bist krank. Hier hast du wenigstens Ruhe.»

Pater Nau sah zuerst seine Nichte an, dann blickte er auf das Lager aus altem, feuchtem Stroh, danach auf die dunklen Wände, die zum Teil von Moos überzogen waren. «Na ja», sagte er ergeben und schon wieder von einem fürchterlichen Hustenanfall geschüttelt. Hella sah, wie sich der schmale Körper krümmte, wie ihr Onkel nach Luft rang, beide Hände auf die schmerzende Brust gepresst.

Tränen stiegen in ihr auf. Sie wusste, dass Bernhard Nau sterben würde, bliebe er noch lange hier.

Sie schloss die Augen.

«Weine nicht, mein Kind», hörte sie ihren Onkel sagen. Sie hatte nicht bemerkt, wie ihr die Tränen über die Wangen rannen. «Weine nicht. Einmal kommt für jeden die Zeit. Versprich mir nur, dass du dich fernhältst von allen Dingen, die dir nicht guttun. Versprich es mir!»

Seine Stimme war drängend geworden.

Hella nickte. «Ich verspreche es», flüsterte sie. «Aber auch du musst mir etwas versprechen, Onkel. Halte durch. Halte wenigstens so lange durch, bis ich das Kind zur Welt gebracht habe. Es soll seinen Großonkel kennenlernen. Versprich es mir.»

Pater Nau nickte, wollte zu einer Rede ansetzen, doch ein erneuter Hustenanfall erstickte seine Worte. «Geh ... jetzt!», keuchte er. «Dies ... ist ... kein Ort für dich.»

Hella nickte, warf noch einen letzten, tränenschwimmenden Blick auf Pater Nau, dann eilte sie aus dem Verlies.

Draußen lehnte sie sich wieder an die Wand. Sie atmete begierig die frische Luft ein und schüttelte die feuchte Kälte aus ihren Kleidern.

Plötzlich stand der Allerweltsmann wieder vor ihr. «Nun, seid Ihr abgewiesen worden?», fragte er mitfühlend.

Hella wischte sich mit den Fäusten die Tränen von den Wangen und nickte.

«Wisst Ihr, wohin Ihr jetzt gehen wollt?», fragte er und trat einen Schritt auf sie zu. «Doch nicht ins Wasser, oder?»

Hella schüttelte den Kopf. Sie wollte nachdenken, sie war traurig, todtraurig und gewiss nicht in der Stimmung für ein Schwätzchen.

«Ihr spielt doch nicht etwa mit dem Gedanken, Euch aus dem Leben zu stehlen?», wiederholte der Allerweltsmann und versuchte, in Hellas Gesicht zu lesen.

Hella wandte sich ab. «Nein», erwiderte sie und bemerkte, dass ihre Stimme zitterte. «Ich werde nicht ins Wasser gehen. Gott wird für mich sorgen.»

Der Mann nickte. «Wenn der Todesengel Euch gar zu sehr lockt, dann kommt wieder hierher zum Verlies. Ich werde Euch helfen.»

«Warum?», fragte Hella. «Warum wollt Ihr mir helfen?»

Der Allerweltsmann lächelte. «Weil jedes Kind ein Geschenk des Herrn ist. Vertraut auf Gott. Er wird Euch zu mir schicken, wenn Ihr nicht weiterwisst.»

Hella nickte und ging mit schweren Schritten und gesenktem Kopf davon. Die Worte des Mannes waren nur halb in ihr Bewusstsein gedrungen. Ihre Gedanken drehten sich um Pater Nau. Es zerriss ihr das Herz, wenn sie an ihn dachte. Er muss da hinaus, beschloss sie. Was immer auch geschieht, er muss da hinaus. Sie sah nicht, dass der Mann ihr ein Stück folgte, sah auch nicht, dass er sie dabei anstarrte, als wolle er sich ihre Gestalt für immer einprägen. Hella dachte nur an ihren Onkel und daran, wie sie ihm helfen könnte.

KAPITEL 26

Gustelies betätigte den Türklopfer so energisch, dass das Türblatt zitterte.

«Ja, ja, ich komme ja schon», ertönte von drinnen die immer ein wenig nörgelnde Stimme von Klärchen Gaube, der guten Haut.

Gustelies, erhitzt vom eiligen Lauf, riss an ihrem Schal. Schweiß stand auf ihrer Oberlippe und vermischte sich mit dem Nieselregen, der leise vom Himmel rann.

«Jetzt mach schon!» Gustelies griff wieder nach dem Türklopfer. Im selben Augenblick riss Klärchen Gaube die Tür auf, sodass Gustelies nach vorn stolperte und nur einen Fingerbreit vor den ausladenden Brüsten der guten Haut Halt fand.

«‹Komm herein› brauche ich ja nicht mehr zu sagen. Du bist ja schon drin», stellte die gute Haut fest.

Gustelies bedachte sie mit einem eisigen Blick und stürmte in die Küche.

«Was soll denn das?», rief die Gaube ihr nach und eilte hinterher. Aber Gustelies hatte bereits die Tür zur Vorratskammer geöffnet, spähte in Töpfe und Kannen, stöberte in Körben und beschnüffelte Kräuterbündel.

Die gute Haut hatte die Fäuste in die Hüften gestützt und fragte: «Was fällt dir eigentlich ein? Was schnüffelst du in meinem Haus herum? Hör gefälligst damit auf!»

Gustelies fuhr herum und hielt einen Steinguttopf hoch. «Ha! Wusste ich es doch!»

«Was wusstest du?»

«Lattwerch. Nach dem Rezept der Antoniter aus Grünberg. Oder sollte ich lieber Blutaufstrich dazu sagen?»

Die gute Haut wich zurück. «Was ich in meiner Kammer habe, geht niemanden etwas an.»

Gustelies, noch immer das Töpfchen wie eine Waffe schwenkend, trat auf Klärchen zu. «Das hast du dir so gedacht, meine Liebe. Aber auf diese Art und Weise wirst du nie wieder einen Kuchenwettbewerb gewinnen. Das ist Betrug.»

Die gute Haut zuckte mit den Achseln. «Betrug? Wieso Betrug? Steht irgendwo geschrieben, dass der Mensch nicht mit Lattwerch backen darf? Hat dein Schwiegersohn eine solche Verordnung herausgegeben?»

Es gab keine derartige Verordnung, das wusste Gustelies ganz genau. «Es geht nicht um Vorschriften, meine Liebe», erklärte sie mit erhobenem Zeigefinger. «Es geht um Moral und Anstand. Dafür sind keine Verordnungen nötig. Ein Mensch hat eine Moral und einen Anstand oder eben nicht. Und du hast weder das eine noch das andere.»

«Aha!» Klärchen Gaube ließ sich nicht aus der Ruhe bringen, doch Gustelies erkannte, dass sich ihre Wangen gerötet hatten und sie den Oberkörper angriffslustig vorgebeugt hatte. «Und was willst du jetzt tun?», fragte sie hämisch. «Mich vor einen Moralapostel zerren? Mich eines Verbrechens gegen den Anstand bezichtigen? Ich lache mich tot.»

Sie richtete sich wieder auf, warf den Kopf in den Nacken und machte vor, wie sie sich totlachen wollte, bevor sie sagte: «Meine liebe Gustelies, du kannst machen, was immer du willst. Den ersten Preis beim letzten Kuchenwettbewerb kannst du mir nicht mehr streitig machen. Hörst du? Du wirst dich damit abfinden müssen, die Zweite zu sein.»

Gustelies blieb ganz ruhig. «Pfft», machte sie und blies sich eine Haarsträhne aus der Stirn, die sich unter der Haube hervorgestohlen hatte. «Als ob ich nichts anderes im Kopf hätte als einen Kuchenwettbewerb. Freu du dich nur an deinem Sieg, solange du noch kannst. Hier geht es um wichtigere Dinge. Zunächst interessiert mich nur, woher du die Blutlattwerch hast?»

«Das geht dich einen Dreck an!», keifte die gute Haut. «Und woher willst du überhaupt wissen, dass das da Blutlattwerch ist?»

Jetzt konnte sich Gustelies ein hämisches Lächeln nicht verkneifen. «Du selbst hast mich draufgebracht. Erinnerst du dich? Du warst es doch, die mich vor allen Leuten auf dem Markt beschuldigt hat, mit ‹gewagten› Zutaten zu backen!»

Die Gaube schniefte. «Na und? Was beweist das?»

«Zunächst nur, dass du mit Menschenblut kochst!» Gustelies schwenkte das Töpfchen.

«Das macht jeder Zweite.»

«Stimmt. Und es schert mich eigentlich auch gar nicht. Nur höchstens so viel, dass ich von deinem Kuchen nie wieder ein Stück probieren werde. Ich sagte es schon: Ich möchte jetzt wissen, woher du die Lattwerch oder das Menschenblut dafür hast.»

«Und ich sagte dir schon, dass dich das einen feuchten Kehricht angeht.»

Klärchen sprang mit einem Mal einen Schritt nach

vorn und wollte Gustelies das Tontöpfchen entreißen, aber Gustelies war schneller und verbarg es hinter ihrem Rücken.

«Gib es her», zeterte die gute Haut. «Was du machst, nennt man Diebstahl. Ich werde dich höchstselbst bei deinem Schwiegersohn anzeigen!»

Gustelies zuckte mit den Achseln. «Dann können wir ja gemeinsam zum Malefizamt gehen. Ich habe nämlich vor, dieses Töpfchen dort abzugeben. Sollen die Büttel herausfinden, woher du das Zeug hast.»

Mit einem Mal wurde Klärchen Gaube freundlich. «Jetzt mal langsam, meine liebe Gustelies. Setz dich. Möchtest du etwas trinken?»

«Nein. Danke.»

«Sieh doch mal. Es sind schwierige Zeiten. Wir haben alle unser Päckchen zu tragen. Dein Pater sitzt im Verlies. Ich habe gehört, dass er ganz elend ist. Hast du schon einmal darüber nachgedacht, was aus dir werden soll, wenn er einmal nicht mehr ist? Wo willst du dann leben?»

Gustelies setzte sich und zog die Augenbrauen zusammen. «Was hat das mit der Blutlattwerch zu tun?»

Klärchen sah Gustelies direkt in die Augen. «Wir alle haben unsere Last», sagte sie leise. «Wir alle müssen sehen, wie wir durchs Leben kommen. Das ist nicht immer leicht. Besonders für Witwen nicht. Von irgendwas muss ich Brot und Schmalz kaufen. Mit irgendwas muss ich heizen.»

«Heißt das, du kochst die Lattwerch und verkaufst sie dann?»

Das Klärchen nickte.

«An wen?»

«Ob du es mir glaubst oder nicht, ich habe keine Ahnung. Manchmal liegt am Morgen ein Zettel unter meiner Tür, den jemand wohl in der Nacht durchgeschoben hat. Darauf steht, bis wann ich wie viel Lattwerch zu kochen habe. Und das tue ich dann auch.»

«Und du bekommst Geld dafür, für das du dir Brennholz kaufst?»

Klärchen Gaube nickte.

«Und das Blut?»

Die Gaube schluckte. «Ich mag es gar nicht sagen, aber immer, wenn ich einen Zettel unter der Tür bekomme, finde ich im heimlichen Gemach, das bei mir im Hof ist, eine Milchkanne voller Blut. Einmal war es noch warm.»

«Im stillen Gemach? Auf dem Örtchen?»

Die gute Haut nickte.

Gustelies dachte darüber nach, ob sie die gute Haut vielleicht falsch eingeschätzt hatte. Und recht hatte sie allemal. Für eine kinderlose Witwe, deren Mann ihr kein Vermögen hinterlassen hatte, war das Leben schwer. Sehr schwer sogar. Beinahe hatte sie Mitleid mit der guten Haut, die so ganz allein war und sich das Leben jeden Tag neu erobern musste.

«Aber Blut ...», sagte sie laut. «Menschenblut. Hast du dich nie gefragt, wofür das gebraucht wird? Woher das kommt?»

Die Gaube schaute schuldbewusst drein. «Ich wollt's gar nicht wissen. Unwissenheit kann ein Segen sein. Außerdem: Was nützt es, wenn ich weiß, woher es kommt und wohin es geht? Ich brauche Brennholz im Winter und Brot auf dem Tisch.»

Gustelies nickte. «Ich verstehe dich», erklärte sie. «Aber das Töpfchen muss ich mitnehmen. Es geht hier um

Mord. Wahrscheinlich hat deine Lattwerch mit all dem gar nichts zu tun. Aber wenn doch, so muss der Schuldige gefunden werden.»

«Und was passiert mit mir?» Klärchen Gaube sah in diesem Augenblick sehr klein und schmal und ängstlich aus.

Gustelies biss sich auf die Lippe. «Vielleicht können wir es so machen: Du sagst mir ganz genau, was du weißt, sodass eine Befragung durch den Richter unnötig ist. Und ich versuche dafür, deinen Namen aus dem Spiel zu halten.»

«Das würdest du tun?» In Klärchens Augen glitzerten Tränen. «Obwohl ich dir den ersten Preis beim Kuchenwettbewerb abgejagt habe?»

Gustelies schloss die Augen. Der Kuchenwettbewerb hatte sie hart getroffen. Ewige Feindschaft hatte sie danach der guten Haut geschworen. Andererseits war Klärchen Witwe wie sie selbst. Und kinderlos dazu. Nächstenliebe, das war ein Hauptgebot der Bibel.

«Ich werde schweigen, solange es geht», versprach sie schließlich. «Und du, gib gut auf dich Acht. Sag, hast du je gesehen, wer die Zettel und die Kanne bringt?»

Die gute Haut sah auf die Tischplatte. «Einmal», begann sie stockend, «habe ich am Fenster gestanden. Ein Mensch, gehüllt in einen schwarzen Umhang mit großer Kapuze, brachte die Sachen. Ich weiß nicht, ob es eine Frau oder ein Mann war. Kurz darauf bekam ich wieder einen Zettel. Wenn ich noch einmal am Fenster lauern würde, dann suche man sich jemanden anders für die Lattwerch, stand darauf. Seitdem habe ich nie mehr geschaut.»

«Hast du die Zettel noch?»

Die Gaube schüttelte den Kopf. «Ich soll sie sofort verbrennen.»

«Das dachte ich mir.» Gustelies nickte und erhob sich. «Wenn der nächste Zettel kommt, so heb ihn auf. Versprich mir das.»

«Ja. Das tue ich.»

«Und an der Milchkanne? War da was Besonderes dran? Ein eingebranntes Zeichen vielleicht? Ein ungewöhnlicher Griff? Irgendwas?»

Klärchen Gaube schüttelte den Kopf. «Mir ist nichts aufgefallen. Die Milchkannen sahen genauso aus wie die, die ich in meiner Vorratskammer stehen habe.»

«Zeig sie mir.»

Die gute Haut erhob sich und brachte vier Kannen aus der Kammer.

Gustelies untersuchte jede einzelne von ihnen. An einer fand sich eine Delle, bei einer anderen war ein Riss im Holzgriff zu sehen. Die beiden letzten waren so gewöhnlich, dass Gustelies nicht bemerkt hätte, wenn sie jemand gegen ihre Kannen ausgetauscht hätte.

«Nimm deine Kannen wieder», sagte sie. «Aber die nächste, die mit Blut gefüllt ist, die untersuche genau. Nimm meinetwegen ein Augenglas dafür. Achte auf jede Delle, auf jede Abschürfung. Sieh auch unten auf dem Boden nach. Suche nach einem Zeichen, einer Einritzung. Was zahlen sie dir eigentlich für die Lattwerch?»

Klärchen schluckte. «Für vier Halbpfünder bekomme ich einen halben Gulden.»

«So viel?», fragte Gustelies erstaunt.

«Ja. Aber es ist das einzige Einkommen, das ich habe.»

KAPITEL 27

Als Gustelies den Liebfrauenberg hinunter zum Malefizamt ging, war ihr Schritt langsam. Einige Male blieb sie sogar unentschlossen stehen, fühlte unter dem Tuch auf ihrem Korb nach dem Töpfchen.

Aus dem Nieselregen war ein Landregen geworden, der allmählich in einen Starkregen überging, aber Gustelies bemerkte davon nichts.

Sie sah das Wasser, das sich im Rinnstein staute, blicklos an, bemerkte die junge Frau nicht, unter deren nassem Kleid sich die Körperformen abzeichneten, rümpfte nur einmal die Nase, als ein Hund neben ihr die Nässe aus seinem Fell schüttelte. Der Regen dämpfte alle Geräusche. Sein Rauschen verschluckte das Rumpeln der Fuhrwerke, die Flüche aus den Werkstätten, das Schwatzen der Mägde.

Das Wasser hatte Gustelies' Haube durchtränkt, rann in einem schmalen Streifen über ihre Stirn und von dort über die Wange bis hinunter zum Hals. Gustelies wischte mit ihrer nassen Hand darüber und setzte nachdenklich einen Fuß vor den anderen. Soll ich Heinz wirklich erzählen, dass die gute Haut mit Menschenblut kocht? Soll ich ihr die einzige Einnahmequelle nehmen, die sie als Witwe hat? Wenn ich rede, dann steht sie alsbald womöglich ganz ohne ihre halben Gulden da. Bin ich schuld daran, wenn sie im Winter kein Brennholz hat? Ist es meine Schuld, wenn sie kein Schmalz und kein Brot kaufen kann?

Oh, Gustelies war keineswegs so unwissend, wie sie tat. Sie wusste genau, was mit Menschenblut und der daraus gekochten Lattwerch geschah. Beinahe jeder wusste das. Und die, die sich unwissend stellten, sprachen nur nicht darüber.

Als Papst Innozenz VIII. 1492 im Sterben lag, hatten seine Ärzte wohl drei lebende Knaben zur Ader gelassen und das Blut dem siechen Papst eingeflößt. Die Knaben starben. Der Papst auch.

Gustelies wusste natürlich auch, dass viele Leute an die Kraft von Leichenfleisch glaubten. Als beste Stücke galten die von Gehenkten, wobei die Lieferanten am besten jung und gerade gehängt, gerädert oder geköpft sein sollten. Das Fleisch schnitt man in Stücke oder Scheiben, rieb es mit Weihrauch und Myrrhe ein und legte es für einige Tage in Weingeist. Man konnte die Fleischstücke auch wie Schinken in der Kammer räuchern. So sollte es bekömmlicher werden und nicht nach Verwesung riechen.

Gustelies hätte wetten können, dass jeder zweite Apotheker in der Stadt und jede dritte Kräuterfrau mit solchen Dingen handelte, denn die meisten Leute glaubten, dass die Lebenskraft der Verstorbenen beim Verzehr ihrer Leichenteile oder ihres Blutes auf die Lebenden überging. Für Gustelies war das glatter Unfug. In der Bibel nämlich stand nichts über solche Praktiken. Und Gustelies war sich ganz sicher, dass der Herr, wenn er gewollt hätte, dass die Menschen sich gegenseitig auffraßen, ein elftes Gebot erlassen hätte, in dem es hieß: Du sollst deine Toten essen. Aber das hatte er nicht. Und deshalb war es Sünde, sich an den Toten zu vergreifen. Das war Gustelies' Meinung, und von der ließ sie sich durch nichts abbringen.

Ihr verstorbener Mann, Richter Kurzweg, hatte ihr sogar einmal von einem Fall berichtet, der einen ausländischen Herrscher betraf. Der nämlich bezahlte Unsummen an einen Heilkundigen, der behauptete, menschliches Hirn in einen Sud verwandeln zu können. Jeden Tag trank der Herrscher von dieser Essenz, um bei Kräften zu bleiben. Gustelies hatte damals ihrem Mann erklärt, dass eine gute Hühnersuppe sicherlich besser für den Mann gewesen wäre, und Richter Kurzweg hatte gelacht und sich für den nächsten Tag eine solche Hühnersuppe gewünscht. Und als er dann mit Herzschmerzen zu Bette lag, da hatte der Medicus Gustelies dazu geraten, sich ein pulverisiertes menschliches Herz zu beschaffen, um das kranke Herz des Gatten zu stärken. «Jeden Morgen ein Löffelchen voll. Und am Abend dasselbe», hatte er erklärt, aber Gustelies war bei ihrer Hühnersuppe geblieben und hatte dem geliebten Ehemann am Abend lieber ein rohes Eigelb und einen Löffel Honig in den Wein geschlagen.

Und sie selbst hatte bei Mutter Dollhaus in einer Truhe schon einen Totenschädel gesehen. «Daraus trinke ich Lindenblütensud», hatte Mutter Dollhaus unbekümmert erklärt. «Wenn ich krank bin, verstärkt der Totenschädel die Wirkung der Kräuter. Und wenn es ganz schlimm kommt, dann kratze ich sogar das Moos vom Schädel und gebe es zusätzlich zu den Lindenblüten.» Auf Gustelies' Einwand winkte sie nur ab. «In der Bibel kann nicht alles stehen. Sie ist zwar Gottes Wort, aber am Ende auch nur ein Buch. Oder habt Ihr darin schon mal gelesen, wie man kleine Kinder macht?»

Gustelies war rot geworden, und Mutter Dollhaus hatte gekichert und sich über die Brust gerieben.

Aber jetzt, seitdem dieser Luther-Mönch die neue Religion ausgerufen hatte, nahm das Ganze teuflische Züge an. Das war jedenfalls Gustelies' Meinung. Es sollte in Sachsenhausen einen neugläubigen Pfarrer gegeben haben, der zum Abendmahl statt Hostien und Wein wahrhaftig Menschenblut und Leichenteile gereicht hatte, um damit Jesus näherzukommen. Zum Glück hatte der Rat diesen Unsinn unterbunden, aber niemand wusste so ganz genau, ob der Pfarrer sein gruseliges Abendmahl nicht doch weiter abhielt. Vom Rat jedenfalls war noch keiner dort gewesen, um mit eigener Zunge die Abendmahlsspeise und das Getränk zu kosten.

Nehme ich der guten Haut nun alles, was sie hat?, fragte sich Gustelies. Sie wusste, dass sie den Unfug mit den Leichenteilen nicht unterbinden konnte, so gern sie es auch täte. Hatte sie also das Recht, sich da einzumischen?

Ja, beschloss sie beim nächsten Schritt. Es geht hier nämlich nicht um das Fett, das Fleisch und das Blut der Gehenkten, sondern um junge, schwangere Frauen. Denn dass das frische Blut mit den rätselhaften Todesfällen in Verbindung stand, lag für Gustelies auf der Hand.

Mit diesem Beschluss kam ihre Entschlossenheit zurück. Gustelies zog den Umhang fester um sich, packte den Weidenkorb und eilte nun energischen Schrittes die Neue Kräme hinab und steuerte direkt auf das Malefizamt, welches sich im Römer befand, zu.

Dort angekommen, stieß sie auf dem Gang vor Heinz' Amtsstube beinahe mit einer anderen Frau zusammen.

«Jetzt pass doch auf, wo du hintrittst», schimpfte Gustelies. «Man könnte ja meinen, du hättest einen jungen Stier unter deinem Kittel.»

Das Weib im Magdkittel lachte. «Da bin ich ja gespannt, wie es aussieht, wenn du den jungen Stier bald in der Wiege schaukelst, Mutter.»

Gustelies fuhr herum und betrachtete das Weib. «Du?», fragte sie entsetzt und zupfte an dem Kittel, der wie ein nasser Sack an Hella klebte.

«Ja, ich.»

«Wie siehst du denn aus, um des Herrgotts willen?», fragte Gustelies.

Hella zuckte mit den Achseln. «Was soll ich machen? Mein Bauch ist mittlerweile so dick, dass ich in keines meiner Kleider mehr passe.» Sie lachte. «Vielleicht hast du sogar recht, vielleicht bekomme ich eher einen kleinen Stier als einen Säugling.»

Gustelies runzelte die Stirn. «Also, ich habe bis zum Schluss in mein Kleid gepasst», stellte sie fest. «Aber wie dem auch sei, du läufst mir nicht länger als Magd herum. Gleich nachher kommst du mit zu mir. Du wirst eines meiner Kleider tragen.» Sie legte eine Hand auf Hellas schwangeren Bauch. «Hmmm, oder eines von Jutta Hinterer. Ich glaube, sie hat doch etwas mehr Speck auf den Hüften als ich. Wir werden zu ihr gehen, sobald wir hier fertig sind.»

«Warum bist du eigentlich hier, Mutter?», fragte Hella.

Gustelies schwenkte ihren Korb. «Weil ich wichtige Neuigkeiten für deinen Mann habe. Und du? Was treibst du hier? Solltest du nicht lieber zu Hause sitzen und kleine Mützchen stricken?»

Das Lächeln verschwand von Hellas Gesicht. Wieder glitzerten Tränen in ihren Augen. «Ich war bei Pater

Nau», schluchzte sie. «Oh, es geht ihm so elend. Heinz muss dafür sorgen, dass er aus dem Verlies kommt. Es ist so feucht und kalt dort. Er wird sterben, wenn er nicht bald Wärme und Pflege bekommt.»

Gustelies ließ sich seufzend auf eine Holzbank sinken. Sie nickte, und Hella sah in ihrem Gesicht, dass sie Angst um ihren Bruder hatte. «Ich weiß, wie es um ihn steht. Heute, ganz in der Frühe, habe ich dem Wärter Geld gegeben, damit er ihm ein Kohlebecken ins Verlies stellt.»

«Geld? Ich dachte, Mutter, du hättest es gerade nicht so üppig.»

Gustelies' Augen füllten sich mit Tränen. «Das Geld hatte ich gespart. Euer Kind sollte es bekommen. Für eine gute Ausbildung. Jetzt hat Pater Nau eine Matratze und ein Kohlebecken dafür bekommen. Und natürlich das Arme-Sünder-Schmalz.»

Hella schluckte, strich ihrer Mutter tröstend über den Rücken. «Du brauchst kein Geld für unser Kind zu sparen», sagte sie leise. «Es wird ihm an nichts mangeln. Onkel Bernhard braucht es nötiger. Und auch wir werden unser Scherflein beitragen. Darauf kannst du dich verlassen.»

«Ja, ich weiß, und dafür bin ich dem Herrgott auch sehr dankbar. Aber trotzdem muss er raus aus diesem feuchten Loch.»

Die beiden sahen sich in stillem Einverständnis an, dann klopfte Hella an die Amtsstubentür ihres Mannes.

Heinz Blettner saß hinter seinem Schreibtisch, vor sich die Gerichtsbücher.

Der Schreiber stand gelangweilt an seinem Pult und studierte die Handwerkerrolle der Weber.

«Oh, hoher Besuch», stellte Heinz fest. «Meine Schwiegermutter hat eine Magd mitgebracht.» Er stand auf und küsste seine Frau auf die Stirn. «Hat dein seltsamer Aufzug einen Grund?», fragte er.

Eigentlich hatte Hella an dieser Stelle ein neues Kleid herausschlagen wollen, doch nun überlegte sie es sich anders. «Ich passe nicht mehr in meine Sachen», erklärte sie. «Ein neues Kleid kostet Geld. Viel Geld, mein Herz, das weißt du. Und weil du stets bestrebt bist, zu sparen, so werde ich dir dabei helfen. Ich verzichte auf das Kleid und leihe mir nachher ein paar Sachen von Jutta Hinterer, dafür holst du den Pater aus dem Verlies. Sonst gehen unsere sämtlichen Ersparnisse noch für die Bestechung des Wärters drauf.»

Gustelies hatte sich auf einen Lehnstuhl neben der Tür fallen lassen, den Weidenkorb auf ihrem Schoss. «Es geht zu Ende mit ihm, wenn er nicht bald da rauskommt», jammerte sie.

Der Schreiber lauschte aufmerksam, und Richter Blettner bemerkte es. «Schreiber, hast du nichts zu tun?», fragte er. «Hast du alles über die Weber herausgefunden? Weißt du, wer die höchsten Abgaben an die Stadt abführt? Hast du herausgefunden, wer wenig zahlt, aber einen üppigen Lebenswandel führt?»

Der Schreiber schluckte. «Ja, Herr. Da gibt es einen, der wohnt sogar in der Webergasse. Er hat eine Baugenehmigung beantragt für ein neues Haus, aber nach seinen Steuern zu urteilen, nagt er am Hungertuch.»

«Nun, dann geh und sieh dich in seiner Werkstatt um. Sag, du bist von mir geschickt, die Baugenehmigung zu prüfen. Sprich nicht über irgendwelche anderen Verdachtsgeschichten, und vor allem schweige über das Findelhaus. Lobe dagegen seine Arbeit und tu ihm schön. Vielleicht ist er eitel genug, um sich zu verraten.»

Der Schreiber nickte und trollte sich.

Gustelies sah ihm zufrieden nach. «Kümmerst du dich endlich um die Kinder aus dem Findelhaus?», fragte sie.

«Wir brauchen zuerst Beweise, bevor wir etwas unternehmen können», erklärte Heinz. «Aber so, wie es aussieht, werden die Findlinge bald von ihrem Elend erlöst. Vater Raphael hockt im Verlies. Leider schweigt er wie ein Grab. Aber wenn wir ihm dem Weber gegenüberstellen, wird er schon reden. Dann brauchen wir nur noch jemanden, der sich um die Kinder kümmert.»

«Ich glaube, ich wüsste da jemanden», fiel ihm Gustelies ins Wort. «Wie wäre es mit Klärchen Gaube? Sie ist eine hervorragende Köchin. Man nennt sie auch nicht umsonst die gute Haut.»

Heinz und Hella starrten Gustelies mit offenem Mund an. «Willst du Klärchen wegloben, damit du ganz sicher den nächsten Kuchenwettbewerb gewinnst?», fragte Hella und schüttelte den Kopf über so viel Berechnung.

«Nein, auch wenn du es mir nicht glaubst, ich meine das ernst und handle aus purer Nächstenliebe.»

Heinz unterbrach das aufkommende Wortgefecht mit einer Handbewegung. «Darüber reden wir, wenn die Zeit reif ist. Jetzt haben wir anderes zu tun.»

«Genau. Der Pater muss noch heute aus dem Verlies. Du weißt selbst, dass er mit den Gräueltaten nichts zu tun hat. Du musst zum Schultheiß gehen und ihm klarmachen, dass er das Leben unseres Paters auf dem Gewissen hat, wenn er den Haftbefehl aufrechterhält.»

Heinz verzog den Mund. «Krafft von Elckershausen geht es nicht um Pater Nau, sondern um die Politik.»

«Ja. Genau. Und an dieser Stelle solltest du ihn packen. Erzähle ihm, was die Leute sagen werden, wenn herauskommt, dass er einen Unschuldigen im Verlies zu Tode hat kommen lassen.»

Heinz Blettner kaute auf seiner Unterlippe herum. «Vielleicht sollten wir mit ihm reden. Ich meine, vielleicht solltest du, Gustelies, mit ihm reden. Besser wäre es natürlich, wenn wir den Verdacht, der auf ihm ruht, noch ein bisschen entkräften könnten. Am allerbesten wäre natürlich ein neuer Verdächtiger.»

Gustelies atmete einmal tief durch, dann schlug sie das Tuch über ihrem Weidenkorb zurück und stellte das Töpfchen mit der roten Lattwerch auf den Tisch.

«Ich glaube nicht, dass sich der Schultheiß mit Erdbeerlattwerch bestechen lässt», meinte Heinz.

Auch Hella schüttelte ungläubig den Kopf.

«Der Meinung bin ich auch», erklärte Gustelies. «Aber das hier ist keine Erdbeerlattwerch, sondern eine Lattwerch aus Menschenblut.»

«Das ist was?», staunte Hella, und Heinz fragte: «Woher hast du dieses Töpfchen?»

«Gefunden», erklärte Gustelies. «Alles Weitere bespreche ich mit dem Schultheiß. Und zwar unter vier Augen.»

KAPITEL 28

Nun, meine liebe Gustefried, was kann ich für Euch tun?» Krafft von Elckershausen versuchte vergeblich zu verbergen, dass ihm das Erscheinen der resoluten Frau ganz und gar nicht passte.

«Gustelies, Schultheiß, Gustelies Kurzweg.»

«Ach ja, verzeiht. Ein Mann in meinem Amte muss sich so viele Namen merken.»

Gustelies winkte großzügig ab. «Darüber reden wir ein andermal. Jetzt bin ich hier, um zu fragen, ob ich gleich rüber ins Verlies kann, um den Pater dort rauszuholen.»

Dem Schultheiß klappte die Kinnlade herunter. Er starrte Gustelies an, als hätte sie ihm vorgeschlagen, Frankfurt zu schleifen.

«Wie stellt Ihr Euch das vor, meine Liebe? Es gibt eine Haftanordnung.»

«Und die habt Ihr ausgestellt. Und jetzt schreibt Ihr eben eine Aufhebung der Anordnung.»

Der Schultheiß schüttelte den Kopf. «Das geht so nicht», erklärte er mit einem Anflug von Verzweiflung.

«Warum nicht?» Gustelies ließ nicht locker. «Ihr wisst so gut wie ich, dass der Pater unschuldig ist. Euch geht es um Politik, das habe ich begriffen.»

Krafft von Elckershausen lehnte sich zurück. «Dann

wisst Ihr sicher auch, dass es dabei um mehr geht als um einen Menschen. Es geht um eine ganze Stadt voller Menschen. Wir haben beinahe zwanzigtausend Einwohner, um die wir uns kümmern müssen. Der Rat wird tagen. Am achtzehnten April wird das Schicksal der Stadt besiegelt. Ich kann den Pater jetzt nicht freilassen und so den Altgläubigen im Rat einen Vorteil verschaffen. Ich habe Vater Raphael in Haft für die Lutherischen. Entließe ich den Pater, so bräuchte ich einen neuen verbrecherischen Katholiken, um das Gleichgewicht nicht zu gefährden. Versteht Ihr?»

Gustelies schüttelte trotzig den Kopf.

«Na gut, wie solltet Ihr auch, Ihr seid schließlich nur ein Weib. Also bescheidet Euch mit meiner Auskunft, dass der Pater im Verlies bleibt. Und denkt daran, ich handle zum Wohle aller.»

«Und wenn der Pater stirbt? Er ist sehr krank. Jeden Tag kann das passieren. Und stellt Euch dann noch vor, es käme heraus, dass der Pater – wie Ihr ja bereits wisst – vollkommen unschuldig ist. Dann wird es heißen, der Schultheiß hat einen Altgläubigen zu Tode gebracht. Einen unschuldigen Katholiken habt Ihr dann auf dem Gewissen. Was, frage ich Euch, wird dann passieren, Schultheiß? Wird man Euch Eures Amtes entheben? Wird der Rat so erbost sein, dass er am Ende eine falsche Entscheidung trifft bei der Frage um die Religion der Stadt? Wollt Ihr all dies auf Euer Gewissen laden?»

Krafft von Elckershausen sah Gustelies an, als wäre sie das Jüngste Gericht.

«Was ist ein Mensch wert?», donnerte Gustelies sofort weiter. «Habt Ihr Euch darüber einmal Gedanken gemacht, Schultheiß? Wie wollt Ihr für zwanzigtausend Menschen sorgen, wenn Euch schon die Gesundheit eines Einzelnen gleichgültig ist?»

Der Schultheiß sackte ein wenig in seinem Lehnstuhl zusammen. «Weibergeschwätz», murmelte er. «Das ist bloß Weibergeschwätz.»

«So?» Gustelies kam dem Schreibtisch näher, und der Schultheiß schrak zurück, presste seinen Rücken hilfesuchend gegen die Stuhllehne. «So? Weibergeschwätz! Dann will ich Euch sagen, dass die Hälfte der Frankfurter Weiber sind. Und die meisten Männer – und damit sind sie gut beraten – tun, was ihre Weiber sagen. Wollt Ihr Euch die stärkere Hälfte der Stadt zum Feind machen?»

Krafft von Elckershausen ließ die Schultern hängen. Gustelies wusste, dass sie im Augenblick nicht mehr erreichen konnte. «Ich komme morgen wieder, Schultheiß. Sprecht mit Eurem Weib. Sie ist eine kluge Frau.»

Krafft von Elckershausen war so mitgenommen, dass er einfach nickte. «Geht Ihr jetzt?», fragte er hoffnungsvoll.

«Wenn Ihr mir versprecht, mit der Euren zu reden?»

«Das tue ich.»

«Dann seid Ihr mich los. Aber nur bis morgen.»

Sie wandte sich um und verließ hocherhobenen Hauptes die Amtsstube eines gänzlich verunsicherten Zweiten Bürgermeisters von Frankfurt.

«Was hast du erreicht?»

In Blettners Arbeitszimmer war Hella unterdessen erregt auf und ab gegangen. Jetzt stand sie vor ihrer Mutter und trat von einem Bein auf das andere. «Jetzt rede schon!»

«Erreicht habe ich noch gar nichts. Der Schultheiß

wird nachdenken. Ich bin sicher, er fällt morgen die einzig richtige Entscheidung.»

«Aber was geschieht, wenn er nicht die richtige Entscheidung fällt? Unser Pater hält nicht mehr lange durch!»

Gustelies' Mundwinkel zuckten. Hella und sie starrten einander einen Augenblick wortlos an. Dann schob Gustelies ihre Tochter beiseite. «Er wird das Richtige tun. Immerhin ist er verheiratet», sagte sie. «Und jetzt gehen wir zu Jutta, um ein neues Kleid für dich zu finden. Du siehst wirklich grauenvoll aus.»

Blettner tippte mit dem Finger gegen das Töpfchen mit der roten Lattwerch. «Ja, geht nur. Ich werde mal zu einigen Apothekern gehen. Vielleicht können sie mir etwas hierzu sagen. Ach, und Bruder Göck werde ich auch besuchen.»

Wenig später verabschiedeten sich die drei vor dem Rathaus. Gustelies zog ihre Tochter über den Römer zur Geldwechslerstube von Jutta Hinterer.

Die schaute aus ihrer Holzbude und wollte sich totlachen. «Hella, du schaust so wunderbar aus, dass ich dir am liebsten auf der Stelle einen Besen in die Hand drücken würde.»

«Lach nicht», brummte Hella. «Ich sehe aus wie ein Fass, und ich fühle mich auch so. Es macht keinen Spaß, von jedem Bürger angerempelt und beschimpft zu werden, nur weil man für eine Magd gehalten wird.» Sie sah nachdenklich ins Weite. «Es ist wirklich eigenartig, wie schnell sich der Wert eines Menschen ändert. Und wie wenig es braucht, um abfällig behandelt zu werden.»

«Was meinst du?», fragte Gustelies.

«Seitdem ich aussehe wie eine Magd, behandeln mich die Leute, als wäre ich unsichtbar. Es sei denn, sie beschimpfen mich. Und der Wärter im Verlies hat unseren Pater vorhin sogar mit ‹Eh, du da!› angerufen.»

Jutta lachte. «Das ist neu für dich? Dann weißt du wirklich noch nicht viel vom Leben. Die Menschen beurteilen zuerst, was sie sehen. Was sollen sie auch anderes tun? Die innere Schönheit des Einzelnen, die Güte und Frömmigkeit oder die Bosheit und Häme stehen einem ja nicht ins Antlitz geschrieben. Also urteilen sie nach der Kleidung, nach den Worten.»

«Aber …», Hella sah hilflos drein. «Das ist doch nicht richtig. Jeder Mensch hat einen Wert, oder nicht?»

«Hella, übe Nachsicht. Die Leute sind nicht böse. Sie haben Erfahrungen, haben Verhaltensweisen eingeübt. Und eine Magd gilt eben weniger als eine Bürgersfrau.»

«Ich habe mich doch aber gar nicht verändert», warf Hella ein. «Ich bin dieselbe geblieben. Die, die sonst von allen höflich gegrüßt wird, der man den Weg freimacht.»

«Sie meinen nicht dich, mein Kind», erklärte Gustelies. «Die Höflichkeiten gelten nicht dir, sondern deinem Status als Richtersfrau. Und die Unhöflichkeiten gelten dir ebenso wenig, sondern deinem vermeintlichen Magdstand.»

Hella schüttelte den Kopf. «Als ob die Menschen einen unterschiedlichen Wert haben. Dabei steht doch in der Bibel: Vor Gott sind alle gleich.»

«Vor Gott schon, aber nicht vor der gemeinen Hausfrau», erwiderte Gustelies, und Jutta nickte. Dann holte sie für Hella einen Schemel. «Setz dich hin, du bist ganz blass. Was immer du heute getan hast, es hat dich zu sehr angestrengt. Denk an dein Kind. In ein paar Wochen will es seinen Kopf in die Welt stecken.»

Widerspruchslos ließ sich Hella auf den Schemel drücken. Sie wirkte ganz abwesend.

«Was gibt es Neues?», fragte Jutta dann. «Ihr wirkt alle beide ein wenig aufgeregt.»

In kurzen Worten schilderte Gustelies ihre Begegnung mit Klärchen Gaube, freilich ohne deren Namen zu nennen. Dann berichtete sie von ihrem Besuch bei Heinz Blettner und Krafft von Elckershausen.

Stumm hörte Jutta zu, nur ab und an unterbrach sie die Freundin mit kleinen Ausrufen.

«Und jetzt wollten wir fragen, welches Kleid du Hella ausborgen kannst, bis sie wieder in die eigenen passt», schloss Gustelies ihre Rede.

«Passt sie nicht in deine?», fragte Jutta misstrauisch.

Gustelies straffte sich und stellte sich sogar ein wenig auf die Zehenspitzen. «Nein, nein. Meine Kleider kneifen und drücken sie überall. Schau dir nur ihren Busen an. Ich denke, du kannst ihr besser helfen.»

Jutta blitzte die Freundin wütend an. «Ich hatte schon immer schwere Knochen», erklärte sie, dann wandte sie sich an Hella: «Welches möchtest du? Ich habe ein gelbes und ein grünes.»

«Gelb?» Hella sprach das Wort aus, als hätte sie es noch nie zuvor gehört. «Du hast ein gelbes Kleid?»

«Natürlich. Und ich habe rote Haare. In meinem Gelben sehe ich jünger aus. Und fröhlicher. Warum darf ein Weib in meinem Alter kein gelbes Kleid mehr haben?»

Darauf wusste niemand eine Antwort.

Schließlich sagte Hella: «Wenn ich darf, dann würde

ich gern das grüne Kleid haben. Ich gebe es dir sauber zurück. Versprochen.»

Jutta nickte. «Ja, ja. Ich bringe es dir nachher vorbei. Oder besser noch: Ich bringe es deiner Mutter.»

«Das ist mir sehr recht. Ich habe nämlich noch etwas mit dir zu besprechen.»

«Was denn?» Die Neugier sprang Jutta Hinterer schier aus den Augen.

«Nicht jetzt. Ich sage nur: Jungbrunnen.»

Mit diesen Worten nahm Gustelies ihre Tochter beim Arm. «Und dich bringe ich jetzt nach Hause. Ich glaube, du musst dich dringend ausruhen. Heute Abend treffen wir uns dann im Pfarrhaus.»

«Und was gibt es zum Essen?», wollte Jutta wissen.

Gustelies deutete nach unten zum Mainufer. «Hörst du das Geschrei? Das Schiff aus Köln hat angelegt. Ich werde sehen, dass ich frischen Fisch bekomme. Vielleicht haben die Fischhändler sogar etwas vom Meer dabei. Oder hast du auf etwas anderes Appetit?»

«Ich?» Hella erwachte aus ihren Gedanken. «Geht es um ein Essen?»

Die beiden Frauen nickten.

«Ich hätte so gern einmal wieder Kartäuserklöße. Ja, genau danach ist mir.»

«Kartäuserklöße zu Fisch?» Gustelies schüttelte den Kopf. «Kartäuserklöße sind eine Süßspeise.»

Jutta kicherte. «Ich wette, Hella möchte die Klöße nach dem Fisch und nicht dazu. Allerdings, sie ist schwanger, und bei denen weiß man nie.»

KAPITEL 29

Als Heinz beim Mittagessen saß, trug Hella noch immer das Kleid der Magd. Die Magd selbst servierte die gepökelten Schweinerippen und die Schüssel mit den dampfenden Steckrüben in Hellas rotem Kleid.

«Da muss ich ja aufpassen, dass ich nicht die Falsche küsse», verkündete Heinz gut gelaunt, erntete dafür aber nur einen entsetzten Blick der Magd und einen erschöpften von Hella.

«Mir ist heute nicht zum Lachen», erklärte Hella. «Pater Nau geht mir nicht aus dem Kopf. Wenn du wüsstest, wie elend er war. Ein Stein hätte mehr Mitleid als Krafft von Elckershausen. Hast du schon etwas von ihm gehört?»

Heinz kicherte ein wenig. «Kaum wart ihr aus dem Haus, da stand er schon in meiner Stube.»

«Und?»

«Wissen wollte er, was das Volk so über ihn sagt. Ob er ein guter Schultheiß wäre und so weiter.»

«Er denkt also, meine Mutter ist die Stimme des Volkes?», fragte Hella.

«Na, jedenfalls ist sie dafür laut genug.» Heinz achtete nicht auf den missbilligenden Blick seiner Frau. «Gleichwohl hegt er erhebliche Befürchtungen, dass Gustelies der ganzen Stadt erzählt, wie sie Pater Nau aus dem Verlies gerettet hat. Der Schultheiß stünde dann da wie einer, der sich von einem Weib ins Bockshorn jagen lässt. Ich glaube, das fände er schlimmer als alles sonst, was einem Schultheiß zustoßen kann.»

«Und was will er unternehmen?»

«Erst einmal nichts, denke ich. Er wird sich mit dem Ersten Bürgermeister absprechen. Auch an ein Gutachten vom Stadtmedicus hat er gedacht.»

«Es geht ihm nicht um Onkel Bernhard, stimmt's? Der Schultheiß denkt nur daran, wie er seine Haut retten kann. Pfui Teufel. Und so einer bestimmt mit über die Geschicke unserer Stadt.»

Heinz zuckte mit den Achseln. «Mir scheint, das ist das Wesen von Politik. Ein jeder sucht seinen persönlichen Vorteil und verkauft diesen Vorteil dann als Vorteil für die gesamte Bevölkerung.»

Heinz war stolz auf diesen Satz, aber Hella nickte nur abwesend und stocherte in ihrem Essen herum.

Nach dem Mahl begab sich Heinz wieder ins Amt, sorgte aber zuvor dafür, dass Hella sich ein wenig ins Bett legte.

Und da lag sie, den Kopf voller Schreckensbilder von Pater Nau. Sie kämpfte mit den Tränen, betete zur Jungfrau Maria. Hella konnte sich nicht erinnern, jemals so traurig gewesen zu sein. Pater Nau und Gustelies, das war doch ihre Familie! Das waren die Menschen, ohne die sich für Hella das Leben nicht lohnte. Wie sollte es sein, ohne Pater Naus ständige Nörgeleien über Gustelies' Essen? Was geschah mit Bruder Göck, wenn er seinen liebsten Diskussionsgegner verlor? Wer sollte den Wein aus Dellenhofen trinken? Und, vor allem, wer taufte Hellas Kind? Wer erzählte ihm von Gott? Wer erklärte ihm, was gut und böse war?

Hella war eine erwachsene Frau. Doch jetzt spürte sie, wie sehr sie die Ihren noch benötigte. Nein, Pater Nau durfte nicht sterben!

Die Tränen stürzten wie Frühlingsregen über ihre Wangen, ihre Schultern bebten, ja, der Kummer schüttelte ihren ganzen Leib.

Lange weinte sie. So lange, bis sie ganz erschöpft war und, das nasse Gesicht ins Kissen gepresst, endlich einschlief.

Sie träumte, und als sie erwachte, wusste sie nicht mehr, was sie geträumt hatte, aber sie wusste, wie sie Pater Nau retten konnte.

Hella stand auf, wusch sich das Gesicht, schlüpfte in das Magdkleid, die groben Strümpfe und die Holzpantinen. Sie nahm den schäbigen Umhang der Magd, wand sich ungeschickt das grobe Tuch um Hals und Kinn und lauschte an der Tür auf die Geräusche aus der Küche.

Als sie sicher war, dass die Magd unten im Keller war, schlüpfte sie aus ihrem Schlafzimmer, schlich auf Strümpfen, die Pantinen in der Hand, die Stiege hinab und verließ das Haus, ohne jemandem zu sagen, wohin sie ging.

Sie huschte die Gassen entlang bis in die Nähe des Verlieses. Dort wurde sie langsamer, lief jetzt mit hängenden Schultern, als drückte der Kummer sie nieder. Ab und an blieb sie stehen, legte beide Hände auf ihren hochgewölbten Leib und drückte das Kreuz durch. Verstohlen sah sie sich dabei nach allen Seiten um. Und allmählich wurde ihr bewusst, was sie geträumt hatte.

Es waren die beiden Schwangeren, die sie im Schlaf vor sich gesehen hatte. Die Seifensieder-Lilo und die Fremde aus dem Wald. Auch sie waren hier gewesen. Die eine, die Lilo, auf dem Wege zurück vom Stadttor. Gerade eben hatte sie dort erfahren, dass ihr Liebster tot war. Sie traute sich nicht zurück ins Seifensiederhaus. Der Schwiegermutter wollte sie den unsäglichen Kummer ersparen. Und sie selbst war ganz trostlos. Alles um sie herum erschien grau. Eine graue Masse, die ihr den Atem nahm, die alles, was einst schön und farbig gewesen war, unter sich begrub. Lilo wünschte sich tot. Dann würde sie bei ihrem Liebsten sein. Gemeinsam mit dem Kind unter ihrem Herzen. Im Paradies, hatte Pater Nau stets gesagt, seien alle glücklich. Und Lilo sah sich mit dem Liebsten und dem Kind auf einer grünen Wiese unter einem Apfelbaum. Der Liebste lag mit dem Kopf in ihrem Schoß, das Kind spielte zu ihren Füßen. Alles war bunt und schön, und Lilos Sehnsucht nach dieser Apfelbaumwiese war unendlich groß. Und als der Mann kam, der aussah wie ein Allerweltsmann, da ging sie mit ihm mit, weil ihr ganz gleichgültig war, wohin sie ging, und weil sie nicht zurückkonnte ins Seifensiederhaus, wo die Mutter weinen würde und der Vater verstummen. Sie ging einfach mit und fühlte sich, als wäre sie schon auf dem Weg zur Apfelbaumwiese.

Hella erschauerte, als sie an diesen Traum dachte. So muss es gewesen sein, dachte sie. Der Allerweltsmann musste der Teufel sein. Gott hatte jeden Menschen einmalig geschaffen. Nur diesen Mann nicht, der einem gleichzeitig so vertraut und fremd erschien. So gewöhnlich, so unscheinbar, nein, so konnte nur der Teufel sein.

Sie blieb stehen, lehnte sich an eine Mauer, tat, als ob ihr schlecht wäre.

Die Frauen, die mit vollen Körben vom Markt zurückkamen, blieben nicht stehen. Keine von ihnen fragte, ob sie helfen könnte, dafür trafen sie verächtliche, strafende

Blicke, die mehr sagten als jedes Wort: Jetzt steht sie da, das lose Mädchen, das seine Tugend ins Heu geworfen hat. Schande über sie. Recht geschieht ihr.

Eine von den anständigen Frauen spuckte sogar aus vor Hella. Aber keine hatte Mitleid, sodass das Richtersweib sich alsbald fühlte, als wäre sie wirklich eine verstoßene Magd in großen Nöten. Niemals hatte sie sich so einsam gefühlt, so verlassen von Mutter und Gott. Unter den Blicken der Anständigen hörte Hella auf, ein Richtersweib zu sein, und verwandelte sich in die verstoßene Magd. Und plötzlich bekam auch sie diese unstillbare Sehnsucht nach der Apfelbaumwiese, nach diesem Ort, an dem alles gut und richtig war, alles bunt und schön und freundlich. Und sie sah sich dort sitzen, und Heinz hatte seinen Kopf in ihrem Schoß. Und neben ihr saß Pater Nau und nahm einen Schluck aus der Weinkanne, bevor er sagte: «Das Leben ist ein Graus und die Erde ein Jammertal. Wie gut, dass wir nicht mehr dort sind.» Und ihre Mutter, die mit dem Kind spielte, lachte und nickte dazu und schnitt dann mit einem Messer den Kuchen.

Sie war nicht überrascht, als der Allerweltsmann mit einem Male vor ihr stand und ihr aufmerksam ins Gesicht sah. Ihr Traum, der böse Mittagsalb, war Wirklichkeit geworden. Und so war es nur folgerichtig, dass der Mann nun vor ihr stand und sagte: «Ich wusste, dass Ihr wiederkommen würdet. Eure Zeit ist gekommen. Ich bin für Euch da. Ich bringe Euch hier weg, an einen Ort, an dem alles gut und richtig ist.»

Und Hella nickte nur und sagte leise: «Ja, ich weiß.» Und dann griff sie die Hand des Mannes und ging einfach mit. Sie hatte Angst, das Herz schlug ihr bis in den Hals, aber sie wollte, sie musste Pater Nau retten. Und wenn das nur auf diesem Wege gehen sollte, dann musste es eben sein. Gott war mit ihr, da war sich Hella sicher. Und ebenso sicher war sie, dass nur der Mann der Mörder sein und nur seine Überführung den Pater retten konnte.

Plötzlich setzte ihr Herzschlag für einen Augenblick aus. Was, wenn Heinz sie nicht gleich finden würde? Konnte sie wirklich darauf vertrauen, dass er die Büttel zum Verlies schicken und die Leute davor befragen würde?

Sie blieb so abrupt stehen, dass der Allerweltsmann ins Stolpern geriet. «Was ist los?»

«Ich ...», stotterte Hella, «ich habe etwas vergessen. Etwas sehr Wichtiges.»

«Was habt Ihr vergessen?»

Hella schluckte. Ihre Gedanken rasten. Was sollte sie sagen?

«Da im Verlies, da ist jemand, der mir nahesteht. Ich wollte ihm Gottes Segen wünschen. Für alles, was ihm bevorsteht.»

Der Mann verzog den Mund. «Ins Verlies kommt Ihr jetzt nicht rein. Die Besuchszeit ist längst vorüber. Schließt den Euren in das Nachtgebet ein, das tut dieselbe Wirkung.»

Er zog an ihrem Arm, aber Hella stemmte sich dagegen.

«Nein», beharrte sie. «Wenigstens dem Wärter muss ich einen Gruß ausrichten, sonst kann ich nicht mit Euch gehen, so gern ich es auch möchte.»

«Weiber!» Der Allerweltsmann schüttelte den Kopf und sah zum Verlies, das nur wenige Meter hinter ihnen lag. «Dann geht und tut, was Ihr tun müsst. Aber eilt Euch.»

Hella nickte, rannte davon, klopfte an die Tür des Verlieses.

Der Wärter öffnete brummig. «Sagt dem Richter Blettner, dass ich mitgegangen bin zum Schlächter. Und sagt ihm auch, dass die Frauen hier draußen sein Gesicht kennen. Sagt es ihm, versprecht es mir.»

Der Wärter kniff die Augen zusammen und betrachtete Hella, als zweifle er an ihrem Verstand.

«Versprecht es! Beim Leben Eurer Kinder.»

«Na gut, wenn es so dringend ist. Ich verspreche es. Gleich nachher gehe ich zum Malefizamt.»

«Wann?»

Der Wärter sah zur Turmuhr. «In einer Stunde. Reicht Euch das?»

Hella atmete auf. «Ja, das ist gut. Eine Stunde. Aber nicht länger. Und vergesst kein Wort von dem, was ich Euch gesagt habe.»

KAPITEL 30

Jutta Hinterer schloss an diesem Nachmittag ihre Geldwechselstube viel früher ab als gewohnt, und das, obwohl die ersten Gäste, die zur Frühjahrsmesse kamen, bereits eingetroffen und begierig nach Frankfurter Geld waren.

Sie eilte zum Stadttor, lief am Haus des Henkers vorbei, schaute nach links zum Frauenhaus, strich im Vorbeieilen einem Kind über den verlausten, grindigen Kopf und erreichte endlich die Kate am Ende der Gasse.

«Minerva», rief sie. «Ich bin es, Jutta. Mach auf, schnell.»

«Brennt es?», hörte sie von drinnen Minervas spöttische Stimme.

«Schlimmer», schrie Jutta. «Alles steht in hellen Flammen. Jetzt mach schon auf.»

Die Tür hatte sich noch nicht einen Spalt geöffnet, da drückte Jutta schon energisch mit ihrer Schulter dagegen, schlüpfte an Minerva vorbei und ließ sich aufatmend in den Lehnstuhl sinken.

Minerva stand vor ihr, auf der Schürze frische Flecken, die Hände noch nass und fragte belustigt: «Was ist denn los? Ist die Jungbrunnensalbe alle und du frisch verliebt?»

«Wenn's das wäre, wäre ich nicht so gerannt.» Sie griff

nach den nassen Händen der Kräuterfrau. «Minerva, ich muss dich etwas fragen. Woraus besteht die Salbe?»

«Das sagte ich doch bereits. Aus dem ersten Monatsblut junger Mädchen.»

«Und woher hast du das Blut?»

Minerva wand sich. «Das kann ich dir doch nicht sagen, das musst du schon verstehen. Wenn ich jedem meine Geheimnisse verriete, so wäre ich bald ohne Arbeit.»

Jutta schüttelte ungeduldig den Kopf. «Ich werde gewiss nicht in meinem Haus mit dem Blut junger Menschen herumkochen. Ich will nur wissen, woher du es hast.»

Minerva entwand sich dem Griff und rieb sich die Handgelenke. «Wozu nur? Hat dir die Salbe nicht geholfen?»

Ihr Blick flackerte bei diesen Worten, ihre Nasenflügel bebten, und Jutta erkannte, dass Minerva ein wenig Angst hatte.

«Du weißt von den toten Frauen, oder? Zumindest von der, die man am Main gefunden hat, der man das Kind aus dem Bauch geschnitten hat, oder?»

Minerva schüttelte energisch den Kopf. «Ich lebe in der Vorstadt, komme nie heraus. Solche Dinge erfährt man hier nicht.»

«O doch, meine Liebe!» Jutta war wieder zu Atem gekommen. Sie trat so dicht an Minerva heran, dass sie deren Wimpern zittern sehen konnte. «Du weißt genau, wovon ich spreche. Du selbst hast nämlich ihr Leichenwasser und ihr Leichenfett von der Henkerin gekauft.»

Minerva wich einen Schritt zurück, und Jutta folgte ihr. Noch einen Schritt ging Minerva weiter, und Jutta folgte ihr, bis die Kräuterfrau schließlich mit dem Rücken an der Katenwand stand.

«Rede», herrschte Jutta sie an.

Minerva zuckte zusammen, schlug die Hände vor das Gesicht.

«Woher ist das Blut?», donnerte Jutta.

«Ich … ich bekomme es ganz aus der Nähe.»

«Von wo genau?»

Minervas Stimme war kaum zu verstehen. «Mein Vater, er ist ein Gelehrter, der sich der Forschung verschrieben hat. Der berühmte Paracelsus war sein Lehrer. Seit Jahren schon versucht er, ein Mittel gegen die Franzosenkrankheit zu finden. Oh, er hatte schon einige Erfolge. Aber das eine Mittel, welches allen hilft, war nicht dabei.»

«Und wie kommt dein Vater an das Blut der unschuldigen Mädchen?»

«Nicht er. Ihn kümmert so etwas nicht, er geht ganz in seinen Forschungen auf. Ein junger Mann, sein Gehilfe, bringt es mir.»

Jutta verlor allmählich die Geduld. «Und woher hat er es? Junge Mädchen lassen sich nicht melken wie Kühe auf der Weide.»

Minerva begann zu weinen. «Ich weiß es nicht. Ich weiß es wirklich nicht.» Sie schluchzte so sehr, dass Jutta laut aufseufzte, sie beim Arm packte und zu dem Lehnstuhl führte.

«Wieso weißt du das nicht?», fragte sie. «Du musst doch wissen, woher der Mann das Zeug hat.»

Minerva schüttelte den Kopf. «Ich habe ihn nicht gefragt.»

«Du hast was nicht? Du hast ihn nicht gefragt, woher das Blut stammt?»

Das Kräuterweib schüttelte den Kopf.

«Warum nicht?»

Minerva sah sie an, die Augen voller Tränen. «Ich wollte es nicht wissen», flüsterte sie. «Ja, ich hatte sogar Angst zu fragen.»

Jutta riss die Augen auf und ließ sich in den anderen Lehnstuhl fallen. «Aber du hättest fragen müssen! Du bist eine Heilerin, die Leute vertrauen dir.»

«Ach ja?», schrie Minerva. «Tun sie das? Vertrauen sie einer, die in der Vorstadt lebt, die keinen Bürgerbrief hat und keinen Ehemann? O nein, das tun sie nicht! Sie kommen und tun freundlich, wenn sie etwas von mir wollen. Ansonsten würdigen sie mich keines Blickes. Ja, sie erwidern nicht einmal meinen Gruß, wenn sie mich in der Stadt sehen. Sie blicken über mich hinweg, als wäre ich Ungeziefer. Nein, sie vertrauen mir nicht. Sie brauchen mich. Meine Kräuter, mein Wissen, meine Geheimnisse. Das ist es. Sie kommen, um etwas zu erleben, um etwas Anrüchiges zu tun in ihrem ansonsten langweiligen Leben. Du solltest sie hören, solltest ihre Fragen, ihre Wünsche hören. Es kann ihnen gar nicht grausam genug sein. Sie fragen nach den Hoden von Gehenkten, nach seinem letzten Erguss. Vom Mutterkuchen einer Gebärenden wollen sie ein Stück. Noch warm hätten sie es am liebsten. Ihre Zähne wollen sie hineinschlagen, damit auch sie ein Kind bekommen. Sie gieren nach den Inneren ungetaufter Säuglinge. Sie wollen das Blut von Toten, sie trinken es so gierig, dass es ihnen förmlich vom Kinn tropft. Vor nichts haben sie Respekt. Nichts ist ihnen heilig. Das ist es, was sie von mir wollen. Damit verdiene ich meinen Lebensunterhalt. Mit der Gier und der Grausamkeit der anständigen Leute. Mit ihrer Wollust, ihrer Hoffart, ihrer Habsucht, ihrem Neid auf die Nachbarin. Ich selbst bin ihnen vollkommen gleichgültig.»

«Ich verstehe», erwiderte die Geldwechslerin Jutta Hinterer. Und sie verstand tatsächlich. Sie hatte zwar nur eine Bude auf dem Markt, doch sie hatte tagtäglich die Verlogenheit und Gier der Menschen vor Augen. Wie oft kamen Frauen zu ihr, die einem heimlichen Gewerbe nachgingen, wenn ihre Männer als Gesellen in fremden Werkstätten schufteten. Mit verstohlenen Blicken tauschten sie fremde Währung um und gaben Jutta jedes Mal ein viel zu hohes Trinkgeld. Schweigegeld war das, Jutta machte sich da nichts vor. Und am Sonntag in der Kirche, da kannten sie die Geldwechslerin nicht mehr. Die Stadt war voller Lug und Trug, voller Heimlichkeiten und Intrigen, voller Gier und Eifersucht und Neid.

«Ich verstehe, dass du ihn nie gefragt hast», erwiderte Jutta.

Minerva wischte sich die Tränen aus den Augen. «Er ist taubstumm», sagte sie leise. «Er spricht nicht. Noch nie habe ich ein Wort aus seinem Mund vernommen. Aber selbst wenn er sprechen könnte, hätte ich es nicht wissen wollen.»

Wieder nickte Jutta. «Was bringt er dir noch? Frisches Menschenblut?»

Minerva schüttelte den Kopf. «Nein, ich kann den Geruch nicht ertragen. Es fällt mir schon schwer, das bisschen Leichenfleisch zu riechen. Er bringt mir nur das Jungfrauenblut. Alles andere finde ich in den Wäldern und Feldern. Und den Rest bekomme ich von der Henkerin.»

«Wie heißt er, der Gehilfe? Und wo finde ich ihn?»

Minerva zuckte die Achseln. «Ich habe keine Ahnung. Er wird von allen nur ‹der Stumme› genannt. Selbst mein Vater weiß nicht, wo er wohnt. Es interessiert ihn auch nicht. Er sagt ihm nur, wann er ihn braucht, und dann ist er da.»

«Und dein Vater, wo wohnt er?»

Minerva flüsterte wieder. «Im Dörfchen Seckbach. In dem Haus, welches dem Galgen am nächsten ist. Aber glaub mir, mein Vater tut nichts Unrechtes. Er forscht nur. Mein Bruder, er ist an der Franzosenkrankheit gestorben. Und mein Vater hat den Verlust nie verschmerzt. Nichts kümmert ihn mehr als seine Arbeit. Selbst ich bin ihm gleichgültig.»

Richter Blettner brannte darauf, ins Pfarrhaus zu kommen. Er hatte den Weber beim Verhör gehabt, und der hatte gestanden, die Findelkinder zur Arbeit gezwungen zu haben. Nun konnte auch Vater Raphael nicht länger schweigen. Also saßen die beiden Männer im Verlies, dazu Vater Raphaels Frau, und warteten auf das Urteil, welches der Rat über ihr Vergehen fällen würde. Richter Blettner vermutete, dass der Weber aus der Zunft ausgeschlossen würde und die Stadt würde verlassen müssen. Vater Raphael und seine Frau würden wahrscheinlich nach einer Leibstrafe, die sich in Peitschenhieben oder im Brennen durch die Wange ausdrücken würde, ebenfalls der Stadt verwiesen.

Am stolzesten aber war Richter Blettner darauf, dass er Gustelies' Rat befolgt und zu Klärchen Gaube gegangen war. Die Witwe hatte ihm vor Freude die Hände geküsst. «Nichts würde ich lieber tun, als mich um die armen Kinder zu kümmern», hatte sie behauptet, und Richter Blettner hatte ihr geglaubt. Er hatte zwei Büttel und einen Wagen zum Haus der guten Haut geschickt, und schon wenige Stunden später war Klärchen Gaube mit ihrem

Hab und Gut nach Sachsenhausen gezogen. Auch Pfarrer Küttler atmete auf, denn er und seine Frau waren es gewesen, die sich seit Vater Raphaels Verhaftung um die armen Waisen gekümmert hatten.

Insgeheim bewunderte der Richter seine Schwiegermutter für ihren berechnenden Scharfsinn. Er hatte sich noch nie auf eine so elegante Weise eines Konkurrenten entledigt. Denn eines stand fest: Den nächsten Kuchenwettbewerb würde Gustelies todsicher für sich entscheiden.

Natürlich musste nun noch ein Mann gefunden werden, der dem Findelhaus vorstand. Das war schließlich eine Aufgabe, für die Frauen schlichtweg nicht gemacht waren, aber er hatte Bruder Göck einstweilen beauftragt, unter seinen Mitbrüdern einen geeigneten Mann zu finden. Damit war das Findelhaus wieder katholisch, so wie es sich von alters her gehörte. Krafft von Elckershausen hatte sich dreinfügen müssen. Dem Zunftmeister der Weber, einem Evangelischen, der natürlich bei der bevorstehenden Ratstagung eine Stimme hatte, war die Lust am Streiten vergangen. Blettner war sich nicht einmal sicher, ob er aus Scham und Reue letztendlich nicht für die Katholischen stimmen würde. Aber das war jetzt einerlei. Wichtig war, dass die Altgläubigen im Augenblick einen moralischen Vorsprung vor den Neugläubigen hatten. Das konnte für Pater Nau nur von Vorteil sein.

Heinz Blettner freute sich schon den halben Tag darauf, die Gesichter seiner Frau und seiner Schwiegermutter zu sehen.

Doch er sorgte sich um den Pater. Als er den Weber ins Verlies begleitet hatte, war er auch bei Bernhard Nau gewesen. Und der hatte auf seinem Strohlager gesessen, hatte mit den Erbsen aus seiner Suppe wie mit Kinderleckereien um sich geworfen und Narrenlieder wie zur Fastnacht angestimmt.

Blettner hatte nach dem Medicus schicken wollen, doch der Wärter hatte abgewinkt. «Lasst den Mann singen, so lange er lustig ist. Ein bisschen Gesang hat noch niemandem geschadet. Wenn es ihm wirklich schlechtgeht, dann zitiert er aus der Bibel und hält Predigten. Und zwar stundenlang. Das ist ein Grund, nach dem Stadtarzt zu schicken, aber nicht sein Gesang.»

«Meint Ihr nicht, dass er halluziniert?», hatte Heinz gefragt, der wusste, dass gute Laune bei Pater Nau ein Grund zu ernster Sorge war. «Dass das Fieber so hoch gestiegen ist und seine Sinne verwirrt hat?»

«Die meisten Leute ändern sich im Verlies, wisst Ihr?», erklärte der Wärter. «Das hier ist für viele ein Ort, an dem sie ihre Sterblichkeit spüren. Die meisten wollen plötzlich noch Dinge nachholen, die sie im Leben versäumt haben, und es kann sehr gut sein, dass der Pater hier sich immer schon heimlich gewünscht hat, an der Fastnacht einmal nicht als Pater teilzunehmen.»

Heinz Blettner bezweifelte die Deutung des Wärters stark. Er hätte, wenn er des Paters heimliche Wünsche hätte erraten müssen, eher auf ein Bad in einem Fass vom guten Dellenhofener getippt. Aber wer kannte sich schon wirklich mit den geheimen Wünschen der Menschen aus? Er sicher nicht – er hatte ja schon Schwierigkeiten, seine Gattin zu verstehen.

«Ich werde morgen wieder nach ihm schauen», sagte er dem Wärter. «Wenn sich was an seinem Zustand ändert, dann schickt jemanden ins Pfarrhaus.»

Der Wärter nickte sehr langsam und streckte dem Richter dabei seinen offenen Handteller entgegen. Blettner seufzte, klaubte einen halben Gulden aus seiner Geldkatze – bedauerlicherweise hatte er kein Kleingeld mehr.

«Für die Summe, Herr, schicke ich sogar jemanden zum Liebfrauenberg, wenn der Pater nur nach dem Nachttopf brüllt.»

Blettner zog die Augenbrauen hoch.

«Das war ein Scherz.» Der Wärter, der bemerkte, dass er sich im Ton vergriffen hatte, wurde rot und sah auf den Boden.

«Dann bis morgen», donnerte Blettner mit seiner Amtsstimme. «Und dass mir keine Klagen kommen.»

KAPITEL 31

Gustelies kochte. Und das zweifach. Zum einen hatte sie einen kräftigen Eintopf auf dem Herd stehen, aus dem dicke Lammfleischstücke ragten, zum anderen war sie noch immer wütend, weil es ihr nicht gelungen war, den Pater aus dem Verlies zu holen. Und die Aufklärung der Morde ging ihres Erachtens auch viel zu schleppend voran. Sie hatte es nicht ausgesprochen, aber sie hatte Angst um Hella. Eine Heidenangst sogar, seit sie im Magdkostüm durch die Gegend lief.

Sie, Gustelies, würde heute darauf drängen, dass Heinz tätig wurde. Als Erstes würde sie damit drohen, morgen zum Schultheiß zu gehen und sich ihm als Austauschgefangene für Pater Nau anzubieten. Jutta Hinterer und Pater Göck sollten sie begleiten, um Krafft von Elckershausen gehörig unter Druck zu setzen.

Dann hatte sie tatsächlich vor, ihrer eigenen Tochter ein kleines Mittelchen in den Lammtopf zu tun, damit diese für die nächsten Tage mit Unwohlsein sicher und behütet in ihrem Bett blieb. Gustelies blieb stehen, hielt den Kochlöffel kerzengerade nach oben. Nein! Wie konnte sie nur so gedankenlos sein! Sie durfte Hella doch nichts geben, was dem Kind in ihrem Bauch schadete. Sie brauchte etwas anderes, etwas, das sich auf die Haut schlug, etwas, das Pickel machte und Hella zeitweise ein wenig entstellte. Nun ja, wenigstens so viel, dass sie von der Straße wegblieb.

Gustelies überlegte. Am besten wäre es, wenn Hella sich ekelte. Schon als Kind hatte sie davon ein Geschwür zwischen Lippe und Nase bekommen. Grindschnut nannten das die Leute in Hessen. Oh, das war gut, das würde helfen.

Gustelies kannte ihre Tochter und wusste genau, dass ihr sonst keine Möglichkeit blieb, ihr neugieriges Kind von der Straße fernzuhalten. Von wem sie das wohl hat?, überlegte sie. Diese Neugier, die gefährlich werden kann. Der Meine war doch nicht so, jedenfalls habe ich das nie so empfunden.

Dann zuckte sie mit den Achseln, rührte im Topf herum und überlegte, wie sie Hella dazu bringen konnte, sich zu ekeln. Die Ehe hatte sie ein wenig abgehärtet, aber irgendwas musste sich doch finden lassen! Wenn der Pater doch da wäre! Der wüsste sicher einen Rat.

Unversehens begann Gustelies zu weinen, doch gerade als ihre Schultern unkontrolliert zuckten und die Tränen als Rinnsale von ihrem Kinn aufs Brusttuch tropften, hörte sie den Klopfer an der Tür. Zur selben Zeit begannen auch die Glocken zu läuten, und Gustelies war klar, dass innerhalb weniger Augenblicke ihre Abendgesellschaft, die wie immer aus Heinz und Hella, Jutta und Bruder Göck bestand, kommen würde.

Das Klopfen draußen wurde energischer. Das konnte nur Jutta sein!

Seufzend wischte sich Gustelies ihr tränennasses Gesicht mit einem Küchentuch ab und schlurfte zur Tür.

«Du hast geweint?», fragte Jutta und zog die Freundin an sich. «Es wird alles gut, du wirst sehen. An Ostern sitzen wir alle friedlich beieinander und essen von deinem Osterkuchen.» Jutta strich Gustelies über den Rücken und versuchte dabei, zuversichtlicher zu wirken, als sie es war.

«Genug», sagte Gustelies irgendwann und löste sich von Juttta. «Die anderen werden gleich da sein, und Hella muss nicht sehen, dass ich geweint habe.»

Jutta nickte, ging hinter Gustelies in die Küche, nahm die Steingutteller vom Bord und verteilte sie auf dem Tisch.

Sie legte gerade Hornlöffel aus, als Bruder Göck mit griesgrämiger Miene das Pfarrhaus betrat.

«Was ist los, Antoniter?», wollte Jutta wissen, doch der Geistliche winkte ab. «Die Erde ist ein Jammertal und das Leben ein Graus, jawohl.»

Er setzte sich seufzend und trommelte mit seinem leeren Becher auf dem Tisch herum. «Gibt's keinen Wein heute Abend?», wollte er wissen. «Ein guter Tropfen würde mich schon aufheitern.»

«Alles der Reihe nach, Bruder», bestimmte Gustelies. «Wir warten auf Heinz. Soll er in den Keller steigen und den Wein holen. Mir sitzt heute das Alter in den Knochen.»

Der Antoniter murrte noch ein wenig und war dann ruhig.

Endlich klopfte es wieder. Jutta öffnete und brachte Heinz in die Küche. «Einen wunderschönen Abend zusammen. Ich bringe wunderschöne Neuigkeiten. Aber zuerst will ich meine wunderschöne Frau küssen.»

«Als Dichter wärst du ein Reinfall», stellte Gustelies fest. «Und Hella ist doch wohl mit dir gekommen, oder nicht?»

Heinz schüttelte den Kopf. «Wir hatten ausgemacht, dass wir uns im Pfarrhaus treffen. Sie wollte dir beim Kochen helfen.»

«Hella wollte beim Kochen helfen? Das hast du geglaubt?» Gustelies schüttelte den Kopf, aber dann wurde sie ernst. «Und wo ist sie jetzt?»

Heinz zuckte mit den Achseln. «Ich habe keine Ahnung.»

Für einen Augenblick erstarrten alle. Dann rief Heinz: «Ich laufe rasch nach Hause und hole sie», und war schon aus der Tür, bevor sein letztes Wort verklungen war.

Bruder Göck faltete die Hände und sprach ein Gebet, während Gustelies dastand, als wäre sie am Küchenboden festgenäht.

Nur Jutta, deren inneres Zittern man nicht sehen konnte, fuhr fort, den Tisch zu decken. «Rühr den Eintopf, Gustelies, sie werden gleich da sein», sagte sie und glaubte ihren eigenen Worten nicht.

Sie saßen zu dritt stumm am Tisch. Bruder Göck starrte in seinen leeren Weinbecher und seufzte hin und wieder.

Gustelies malte mit dem Zeigefinger die Astlöcher nach, als kriegte sie das bezahlt, und Jutta Hinterer betrachtete sorgenvoll ihre Freundin. In die Stille hinein platzte Heinz. Er stand in der Küche, das Gesicht vollkommen leer, nur die Angst hockte in seinen Augen.

Niemand sagte ein Wort. Da stand Gustelies auf, ging in den Keller und kam mit einer riesigen Kanne Wein zurück. Wortlos füllte sie reihum die Becher. Erst, als alle getrunken hatten, sagte Heinz: «Sie ist weg. Niemand weiß, wohin sie gegangen ist. Unsere Magd hat nichts gehört und gesehen, weiß nur, dass sie Hella seit dem Mittag in ihrer Stube geglaubt hat.»

Gustelies wirkte wie zu Eis erstarrt.

Jutta dagegen zappelte auf der Küchenbank herum: «Was hatte sie an, die Hella? Was hatte sie bei sich? Der Weidenkorb, ist er da? Wenn nicht, so wollte sie womöglich zu einem Händler. Was hat sie in den letzten Tagen erlebt? Was hat sie beschäftigt?»

Heinz sah auf. «Um den Pater hat sie sich gesorgt. Im Verlies ist sie gewesen und ganz verwirrt und unglücklich zurückgekommen.»

«Nur im Verlies? Nirgendwo sonst?», fragte Jutta nach.

Heinz und Gustelies nickten.

«Du hast sie selbst erlebt, Jutta», fügte Gustelies hinzu. «Sie stand vor deiner Stube auf dem Römer und hat sich über den Unverstand der Menschen ausgelassen, über ihre Oberflächlichkeit. Erinnerst du dich?»

Die Geldwechslerin nickte nachdenklich, dann stand sie auf. «Ich gehe zum Verlies. Der Wärter soll mir sagen, was vorgefallen ist. Etwas muss sie zutiefst verstört haben.» Sie wandte sich an den Richter. «Wann hast du sie zuletzt gesehen? Und worüber habt ihr bei dieser Gelegenheit gesprochen?»

Blettner kratzte sich am Kinn. «Beim Mittagessen. Sie hat gefragt, was der Schultheiß Krafft von Elckershausen zu unternehmen gedenkt. Ich sagte, dass sie sich keine großen Hoffnungen machen sollte, dass Elckershausen unseren Pater freilässt. Es ginge nicht um den Menschen, es ginge um Politik. Sie war entsetzt. Nein. Entgeistert. Nein, sie war wie gelähmt. Von da an hat sie mir nicht mehr zugehört.»

«Mein Gott», stöhnte Gustelies. «Das kenne ich. Sie hat

nachgedacht. So war sie schon als Kind. Wenn ihr ihm nicht helft, wird sie gedacht haben, so muss ich ihm eben helfen. Jutta, ich komme mit. Die Spur führt wahrhaftig über das Verlies.»

KAPITEL 32

Hella kam es vor, als liefen sie schon seit Stunden. Allmählich taten ihr die Füße weh. Sie waren vom Verlies aus hinauf zur Friedberger Warte gegangen, am Rande der Bornheimer Heide. Sie hatten die Warte hinter sich gelassen und waren bis hinauf zum Lohrberg gelaufen. Der war mit dichten Bäumen bestanden. Ein endloser Wald, der sich bis in die Wetterau zog, nur hin und wieder von einem Dorf oder einem Weiler durchbrochen.

Der Allerweltsmann lief voran, wandte sich alle paar Schritte um und schaute auf Hella. Manchmal bog er ihr einen Zweig aus dem Weg oder half ihr über große Steine hinweg.

Es war dunkel geworden und kalt. Ein kräftiger Wind trieb die dicken Wolken vor sich her, als triebe er Kühe auf eine Weide. Die jungen Bäume bogen die Wipfel, ab und an knallte ein Tannen- oder Kiefernzapfen vor ihr auf den Weg. Manchmal lugte der Mond durch einen Wolkenspalt und tauchte alles in ein kaltes Licht. Dann sah das Gesicht des Allerweltsmannes aus, als wäre es aus Silber, selbst sein Haar, das am Tage farblos war, leuchtete gespenstisch.

Tiere kreuzten ihren Weg, huschten wie Schatten an ihr vorüber. Im Unterholz hörte Hella Wildschweine grunzen, irgendwo krächzte ein Käuzchen.

Wenn ein Käuzchen schreit, stirbt ein Mensch. Bei dem Gedanken an den alten Spruch erschauerte Hella bis ins tiefste Innere.

Sie fror trotz der dicken Strümpfe, ihre Zehen waren schier taub vor Kälte. Außerdem hatte sie den Eindruck, dass die Holzpantinen mit jedem Schritt schwerer wurden.

Seit sie im Wald waren, kannte sie sich nicht mehr aus.

Sie musste einmal stehenbleiben, weil ein Stein in ihren Holzschuh geraten war und drückte. Vor ihr ragte eine mächtige Tanne auf. Der Wind bog einen Ast bis zu ihr herab, und Hella schien es, als wolle der alte Baum ihr etwas zuraunen. Doch sie verstand es nicht.

Der Allerweltsmann hatte bemerkt, dass sie nicht mehr folgte. Er kam zurück, hielt sie am Arm. «Es ist nicht mehr weit», sagte er. «Nur noch ein kurzes Stück. Dann wird Euch warm werden, und Ihr könnt Euch ausruhen und sicher fühlen.»

Wie gerne hätte Hella jetzt in der Pfarrhausküche ihrer Mutter gesessen und ihr beim Kochen zugesehen. Wie gern hätte sie Bruder Göcks Nörgeleien gelauscht oder den spöttischen Kommentaren der Geldwechslerin. Und ihr Heinz!

Ach, du Lieber, dachte sie. Wie gern wäre ich jetzt bei dir! Wie sehr vermisse ich dich.

«Kommt, kommt. Eilt Euch. Ich befürchte, der Sturm bringt Regen mit. Ihr wollt doch nicht nass werden?»

Hella stutzte. Die Stimme des Allerweltsmannes hatte einen seltsamen Beiklang bekommen. Die Freundlichkeit, die Anteilnahme waren geblieben, aber Hella kam es so vor, als hätte sich ein Hauch von Ungeduld daruntergemischt.

«Ja, ich komme», sagte sie leise, aber in Gedanken bat sie Gott und alle seine Engel, dass Heinz sie bald finden möge. Ihr war so unbehaglich zumute, dass sie am liebsten in Tränen ausgebrochen wäre. Alles, was bei Tag so unschuldig war, wirkte hier im Wald beängstigend. Links und rechts, vorn und hinten, ja selbst oben und unten knarrte, ächzte, murmelte, brummte und summte es in diesem Wald. Die Wipfel der Bäume schienen sich im Wind über sie werfen zu wollen, die Zweige peitschten sie vorwärts.

Endlich waren sie an einem kleinen Haus angelangt, neben dem sich murmelnd ein Bächlein schlängelte. Es lag auf einer Lichtung, von der Hella noch niemals gehört hatte. Sie schätzte, die Lichtung befand sich ungefähr in der Mitte zwischen dem Lohrberg und den Dörfern Seckbach und Vilbel.

Das Haus selbst lag im Dunkeln, nur hin und wieder blitzgleich vom kalten Mondlicht erhellt. Ein Holzstoß, mannshoch, zeichnete sich links ab, auf der rechten Seite erkannte Hella mehrere Zuber, die umgekehrt auf dem Boden lagen.

«Wo sind wir hier?», fragte sie.

«Im Wald», erklärte der Mann. «An einem Ort, an dem Euch niemand findet. Ein Ort, an dem es warm und traulich ist. Hier könnt Ihr in Ruhe Euer Kind zur Welt bringen.»

Er holte einen riesigen Schlüssel aus der Tasche seines Umhanges und schloss die Tür auf. Gleich dahinter musste eine Öllampe stehen, denn Augenblicke später folgte Hella dieser Lampe ins Innere des Hauses.

Zuerst bemerkte sie den Geruch, der so ungewöhnlich war an diesem Ort, dass sie beinahe erschrak. Es roch …

es roch … ja, Hella wagte es kaum zu denken: Es roch wie in einem Mädchenzimmer. Ein wenig nach Vanille, ein wenig nach Zimt, nach Sommerblumen und nach frischgemähtem Gras. So rochen im Winter nur die keuschen Mädchen, die den Tau ihrer Jugend in einen solchen Duft verwandeln konnten.

«Lebt Ihr allein hier?», fragte Hella und kroch tiefer in ihren Umhang.

Der Mann lachte leise. «Nicht immer. Manchmal sind auch Frauen hier, die sich in der gleichen Lage wie Ihr befinden.»

Hella blieb stehen, versuchte, im dunklen Hausflur etwas zu erkennen, aber sie spürte nur Steinboden unter ihren Füßen und fasste mit der rechten Hand nach dem Rauputz der Wand. «Warum tut Ihr das?», fragte sie.

«Was tue ich denn?»

«Ihr helft denen, die Hilfe brauchen», erklärte Hella verwundert. «Es ist doch so, dass Ihr Frauen wie mich aufnehmt, oder?»

«Ja, das ist so», erwiderte der Mann.

«Warum also?»

«Nichts geschieht ohne Eigennutz, meine Liebe. Und jetzt sagt mir Euren Namen.»

Hella überlegte. Ein wenig zu lange, wie ihr selbst schien. Also antwortete sie: «Mein voller Name lautet Hella Maria. Meine Mutter sagte mir, dass er ‹kleine widerspenstige Göttin› bedeutet.» Sie lachte ein wenig auf, aber es klang schrill.

«Dann kommt endlich in die Küche, kleine widerspenstige Göttin, damit Euch warm wird und ich Euch eine Honigmilch machen kann.»

«Und Ihr? Wie ist Euer Name?», wollte Hella wissen.

Wieder lachte der Mann. «Ich habe keinen Namen. Für das, was ich tue, benötige ich keinen. Denkt Euch etwas aus. Nennt mich, wie Ihr mögt.»

«Aber Eure Mutter», widersprach Hella. «Sicher hat sie Euch bei Eurer Taufe einen Namen gegeben. Jeder Mensch hat einen solchen.»

Der Mann trat auf Hella zu, beleuchtete ihr Gesicht, sodass seines im Dunkeln blieb und Hella nur die Umrisse erkennen konnte. «Niemand hat mich je über ein Taufbecken gehalten», sagte er.

Hella schluckte und presste beide Hände schützend auf ihren schwangeren Leib, als wollte sie verhindern, dass das Ungeborene die Worte des Mannes verstand.

Zögernd betrat Hella die Küche. Die Stimme des Mannes hatte warm geklungen. Trotzdem zitterte Hella innerlich, und dieses Zittern kam nicht von der Kälte.

Sie hatte Angst. Furchtbare Angst. Es war der Geruch. Der Geruch nach Mädchen, nach jungen Frauen. Um Gottes willen, was mache ich nur hier?, dachte sie immer wieder. Hoffentlich erhält Heinz meine Nachricht über den Wärter bald. Hoffentlich, hoffentlich sucht er nach mir.

Sie ahnte, dass sie sich in Gefahr begeben hatte, aber noch konnte sie die Größe dieser Gefahr nicht abschätzen. Es ist spät, dachte Hella. Viel zu spät, um allein aus dem Wald heraus und zurück in die Stadt zu finden. Ich werde wohl oder übel bis morgen warten müssen. Ich darf nicht einschlafen heute Nacht. Vielleicht gelingt es mir sogar, ein wenig im Haus herumzustöbern. Vielleicht gelingt es mir wirklich, das Geheimnis um die Mädchen herauszubringen.

«Was geschieht mit den Mädchen, wenn sie ihre Kinder zur Welt gebracht haben?», fragte Hella den Mann, der mittlerweile ein paar Holzscheite in den Kamin geschichtet hatte und sie mit einem Fidibus zum Brennen brachte.

«Was geschieht mit den Mädchen und ihren Neugeborenen?», drängte sie.

Der Mann lächelte, wandte sich zu Hella. Seine Stimme war nur ein Flüstern, als er sagte: «Seid sicher, sie sind allesamt an einem Ort, an dem ihnen nichts geschehen kann.»

Und bei diesen Worten wurde es Hella noch kälter zumute.

KAPITEL 33

«Wärter, spuckt aus, was Ihr wisst!»

Heinz hatte den Mann mit beiden Fäusten beim Kragen gepackt und schüttelte ihn wie einen Wäschesack hin und her.

«Nichts weiß ich!», krächzte der Mann. «Sie war heute Vormittag hier, gekleidet wie eine Magd, die ihre Tugend verloren hat. Beinahe hätte ich sie nicht erkannt und mit einem Fluch weggeschickt. Sie war im Verlies beim Pater. Gott allein weiß, was die beiden da ausgeheckt haben.»

«War irgendetwas anders an ihr?», wollte Jutta wissen. Ihre ruhige Stimme schien dem Wärter gutzutun.

«Anders? Pffft! Ein Richtersweib im Magdkostüm, das seinen Onkel im Verlies besucht! Wie anders wollt Ihr es denn noch haben?» Der Wärter schüttelte verständnislos den Kopf.

«Was hat sie gesagt? Erzählt jedes Wort!», befahl Blettner mit seiner donnernden Ratsversammlungsstimme.

«Als ich mich von meinem Schrecken über ihren Anblick erholt hatte, fragte sie mich nach den schwangeren Frauen, die manchmal hier einen Platz suchen, um die Frucht ihrer Sünden bei uns abladen zu können.»

«Was?» Gustelies riss die Augen auf. «Heißt das, die Frauen kommen selbst hierher zu Euch, wenn sie spüren, dass ihre Stunde gekommen ist?»

«Ihr sagt es!», bestätigte der Wärter. Dann zeigte er mit dem Finger auf den Richter. «Der selbst war es, der mitbeschlossen hat, dass wir die Frauen weiterschicken müssen. Damit uns keine hier drinnen verreckt und wir mit den Bälgern dastehen.»

Gustelies fuhr herum. «Stimmt das? Hast du eine solche Verordnung erlassen?» Ihr Gesicht glühte, und Blettner schien es, als würden sich jeden Augenblick ihre Haare aufstellen.

Er nickte verunsichert. «Erlassen habe ich nichts, aber – ich gebe es zu – unterschrieben habe ich.»

Gustelies hob den Finger. «Darüber reden wir später noch.»

Sie trat einen Schritt auf den Wärter zu. «Was hat sie dann gesagt? Denk genau nach. Jedes Wort ist wichtig, jeder Seufzer von Bedeutung.»

Der Wärter war völlig durcheinander. Es war ihm anzusehen, dass er sich vor Gustelies mehr fürchtete als vor dem Richter. Er schloss die Augen, biss sich auf die Unterlippe, schüttelte schließlich den Kopf. «Ich weiß es nicht mehr, der Herr im Himmel ist mein Zeuge. Ich habe alles vergessen.»

Gustelies gab ihm einen Stoß. «Dann denk jetzt nach!», befahl sie.

Der Wärter gab sich Mühe, jeder konnte es ihm ansehen. «Ein Mann», sagte er dann. «Von einem Mann hat sie gesprochen. Ob ich ihn kenne.»

«Und? Wer war der Mann? Los, mach den Mund auf, Wärter.»

Der schüttelte den Kopf. «Lieber Himmel, ich weiß es nicht mehr. Gegrüßt hat er sie wohl. Das hat sie gewundert. Ich habe gesagt, dass ein jeder das Richtersweib grüßt. Und sie hat erwidert, dass er sie unmöglich hat erkennen können. Eine Verwechslung, dachte ich noch. Das geschieht doch allenthalben in einer großen Stadt wie der unseren. Vielleicht war's auch ein frommer Bruder, der sich mit Gott gutstellen wollte, indem er eine Ausgestoßene gegrüßt hat. Außerdem hält sich hier jede Menge Gesindel auf. Mein Gott, ich kann mich doch nicht um alles kümmern!»

Beinahe schien es, als würde der Wärter in Tränen ausbrechen wollen.

Gustelies wandte sich an Jutta. «Sie hat also hier, in der Nähe des Verlieses, mit einem Mann gesprochen. Das kann ein Hinweis sein.»

«Sie wurde gegrüßt», präzisierte Jutta.

«Wärter, hat sie den Kerl beschrieben?»

Der zuckte mit den Achseln. «Nicht richtig. Gesagt hat sie, er sähe aus wie Jedermann. Wenn Ihr damit etwas anfangen könnt? Ich kann es jedenfalls nicht.»

«Er sah aus wie Jedermann?», fragte Blettner nach.

Der Wärter nickte.

«Was meinte sie damit?»

Jutta erklärte: «Vielleicht wollte sie damit sagen, dass an ihm ganz und gar nichts Hervorstechendes, nichts Außergewöhnliches war.»

«Und nach wem sollen wir dann suchen?» Blettner schlug verzweifelt die Hände vor das Gesicht.

Die anderen standen stumm.

Gustelies schnaubte. «Wir gehen jetzt», verkündete sie zur großen Erleichterung des Wärters. «Und Ihr denkt weiter nach. Meldet Euch, sobald Euch noch etwas einfällt.»

«Was hast du jetzt vor?», fragte Heinz Blettner. Seine Stimme klang wie die eines sehr müden Kindes.

«Was schon? Zum Tor gehe ich. Zum Stadttor gleich hinter dem Verlies. Und du solltest jemanden zu den anderen Stadttoren schicken. Und vergiss auch die heimlichen Törchen nicht. Irgendwo muss sie doch sein!»

Gustelies stürmte davon, Jutta Hinterer folgte ihr auf dem Fuße.

Bruder Göck, der bis dahin geschwiegen hatte, legte Blettner eine Hand auf die Schulter. «Ich nehme mir die heimlichen Törchen vor. Kümmert Ihr Euch um die offiziellen.»

Blettner starrte den Antoniter an. «Woher kennt Ihr denn die heimlichen Törchen?»

Bruder Göck verzog verächtlich den Mund. «Jeder Mönch in dieser Stadt kennt sie wie den eigenen Klostergarten. Wir sind nämlich auch nur Menschen.»

Bevor Heinz Blettner den Mund wieder zuklappen konnte, war der Antoniter schon verschwunden.

Die Geldwechslerin Jutta Hinterer lief die ganze Nacht hinter ihrer Freundin Gustelies her. Sie ahnte bereits, was geschehen würde: Niemand hatte Hella allein oder mit einem Fremden durch ein Stadttor gehen sehen.

In ihr breitete sich dagegen eine dunkle Ahnung aus. Es war kein Verdacht, sondern nur eine Ahnung, ein leises Rumoren in ihrem Kopf, das nicht aufhören wollte.

Ich muss zu Minerva, dachte sie. Gleich, wenn die Sonne aufgegangen ist, muss ich zu Minerva.

Unterdessen redete Gustelies ununterbrochen, als wolle sie damit die Stimmen in ihrem Kopf übertönen. «Wenn mir dieses Kind nach Hause kommt», schalt sie und meinte mit «Kind» natürlich ihre Tochter, «dann kann sie etwas erleben. Den Gürtel werde ich holen und ihr den Arsch versohlen, dass sie drei Tage nicht darauf sitzen kann.»

«Hella ist schwanger», warf Jutta ein.

«Du hast recht. Das heißt, ich werde die Schläge verdoppeln, sodass sie eine Woche nicht sitzen kann. Ich werde ihr in allen Einzelheiten ausmalen, wie schlecht die Welt ist, was ihr alles hätte passieren können, wie sehr sie uns geängstigt hat.» Sie blieb stehen, schlug die Hände vor das Gesicht. «O Gott», jammerte sie. «Ich möchte sie doch nur wiederhaben. Herr im Himmel, nimm mir alles, was ich habe, nur gib mir mein Kind zurück. Wenn du unbedingt Blut sehen willst, o Herr, dann nimm mich, nimm mein Leben, aber verschone mir die Hella.»

«Rede nicht so!», bestimmte Jutta, obwohl auch ihr die Tränen in den Augen standen. «Von deiner Jammerei kommt sie auch nicht zurück. Lass uns weiter nach ihr suchen.»

Gustelies nickte beklommen. «Ja, aber wo? Wir waren doch schon überall.»

Jutta nickte. «Du hast recht. Mitten in der Nacht können wir wenig ausrichten. Ich bringe dich nach Hause. Du musst dich hinlegen und ausruhen, damit du morgen in aller Frische weitersuchen kannst.»

Kraftlos nickte Gustelies.

Es war weit nach Mitternacht, als Gustelies den Becher mit heißer Milch schlürfte, in den Jutta unbemerkt eine Unmenge an Baldriantropfen gegeben hatte. Von draußen hörte man die Stimme des Nachtwächters. Sofort sprang Gustelies auf. «Vielleicht weiß er etwas! Vielleicht hat er etwas gesehen oder gehört. Er war schließlich die ganze Nacht in der Stadt unterwegs.»

Sie stürmte hinaus, und Jutta folgte ihr auf dem Fuße.

Der Nachtwächter wich bis in eine Hausnische zurück, als er die beiden Frauen mit wehenden Röcken über den totenstillen Liebfrauenberg stürzen sah.

«Ach, Ihr seid es, Pfarrersgehilfin. Und natürlich Ihr, Geldwechslerin. Was treibt Ihr Euch bei Nacht hier draußen herum?»

Er schien allerbester Laune zu sein. Gustelies kniff die Augen zusammen. «Habt Ihr getrunken, Nachtwächter?»

Der Mann schlug schuldbewusst die Augen nieder. «Es ist ein weiter Weg durch die Nacht. Das macht die Kehle trocken. Hin und wieder ein Schlückchen in einer Schänke wird man einem schwerarbeitenden Manne doch nicht abschlagen können.»

Gustelies schnappte nach Luft. «Ihr habt im Gasthaus gesessen und die armen Frankfurter ihrem Schicksal überlassen?»

Der Nachtwächter winkte ab. «Die guten Menschen schlafen längst, wie sich das gehört.»

«Habt Ihr meine Tochter gesehen?»

«Das Richtersweib?» Er kicherte. «Die liegt unter der Decke ihres Mannes, Ihr müsst nur richtig nachschauen.»

Gustelies packte den Mann beim Kragen und schüttelte ihn. «Ich mache keine Scherze, Trunkenbold! Ist Euch in dieser Nacht etwas aufgefallen? Habt Ihr wen gesehen?»

Der Nachtwächter runzelte die Stirn, dann schüttelte er den Kopf. «Nichts anderes als sonst. An der Heilig-Geist-Pforte waren zwei Antonitermönche, aber die treffe ich oft dort. Und auf dem Friedhof habe ich die alte Seifensiederin gesehen. Die hockte dort vor einem leeren Grab und ließ ihre Tränen hineintropfen. Ach, und natürlich die Flussfischer, die gehören zur Nacht wie der Mond und die streunenden Katzen. Aber sonst?»

Der Nachtwächter schüttelte den Kopf.

«Und gehört? Habt Ihr was gehört?»

Der Mann zeigte zum Himmel. «Bei dem Sturm? Da verstehe ich mein eigenes Wort kaum.»

Jutta überlegte. «Wann wart Ihr in der Nähe des Verlieses?», fragte sie.

«Einmal bei Einbruch der Nacht, und das nächste Mal werde ich im Morgengrauen dort sein. Kurz bevor die ersten Fuhrwerke aus der Wetterau das Stadttor passieren.»

«Habt Ihr da wen gesehen? Beim Verlies, meine ich?»

Der Wärter dachte nach, schwankte dabei leicht nach links und rechts.

Gustelies platzte der Kragen. «Nachtwächter, ich sage Eurem Weib, dass Ihr die ganze Nacht sauft und rumhurt. Oder Ihr sprecht endlich!»

Der Mann schluckte. Es war allgemein bekannt, dass die Seine mit der Bratpfanne schnell bei der Hand war. Sein Kopf zeigte mehr Dellen als ein alter Nachttopf.

«Die Halunken streichen bei Nacht ums Verlies. Da sind die, die ihren Kumpanen Neuigkeiten zuraunen, und die anderen, die wissen wollen, wo die Beute versteckt ist. Manchmal ist auch eine von den losen Frauen da, die den Wärter schmiert, um ihren Liebsten noch einmal zu sehen, bevor er am Galgen baumelt.»

«Ist einer da, den Ihr schon öfter gesehen habt?»

Der Nachtwächter ließ die Öllampe in seiner Hand kreisen und schwankte den Kreisen hinterher. «Da ist … manchmal ist da … aber nein, das kann ein Trugbild sein … Nein, ich glaube, da ist sonst niemand.»

«Ein Trugbild?», fragte Jutta. «Redet! Beschreibt das Trugbild.»

Der Nachtwächter schüttelte den Kopf. «Das ist es ja eben. Mir ist, als wäre da jemand, aber ich kann mich bei Gott nicht an sein Aussehen erinnern. Als wäre er ein Geist oder ein Schatten oder so etwas.»

Gustelies stieß den Nachtwächter leicht gegen die Brust, sodass der Mann gegen die Mauer taumelte. «Ihr seid vollgesoffen wie ein Fuhrknecht. Schlaft Euern Rausch aus. Morgen kommt zu mir und berichtet mir über das Trugbild. Habt Ihr verstanden?»

Der Wärter kratzte trotzig mit dem Schuh auf dem Straßenpflaster herum und gab so zu verstehen, dass Gustelies ihm gar nichts zu befehlen hatte.

«Wenn du bis Mittag nicht da gewesen bist, erzähle ich alles deinem Weib. Und besonders das, was ich nicht selbst gesehen habe, sondern mir nur denken kann. Vielleicht rede ich auch mal mit dem Richter. Was ist denn das für ein Nachtwächter, der die halbe Nacht in den Schänken hockt?»

Der Wächter seufzte, warf Gustelies einen bitteren Blick zu. «Mittags komme ich. Frühestens. Ein Mann mit meinem Beruf braucht schließlich auch seinen Schlaf.»

Mit diesen Worten schwankte er von dannen.

KAPITEL 34

Hella saß in der Küche des Waldhauses und schlürfte einen heißen Kräutersud. Ihre Füße steckten in einem kleinen Zuber mit heißem Wasser, über ihren Schultern hing eine Decke.

«Geht es Euch jetzt besser?», fragte der Jedermann.

Hella nickte und sah ihm ins Gesicht. Sie starrte ihn an, als wolle sie ihn malen, doch sobald sie wieder wegsah, hatte sie sein Aussehen schon vergessen.

«Was geschieht nun?», fragte sie.

«Nun, wenn Euch überall warm ist, dann werde ich Euch ein Nachtlager bereiten. Ihr müsst erschöpft sein. Und Euer Kind braucht ebenfalls Ruhe.»

«Das meine ich nicht. Was geschieht mit mir?»

«Was immer Ihr wollt, wird geschehen.»

«Heißt das, Ihr werdet für mich sorgen?»

Der Jedermann schüttelte den Kopf. «Nein, das kann ich nicht. Das übersteigt meine geringen Mittel. Ich helfe Euch nur, das Kind zur Welt zu bringen. Mehr kann ich nicht tun.»

«Aber dann, wenn das Kind da ist, was geschieht dann mit mir und dem Kind?»

Der Mann lehnte sich so weit in seinem Stuhl zurück, dass Hella sein Gesicht im Schein der Öllampe nicht mehr erkennen konnte.

«Was soll denn geschehen?», fragte der Mann mit weicher Stimme. «Was wünscht Ihr Euch denn?»

Ich will nach Hause, dachte Hella. Ich möchte mein Kind in der Wiege schaukeln, ich möchte es im Arm zum Liebfrauenberg tragen. Es soll auf Pater Naus Schoß sitzen. Ich möchte meinen Heinz sehen, wie er das Kind badet, wie er sich bläht vor Stolz auf den wohlgeratenen Sprössling. Und meine Mutter will ich sehen, die das Kind an ihren weichen Busen presst, und dazu Jutta, die darüber lacht, aber ihre Rührung kaum verbergen kann. Sogar nach Bruder Göck sehne ich mich, nach seinem angewiderten Gesicht, wenn das Kleine den Brei auf seine Kutte spuckt. Meine Familie möchte ich zurück, und mein Kind soll in dieser, meiner Familie aufwachsen. Nichts sonst wünsche ich mir. Nur das.

Und obwohl Hella «Nur das» dachte, wurde ihr zum ersten Mal bewusst, wie wichtig ihr die Familie war. Diese Familie, von der ein Teil nicht einmal mit ihr verwandt war und die sie doch als gänzlich zu sich gehörend empfand.

Aber hier saß sie nun als Magd. Und diese Rolle musste sie bis zum Ende spielen.

«Was ich mir wünsche?», fragte sie.

«Ja.»

«Ich wünsche mir nur das, was sich wohl alle Menschen auf dieser Welt wünschen. Einen Platz zum Leben, ein Bett für den Schlaf, ein wenig Brot und Milch für den Tag und die Gewissheit, dass mein Kind in Frieden aufwachsen kann.»

«Das ist sehr viel. Eure Wünsche sind groß. Riesig sogar.»

Hella verstand nicht. «Warum sind sie groß? Ich wünsche mir keine Kleider, keinen Schmuck, keine Kutsche, kein großes Haus, keinen Ruhm und keine Ehre. Ich wünsche mir doch nur, was zum Leben nötig ist.»

«Ja, und das nenne ich viel. Das ist mehr, als die meisten haben. Mehr, als Gott dem Menschen zugesteht.»

Hella schüttelte den Kopf. «Warum?», fragte sie immer wieder. «Warum hat Gott mich zur Welt kommen lassen, wenn er nicht für mich sorgen will?»

Der Mann lachte auf. «Ihr wisst wenig vom Leben! Sagt selbst, wie wollt Ihr jemals an ein Bett kommen? Was für ein Leben wartet auf eine wie Euch? Auf eine Hure, selbst wenn sie es nur ein einziges Mal mit einem Manne getrieben hat? Einen Bastard wird sie haben, eine lose Frau wird sie sein. Eine, die niemand anstellt, weil keiner das Kind mit ernähren will. Eine, die keine Arbeit findet und keinen Mann. Als Wanderhure werdet Ihr womöglich gehen müssen. Für ein Stück Brot, einen Schluck Milch Euern Leib hergeben müssen. Ihr werdet verhöhnt und angespien werden. Ein jeder, der Lust dazu hat, kann Euch schlagen, Euch berauben. Ihr seid schutzlos. Bei jedem Wetter werdet Ihr draußen sein. Und Weihnachten ist für Euch, wenn ein mitleidiger Mensch Euch in der Scheune auf faulem Stroh schlafen lässt oder im Stall, wo Ihr Euch an den Leibern von Pferden, Kühen und Schweinen wärmen müsst. Denkt doch nur an die Menschen in der Vorstadt. An ihre grauen Gesichter, an ihre Kinder, die abends gebratene Ratten essen müssen, weil für etwas anderes kein Geld da ist. Die stehen über Euch, denn sie haben wenigstens ein Dach über dem Kopf. Denkt an die Männer, die für den Kaiser in die Schlacht ziehen müssen, die in Erdlöchern schlafen bei Frost und Gewitter, bei Hitze und Schnee. Denkt daran, wie diese Männer nach Hause kommen, erfroren an allen Gliedern und erfroren an der Seele. Niemals mehr können diese Männer lieben. Und sie werden es auch sein, die Euch schlagen und Euch mit der Franzosenkrankheit anstecken. Euer Leben für ein Stück Brot.» Er hielt kurz inne und betrachtete Hella. «Und das Kind. Glück hat es, wenn es das erste Jahr überlebt. Oder sollte man das besser Pech nennen? Es wird niemals satt sein, immer krank. Die Pest lauert in jedem Loch, in jedem Tümpel. Die Pocken, Aussatz, Schwindsucht, Auszehrung. Alt werdet Ihr vor der Zeit und Euch sehnen nach dem Tod.»

Hella weinte. Sie schluchzte hemmungslos, presste die Hände wieder schützend auf ihren Leib. Sie weinte um sich, um all die Frauen und Kinder, denn sie wusste, dass der Jedermann recht hatte. Ja, es gab Menschen, die für immer ohne Hoffnung leben mussten.

«Was soll ich denn nur tun?», klagte sie, sich ganz und gar in die gefallene Magd, die sie hier spielte, hineinversetzend.

«Wollt Ihr etwa Euerm Schicksal entgehen?», fragte der Jedermann, und seine Stimme hatte dabei etwas unangenehm Lauerndes.

«Wer in meiner Lage würde das nicht wollen?», schluchzte Hella. «Alles würde ich geben, selbst meine Seele, um meinem Kind ein solches Leben zu ersparen.»

«Ihr wisst, was Ihr da gesagt habt?», fragte der Mann.

«Was meint Ihr?»

«Eure Seele würdet Ihr geben, um Euer Kind zu schützen.»

«Ja! Ja! Und immer wieder ja!» Hella schrie beinahe.

«Das klingt wie ein Pakt mit dem Teufel.»

«Wenn der für mein Kind sorgt, soll es mir recht sein, denn Gott scheint sich nicht zu kümmern.»

Der Mann stand auf, legte Hella eine Hand auf die Schulter. «Seid nun ganz ruhig. Alles wird so werden, wie Ihr es wollt. Geht nun zu Bett. Ihr braucht noch viel Kraft.»

Er stand auf, nahm Hella den leeren Becher aus der Hand und stellte ihn in den Spülstein. Dann griff er nach der Decke um Hellas Schulter, legte sie ordentlich zusammen auf die Küchenbank.

Hella erhob sich. Sie fühlte sich plötzlich so schwer wie ein alter Fischerkahn, der mit Wasser vollgelaufen war. Sie glaubte, sie könnte keinen einzigen Körperteil bewegen, und ihr Hirn schien ebenso stillzustehen. Ich will hierbleiben, war alles, was sie denken konnte. Hier, in dieser Küche.

Doch der Jedermann griff ihr unter den Arm, zog sie behutsam hoch. «Wie ich sehe, seid Ihr müder, als ich gedacht habe.»

«Was war in dem Kräutertrank?», versuchte Hella zu fragen, doch auch ihre Zunge, ihre Lippen gehorchten ihr nicht mehr.

Sie hing am Arm des Mannes, der ihr eine so schreckliche Zukunft ausgemalt hatte. Langsam führte er sie eine schmale Stiege hinauf.

Sie wusste kaum, wie sie in das Zimmer gekommen war. In dieses einfache Zimmer mit dem einfachen Holzbett, auf dem eine dicke, weiche Decke lag und ein Kissen, so prall gefüllt wie eine dicke Gewitterwolke.

«Legt Euch hin», murmelte der Mann. «Legt Euch.»

Hella nickte, schlüpfte aus den Holzpantinen, und der Mann fasste sie unter den Knien und schwang ihre Beine auf das Bett. Dann deckte er sie zu, strich ihr kurz übers Haar. «Eine gute Nacht», wünschte er, dann war er verschwunden.

Als seine Schritte auf der Stiege verklungen waren, richtete Hella sich auf. Sie versuchte, die Müdigkeit abzuschütteln, und sah sich um. Das Zimmer war praktisch leer. Außer dem Bett stand nur noch ein Stuhl darin, auf dem ihr Umhang lag. In der Ecke neben der Tür befand sich ein Waschtisch. Mühsam rappelte Hella sich hoch. Sie musste sich regelrecht zwingen, die Augen offen zu halten.

Dann taumelte sie zu dem Waschtisch, goss aus dem Krug Wasser in die Schüssel und tauchte ihr Gesicht hinein.

KAPITEL 35

Jutta Hinterer atmete auf, als Gustelies endlich schlief. Sie saß noch eine kleine Weile neben ihrem Bett und lauschte den gleichmäßigen Atemzügen, die nur hin und wieder von einem herzzerreißenden Schluchzer unterbrochen wurden.

Mitleidig strich Jutta der Freundin über die Schulter, zog ihr die Decke bis zum Kinn hinauf. Dann stahl sie sich leise aus der Schlafkammer.

Die Schwärze der Nacht ging langsam in das Grau des neuen Tages über, aber Jutta spürte noch immer keine Müdigkeit. Alle ihre Sinne waren geschärft. Jedes noch so kleine Ding am Wegesrand nahm sie wahr, jedes noch so leise Geräusch drang an ihr Ohr.

Sie eilte durch die Gassen, vorbei an den geschlossenen Fensterläden, hinter denen die braven Frankfurter den Schlaf der Gerechten schliefen.

Einmal sah sie eine junge Frau verstohlen aus einer Tür huschen, dahinter wurde kurz ein Mann mit freiem Oberkörper sichtbar. Es war ein Handwerksgeselle, dessen Frau für ein paar Tage zu ihrer Schwester gereist war.

In der Töngesgasse begegneten ihr zwei Männer, die einen Handkarren hinter sich herzogen, dessen Last mit einer Plane bedeckt war. Die Männer hatten ihre Kapuzen tief ins Gesicht gezogen und erwiderten Juttas Gruß nicht. Aber Jutta wusste auch so, dass es Peter und Paul waren, die beiden Fischer, die ihren ersten Fang heimlich und ohne Steuern dafür zu bezahlen an eine der zahlreichen Schänken verkaufen wollten.

Der Torwächter schlief. Sein Schnarchen war schon aus einiger Entfernung zu hören, und so war es Jutta ein Leichtes, die schwere Tür einen Spalt aufzuschieben und hinaus in die Vorstadt zu schlüpfen.

Im Haus des Henkers brannte bereits Licht, doch das war nichts Ungewöhnliches. Sein Beruf erforderte es, dass er manche Dinge in der Nacht erledigte.

Auch aus Minervas Kate schimmerte ein Lichtschein.

Jutta verkniff es sich, zu klopfen. Sie stieß einfach die Tür auf und befand sich mitten in der Stube der Kräuterfrau. Die Tür, die nach links in den Nebenbau führte, stand offen, und Jutta hörte die Kräuterfrau singen. Es war ein trauriges Lied, das von Abschiedsschmerz um den Liebsten handelte.

Jutta rief leise Minervas Namen. Der Gesang brach unvermittelt ab, und die Kräuterfrau erschien mit zerzaustem Haar und gerötetem Gesicht in der Tür.

«Um des Herrgotts willen, Geldwechslerin, was treibt Euch zu dieser Stunde in mein Haus? Ist etwas geschehen? Benötigt Ihr eine Arznei?»

«Hella ist weg. Das schwangere Richtersweib. Ich weiß, dass sie bei Euch war. Und Ihr wisst, dass schwangere Frauen im Augenblick in dieser Stadt nicht sicher sind. Ihr müsst mir helfen.»

Minerva strich sich das wirre Haar aus der Stirn. «Die Hella kenne ich», sagte sie. «Ich mag sie gern. Und ich werde helfen, so gut ich es vermag. Sie soll auf keinen Fall zu Schaden kommen. Was muss ich tun?»

«Geht mit mir zu Euerm Vater. Er soll mit mir sprechen. Auch der Gehilfe muss gefunden werden. Es ist wichtig. Lasst uns jetzt auf der Stelle aufbrechen.»

Minerva biss sich kurz auf die Unterlippe, nickte dann, ging raschen Schrittes in den Anbau und nahm dort einige Töpfe von der Feuerstelle. Dann band sie ihr Haar zusammen und sagte: «Ich bin bereit.»

Gemeinsam hasteten sie durch die stille Vorstadt. Inzwischen brannten in einigen wenigen Hütten die ersten Lichter. Eine Frau kam aus einer offenen Tür und reckte und streckte sich ausgiebig. Irgendwo weinte ein Kind, anderswo kläffte ein Hund.

Aus dem Frauenhaus taumelte ein Mann, der sich noch im Gehen die Hose zuknöpfte.

Jutta und Minerva hörten, wie die Hurenmeisterin hinter ihm energisch die Tür verschloss.

Der Horizont hatte sich inzwischen blutrot verfärbt und strahlte sein Licht auf die Wolkenberge ab. Minerva schaute nach oben. «Der Frühling kommt», erklärte sie. «Und mit ihm die Stürme. Es ist gefährlich im Wald, wenn der Wind so bläst.»

Jutta winkte ab. «Ich kann mir keine Sorgen um herabfallende Zweige machen, wenn Hella in Gefahr ist.» Sie hielt inne und presste eine Hand auf ihr Herz. «Oh, mein Gott», hauchte sie. «Ich darf gar nicht daran denken, was mit Gustelies und Heinz geschehen mag, wenn Hella etwas zustößt.»

Der Wächter schlief noch immer, als die beiden Frauen das Stadttor passierten. Frankfurt war unterdessen erwacht. Die Handwerker öffneten die Klappläden an ihren Werkstätten und legten die Waren aus. Im Viertel der Bäcker und Zuckerbäcker duftete es aus allen Häusern.

Lehrjungen trugen Bleche mit Broten umher, Mägde füllten ihre Körbe damit.

Ein Fuhrwerk rumpelte die Straße entlang, ein Auflader rollte ein Fass die Gasse hinab. Fensterläden wurden schwungvoll aufgestoßen, und der Inhalt der Nachttöpfe ergoss sich auf das Pflaster. Der Wind riss an Vorhängen, ließ Türen zuschlagen, hob die Röcke der Mägde und riss an den Hauben der Frauen.

Ein kleiner Junge balgte sich mit einem Hund, eine Frau legte Bettdecken ins Fenster. Es war ein Morgen wie jeder andere auch in Frankfurt, aber Jutta schien es, als wäre alles ein wenig grauer als sonst.

«Wie weit ist es bis zu deinem Vater?», fragte sie.

«Eine Stunde, wenn wir uns beeilen.»

Jutta nickte und schritt entschlossen aus.

Sie gingen am Verlies vorbei, und Jutta hielt die Augen offen nach einem Mann. Nach irgendeinem Mann, der sich irgendwie auffällig verhielt. Doch da war niemand. Nur die Armen, die vor der Tür des Verlieses Schlange standen, um ihre eingekerkerten Familienmitglieder zu besuchen. Manche trugen einen wurmstichigen Apfel wie eine Kostbarkeit in der Hand, andere hielten einen Brotkanten oder eine ausgefranste Decke im Arm.

Auf der anderen Straßenseite unterhielten sich zwei zerlumpte junge Frauen, die Säuglinge in einem Tuch vor der Brust trugen.

«Warte», bestimmte Jutta. «Die beiden Frauen dort, ich muss sie etwas fragen.»

Jutta überquerte die Straße, beugte sich zu den Säuglingen, lobte deren Aussehen, strich mit dem Finger behutsam über die weichen Wangen. «Ihr Lieben», fragte sie. «Seid Ihr öfter hier?»

Die eine lachte. «Der Meine, der hockt da hinter der Mauer, weil er sich beim Stehlen hat erwischen lassen, als ich in den Wehen lag. Dabei hatte ich ihm gesagt, er solle das lassen. Für Taschendiebstahl hat er kein Geschick. Aber er hat es mir ja unbedingt beweisen wollen.» Sie lachte und schüttelte den Kopf. «Jetzt wartet er auf sein Urteil. Wenn er Glück hat, wird ihm nur ein Eisen durch die Wange gebrannt.»

«Und der Meine ist auch nicht viel besser», erklärte die andere. «Er kam eines Tages mit einem Fass nach Hause. Wein war drin, und der Meine witterte das große Geschäft. Also panschte er – und wurde natürlich erwischt.»

«Wie sieht dafür die Strafe aus?», wollte Jutta wissen.

«Wahrscheinlich steckt ihn der Henker einen ganzen Tag lang in ein Fass und stellt ihn auf dem Römer aus. Und die Leute dürfen ihn mit faulem Zeug bewerfen und ihn anspucken. Er hat's verdient.» Ihre Stimme klang gleichgültig. «Nur dass wir wieder einmal aus einer Stadt ausgewiesen werden, das stört mich. Endlich habe ich eine Freundin gefunden», sie deutete auf die andere Frau, «schon heißt es weiterziehen.»

«Ist Euch ein Mann aufgefallen, der sich manchmal hier herumtreibt?»

Die Frauen sahen einander an, dann antwortete die eine: «Wir haben nicht darauf geachtet. Wenn Ihr ein Leben führen müsstet, wie wir es tun, dann schaut Ihr nicht nach Männern.»

«Oh», erwiderte Jutta. «Ich weiß genau, wovon Ihr da sprecht. Niemand macht so viel Ärger, niemand bereitet so viel Kummer wie ein Mann.»

«Ihr sagt es.»

«Aufgefallen ist Euch keiner?»

Die beiden Frauen überlegten. «Vielleicht war da einer, der häufig hier herumlungerte», erwiderte die Frau des Weinpanschers. «Aber ich kann beim besten Willen nicht sagen, wer das war.»

«Und wie sah er aus?»

Die Frau zuckte mit den Achseln. «Ich weiß es nicht mehr. Gewöhnlich. Normal. Unauffällig. Ich dachte, er will sein Weib besuchen. Eine heimliche Hübschlerin vielleicht. Aber ich habe mich nicht um ihn gekümmert.»

Juttas Herz schlug ein wenig rascher. «Ist er jetzt da? Seht Euch um! Könnt Ihr ihn irgendwo entdecken?»

«Nein.»

Enttäuscht wünschte Jutta den beiden Frauen und ihren Kindern viel Glück, dann zog sie Minerva weiter.

Sie gingen eine ganze Strecke schweigend. Erst als die Friedberger Warte rechts von ihnen, der Atzelberg vor ihnen und der Riederwald links von ihnen lagen, brach Jutta das Schweigen. «Erzähl mir von dir, Minerva. Von dir und deinem Vater.»

Die junge Frau zuckte mit den Achseln und schob trotzig ihre Unterlippe nach vorn. «Da gibt es nicht viel zu berichten. Geboren wurde ich in Bologna. Mein Vater war Professor an der dortigen Universität. Mein älterer Bruder und ich wuchsen in einem wunderschönen Haus auf, in dessen Hof eine Palme stand. Kinderfrauen zogen uns auf. Meine Mutter, schön und viel zu jung, um Mutter zu sein, hatte einen Liebhaber, von dem wir Kinder nichts wussten. Als sie von ihm schwanger geworden war, schickte mein Vater sie weg. Der Bischof verhängte über ihr den Kirchenbann, und wenig später verlor unser Vater seine Anstellung an der Universität. Es hieß, ein Lehrer, der zugleich Ehemann einer Treulosen war, tauge nicht zum Unterrichten. Ich war inzwischen ein junges Mädchen. Gut entwickelt, aber im Geiste so unschuldig wie ein Neugeborenes. Natürlich sah ich die Blicke der Studenten, hörte ihre lockenden Worte, doch ich verstand sie nicht.» Sie seufzte.

«Mein Vater packte unsere Sachen, und wir zogen über die Alpen ins Heilige Römische Reich Deutscher Nation. Vater sagte, dort herrsche ein neuer Glaube, der nicht so streng sei wie der in Bologna. Unterwegs wurde mein Bruder von deutschen Häschern gefangen und ins Heer verpflichtet. Er zog gegen die Türken in den Krieg. Wir warteten in Koblenz auf seine Rückkehr. Und zwei Jahre später war es so weit: Angelus kehrte zurück, doch er war krank an Leib und Seele. Die Franzosenseuche war in ihm ausgebrochen. Mein Vater, der in Angelus seinen Nachfolger gesehen hatte, den Sohn, der seine Forschungen weiterführen würde, musste zusehen, wie mein Bruder elend zugrunde ging.» Die Erinnerung schmerzte sie sichtlich.

«Am Tag seines Todes starb auch ein Teil meines Vaters. Von nun an kümmerte er sich nicht mehr um sich, sondern stürzte sich wie besessen in seine Forschungen. Er arbeitete mit seltenen Kräutern und geheimnisvollen Pflanzen, die er sich von weit her kommen ließ. Dann erkrankte der Sohn des Bürgermeisters an der Franzosenkrankheit, und Vater erhielt den Auftrag, ihn zu heilen. Wenn das gelänge, so sollte ich den jungen Mann heiraten und mein Vater erhielte den Bürgerbrief der Stadt. Tag und Nacht stand ich mit meinem Vater im Laboratorium, reichte ihm Instrumente, heizte die Brenner, spülte Flaschen und Pipetten. Der Zustand des Bürgermeistersohnes verschlechterte sich dramatisch. Da hörte sein Vater, wie eine Frau, die als Weise galt, ihm sagte, der Junge würde genesen, wenn er mit einer Jungfrau schliefe. Der Bürgermeister ordnete an, dass ich diese Jungfrau sein sollte. Mein Vater versuchte, das zu verhindern, denn er wusste, dass der Junge dadurch nicht zu retten war. Und obendrein würde er mich an die Seuche verlieren.»

«Und weiter?», wollte Jutta wissen.

Minerva schluckte. «Ich habe noch nie mit jemandem darüber gesprochen», flüsterte sie.

«Mir ist nichts fremd, glaub mir», erklärte Jutta. «Alles, was du mir jetzt erzählen könntest, hätte auch ich für mein Kind getan, wenn mir Gott eines geschenkt hätte.»

Minerva nickte. Ihr Mund lächelte, doch in ihren Augen standen Tränen.

«Nach dem Tod des Jungen mussten wir Koblenz verlassen. Mein Vater wusste, dass er an keiner Universität eine neue Anstellung bekommen würde. Auch als Arzt konnte er nicht mehr praktizieren, denn alle seine Urkunden waren auf den Namen ausgestellt, auf dessen Kopf vom Koblenzer Patrizier und Bürgermeister eine so hohe Summe ausgestellt war.»

«Ihr seid nach Frankfurt gekommen?»

Minerva nickte. «Die Stadt ist groß, doch eine Universität fehlt hier. Die Gefahr, hier erkannt zu werden, war für meinen Vater gering. Also ließ er sich in Seckbach nieder und forschte.»

«Und du? Warum lebst du nicht bei deinem Vater?»

Minerva schluckte. «Was meinst du, wovon mein Vater lebt? Ich muss ihn ernähren. Ich muss arbeiten, damit er forschen kann. In Seckbach wäre ich nicht zu Geld gekommen, das Dorf ist zu klein. Und innerhalb der Frankfurter Stadtmauern kann ich auch nicht leben. Also blieb nur die Vorstadt.»

«Und der Gehilfe, denn du den Stummen nennst, er hält den Kontakt zwischen deinem Vater und dir?», wollte Jutta weiter wissen.

«So ist es. Nur zu Weihnachten und zu Ostern gehe ich nach Seckbach. Aber selbst an diesen Tagen hält sich mein Vater die meiste Zeit in seinem Laboratorium auf. Manchmal denke ich, er hält auch mich für tot. Beide Kinder Opfer der Seuche. Vielleicht ist es das, was ihn so unermüdlich sein lässt.»

Minerva deutete die gepflasterte Gasse hinab. «Dort! Siehst du die Hütte, die links hinter dem Seckbacher Rathaus steht? Direkt neben dem Galgen?»

«Ja.»

«Dort lebt er, mein Vater. Und er ist zu Hause, denn aus dem Kamin steigt Rauch auf.»

KAPITEL 36

Hätte Richter Heinz Blettner sein Haus nur wenige Augenblicke früher verlassen, wäre er Jutta Hinterer vor die Füße gelaufen. Doch er fand seine Schuhe nicht und musste erst die Magd aus dem Bett rufen.

Jetzt eilte er die Gassen hinab, am Römer vorbei und verschwand am unteren Ende der Fahrgasse, dort, wo die reichen Patrizier wohnten.

Er klopfte an der Hintertür des Schultheiß-Hauses. Eine Magd, noch angetan mit dem Nachtkleid, das Haar vom Schlaf zu einem Nest gestrickt, öffnete ihm und gähnte.

«Ihr seid es, Richter? Was macht Ihr zu dieser gottverlassenen Stunde bei uns?»

Der Richter schob die schlafwarme Frau zur Seite. «Weck deinen Herrn. Sofort. Und sorge dafür, dass die gnädige Frau dabei nicht wach wird. Er soll runterkommen, es geht um Leben und Tod.»

Die Magd riss neugierig die Augen auf. «Was ist geschehen, Richter?»

Blettner wedelte verärgert mit der Hand. «Jetzt ist nicht die Zeit für einen Schwatz. Hol den Herrn, aber hastig, Weib.» Sein Ton war so ungehalten, dass die Magd sofort verängstigt die breite, geschwungene Treppe hinauflief.

Die ganze Nacht war Heinz wach gewesen und hatte, so er vor Angst um Hella überhaupt denken konnte, nachgedacht. Er war den ganzen Tag über schon so in Gedanken um die Morde versunken gewesen, dass er selbst dem wirr sprechenden Wärter des Verlieses, der am Nachmittag bei ihm gewesen war, nicht hatte zuhören können, sondern ihn nur mit einem «Ja, ja, ist gut» weggeschickt hatte.

Der Morgen graute schon, als ihm einfiel, dass Bruder Göck von einem Beichtenden nur Verse aus dem Buch Hiob gehört hatte. Und er hatte den Mönch geweckt, der nach seiner erfolglosen Suche am Küchentisch des Richters über einem Becher Wein eingeschlafen war.

«Hiob?», hatte der Mönch schlaftrunken gemurmelt. «Ja, richtig, der Verwirrte, der nur Verse zitierte. Das hatte ich Euch doch erzählt.»

«Habt Ihr mit dem Pater darüber gesprochen?», hatte Blettner gedrängt. «Kann es für die Mordfälle und für Hellas Verschwinden wichtig sein?»

Mühsam hatte Göck den Schlaf abgeschüttelt und nachgedacht. «Also», sagte er schließlich zögernd. «Bevor der Pater mit den Kopfschwarten aufgegriffen wurde, hatte ich eine seltsame Unterredung mit ihm, und er fing auch immer von Hiob an. Es war einmal kurz nach der Beichte.»

«Weiter», forderte Heinz Blettner ihn auf.

«Wenn ich jetzt drüber nachdenke, ist das doch ein seltsamer Zufall.»

«Kein Zufall», erklärte der Richter. «Denn ich erinnere mich, dass der Pater an einem Abend nach der Beichte immer von Bibelstellen mit abgezogener Kopfhaut sprach. Das muss etwas bedeuten! Wenn nun der Verwirrte mit den Hiobszitaten dem Pater die Kopfschwarten gebracht hat?»

«Dann bringt er vielleicht wieder eine, bei der nächsten Beichte.» Bruder Göck hatte Mühe, mit dem schnelldenkenden Richter mitzuhalten.

«Ja, aber dafür brauchen wir Pater Nau. Denn als er bei Euch war, lag nichts im Beichtstuhl nachher – weiß der Teufel, was in so einem Unhold vorgeht!»

Was ihre Erkenntnis noch bedeuten mochte, wagte keiner der beiden Männer auszusprechen: Hella schwebte in höchster Gefahr. Wenn sie noch lebte.

Und jetzt war Heinz Blettner beim Schultheiß, um den Pater aus dem Verlies zu holen. Noch heute. Am Nachmittag sollte wieder eine Beichte stattfinden. Bis dahin musste Pater Nau im Stuhl sitzen, und zuvor musste die Nachricht von seiner Rückkehr in der ganzen Stadt verbreitet werden. Dann würde, dann musste auch der Unbekannte kommen, und Blettner würde sich an seine Fersen heften und nicht lockerlassen, bis er seine Frau gefunden hatte.

Nur ein Problem hatte ihm Sorgen bereitet: Wie konnte er den Schultheiß dazu bringen, die Freilassung für den Pater anzuordnen?

Noch immer hatte Heinz Blettner hierzu keinen Plan, zumindest keinen sehr ausgefeilten. Doch er war entschlossen, mit allen Mitteln zu kämpfen.

Als er den Schultheiß die Treppe herabtaumeln sah, hätte Blettner trotz seiner Müdigkeit und seiner Angst am liebsten laut aufgelacht. Krafft von Elckershausen trug ein weißes Nachthemd, unter dem seine stacheligen Schienbeine hervorlugten. Auf dem Kopf saß die verrutschte Nachtmütze, die ihm bis ins linke Auge hing. Der Schultheiß gähnte mit offenem Rachen wie ein hungriger Hofhund.

«Ich hoffe, Ihr habt einen guten Grund, mich zu wecken, Richter. Einen sehr guten Grund.»

Mit einer Hand winkte er den Richter ins Haus, der Ärmel seines Nachtgewandes wedelte im Takt mit.

Blettner hatte eine kleine Rede auf der Zunge gehabt, die er dem Schultheiß halten wollte. Um Verantwortung sollte es in dieser Rede gehen, um den Wert eines Menschen, um seine Stellung in der Stadt. Doch jetzt brachte er nur einen einzigen Satz heraus: «Meine Frau ist verschwunden!»

«Wie bitte?»

Der Schultheiß drückte Heinz auf eine Bank und gab der Magd ein Zeichen, Branntwein zu bringen, dann forderte er: «Erzählt! Von Anfang an. Und lasst nichts aus.»

Und Heinz berichtete, was er wusste, nur hin und wieder von einem Seufzer aus tiefstem Herzen unterbrochen.

«Lasst Pater Nau frei, Schultheiß, ich bitte Euch sehr, um das Leben meiner Frau.»

Von Elckershausen kratzte sich am Kinn. «Hmm», brummte er. «Hmm, das müssen wir wohl machen. Der Erste Bürgermeister wird mir den Kopf abreißen, aber hier geht es um Dinge, die wichtiger sind als Politik. Ich habe selbst ein Neugeborenes. Meine Frau würde für den Rest ihres Lebens nicht mehr mit mir sprechen, ließe ich Euch nun im Stich.»

Er rief nach seiner Magd. «Geh und hol mir ein frisches Brot und Milch. Aber geh zum Bäcker Frauenholz und erzähl seiner Frau in allen Einzelheiten, dass der Pater Nau aus dem Verlies entlassen wird. Dann lauf zum Liebfrauenberg und hol die Gustelies aus dem Bett. Sie soll nicht zum Verlies, sondern sogleich auf den Markt und die Neuigkeit verbreiten. Hast du verstanden?»

Die Magd sah ihren Herrn zweifelnd an. «In der Kammer ist noch genügend Brot. Wir brauchen nichts. Und warum soll ich erst zum Liebfrauenberg, wenn ich doch vorher beim Bäcker war? Dann wird das Brot doch kalt!»

Der Schultheiß klopfte unruhig mit einem Fuß auf den Boden. «Frag nicht so blöd. Tu einfach, was ich dir sage. Zuerst der Bäcker, dann die Gustelies. Kümmer dich nicht um das Brot, erzähl lieber unterwegs allen, die du triffst, dass der Pater freikommt.»

«Aber warum soll ich denn Brot kaufen, wenn ich mich nicht darum bekümmern soll?» Die Magd blickte verstört zu Heinz Blettner, während der Schultheiß die Augen verdrehte und alle Götter um Hilfe anrief.

Blettner stand auf, packte die Magd beim Arm. «Hör zu», erklärte er behutsam. «Es handelt sich hier sozusagen um eine juristische Angelegenheit, bei der du mittun darfst. Ermittlungshalber, verstehst du? Es geht jetzt nicht um das Brot. Du sollst nur dafür sorgen, dass ein jeder in der Stadt weiß, dass unser Pater heute Nachmittag in der Liebfrauenkirche die Beichte abnimmt.»

«Ah!» Das Gesicht der Magd leuchtete auf. «Ihr wollt also, dass der Mörder davon hört und auch kommt, nicht wahr? Und weil Ihr noch nicht wisst, wer er ist, müssen einfach alle Leute davon erfahren.»

Blettner breitete die Arme aus. «Wer sagt's denn?», rief er erleichtert. «Ihr seid ein kluges Geschöpf. Nur haltet Euer Maul im Zaum. Der Mörder darf natürlich nicht wissen, dass wir ihm auf den Fersen sind.»

Der Richter zwinkerte der Magd vertraulich zu.

«Ihr könnt Euch auf mich verlassen», raunte die Magd

wichtig. «Und Euer Weib, die war immer freundlich zu mir. Froh bin ich, wenn ich helfen kann.»

«O Gott, o Gott», jammerte der Schultheiß. «Wir haben heute den fünfundzwanzigsten März. Warum hatte Gott kein Einsehen und wartete auf mich mit solchen Aufgaben bis nach dem achtzehnten April?»

«Weil du dich endlich einmal als Mann zeigen sollst, als einer, dessen Wort Gewicht hat, als einer, der sich bei niemandem anbiedert.»

Der Schultheiß war aufgesprungen, und Heinz Blettner wandte sich überrascht um.

Die Schultheißin kam die Treppe herab, das Neugeborene an die Brust gedrückt.

Krafft von Elckershausen schluckte. Die Schultheißin aber beachtete ihn nicht, sondern trat direkt auf den Richter zu. «Blettner, ich weiß, wie Ihr Euch fühlt. Und ich versichere Euch, ich werde mithelfen, dass Euer Weib gesund nach Hause kommt.»

Sie blickte Blettner direkt in die Augen. «Zumal die Eure morgen Geburtstag hat.»

Der Richter glotzte kalbsdumm. «Wo… woher wisst Ihr das?»

Die Schultheißin lachte. «Wir sind … nun ja … wir sind befreundet, die Hella und ich. Wenn auch nicht so eng, wie ich es mir wünschen würde. Und Frauen vergessen die Geburtstage ihrer Freundinnen niemals. Und jetzt steht nicht herum, holt den Pater aus dem Verlies, steckt ihn in einen heißen Badezuber und seht zu, dass er heute Nachmittag gesund genug ist, um die Beichte abzuhalten. Ich jedenfalls werde jetzt zu meinen Freundinnen gehen und ihnen von der Freilassung berichten. Und Ihr, Richter, geht noch in die Küche zur Magd. Sie hat gestern eine wundervolle Rinderbrühe gekocht. Davon nehmt Ihr etwas mit. Für den Pater und für Euch.»

Sie senkte vornehm den Kopf, dann entschwand sie ebenso graziös, wie sie gekommen war.

«Ei der Daus!», brach es aus Blettner hervor. «Ein tolles Frauenzimmer.»

Der Schultheiß blickte grämlich. «Na ja», murmelte er. «Aber in einem hat sie recht. Holt den Pater da raus, ich schicke gleich einen Büttel mit den nötigen Papieren. Und nehmt meinen Wagen. Womöglich ist der Pater zu schwach für den Heimweg.»

KAPITEL 37

Im Haus herrschte vollkommene Stille. Nur durch die geschlossenen Läden konnte Hella den Sturm brausen hören. Vorsichtig und noch immer ein wenig benommen stand sie auf. Es war stockdunkel in ihrem Gemach, doch ihre Augen hatten sich daran gewöhnt, sodass sie einzelne Umrisse gut erkennen konnte. Dort musste die Tür sein.

Auf Strümpfen schlich sich Hella vorwärts.

Der Flur lag ruhig. Nur ein winziges Öllicht brannte dort, wo die Stiege hinab zur Küche führte.

Vom Flur gingen mehrere Türen ab, und Hella presste ihr Ohr an eine jede, um nach Geräuschen zu lauschen.

Aus der Tür, die neben ihrer Kammer lag, drangen laute Schnarchgeräusche. Dort musste der Jedermann schlafen.

An der nächsten Tür hörte Hella nichts. Auch hinter der übernächsten war es still.

Doch von gegenüber vernahm Hella leise Geräusche. Es klang, als ob jemand weinte.

Behutsam klopfte Hella an diese Tür. Dahinter wurde es still. Vorsichtig drückte sie auf die Klinke und war überrascht, dass die Tür sich ohne weiteres öffnen ließ.

Hella trat ein, erkannte ein Bett, auf dem ein Mensch lag, dessen Mitte sich stark nach oben wölbte.

«Gelobt sei Jesus Christus», flüsterte sie.

«In Ewigkeit. Amen», flüsterte eine Stimme zurück.

Hella hätte beinahe vor Überraschung aufgeschrien, denn die Stimme war keine unbekannte.

«Lilo? Seifensieder-Lilo? Bist du das?»

«Ja», flüsterte die Stimme zurück. «Seid Ihr das, Richtersweib?»

«Ja.»

Hella schlich näher, ließ die Tür zum Flur aber einen Spaltbreit offen, sodass nichts, was draußen vor sich ging, vor ihr verborgen blieb.

Dann setzte sie sich zu Lilo auf das Bett.

«Wie geht es dir?», fragte Hella leise. «Und, vor allem, was machst du hier?»

«Mir geht es gar nicht», erwiderte die junge Seifensiederin. «Seit mein Liebster tot ist, bin ich es auch. Ich habe nur noch einen Wunsch: endlich bei ihm zu sein.»

Sie seufzte, und kurz darauf hörte Hella sie wieder erbärmlich weinen.

Sie griff nach Lilos Hand und streichelte sie.

«Und dem Kind? Wie geht es ihm?»

Die Lilo schnaufte. «Ich glaube, es geht ihm gut. Es bewegt sich mit jedem Tag energischer. Er sagt, in wenigen Tagen ist es so weit.»

«Wie bist du hierhergekommen?»

«Ich weiß es nicht», erwiderte die Lilo. «Ich kann mich nicht recht erinnern. Eines Tages wachte ich auf und dachte, ich wäre im Himmel. Froh war ich darüber, Richtersweib. So unendlich froh. Ich wollte raus und nach meinem Liebsten suchen, aber da stand er. Gesagt hat er, er hätte mich aus dem Fluss gezogen, und wirklich waren meine Kleider nass.»

«Und Ihr selbst wisst nichts mehr?», wollte Hella wissen.

Die Lilo schüttelte den Kopf. «Alles in mir war leer und gestorben, als ich hörte, dass der Liebste tot ist. Ich weiß nicht, wohin ich gegangen bin. Ich weiß nur, dass ich nichts gesehen und nichts gehört habe. Nur den Tod habe ich mir gewünscht. Gebetet habe ich darum, Gott angefleht, das Kind und mich zu sich zu holen.»

«Hmmm», machte Hella. «Und nun bist du hier. Wie lange schon? Und was machst du hier?»

Durch den Fensterladen fiel ein Streifen Mondlicht auf das Gesicht der Seifensiedermagd. Hella erschrak. Lilos Augen waren so blickleer, waren nur noch zwei dunkle Löcher. Und dort, wo einst ihre wunderschöne Lockenmähne geprangt hatte, war nichts. Kein einziges Haar. Nur noch ein paar Stoppeln.

«Ich warte darauf, dass das Kind geboren wird. Er hat gesagt, es solle selbst entscheiden können, ob es leben will oder nicht.»

«Und du?»

Die Lilo lächelte. «Ich werde zu meinem Liebsten gehen, werde endlich glücklich sein.»

Hella wich zurück. «Wie ... wie willst du das anstellen? Du redest doch nicht etwa davon, dich selbst zu töten?»

Die Lilo schüttelte den Kopf. «Aber nein, das wäre doch eine Sünde. Eine Todsünde, und ich käme in die Hölle. Niemals könnte ich dann den Liebsten wiedersehen.

Er hat gesagt, ich würde nichts spüren. Einfach nur einschlafen und im Himmel erwachen.»

«Er will dich töten?»

Die Lilo schüttelte energisch den Kopf. «Nicht töten,

nein, er will mich nach Hause führen. Glaubt mir, Richtersweib, ich kann es kaum erwarten.»

Hella verstand nicht.

«Und dein Kind? Soll es allein hierbleiben? Ohne Mutter, ohne Vater?»

«Es wird Vater und Mutter haben. Es wird ihm gutgehen, es wird nichts vermissen. Das hat er mir versprochen. In die Hand und bei seinem Leben.»

Allmählich begriff Hella. Aber was sie da hörte, kam ihr so unglaublich vor, dass ihr Verstand sich weigerte, Lilos Worte als Wahrheit zu akzeptieren.

«Und warum tut der Mann das?»

Die Lilo blickte verständnislos drein. «Er ist von Gott dafür bestellt, meine ich.»

«Hat er Euch das so gesagt?»

«Nein. Aber er hat gesagt, dass Gott einen Preis verlangen wird für den Eintritt ins Paradies.»

«Welchen Preis?»

Hella war inzwischen so angespannt, dass sie die Zähne in die Unterlippe vergraben hatte. Ihr Herz schlug vor Aufregung wie ein Hammer. Die Hand hatte sie schützend auf ihren Bauch gelegt.

«Gott will nur, was ich im Paradies nicht brauchen kann. Er hat es mir geschenkt, er fordert es zurück. Das ist gerecht, scheint mir. Eine himmlische Gerechtigkeit.»

«Und was genau ist das, was Gott zurückhaben will?», fragte Hella, und ihr wurde bitterkalt bei dieser Frage.

«Könnt Ihr Euch das nicht denken, Richtersweib? Meinen Leib will er zurück. Damit ein anderer Mensch davon Nutzen hat. Ich bin noch jung, konnte mir einen Platz im Paradies noch nicht erwerben. Deshalb gebe ich meinen Körper zurück. Und damit Gott weiß, dass es mir ernst ist, habe ich bereits mein Haar geopfert. Er wollte es in die Kirche bringen, auf dem Altar opfern, und er hat es getan, und der Herr hat mein Opfer in seiner Güte angenommen. Nun will er noch meinen Körper; und ich gebe ihn mit Freuden zurück.»

«Was?» Hella schrie beinahe. «Du sollst deinen Körper hergeben? Wofür in Gottes Namen denn?»

«Damit die Kranken an meinem Leib gesunden. Meine Seele aber werde ich behalten. Gemeinsam mit ihr werde ich ins Paradies gelangen, und der Liebste steht gleich hinter dem Tor und wartet auf mich.»

Darauf wusste Hella nichts mehr zu sagen. Das kalte Grauen kam über sie, und sie begann zu zittern.

«Sind wir allein in diesem Haus?», fragte sie.

Lilo nickte, dann schüttelte sie den Kopf. «Ich war immer nur hier drin, wisst Ihr. Vielleicht gibt es noch jemanden, doch gehört und gesehen habe ich nichts.»

«Und wisst Ihr wenigstens, wo wir hier sind?»

Lilo verneinte. «Ist das nicht vollkommen gleichgültig?», fragte sie.

«Was weißt du über den Mann?»

Die Hochschwangere sah sie verständnislos an. «Was soll ich über ihn wissen?»

«Hast du ihn denn nichts gefragt?»

Die Lilo richtete sich empört auf. «Warum sollte ich ihn etwas fragen? Habe ich nicht genügend eigenen Kummer? Ich habe ihn nicht gebeten, mir zu helfen. Er hat es von sich aus getan. Seine Gründe gehen mich nichts an.»

Hella nickte. Dann stand sie auf, strich der Lilo mit dem Zeigefinger über die Wange. «Entschuldige, ich wollte dich nicht wecken. Schlaf ruhig weiter.»

Die Lilo brummte etwas, dann drehte sie sich mit dem

Gesicht zur Wand, und Hella verließ ihr Zimmer und begab sich zurück in ihre Kammer.

Dort öffnete sie die hölzernen Läden und atmete gierig die kühle Nachtluft ein. Noch immer trieb der Sturm dickbäuchige Wolken durch die Nacht, noch immer heulte der Wind im Kamin, bogen sich die Äste der jungen Bäume bis auf den Boden.

Habe ich recht gehört?, dachte Hella. Hilft er den Frauen bei der Geburt und bringt sie dann um? Auf ihren eigenen Wunsch hin? Gibt es so etwas?

Ihre Gedanken drehten sich wie Kinderkreisel. Sie erinnerte sich an die Zukunftsaussichten, die er ihr für eine Magd mit Kind ausgemalt hatte. Selbst ihr war in diesem Augenblick der Tod verlockender erschienen als das Leben. Und das war es auch, was sie am meisten schreckte.

Aber nein! Halt! So durfte, so wollte sie nicht denken.

Hella schüttelte sich. Das Leben war etwas so Kostbares, das Kostbarste überhaupt. Niemand durfte es einfach wegwerfen. Und schon gar niemand durfte jemand anderen dazu bewegen. Der Jedermann war ein Mörder, wenn er sich auch in ein Engelsgewand hüllte.

Plötzlich waren Hellas Gedanken klar und logisch. Wie hatte sie nur einen Augenblick lang den Reden des Jedermanns lauschen können? O Gott, und beinahe hätte sie ihm Glauben geschenkt! Hätte den Tod dem Leben vorgezogen!

Hella sank auf die Knie und betete, bat Gott um Vergebung für ihre Zweifel und um Kraft für alles, was kommen mochte.

Dann erhob sie sich, fühlte sich gestärkt und wollte zurück zu Lilo. Sie durfte nicht sterben wollen. Sie musste leben. Schon sehr bald würde sie Mutter sein. Und ihr

Kind brauchte sie. Sie musste diese Frucht der Liebe für den Liebsten und für sich aufziehen. In dem Kind würde die Liebe weiterleben. Ja, das war es. Wer sich selbst tötete oder auch nur mit dem Gedanken an den eigenen Tod spielte, der tötete die Liebe. Nie hatte Hella das so deutlich gespürt wie in diesem Augenblick.

Sie stand auf, wollte zurück zu Lilo, da durchschnitt ein grässlicher Schrei die Stille.

KAPITEL 38

Als Jutta hinter Minerva das Haus des Gelehrten im Dörfchen Seckbach betrat, musste sie nach Luft ringen. Der Gestank war fürchterlich. Es roch nach alten Kleidern, nach Staub und ungewaschenen Leibern, dazu kam der durchdringende Geruch der Kräuter, die in zahllosen Bündeln von der Decke hingen, und, stärker noch, ein Geruch, den sie aus dem Henkershaus kannte.

«Was in aller Welt treibt dein Vater hier?», keuchte Jutta und presste sich ihr Halstuch vor Mund und Nase.

«Ich sagte doch schon, er hat sich ganz von der Welt abgewandt. Er forscht. Das ist alles.»

Sie sah sich um, dann rief sie: «Vater?», und noch einmal, als keine Antwort kam: «Vater!»

«Hier bin ich, im Laboratorium», kam die grämliche Antwort.

Minerva wies auf eine steinerne Treppe, die hinab in einen Keller führte. «Da entlang. Pass auf deinen Kopf auf, die Decke ist niedrig. Ach ja, und der Gestank wird mit jeder Stufe schlimmer.»

«Geht das überhaupt?», wollte Jutta hinter ihrem Tuch wissen und folgte Minerva.

Die Kräuterfrau behielt recht. Der Gestank war unbeschreiblich. Unten roch es nach Moder, nach Exkrementen und alles in allem so, wie sich Jutta Hinterer den Gestank der Hölle vorgestellt hatte.

Die Stufen führten hinab zu einem kleinen Vorraum, der mit Eimern vollgestellt war. Aus einem der Eimer quollen Därme, ein anderer war mit Ochsenaugen gefüllt, in einem dritten schwappte eine rote Flüssigkeit, und auf dem Eimerrand hatten sich Fliegenschwaden niedergelassen.

Eine fette Ratte huschte über Juttas Füße.

«O mein Gott», stöhnte sie. «Wie kann ein Mensch es hier nur aushalten?»

Von dem Vorraum ging eine weitere Kammer ab, deren Tür offen war. Dort stand der Gelehrte im spärlichen Licht eines winzigen Fensterlochs. Er hatte sein schulterlanges, weißes, verfilztes Haar wie eine Frau im Nacken zu einem Knoten geschlungen. Seine Füße steckten in Stiefeln, darüber trug er einen Kittel, der einem Nachthemd ähnlich sah. Vor ihm auf dem Tisch stand ein Glaskolben, in dem eine grünliche Flüssigkeit brodelte. Daneben hing ein rauchender Kessel über einer Feuerstelle. Der Gelehrte stieß wie wild mit einem Mörser in eine kleine Marmorschale. «Ich hätte nie gedacht, dass Menschenknochen so hart sind», sagte er. «Meist brechen sie so leicht wie Birkenreisig, aber zum Zermahlen braucht man die Kraft eines Ochsen.»

Er beugte sich über den Kessel, schnupperte daran, roch auch an dem brodelnden Glaskolben. Dann schöpfte er mit einer Kelle ein wenig Flüssigkeit aus dem Kessel, gab ihn in den Kolben. Ein leichter Knall ließ die beiden Frauen zusammenzucken, doch der Gelehrte klatschte begeistert in die Hände. «Habt ihr gehört?», schrie er. «Habt ihr das gehört?»

«Ein Tauber hätte das gehört», erklärte Jutta.

«Das heißt, dass das Gas mit dem Blut reagiert. Wenn man also menschlichen Urin erhitzt, so wird etwas freigesetzt, das mit kochendem Blut reagiert. Und natürlich mit einem winzigen bisschen Quecksilber. Man muss die Krankheit mit der Krankheit selbst bekämpfen. Ich wusste es! Paracelsus hat sich getäuscht.»

Er führte ein paar Tanzschritte auf, die Jutta mit ungläubiger Miene betrachtete.

«Ich brauche den Eiter aus den Wunden der Franzosenkranken», schrie er weiter. «Der Stumme muss ins Siechenhaus, muss denen die Wunden aufschneiden und die Flüssigkeit aussaugen. Am besten tut er das mit einer Pipette.»

Bei der Vorstellung wurde Jutta so übel, dass sie das Laboratorium verlassen musste. Sie nahm im Gehen noch wahr, wie Minerva mit einem Eimer voller Wasser das Feuer unter dem Kessel löschte und energisch sagte: «Vater, du musst uns helfen.»

«Aber doch nicht jetzt», rief der Mann. «Unnützes Weib, du siehst doch, dass ich kurz vor dem entscheidenden Durchbruch stehe.»

Jutta wandte sich um, sah, wie Minerva das dürre Männlein beim Arm packte und einfach hinter sich herzog.

In der Küche, die vor Dreck nur so starrte, wischte Jutta mit dem Ärmel einige Dinge, die sich nicht benennen ließen, von der Küchenbank, warf einen angeekelten Blick auf verschiedene Gefäße, in denen unbekannte Sachen in unterschiedlichen Schimmelstadien einen schlimmen Geruch verbreiteten.

Minerva kam, drückte ihren Vater auf einen Schemel, auf dem ein aufgeschlagenes Buch lag. «Was ist los mit euch, ihr Weiber?», keifte der alte Mann. «Ihr stört meine Arbeit. Ich will, ich will, ich will euch nicht hier haben. Eiter will ich, von einem aus dem Siechenhaus, am besten eine frische Leiche, aber euch kann ich nicht brauchen. Macht euch fort, Weibsvolk, fort, fort mit euch. Bringt mir zuvor den Stummen. Herkommen soll er, auf der Stelle.»

«Wo finden wir ihn?», fragte Jutta.

«Wo schon? Wo soll er schon sein, der Stumme? Dort, wo er hingehört. Im Wald natürlich. Da, wo die seltenen Kräuter wachsen, dort, wo die Alraune schreit, wenn man sie zieht.»

«In welchem Wald? Hier ist alles voller Bäume», sagte Minerva.

«Das weiß ich doch nicht», brüllte der Gelehrte und riss mit seinen Händen an Minervas Haar, doch die hielt ihn weiter fest. «Im Wald eben. Holt ihn. Sagt ihm, er soll zum Siechenhaus. Und dass er mir auch frisches Blut mitbringt. Und eine Gebärmutter, aber nicht so zerfetzt wie beim letzten Mal. Auch das Herz einer Gebärenden brauche ich. Das letzte war gut, es hängt noch in der Kammer, um zu trocknen. Wenn es so weit ist, soll er es im Mörser zu Pulver stampfen. Das sagt ihm auch, dem Taugenichts. Und eilen soll er sich. Eiter, Blut, Herzen und ein paar Knochen von einem Neugeborenen brauche ich auch.»

Minerva hielt ihren Vater mittlerweile so fest gepackt, dass der Alte sich allmählich beruhigte.

«Wie schickt Ihr sonst nach ihm, wenn Ihr ihn braucht?», fragte Jutta.

«Er ist einfach da. Er spürt es. Er ist ein Mann, ein Gelehrter fast, er kann es fühlen. Pah, das habt ihr nicht gedacht, ihr Gänse, oder?»

«Dann ruft ihn jetzt.»

«Seid ihr von Sinnen? Soll ich mich wie ein Narr vor meine Hütte stellen und den Stummen rufen? Ich habe zu tun, muss forschen, das Blut gerinnt mir im Kessel, und alles ist verdorben.»

«Was wisst Ihr über ihn?»

Der Alte zuckte mit den Achseln. «Ich weiß, was ich wissen muss. Er bringt mir alles, was ich benötige. Er tut, was ich ihm sage.»

«Das heißt also, dass er hören kann?», fragte Jutta weiter.

«Das will ich meinen, Weib. Besser, als jede von euch das kann.»

«Und kann er am Ende auch sprechen?»

«Natürlich kann er das, dummes Ding.»

«Und warum tut er es dann nicht? Warum gibt er sich stumm?»

«Weil er klug ist, deshalb. Das meiste Gerede ist nichts als blödes Geschwätz, das keiner braucht. Warum also das Maul aufreißen? Wenn's nötig sein sollte, wird er schon sprechen.»

Jutta überlegte. Der Alte war so verrückt, dass sie ihm glaubte.

«Wo habt Ihr ihn kennengelernt?», wollte sie zum Schluss noch wissen.

«Bei den Fleischbänken in der Stadt. Herumgestrichen ist er dort, aber er hatte dieses Etwas im Blick. Ja, ein Gelehrter erkennt seinesgleichen am Blick. Die besten Ochsenaugen hat er mir gezeigt, und das frischeste Kalbshirn. Aber bei der Franzosenkrankheit nützen diese Dinge nicht viel. Ein Menschenleiden muss mit Menschenleib kuriert werden. So lehrte schon Paracelsus, mein guter Lehrer.»

Minerva lockerte den Griff, und der Alte sprang auf, noch ehe die Kräuterfrau reagieren konnte, und rannte die Treppe hinunter in sein Laboratorium. Die Frauen hörten, wie eine Tür energisch abgeschlossen wurde.

Jutta sah Minerva an. «Viel weiter hat uns dein Vater nicht gebracht», sagte sie.

«Das ist wahr, aber mir kommt da ein Gedanke. Du sagtest doch, eine Leiche sei im Wald gefunden worden. Wir müssen herauskriegen, wo genau das war. Der Stumme ist nicht so kräftig wie ein Auflader. Er muss also in der Nähe wohnen.»

«Und die Frau, die man am Mainufer gefunden hat? Wie, meinst du, ist sie dahin gekommen?»

Minerva zuckte mit den Achseln. «Womöglich hat er einen Karren benutzt.»

«Aber was hat er mit der Toten überhaupt in der Stadt gewollt?»

«Ja, das ist die Frage.»

«Komm, lass uns zurück in die Stadt gehen», schlug Jutta vor. Ihre Stimme klang mit einem Mal ängstlich. Und jetzt spürte sie auch ihre Müdigkeit. Am liebsten wäre sie nach Hause und in ihr Bett gegangen, hätte sich die Decke über die Ohren gezogen und so lange geschlafen, bis alles wieder gut wäre.

Aber nichts wurde gut, es wurde noch nicht einmal besser.

Jutta war so in ihren Kummer versunken, dass sie das kleine Mädchen nicht bemerkte, das vor dem Haus stand und die beiden Frauen mit offenem Mund anstarrte.

Minerva aber sah das Kind, hockte sich vor es, strich sanft über sein Haar. «Wie heißt du, Schätzchen?»

Das Kind lächelte zaghaft zurück. «Agathe», sagte es leise.

«Stehst du oft hier?»

Agathe nickte.

«Und was machst du hier? Spielst du ein Spiel?»

Das kleine Mädchen lachte. «Kennst du mein Spiel?», fragte es.

«Nein. Willst du es mir zeigen?»

Agathe schüttelte den Kopf. Sie neigte sich zu Minerva. «Es ist ein Geheimspiel», erklärte sie mit wichtiger Miene. Dann fasste sie nach Minervas Halskette und betrachtete den Anhänger mit großen Augen.

«Was ist das?», fragte sie und deutete auf das geflügelte Pferd.

«Das ist auch ein Geheimnis», erklärte Minerva. «Ich kann es dir nur verraten, wenn du mir dein Geheimnis verrätst.»

«Was soll das?», brummte Jutta. «Wir haben keine Zeit für Schwätzchen. Wir müssen zurück in die Stadt.»

Minerva sah Jutta an und zwinkerte dabei leicht mit dem rechten Auge. «Agathe hat ein Geheimnis», erklärte sie mit Kinderstimme. «Hast du vielleicht auch ein Geheimnis, das wir gegen ihres tauschen können?»

Jutta verstand. Sie hatte zwar selbst keine Kinder, doch sie liebte die Kleinen. Also hockte sie sich neben Minerva und sagte mit geheimnisvoller Stimme: «Ja, ich habe auch ein Geheimnis. Ein ganz wichtiges sogar. Ich weiß nämlich, wo es die süßesten Zuckerkringel in ganz Seckbach gibt.»

«Oh!», juchzte das Mädchen auf. «Zuckerkringel!»

«Du bekommst sie, wenn du mir dein Geheimnis sagst.»

Das Kind verzog unentschlossen den Mund.

«Und meine Kette dazu», legte Minerva nach.

Agathe zögerte noch einen Augenblick, dann hockte sie sich ebenfalls auf die Erde und flüsterte: «Ich weiß, wann der Stumme immer kommt. Heute kommt er. Und ich warte auf ihn. Meine Mutter sagt, er ist ein böser Zauberer.»

Juttas Herz schlug rasend schnell. «Woher weißt du, wann er kommt?»

Agathe lachte. «Weil ich ein Naseweis bin», erklärte sie. «Das sagt meine Mutter. Der Zauberer weiß auch, wo es die Zuckerkringel gibt. Gestern war Markttag. Da hat die Bäckerin frische Butter gekauft. Also sind die Kringel heute besonders lecker.»

Jutta nickte. Diesem Argument konnte sie ohne weiteres folgen.

«Und war er schon da, der stumme Zauberer?»

Wieder nickte das Kind. «Ja. Er stand an der Haustür. Und er hat gehört, wie Ihr geschrien habt. Da ist er schnell davongelaufen.»

«Wohin?», fragte Minerva und konnte die Aufregung in ihrer Stimme kaum unterdrücken.

Agathe zuckte mit den Achseln. «Dorthin, wo er immer hingeht, wenn er die Kringel gekauft hat. Er isst sie nämlich nicht sofort.»

«So wie du das machst», ergänzte Jutta.

«Ja. Er schleppt sie in den Wald. Dort hat er ein Haus, aber das können nur Kinder sehen. Weil er doch ein Zauberer ist.»

«Hast du dieses Haus schon einmal gesehen?»

Das Kind zog eine Schnute. «Nein. Mutter hat mir verboten, ihm zu folgen.»

«Wo ist das Haus?»

Agathe deutete auf einen Fußpfad, der sich am Waldrand zwischen den Bäumen verlor.

«Dort geht es lang», sagte das Kind.

«Wohin führt der Weg?»

«Na, in den Wald natürlich!»

Von irgendwo erklang ein Ruf. «Agathe? AGATHE!»

Das Kind erschrak. «Meine Mutter. Kriege ich jetzt die Kette?»

Minerva nestelte an dem Schmuckstück. «Das ist Pegasus», erklärte sie in aller Eile. «Ein geflügeltes Pferd, das Geschichten hütet.»

Und Jutta kramte in ihrem Geldbeutel nach einem Groschen für die Zuckerkringel.

«Was geht hier vor?»

Sie hatten die schmale Frau mit der hellen Haube nicht herankommen hören.

«Agathe, was machst du da?»

Minerva und Jutta erhoben sich. «Sie hat uns sehr geholfen. Wir suchen den Mann, den man den Stummen nennt.»

Die Frau griff nach dem Mädchen, zog es an ihren Körper.

«Den kennen wir nicht, mit dem haben wir nichts zu schaffen.»

«Das glauben wir gern. Aber wir sind ihm auf den Fersen, denn er hat womöglich eine junge Frau in seiner Gewalt, die unsere Freundin ist.»

Die Mutter kniff zweifelnd die Augen zusammen. «Sie ist doch nicht etwa schwanger, die Freundin, oder?»

Jutta seufzte tief. «Doch, das ist sie. Also sagt rasch, was Ihr über ihn wisst.»

Die Frau schien besänftigt. «Nicht viel. Er kommt hierher zu dem verrückten Professor. Sonst haust er in einer Hütte im Wald. Es heißt, er sucht sich schwangere Frauen, aber was er mit denen macht, das weiß niemand.»

«Wer sagt so etwas?»

«Die Leute, wer sonst. Aber gesehen hat keiner was, der eine hat's nur vom anderen gehört. Da!» Sie zeigte auf den Pfad. «Diesen Weg nimmt er immer. Früher hat ihn nur der Förster benutzt, aber der ist im Winter gestorben, und einen neuen haben wir noch nicht.»

«Wohin führt der Weg?»

«Ich bin ihn noch nie gegangen, aber die Leute sagen, er führt bis hinter den Lohrberg, dort, wo die Straße nach Vilbel geht.»

«Ihr glaubt also, dass er im Wald zwischen Lohrberg und Vilbel wohnt?»

«Das ist gut möglich. Irgendwo dort, wo sich im Winter die Wölfe rumtreiben.»

Jutta und Minerva bedankten sich bei der Frau und verabschiedeten sich.

Sie waren schon ein ganzes Stück entfernt, als Minerva plötzlich wie angewurzelt stehen blieb.

Dann sah sie sich nach der Mutter und nach Agathe um und rannte schnell wie ein Pfeil hinter ihnen her.

«Was ist nun wieder?», wollte Jutta wissen, doch Minerva beachtete sie nicht.

Keuchend blieb sie vor der Mutter stehen. «Der Förster, habt Ihr gesagt, ist im letzten Winter gestorben.»

«Ja, das stimmt.»

«Hatte er einen Hund, Euer Förster?»

«Natürlich. Jeder Förster hat einen Hund. Also auch unserer.»

«Ist der noch am Leben? Der Hund, meine ich.»

«Ich weiß es nicht. Aber wenn, dann lebt er mit der Försterin. Geht den Weg nach Frankfurt zurück. Im letzten Haus, da wohnt sie. Für Eure Freundin wünsche ich Euch alles Gute. Findet sie besser schnell.»

Jutta beobachtete die Szene von weitem. Mit einem Mal verschwamm alles vor ihren Augen. Sie kniff sie zusammen und riss sie wieder auf, aber das Verschwommene blieb.

Sie seufzte. Ich bin nicht mehr die Jüngste, dachte sie. Im Sommer werde ich fünfzig Jahre alt. Kein Alter für eine Frau, um die ganze Nacht in der Gegend herumzurennen. Ihre Kehle war so trocken, als hätte jemand sie mit dickem Leinenstoff ausgelegt. Ihr fiel ein, dass sie das letzte Mal bei Gustelies etwas getrunken hatte.

Sie spürte schmerzende Stiche in der Brust, die sich bis zum Arm hinzogen. Ich muss mich setzen, dachte sie. Nur ein wenig am Wegrand verschnaufen. Doch sie hatte den Gedanken noch nicht bis zum Ende verfolgt, da wurde sie von einem dichten Schleier eingehüllt. Ihre Knie begannen zu zittern, sodass Jutta dem Zittern nachgab und sich hinhockte. Und dann begann sich die Welt plötzlich vor ihren Augen zu drehen. Bilder aus ihrer Kindheit tauchten auf. Sie sah ihren Vater, ihre Mutter, ihre Schwestern. Auch ihr verstorbener Mann tauchte auf, er schien mit der Hand nach ihr zu winken. «Komm, Liebste», hörte sie ihn rufen. Und mit einem Mal schien ihr alles ganz leicht. Die Geldwechslerin Jutta Hinterer vergaß sogar den bohrenden Schmerz in ihrer Brust, sie wollte nur noch eins: dem Licht folgen.

Ihre Lippen formten die Worte: «Ich komme.»

Doch sie sprach diese Worte nicht aus, sondern kippte einfach um und lag im Straßendreck am Ende des Dörfchens Seckbach, und im Fallen presste sie eine Hand auf ihr schmerzendes Herz.

KAPITEL 39

Hella war nach dem Schrei sofort auf den Flur gerannt. Eine Tür stand offen, eine der Türen, hinter denen in der Nacht Stille gewesen war.

Jetzt sah sie eine Frau auf dem Bett liegen. Durch ihren hochgewölbten Leib rollten Wellen. Das Gesicht der Frau war von Schweiß überströmt, und sie warf den Kopf hin und her, wimmerte wie ein sterbendes Tier.

Der Jedermann hatte ihr den Rock hochgeschlagen, hantierte zwischen ihren Schenkeln.

«Was stehst du da und glotzt? Hol Wasser, rasch. Aus der Küche, im Kessel auf der Feuerstelle. Es muss noch warm sein.»

Hella eilte die Stiege hinab, stolperte dabei und hielt sich im letzten Moment am Geländer fest. Sie warf die Holzpantinen von sich, achtete nicht darauf, dass die Kälte des Fußbodens sofort von ihren nackten Füßen Besitz ergriff. Sie hastete in die Küche, riss mit aller Kraft den Kessel vom Haken. Wasser schwappte über den Rand, lief in die Feuerstelle.

Hella schwitzte; der Kessel war schwer, ihr Bauch war im Weg. Wie sollte sie ihn nach oben bringen?

Da ertönte wieder dieses schreckliche Wimmern, das an ein Tier gemahnte. «Lilo», schrie Hella. «Komm und hilf mir doch!»

Aber außer dem Wimmern und dem Stöhnen des Jedermanns war nichts zu hören.

Mit letzter Kraft wuchtete Hella den Kessel die Treppe hinauf. Keuchend stellte sie ihn neben das Bett der Gebärenden. Sie starrte auf deren Gesicht. Die Frau hatte die Augen offen, aber so weit nach oben gedreht, dass nur das Weiße sichtbar war. Ihr Gesicht war vom Schweiß überströmt, die Lippen blutig gebissen. Hella packte das Grauen. Mit einem Mal schoss ein Schwall Blut, gemischt mit einer grünlichen Flüssigkeit, zwischen den Schenkeln der Kreißenden hervor.

«So helft mir doch!», brüllte der Mann.

Aber Hella stand da, konnte sich nicht bewegen. Ihr Blick war auf die Frau geheftet, die sich wand und wimmerte.

In Hellas Geist sah sie sich selbst dort liegen. Sie wollte schreien, presste schon beide Fäuste auf den Mund, da stieß der Mann sie grob in die Seite.

«Kniet Euch zwischen die Schenkel, tastet nach dem Kind. Zieht es heraus, aber behutsam.»

Wie eine Puppe, die an Schnüren hing, gehorchte Hella seinen Befehlen. Ihr Kleid war innerhalb kürzester Zeit von Blut durchtränkt. Sie hatte noch nie bei einer Geburt geholfen oder auch nur zugesehen. Sie hatte Angst vor dem Blut, Angst, der Frau noch mehr Schmerzen zu bereiten. Sie wusste nicht, wo und wie sie anpacken sollte, doch wieder stieß der Mann sie grob an.

«Wollt Ihr, dass das Kind verreckt?», brüllte er.

Und da wachte Hella auf, wusste mit einem Mal, was zu tun war und wie. Ihre Hände drangen ganz von selbst in den weitgeöffneten Schoß der Frau. Als sie das Kind unter ihren Fingerspitzen fühlte, atmete sie auf. Behutsam, so behutsam sie nur konnte, tastete sie den kleinen Körper ab, achtete nicht auf die Schmerzensschreie der Mutter. Endlich bekam sie etwas zu fassen. Es fühlte sich an wie ein Fuß.

«Habt Ihr was?», rief der Jedermann, der den massigen Leib der Frau massierte, ihn drückte und presste.

«Einen Arm vielleicht oder einen Fuß.»

«Zieht, aber behutsam. Wir haben nicht mehr viel Zeit.»

Und Hella gehorchte. Sanft umschlossen ihre Finger das winzige Gelenk. Sanft zog sie. Doch nichts rührte sich, nur die Frau brüllte, als könne sie so das Kind aus sich herauspressen.

Und Hella hielt das winzige Füßlein, hätte sich am liebsten die Ohren zugehalten, aber sie hielt, und als das Gebrüll der Frau verebbte, da zog sie wieder, und dieses Mal bewegte sich das Kind. Ein winziges Stück nur, aber es kam.

«Komm, mein Liebling», flüsterte Hella. «Komm ans Licht, komm in die Welt. Ich verspreche dir, sie ist schön, diese Welt. Hab keine Angst.»

Der Jedermann warf ihr einen Blick zu, doch da bäumte sich der Körper der Kreißenden auf, ihre Arme schlugen wild um sich. Sie trat mit dem Fuß gegen Hellas Rücken, aber Hella hielt das Kleine, hielt es ganz fest.

Plötzlich erschlaffte die Frau.

«Sie ist tot», erklärte der Mann. «Wir müssen uns beeilen, sonst stirbt uns das Kind auch noch.»

Hella sah den Mann voller Grauen an. «Sie ist tot?», fragte sie, obwohl sie die Antwort kannte.

«Ja, das ist sie. Und ich versichere Euch, das ist besser so. Manche wollen zurück ins Leben, wenn sie ihr Kind erst sehen und hören. Sterben sie während der Geburt, ist es für alle das Beste. Vielleicht sogar auch für das Kind.»

Hella sah den Mann an. «Es stirbt nicht», sagte sie ganz ruhig. «Es will leben, ich kann es spüren. Und ich werde es auf die Welt holen.»

Und jetzt, da sie keine Angst mehr haben musste, der Frau weh zu tun, schob sie auch ihre zweite Hand in den Schoß, drängte sich zwischen Fleisch und Knochen hindurch, bis sie das andere Füßchen zu fassen bekam.

«Komm, mein Liebling, komm», flüsterte sie. «Gleich hast du es geschafft.»

Und der Jedermann presste den Bauch der Toten, und auf einmal schlüpfte das Kind heraus, lag blut- und schleimverschmiert zwischen den Schenkeln seiner toten Mutter. Und Hella lachte laut auf, und zugleich strömten ihr die Tränen über die Wangen.

Sie nahm das Kind, bedeckte sein verschmiertes Gesicht mit Küssen.

«Ihr müsst es schütteln, damit es zu atmen beginnt», befahl der Jedermann. Dann hob er seine blutverschmierte Hand und schlug dem Kind leicht auf den Hintern.

Und das Kind schrie. Es schrie mit aller Kraft, es brüllte mit hochrotem Gesichtchen, die Händchen zu Fäusten geballt.

«Haltet es, ich will die Nabelschnur durchtrennen», erklärte der Mann. Er nahm eine Schere, hielt sie kurz über die Flamme der Öllampe, dann durchtrennte er die letzte Verbindung des Kindes mit seiner toten Mutter.

Hella starrte den Jedermann an. «Was geschieht jetzt?», fragte sie, das blutige Kind fest an sich gepresst.

«Was soll schon geschehen? Ihr geht in Eure Kammer. Ich bringe Euch den Kessel und ein paar saubere Tücher.

Kümmert Euch um das Kind. Wenn es lebt, ist es gut. Wenn es stirbt, so ruft mich.»

«Und die Frau?»

Der Jedermann zuckte mit den Achseln. «Sie wollte nicht mehr leben. Nun kann sie anderen von Nutzen sein.»

KAPITEL 40

In Gustelies' Küche herrschte Hochbetrieb, obwohl es noch nicht einmal Mittag war. Heinz Blettner, Krafft von Elckershausen, Bruder Göck und Gustelies selbst saßen um den Tisch herum. Gustelies hatte Pater Nau fest in ihrem Arm und flößte ihm Löffel für Löffel heißen Rotwein mit Honig ein.

«Wie gehen wir also vor?», fragte der Schultheiß.

«Ich schlage vor, wie immer, damit wir kein unnötiges Aufsehen erregen», antwortete Heinz. «Pater Nau wird im Beichtstuhl sitzen.»

«Aber nur mit einem heißen Fußbad und einer Decke über der Schulter. Außerdem werde ich eine Schale kochend heißes Wasser, in die ich Thymian streue, in den Beichtstuhl stellen, damit der Husten ihn nicht umbringt», erklärte Gustelies bestimmt.

«In Ordnung, meinetwegen auch das.» Dem Schultheiß war alles recht, Hauptsache, diese unselige Geschichte fand bald ein Ende.

«Ich kann mich am Altar zu schaffen machen», bot Bruder Göck an. «Ein Antoniter am Altar ist bei Gott nichts Ungewöhnliches.»

Pater Nau hustete, bekam einen Löffel voll Honig in den Mund geschoben und keuchte mühsam: «Ein Antoniter zur Beichtzeit am Altar ist genauso ungewöhnlich wie ein Antoniter im Frauenhaus. Bruder, du musst unter den Altar, unter die Decke, verstehst du?»

«Was?», empörte sich Bruder Göck. «Ich soll unter den Altar und mir von den Deckenfransen die Tonsur kraulen lassen? Kommt überhaupt nicht in Frage.»

Von Elckershausen maß den Mönch mit einem strafenden Blick. «Das ist eine Anweisung des Rates, Antoniter. Ihr kriecht unter den Altar und beobachtet das Gotteshaus. Sobald ein Verdächtiger auftaucht, läutet ihr die Messglocke.»

«Die ist ein sakraler Gegenstand», empörte sich der Antoniter erneut.

«Und ein Mensch ist ein sakrales Geschöpf», erklärte Gustelies kategorisch. «Also stellt Euch nicht so an.»

«Augenblick!» Pater Nau rappelte sich mühsam auf. «Ob ein Mensch ein sakrales Geschöpf ist, muss debattiert werden. So steht das nämlich nirgendwo in der Bibel.»

«Genau», erklärte der Antoniter. «Da steht nur, dass der Herr den Menschen nach seinem Abbild geschaffen hat. Ist ein Abbild nun aber sakral oder nicht? Das ist hier die Frage.»

Der Schultheiß hieb mit der flachen Hand auf den Küchentisch, sodass die Becher in die Höhe hüpften. «Verflixt und zugenäht», brüllte er. «Wenn das hier alles vorbei ist, könnt Ihr debattieren bis zum Jüngsten Tag, aber jetzt geht es um Wichtigeres. Hellas Leben ist in Gefahr.»

Die beiden Geistlichen verstummten kleinlaut.

«Ist das hier immer so?», wollte Kraft von Elckershausen flüsternd von Richter Blettner wissen.

Der zuckte mit den Achseln. «Meist ist es schlimmer», tröstete er.

«Also», fuhr der Schultheiß fort. «Pater Nau im Beichtstuhl, Bruder Göck unter dem Altar. Ihr, Gustelies, versteckt Euch auf der Kanzel. Aber hockt Euch richtig hin. Nichts von Euch darf rausgucken.»

«Jawohl», antwortete Gustelies. «Und ich werde einige meiner Küchengerätschaften mit auf die Kanzel nehmen. Die gusseiserne Pfanne zum Beispiel. Damit kann ich nach dem Mörder werfen.»

«Eine Pfanne auf meiner Kanzel! Nur über meine Leiche! Die Erde ist in Frevlerhand, aber was zu weit geht, geht zu weit.»

Der Schultheiß japste nach Luft. «Dann nehme ich Euch am besten gleich wieder mit ins Verlies und setze mich höchstselbst in den Beichtstuhl.»

«Himmel hilf!», stieß der Pater aus und hustete ausgiebig.

«Ihr, Richter, versteckt Euch hinter dem Beichtstuhl, und ich selbst werde meine Büttel an den Kirchenausgängen postieren. Weiß jeder, was er zu tun hat?»

Gustelies nickte kräftig, Heinz Blettner ebenfalls. Bruder Göck und Pater Nau tauschten einen verzweifelten Blick, erklärten sich dann aber zähneknirschend einverstanden.

Krafft von Elckershausen warf einen Blick auf die Stundenkerze, die auf einer kleinen Anrichte neben der Feuerstelle brannte. «Es ist jetzt kurz nach drei Uhr. Zur Vesper treffen wir uns alle an den zugewiesenen Plätzen. Das sind noch zwei Stunden. Und dann macht jeder nur das, was er tun soll!»

Mit diesen Worten erhob sich der Zweite Bürgermeister und Schultheiß Krafft von Elckershausen von der Küchenbank des Liebfrauenpfarrhauses und ging davon.

Minerva sah Jutta fallen und erschrak. Hinterher hätte sie nicht mehr zu sagen gewusst, wer ihre Worte geführt, wer ihre Handlungen gesteuert hatte.

Sie hielt die Mutter Agathes am Arm fest: «Schnell, lauft zum Haus meines Vaters. Er soll den Eisenhutsaft bringen, es geht um Leben und Tod.»

Die Frau nickte, aber da war Minerva schon losgerannt. Sie warf sich neben Jutta, bettete deren Kopf an ihrem Busen und sprach auf die Geldwechslerin ein: «Bleib hier, Jutta, bleib bei mir. Sieh mir in die Augen, du darfst sie nicht schließen.»

Ein Fuhrwerk hielt neben ihr an. Der Kutscher stieg ab, betrachtete die Frauen und kratzte sich am Kopf.

«Habt Ihr Branntwein dabei?» rief Minerva ihm zu.

«Was? Am helllichten Tage? Es ist gerade kurz nach Mittag. Hat die da nicht schon genug davon?»

«Los, die Flasche her, aber hastig.» Minervas Ton war so bestimmend, dass der Fuhrmann nur kurz seufzte und einen kleinen Steinkrug, der mit Hanf verschlossen war, aus der Tasche seines Wamses zog.

«Macht den Krug auf, schnell.»

Wieder gehorchte der Mann, riss mit den Zähnen den Hanf aus dem Krug und reichte ihn Minerva.

«Und ein Stöckchen, so macht doch!», schrie das Kräuterweib weiter. Und der Fuhrknecht hob ein Stöckchen aus dem Straßendreck, und Minerva schob es zwischen Juttas Lippen. «Bleib bei mir», redete sie auf Jutta ein. «Geh nicht weg. Wir brauchen dich. Hella braucht dich.»

Dann goss sie der Geldwechslerin den Branntwein in den Rachen.

Als der Fuhrmann sah, wie ein Teil davon über Juttas

Kinn lief und in ihren Kleidern versickerte, schluckte er schwer, doch er sagte nichts.

Langsam begann Jutta zu schlucken. «Gut, das ist gut so», lobte Minerva sie, dann wandte sie sich an den Fuhrknecht.

«Los, haltet sie und flößt ihr das Zeug ein, ich muss ihre Brust massieren.»

«Kann ich das nicht machen?» Der Fuhrmann grinste.

Minerva sandte ihm einen Blick, der das ganze Land mit Eis überzogen hätte, und der Fuhrmann seufzte, nahm Jutta in den Arm und flößte ihr das Zeug ein. «Bleib bei mir», wiederholte er Minervas Worte. «Bleib bei mir, ich brauche dich noch.»

Minerva presste ihr Ohr auf Juttas Brust, dann drückte sie mit beiden Händen auf die über dem Herzen liegenden Knochen.

Von weitem sah sie ihren Vater gerannt kommen, gefolgt von Agathe und ihrer Mutter.

«Was ist denn?», wollte der Gelehrte wissen.

«Es ist das Herz, denke ich», erwiderte Minerva. «Sie hat sich den ganzen Tag schon immer wieder an ihr Herz gefasst. Hast du den Eisenhut?»

Der Gelehrte hockte sich auf die andere Seite, riss dem Fuhrmann den Steinkrug aus der Hand, nahm selbst einen gehörigen Schluck, dann tröpfelte er mit einer Pipette ein wenig stark verdünnten Eisenhutsaft in Juttas Mund.

Sie schluckte, und alle starrten gebannt auf ihr Gesicht. Der Fuhrmann hielt sie und flüsterte ununterbrochen: «Bleib bei mir, ich brauche dich noch.»

Und Minerva hielt beide Hände auf Juttas Brust gepresst und drückte, während der Gelehrte mit erhobener Pipette neben der Geldwechslerin hockte.

Agathe stand da, nuckelte an ihrem Daumen und fragte leise und ängstlich: «Ist sie tot? Kommt sie zu den Engeln?»

Da verzog Jutta die Lippen und hauchte schwach: «Noch nicht, mein Liebchen. Dieses Mal noch nicht.»

Und der Fuhrmann war so glücklich, dass er ihr einen Fuhrmannskuss auf die Stirn knallte, und der Gelehrte wischte sich den Schweiß von der Stirn, und Minerva lachte, bevor sie sagte: «Ich hätte es nicht ertragen, dich zu verlieren. Jetzt, wo wir beinahe Freundinnen sind.»

Und nach einer weiteren kleinen Weile erhob sich der Fuhrmann, bettete Juttas Kopf zuvor behutsam in Minervas Schoß. Dann polsterte er sein Fuhrwerk mit Stroh. «Wir bringen sie zur Försterin», sagte er dann. «Sie ist eine gute und heilkundige Frau. Dort soll sie bleiben, bis es ihr bessergeht. Und von meinem Branntwein bringe ich ihr auch noch etwas.»

Minerva nickte. «Bist du damit einverstanden?», fragte sie Jutta, deren Lippen noch immer eine leicht blaue Tönung aufwiesen.

«Ja», hauchte die Geldwechslerin. «Aber du musst weiter nach Hella suchen.»

Minerva nickte. «Ich nehme den Hund. Wir haben keine Zeit mehr zu verlieren.»

KAPITEL 41

Hella hielt das Neugeborene, als wäre es aus kostbarem böhmischem Glas. So sanft sie nur konnte, badete sie es im Zuber und sprach dabei beruhigend auf das Kind ein.

«Mein Herzchen, mein Liebling, alles wird gut.»

Hella sah nichts anderes mehr als dieses winzige Kind, das niemanden mehr hatte außer ihr. Und obgleich sie es sich nie hätte vorstellen können, wurde ihr Herz von Liebe überflutet. Behutsam schöpfte sie mit der Hand, die das Kind nicht hielt, warmes Wasser, wusch damit das kleine Gesichtchen, den Bauch. Dann lachte sie auf. «Du bist ein Junge, mein Herz. Ein kleiner Junge, der bald ein richtiger Lausbub sein wird. Ach, was wird Heinz sich freuen. Jetzt musst du bald einen Namen bekommen.»

Und während Hella so mit dem Säugling sprach, wurde ihr bewusst, dass sie genau die Worte wählte, die sie ihrem Kind als Erstes hatte sagen wollen. Kurz hielt sie inne, besah von oben ihren Bauch.

«Meine Liebe wird für euch beide reichen», raunte sie, dann hob sie den kleinen Jungen aus dem Bad, trocknete ihn ab, wickelte ihn in Tücher und legte ihn auf ihr Bett. Er hielt die Augen fest geschlossen und schlief. Und Hella setzte sich neben ihn und sagte: «Du hast viel durchgemacht heute, mein Kleiner. Und jetzt musst du ausruhen.

Ich aber verspreche dir, dass dir nichts Schlimmes geschehen wird.»

Sie rollte eines der Tücher am Bettrand zusammen, sodass der Junge nicht herausfallen konnte. Dann stand sie auf und ging zu der Kammer, in der seine tote Mutter lag.

Sie öffnete die Tür und erstarrte. «Was macht Ihr da?», rief sie, stürzte sich mit einem wilden Sprung auf den Jedermann und versuchte, ihm das Messer aus der Hand zu reißen.

«Ich schneide ihr das Kopfhaar ab», erwiderte der Mann, ließ aber das Messer fallen und packte Hella bei beiden Händen. «Und dann muss ich die Schwarte in die Kirche bringen, als Opfer, versteht Ihr, damit Gott weiß, dass er sie ins Paradies lassen muss.»

«Was?», schrie Hella. Noch nie im Leben hatte sie so etwas Verrücktes gehört.

Der Jedermann zog sie von der toten Frau fort, hatte plötzlich einen Kälberstrick in der Hand, drückte Hella auf einen Stuhl und fesselte ihr die Knöchel an die Stuhlbeine und die Hände hinter dem Rücken.

«Ich muss tun, was ich tun muss», sagte er, und Hella war überrascht, wie traurig und trostlos seine Stimme dabei klang.

Am liebsten hätte sie geschrien und getobt, aber nun war sie verantwortlich für das winzige Kind in der Kammer gegenüber. Und so schwieg sie, schloss nur die Augen, als der Mann der Toten den Skalp nahm, sie sodann mit einem nassen Laken bedeckte.

«Ich muss fort», erklärte der Mann. «Es dauert nicht lange, nur ein paar Stunden.»

Hella nickte. «Das Kind, es wird Angst haben so allein.»

Der Jedermann schüttelte den Kopf. «Es schläft. Nach der Geburt schlafen sie immer stundenlang. Wenn ich wiederkomme, werde ich Stutenmilch dabeihaben.»

«Und dann?», wagte Hella zu fragen.

Der Mann zuckte mit den Achseln. «Es wird sich alles finden. Das Kind wird eine richtige Mutter bekommen. Eine, die es verdient hat.»

Hella nickte, schloss die Augen, um die Tränen zurückzuhalten, doch sie quollen trotzdem unter ihren Lidern hervor.

Der Jedermann überprüfte ihre Fesseln, fand sie stark genug. Dann hörte Hella ihn die Stiegen hinuntergehen. Kurze Zeit später fiel die Haustür ins Schloss.

KAPITEL 42

Minerva irrte durch den Wald, hastete dem Hund hinterher, der sich nicht an den Pfad hielt, sondern über Stock und Stein sprang. Sie hatte keine Ahnung, wohin der Hund sie führen würde, aber sie hoffte, dass er den Weg zum Waldhaus einschlug.

Zweige peitschten ihr ins Gesicht, sie spürte warmes Blut über ihre Wange laufen, doch sie hielt nicht inne, hetzte dem Hund nach. Manchmal blieb das Tier stehen, sah sich mit hängender Zunge nach ihr um und rannte weiter, sobald es sie erblickte. Minerva hatte den Eindruck, dass der Hund ihr etwas zeigen wollte, und zugleich wusste sie doch, dass der Hund nur das tat, was er mit seinem Herrn immer getan hatte. Die Försterswitwe hatte nämlich, nachdem Jutta versorgt war, berichtet, dass der Stumme ihren Mann wieder und wieder kommen ließ, um sein Haus im Walde zu segnen. Ein komischer Mensch sei er, der Stumme, hatte sie erzählt. Nicht ein Wort sei ihm zu entlocken gewesen, so viel ihr Mann – Gott habe ihn selig – auch in ihn gedrungen sei, um herauszufinden, warum er so viel göttlichen Beistand brauchte. Und dabei sei er in Wahrheit gar nicht stumm, jawohl, sie wisse das, denn sie hat gehört, wie er dem Hund einmal einen kurzen Fluch hinwarf.

An einem Bach ließ sich Minerva erschöpft nieder. Der

Hund schlabberte das kühle Wasser, und auch Minerva trank. Sie band ihr Haar zurück, strich dem Tier über den Kopf. Sie war so erschöpft wie noch nie zuvor in ihrem Leben, und gleichzeitig spürte sie eine Kraft in sich, die ihr half, aufzustehen und dem Hund weiter hinterherzurennen.

Ihr schien, als irrten sie schon stundenlang durch diesen Wald, der ihr an manchen Stellen undurchdringlich erschien. Ihre Füße brannten, die Seiten stachen, sodass sie nach Atem ringen musste. Längst war ihr Rock bis zu den Knien mit Erde und Staub bedeckt. Ihr Mieder war zerrissen, und in ihrem Haar hatten sich Zweige und Blätter verfangen.

Aber Minerva lief und lief, ohne innezuhalten. Sie wusste, wenn sie jemals dazu bestimmt gewesen war, Leben zu retten, dann in diesem Augenblick.

KAPITEL 43

Hella riss an den Fesseln, ruckelte mit dem Stuhl, wand Arme und Füße, den Blick dabei auf die tote Frau unter dem Laken gerichtet, deren Blut durch jede Faser des Leinenstoffes gedrungen war und als winziges Rinnsal zu Boden tropfte. Hella konnte das Blut riechen, süß und schwer. Ihr schien, als setze sich der Geruch auf sie, in ihr Haar, auf ihr Gesicht, in die Kehle. Ihr wurde übel. Jetzt erst begriff sie in ganzem Umfang, was der Jedermann hier in seinem Waldhaus tat. Lilo würde die Nächste sein. Und die Übernächste, das würde sie sein.

«Nein!», schrie Hella mit ganzer Kraft. «Nein, Lilo, so hilf doch. LILOOOOO!»

Aus dem Nebenzimmer war kein Geräusch zu hören, und Hella begann vor Verzweiflung zu weinen. «Lilo!», rief, schrie, brüllte, flüsterte, schluchzte sie, und als endlich ein Geräusch aus der Nachbarkammer drang, war sie so erleichtert, dass sie leise aufschrie. «Lilo, Lilo, komm her, komm schnell.»

Von drüben klang es, als würde ein Stuhl umstürzen, dann ging die Tür auf, und kurze Zeit später erschien die junge Seifensiederin auf der Türschwelle. Ihr Gesicht wirkte verschwollen, die Augen waren halb geschlossen.

«Was ist?», nuschelte Lilo und brachte dabei kaum die Lippen auseinander.

«Wir müssen hier weg, Lilo, hörst du?» Hella sah sofort, dass mit der Seifensiederin etwas nicht stimmte. Sie war nicht bei Sinnen, taumelte herum wie ein Mensch im Rausch.

«Lilo!», herrschte Hella sie an, und die Frau riss einen Augenblick lang die Augen auf. «Lilo, er ist ein Mörder. Schnell, hilf mir.»

Die Frau stieß sich vom Türrahmen ab, trat einen Schritt in die Kammer, strauchelte dabei, sodass sie sich am Rahmen halten musste. «Will nicht weg!», lallte sie.

«Doch, du musst. Wir müssen. Und du musst jetzt herkommen und mir die Fesseln lösen.»

Die Lilo schüttelte den Kopf. «Will nicht weg, der Liebste …»

«Der Liebste kann warten, dein Kind nicht. Du musst es befreien.»

«Das Kind?», murmelte Lilo.

«Ja, das Kind. Er will es dir nehmen. Weiß Gott, was er damit vorhat.»

«Will nicht», brabbelte die Lilo störrisch und schüttelte den Kopf, dass die Stoppeln auf ihrem Kopf wie Kobolde tanzten.

«Er hat dir gesagt, er würde dich zu deinem Liebsten führen, aber das tut er nicht. Gott will, dass du dein Kind aufziehst. Es braucht seine Mutter, wo es schon keinen Vater mehr hat.»

«Keinen Vater», wiederholte die Lilo und nickte.

«Du musst ihm Vater und Mutter sein. Es will doch leben. Lebe für dein Kind, lebe für den Liebsten, das ist es, was Gott will.»

Die Lilo glotzte, als hätte sie soeben eine Neuigkeit erfahren.

«Los, hilf mir, löse die Fesseln!»

Lilo stolperte einen Schritt auf Hella zu. «Gut machst du das, sehr gut. Komm her, ganz langsam, komm schon, Lilo, hilf mir», sprach Hella auf die Taumelnde ein. «Komm, noch zwei Schritte.»

Die Lilo hob das Bein, dabei fiel ihr Blick auf das rotgefärbte Laken. Sie stieß einen kleinen Schrei aus, schwankte nach links, den rechten Fuß noch immer zum Schritt erhoben. Sie ruderte mit den Armen, doch sie fand keinen Halt und stürzte schließlich wie ein Baum zu Hellas Füßen auf den Boden, ihre Haarstoppeln tränkten sich mit dem Blut der Toten.

«Lilo!», schrie Hella. «Wach sofort auf, komm schon!»

Aber die Seifensiederin rührte sich nicht.

Hella ruckelte auf dem Stuhl hin und her, versuchte, näher an die Liegende heranzukommen, aber vergeblich.

Da begann sie zu weinen, schluchzte so sehr, dass sich ihre Brust in großen Stößen hob und senkte. Wir sind verloren, dachte sie. Ich bin verloren. Mein Kind in der Kammer und mein Kind im Bauch, die Lilo und ihr Kind, wir alle sind verloren.

Und dann schloss sie die Augen und betete, wie sie noch nie in ihrem Leben gebetet hatte. Dabei rannen ihr die Tränen übers Gesicht, tränkten den Stoff ihres Kittels, rannen auch in ihren offenen Mund, sodass Hella das Salz schmecken konnte.

«Wir sind verloren», dachte sie noch einmal und roch den Duft des Blutes so deutlich, als wäre es ihr Blut, das da floss und das Laken rot färbte.

Wir sind verloren, dachte sie noch ein letztes Mal, dann ließ sie ihren Körper nach hinten gegen die Stuhl-

lehne fallen, die Augen noch immer geschlossen, um das
Grauen nicht sehen zu müssen.

KAPITEL 44

Gustelies kauerte auf dem Boden der Kanzel, die Hand griffbereit um den Pfannenstiel geklammert. Von oben konnte sie nichts erkennen, doch sie wusste, dass Heinz Blettner hinter dem Beichtstuhl hockte und Bruder Göck sich, wie er sagte, die Tonsur von den Fransen an der Altardecke kraulen ließ. Vor und hinter der Kirche hatte der Schultheiß Büttel als Wachen aufgestellt. Er selbst beobachtete das Geschehen von einem Fenster des Nachbarhauses aus.

Alles war bereit, ein jeder an seinem Platz. Gustelies konnte hören, wie jemand in die Kirche kam. Ihre Hand umklammerte den Pfannenstiel noch fester. Vorsichtig, um kein unnötiges Geräusch zu machen, lugte sie über die Brüstung und erkannte Mutter Dollhaus, die beschwingt die Tür zur Sünderkammer aufriss.

Sie hörte ihren Bruder und Mutter Dollhaus im Beichtstuhl murmeln, und es schien ihr Ewigkeiten zu dauern, bis die alte Frau wieder herauskam.

Gustelies' Rücken begann zu schmerzen, und auch die Knie taten ihr weh. Doch schon kam der nächste Sünder – und dann noch eine und noch einer und noch eine und noch einer.

Gustelies konnte ihre Ungeduld kaum zügeln. Am liebsten wäre sie nach unten gehetzt, hätte die Leute vor der Kirchentür abgefangen und ihnen persönlich die Beichte abgenommen, nur damit der Mann mit den Skalpen ungestört zu Pater Nau gehen konnte. Wenn er denn überhaupt kam! Aber Gustelies war sich da recht sicher. Sie hatte nämlich mit Gott einen Handel abgeschlossen: Sie hatte die Feindschaft mit Klärchen Gaube beendet, ja, sie hatte ihr sogar ein neues Auskommen besorgt, und dafür schickte der Herr heute den Mörder, damit Hella bald nach Hause kam. Ihr schien der Handel nur recht und billig, und wenn Gott wirklich der Gott war, an den sie glaubte, so musste er heute einfach den Mörder zur Beichte schicken.

In der Kirche war es mittlerweile ein wenig dunkler geworden. Die Kerzen auf dem Altar warfen zuckende Schatten an die Wände, und Bruder Göck wusste nicht mehr, wie er sich noch drehen konnte, ohne dass ihn die Fransen auf dem Kopf oder im Nacken kitzelten. Er saß unter dem Altar wie ein Buddha, hatte die Füße zum Schneidersitz verschlungen und wiegte sich hin und her, um seinen steifen Rücken zu erleichtern. Noch nie im Leben hatte er das Weltliche so gehasst wie gerade jetzt. Die Leute mit ihren Verfehlungen, die geduckt in den Beichtstuhl schlüpften und mit geradem Rücken wieder herauskamen. Meine Güte, merkten sie denn nicht, dass es hier heute nicht um ihre kleinen Sünden ging, um den Klatsch über die Nachbarin, den gestohlenen Kuss, die sündigen Gedanken, den winzigen Diebstahl? Nein, sie merkten es nicht, hielten sich und ihr Anliegen für das Wichtigste auf der Welt. Oh, Bruder Göck sehnte sich so sehr nach der Abgeschiedenheit seines Klosters. Dort ging es um Gott, jawohl, einzig und allein um ihn, und sie alle, jeder einzelne Bruder, waren nichts als ein Werkzeug des großen Schöpfers. Der Antoniter wäre am liebsten unter seiner Altardecke hervorgekrochen, hätte die armen Sünder bei den Ärmeln gepackt und sie vor die Kirche gezerrt.

«Sündigt nicht, so bräuchtet Ihr nicht zu beichten!», wollte er sie anschreien. «Geht nach Hause, seid gut zu Frau und Kindern und wagt es nicht noch einmal, mit Euren Banalitäten das große Werk Gottes zu beschmutzen. Hinfort mit Euch, hinfort mit Euch!»

Doch er war verdammt, unter dem Altar zu hocken und zu warten, bis der Herr ihn an die göttliche Front, die vom Schultheiß aus dem Nachbarhaus geleitet wurde, schickte.

Blettner dagegen saß mit dem Rücken an den Beichtstuhl gelehnt, hatte die Knie angezogen und fühlte, wie die Kälte der Fliesen ihm langsam den Rücken hinaufkroch.

Aber im Gegensatz zu Gustelies und Bruder Göck langweilte er sich nicht, im Gegenteil.

Ach was, dachte er, als Mutter Dollhaus ihre Sünden vom Stapel ließ. Noch immer denkt sie an die Wollust?

Bei den Hafenarbeitern und Fischern Peter und Paul nahm er sich vor, ihnen in nächster Zeit genauer auf die Finger zu schauen. Was sie da beichteten, das war eindeutig eine Criminalia. Zwar hatte Heinz Pater Nau versprechen müssen, die Worte aus dem Beichtstuhl sofort wieder zu vergessen, aber Heinz war schließlich nicht nur Gott, sondern auch der Stadt verpflichtet. Die Kinnlade stand ihm offen, als er erfuhr, dass die schöne Müllerin vom Mühlenbach heimlich mit ihrem Müllersknecht ins Heu ging. Wieso das denn?, fragte sich Blettner. Ihr Mann sieht doch aus, als glühe es ihm Tag und Nacht in den Lenden. Aber nein, erfuhr er, er hatte sich geirrt. Der Müller, wie sollte man sagen, nun, er war einfach nicht Manns genug.

Dass der Bäcker Störzer sein Brot mit Sägemehl streckte, das hatte Blettner schon lange geahnt. Jetzt hatte er es zwar aus dessen eigenem Mund gehört, aber tun konnte er nichts dagegen. Nun, vielleicht würde er es gegenüber Gustelies mal erwähnen. Damit sorgte er wenigstens dafür, dass alle braven Hausfrauen Frankfurts ab sofort das Störzer-Brot kritischer betrachteten. Doch plötzlich horchte Blettner auf. Aus dem Beichtstuhl drang Gemurmel. Er war doch tatsächlich so in seine Gedanken versunken gewesen, dass er nicht bemerkt hatte, wie der Störzer den Beichtstuhl verlassen und ein neuer Sünder ihn betreten hatte.

Blettner presste sein Ohr gegen die hölzerne Wand und erstarrte. Was er von drinnen hörte, ließ ihm das Blut in den Adern gefrieren:

«Und zu mir ist gekommen ein heimlich Wort, und mein Ohr hat ein Wörtlein davon empfangen.

Da ich Gesichte betrachtete in der Nacht, wenn der Schlaf auf die Leute fällt,

da kam mich Furcht und Zittern an, und alle meine Gebeine erschraken.

Und da der Geist an mir vorüberging, standen mir die Haare zu Berge an meinem Leibe.

Da stand ein Bild vor meinen Augen, und ich kannte seine Gestalt nicht; es war still, und ich hörte eine Stimme:

Wie kann ein Mensch gerecht sein vor Gott? Oder ein Mann rein sein vor dem, der ihn gemacht hat?

Siehe, unter seinen Knechten ist keiner ohne Tadel, und seine Boten zeiht er der Torheit:

wie viel mehr die in Lehmhäusern wohnen und auf Erde gegründet sind und werden von Würmern gefressen!

Es währt vom Morgen bis an den Abend, so werden sie zerschlagen; und ehe sie es gewahr werden, sind sie gar dahin,

und ihre Nachgelassenen vergehen und sterben auch unversehens.»

Wie gelähmt hockte Heinz Blettner hinter dem Beichtstuhl. Sein Herz schlug rasend schnell. Am liebsten wäre er aufgesprungen, hätte den Mann aus der Sündenkammer geprügelt, seinen Kopf in das Taufbecken gepresst und erst damit aufgehört, wenn der preisgab, wo Hella steckte. Seine ganze Geduld und Kraft musste er aufbringen, um sich so zu verhalten, wie es abgemacht war.

Er erhob sich und bemerkte dabei, wie seine Zähne aufeinander mahlten. In diesem Augenblick spähte Gustelies über die Kanzelbrüstung.

Blettner machte ihr ein Zeichen.

Gustelies nickte, und er konnte sehen, wie sie die Bratpfanne fester packte und damit Schwung holte. Sie stand wie ein Racheengel auf der Kanzel. Ein Racheengel, schnaufend und eine gusseiserne Bratpfanne schwingend.

Blettner versuchte auch, den Antoniter auf sich aufmerksam zu machen, doch der hockte unter der Altardecke und schien damit beschäftigt, die Fransen zu zählen.

Gerade eben hörte der Richter aus dem Beichtstuhl die

Abschlussformel von Pater Nau. Gleich würde der Mörder herauskommen.

Blettner schob sich langsam um den Beichtstuhl herum.

Er hörte, wie es drinnen knarrte. Jeden Moment würde die Tür aufgehen. Blettner hob seine geballte Faust.

Und schon schwang sie auf, und Heinz Blettner stürzte herbei, drosch dem Kerl seine Faust ins Gesicht, dass er taumelte. Und schon schwirrte die Luft um ihn herum. Instinktiv duckte er sich, die Bratpfanne zischte an ihm vorbei, traf den Mann an der Schulter und streckte ihn nieder.

Blettner sprang dazu, setzte sich auf den Brustkorb des Mannes, schrie, so laut er konnte.

Pater Nau kam aus dem Beichtstuhl getaumelt. Ganz grau war sein Gesicht.

«Los, setz dich auf seine Beine», schrie Blettner, und der Pater tat es, während Gustelies durch das Kirchenschiff stürmte und nach den Wachen brüllte.

Und dann ging alles rasend schnell. So schnell, dass keiner hinterher mehr sagen konnte, was zuerst und was danach geschah.

Die Büttel kamen gerannt, Blettner erhob sich vom Brustkorb des Mannes. Schon griff der Mörder nach einer kleinen Phiole, die an einer Schnur um seinen Hals hing. Blettner griff ebenfalls danach, doch er kam einen Augenblick zu spät. Der Mörder kippte sich blitzschnell den Inhalt der Phiole in den Mund. Dann verdrehten sich seine Augen nach hinten, und ehe Blettner, Pater Nau und Gustelies wussten, was geschehen war, war der Mann tot.

KAPITEL 45

Hella hatte aufgehört, sich gegen ihre Fesseln zu sträuben. Ihre aufgeschürften Handgelenke schmerzten, ihre Kehle war rau und so trocken, dass sie keinen Ton mehr herausbrachte. Der Kittel klebte ihr am Leib, und sie hätte alles Geld der Welt für einen Becher Wasser gegeben.

Sie war erschöpft und so unendlich müde, wie es nur jemand sein konnte, der sich mit dem eigenen Tod abgefunden hatte.

Hella lehnte am Rücken des Stuhles, zu ihren Füßen lag Lilo, noch immer ihre Haarstoppeln mit dem Blut der Toten tränkend.

Es war vorbei, davon war Hella überzeugt. Die Zeit, die ihr noch blieb, war so kurz, dass sie es wohl nicht einmal mehr schaffen würde, Gott um Verzeihung für alle Schuld, die sie auf sich geladen hatte, zu bitten.

Gleich würde der Jedermann zurückkehren.

Hella sah zu Lilo und nahm sich vor, so wenig wie möglich zu essen und zu trinken, um so dem zu entgehen, was der Jedermann der Lilo sicherlich in die Speisen gemischt hatte. Sie wollte, wenn es denn schon sein musste, ihrem Tod klar ins Auge blicken. Sie wollte nicht sterben und dabei nicht einmal wissen, warum es geschah. Der Jedermann sollte es nicht einfach haben mit ihr.

Wie gern hätte sie noch gelebt. Wie sehr vermisste sie jetzt schon ihren Mann und ihre Mutter, die Freunde, selbst Bruder Göck. Doch sie hatte keine Kraft mehr für einen Kampf. Auf Lilo konnte sie nicht zählen.

Hella schloss die Augen und wünschte sich in eine Traumwelt. Ganz von fern hörte sie das Gebell eines Hundes, und sie hoffte, dass ihr erschöpfter Geist ihr nicht den Höllenhund geschickt hatte.

Sie schluckte, doch in ihrer staubtrockenen Kehle gab es nichts mehr zu schlucken.

Sie war müde, so müde. Wenn sie doch einschlafen könnte, wenn sie doch nur ein wenig Kraft schöpfen könnte!

Eine Stimme erklang, rief ihren Namen. Hella lächelte. Sie würde wenigstens im Traum nicht allein sein.

Jemand rief ihren Namen. Klar und deutlich, wenn auch voller Angst. Schrill fast. Dazu das Gebell des Hundes.

Was war das für ein Traum?

Hella zwang sich, die Augen zu öffnen. Das Gebell und die Stimme, die ihren Namen rief, blieben. Und jetzt erkannte sie sie auch. Es war das Kräuterweib, es war Minerva, die sie rief.

«Hier bin ich! Hier!», wollte Hella rufen, doch aus ihrem Mund kam nur ein Krächzen.

Sie hustete, räusperte sich, hörte unten, wie eine Tür aufging. «Hier!», rief sie, doch wieder war ihre Stimme so schwach, dass sie sie selbst kaum verstehen konnte.

«Hella?», rief Minerva.

Und Hella wusste sich nicht anders zu helfen, als sich mit dem Stuhl umzuwerfen. Sie fiel auf die Schulter, spürte, wie ein höllischer Schmerz durch ihren Arm schoss. Aber sie lächelte, denn zugleich hörte sie auch, dass Schritte die Stiege nach oben eilten.

Und schon stand Minerva vor ihr, schnitt mit einem Messer die Fesseln durch, half ihr auf.

«Hella, Gott sei Dank, du lebst! Geht es dir gut? Und dem Kind?» Minerva wollte sie umarmen, doch Hella schüttelte den Kopf.

«Wir müssen weg hier, ganz schnell. Der Jedermann wird bestimmt gleich zurückkommen.»

Minerva sah auf Lilo, sah auf die Gestalt unter dem Laken. «Ist sie ... sind die Frauen ... sind sie gestorben?» Ihre Stimme zitterte.

«Lilo lebt, wir müssen sie mitnehmen. Die Frau unter dem Laken ist tot, aber ihr Neugeborenes ist gesund auf der Welt. Dort, in der Nachbarkammer. Hol es, bring es zu mir.»

Minerva eilte, brachte den winzigen Jungen, legte ihn Hella in die Arme. Und Hella presste das Kind an sich, wiegte es, damit es noch tiefer in seinen ersten Schlaf sank.

Schon hatte Minerva eine Schüssel mit kaltem Wasser gebracht, schon goss sie das Wasser auf Lilo, die mit einem Schrei hochfuhr.

Und schon trug Hella das Kind die Stiege hinab, hörte Minerva hinter sich, die Lilo fest am Arm die Treppe hinunterführte.

«Wie bist du hierhergekommen?», fragte Hella. «Welchen Weg müssen wir gehen?» Sie standen vor dem Haus, Hella atmete die frische Luft ein, die den Blutgeruch aus ihr vertrieb. Dann legte sie das Kind behutsam auf den Boden, schöpfte mit beiden Händen Wasser aus einem Zuber und trank in gierigen Zügen.

Minerva trug schwer an Lilo, deutete nur mit dem Kinn auf einen schmalen Pfad, der in den Wald führte.

«Dort entlang. Geh voraus, aber eile dich.»

Und Hella nahm das Kind, bettete es vorsichtig und ohne auf die schmerzende Schulter zu achten an ihrer Brust.

Sie holte ganz tief Luft, spürte, wie etwas sie nach unten zog. Liegen, sie wollte nur noch liegen und sonst nichts. In ihrem Leib zog es, als krampften sich alle Innereien dort zusammen. Sie wollte den Mund öffnen und sagen: «Ich kann nicht mehr», aber da hörte sie von ferne Hufgetrappel und eine Stimme, die liebste Stimme auf der Welt, die rief: «Wir müssen ganz nahe sein, haltet die Augen offen.»

Es war Heinz' Stimme, die da rief, und in diesem Augenblick sank Hella zu Boden, den Jungen fest an sich gepresst. Auf ihrem Gesicht erschien ein Lächeln, und das Letzte, woran sie sich erinnern konnte, war der Gedanke: Jetzt wird alles gut.

KAPITEL 46

In der Küche des Richtershauses prasselte das Feuer im Herd. Darüber hing ein Kessel, in dem Wasser kochte. Vor der Feuerstelle standen zwei Zuber, ebenfalls mit Wasser gefüllt. Gustelies eilte hin und her, brachte frische, nach Lavendel duftende Laken, prüfte ein ums andere Mal die Temperatur des Wassers.

«Jetzt setz dich auf deinen Hintern», sagte Pater Nau, der trotz der Hitze ein dickes Tuch um den Hals gewickelt trug und in seinen Händen einen Becher mit heißem Würzwein hielt.

«Sie kann einen ganz verrückt machen mit der Herumrennerei», stimmte Bruder Göck ein und nahm seinerseits einen Schluck heißen Weines.

«Jetzt lasst sie doch», warf Jutta Hinterer ein. Mit fröhlicher Miene, die Hände ordentlich im Schoß, strahlte sie in den Raum. «Wir bekommen ein Kind», juchzte sie. «Wir bekommen ein zweites Kind.»

Heinz Blettner sagte kein Wort. Er hing in der Küchenbank, der kleine Junge, den er vom ersten Augenblick an «Söhnchen» genannt hatte, lag schlafend und leise schmatzend in seinem Arm. Behutsam strich er dem Kind mit dem Finger über die Wange. Er konnte noch immer nicht fassen, dass der schlimmste Albtraum seines Lebens vorüber und er einen Sohn bekommen hatte.

Gerade mal einen Tag lang war es her, dass er Hella bewusstlos auf dem Boden vor dem Waldhaus gefunden hatte. Und nun lag sie bereits in den Wehen. Ausgerechnet heute, an ihrem eigenen Geburtstag, am sechsundzwanzigsten März.

Gustelies ließ sich seufzend auf einen Schemel sinken, dabei den Kessel fest im Blick. «Wie lange dauert das da oben denn noch? Sie liegt seit Stunden in den Wehen! Wie gut, dass Minerva da war, als es losging. Und Gott sei dank hat Jutta die Hebamme gleich mitgebracht. Aber, Himmelnocheins, wie lange dauert das noch?»

Jutta lächelte. «Ein Weilchen wirst du dich noch gedulden müssen, es ist schließlich ihr erstes Kind. Da fällt mir ein», sie wandte sich an Heinz, «habt ihr mittlerweile einen Namen für den Jungen?»

Heinz sah verzückt auf das Söhnchen und schüttelte den Kopf. «Ich möchte ihn gern Fedor nennen. Das ist Russisch. Ein Pelzhändler, der immer zur Messe kommt, heißt so. Von ihm weiß ich, dass der Name ‹Geschenk Gottes› bedeutet. Und das Söhnchen ist ein Geschenk Gottes.»

«Und was sagt Hella dazu?»

Heinz lächelte. «Sie will abwarten, welches Geschlecht sein Geschwisterchen hat. Am liebsten wäre ihr wohl, sie könnte sie wie Zwillinge halten.»

«Ich weiß nicht», gab Gustelies zu bedenken. «Es ist so Brauch, dass die Kinder den Namen der Eltern oder Großeltern bekommen. Aber diese neuen Moden greifen ja um sich. Ein jeder will nur noch einen ganz einzigartigen Namen. Ich fürchte, die Gustelieses dieser Welt sterben allmählich aus.»

Pater Nau kicherte. «Gustelies ist ja auch kein Name»,

erklärte er und deutete mit dem Finger auf seine Schwester. «Du heißt ja nur so, weil deine Patentanten Auguste und Liesbeth sich durchaus nicht einigen konnten, sodass unser Vater schließlich den Streit beilegte, indem er dem Priester Gustelies vorschlug.»

Gustelies verzog den Mund, aber Bruder Göck drängte sich vor und sprach: «Die Namenswahl ist allein Sache der Eltern.»

«Da hörst du es!» Gustelies schenkte dem Antoniter ein schmales Lächeln. Sie hatte noch immer nicht vergessen, dass Bruder Göck am Fall des Mörders nicht beteiligt gewesen war, weil sich die Altardecke in seiner Kutte verfranst und der Mönch Angst gehabt hatte, der Abendmahlskelch würde ihm auf den Kopf fallen, wenn er unter dem Tisch hervorkroch.

«Hat die Lilo schon ihr Kind?», unterbrach Jutta den drohenden Streit.

Pater Nau und Gustelies nickten zur selben Zeit. «In der Nacht kam es. Es ist ein Junge. Er soll ihrem Liebsten wie aus dem Gesicht geschnitten sein. Und die Lilo hat Hella zur Patin bestimmt. Immerhin ist es ihr Verdienst, dass der Kleine und Lilo noch leben.»

«Und was ist mit dem Stummen?»

Blettner legte das Söhnchen in die Wiege und deckte es behutsam zu. «Stumm war der Mann nie. Er hat nur nicht mit jedem gesprochen. Vielmehr hat er nur mit denen geredet, die er anschließend umbringen wollte. Es hat sich herausgestellt, dass er das Kind einer Magd war, das uneheliche Kind. Er hat viele Jahre mit ihr auf der Straße gelebt, hat erlebt, wie sie verprügelt wurde, vergewaltigt. Ihm selbst ist auch oft Gewalt angetan worden. Als seine Mutter endlich starb, da war er gerade mal dreizehn

Jahre alt. In die Hand hat er ihr versprechen müssen, sich um Frauen wie sie zu kümmern, ihnen beizustehen. Nun, und das hat er auf seine Art versucht.»

«Nimmst du den Mörder damit etwa in Schutz?» Gustelies stand empört auf.

Heinz schüttelte den Kopf. «Natürlich nicht. Ein Mörder ist ein Mörder. Aber mancher hat Gründe für sein Tun, die man nicht akzeptieren, gleichwohl aber zumindest ein bisschen nachvollziehen kann. Ich bin jedenfalls froh, dass er jetzt tot ist.»

Die anderen nickten und schwiegen.

Bruder Göck fragte schließlich: «Ob der Henker ihn wohl ausweidet und seine Innereien an den Apotheker verkauft? Und hat der Rat schon über das Schicksal des verrückten Alchemisten und seiner Tochter Minerva entschieden?»

Blettner nickte, presste dabei seine Wange an die weiche Wange seines Söhnchens. «Minerva hat geholfen, den Mörder zu fangen. Und sie hat meine Hella befreit. Niemals würde ich zulassen, dass dieser Frau jemand ein Haar krümmt. Auch ihrem Vater geschieht nichts. Er wohnt in Seckbach und untersteht somit nicht der Frankfurter Gerichtsbarkeit.»

«Und der Apotheker?», fragte Pater Nau. «Immerhin ist bewiesen, dass der Stumme die Leichen manchmal im ganzen Stück zu ihm gebracht hat. Nachts, wenn keiner was hörte und sah. Und die erste Leiche, die am Fluss lag, haben die beiden sogar gemeinsam ausgeweidet. Muss der jetzt ins Verlies?»

Blettner schüttelte den Kopf. «Im Grunde hat er nichts getan, was gegen die Gesetze verstößt. Ein jeder Heiler handelt mit menschlichen Dingen. Wir werden ihm eine saftige Geldstrafe aufbrummen, aber das war es dann schon. Wenn er mag, kann er den Rest seines Lebens Blutlattwerch verkaufen.»

«Ruhe!», schrie da Gustelies. «In meiner Gegenwart spricht niemand mehr über das, was andere Leute mit Leichen anstellen.» Und an Jutta gewandt fügte sie hinzu: «Und die Jungbrunnensalbe nehme ich auch nicht mehr. Ich werde in Würde altern.» Dann prüfte sie noch einmal mit der Hand die Temperatur im Zuber.

«Und der Stumme? Was geschieht mit dem?», wollte Bruder Göck noch wissen.

«Er wird in eine Tonne gesteckt und im Main versenkt», erklärte Heinz. «So wie alle Selbstmörder.» Er sah auf das Stundenglas. «Diese Nacht noch wirft der Henker das Fass über die Brücke, um kein Aufsehen zu erregen. Nur der Schultheiß wird dabei sein.»

Von oben drang ein Schrei herunter. Heinz Blettner sprang auf. «Was ist los da?», fragte er.

Auch Jutta erhob sich. «Es wird wohl an der Zeit sein, die Zuber nach oben zu bringen.»

Da wurde eine Tür aufgerissen, und Minerva brüllte so laut durch das Haus, dass das Söhnchen vor Schreck erwachte und zu schreien begann.

«Es ist ein Mädchen», rief Minerva. «Ein wunderschönes Mädchen.»

Und sogleich wurde auch von oben Säuglingsgebrüll laut.

Pater Nau stopfte sich auf der Stelle die Finger in die Ohren. «Ich sage es doch: Die Erde ist ein Jammertal», brüllte er, so laut er konnte. «Das wissen schon die Kleinsten.»

Und Bruder Göck verzog das Gesicht wie im tiefsten

Schmerz, stand auf und erklärte: «Es ist die Welt, die so laut ist. Das halte ich nicht aus. Gott ist leise, und deshalb bin ich wohl auch Mönch geworden.»

Nur Gustelies und Jutta hielten sich umarmt, und beide weinten vor Freude. Und von oben schrie Hella nach ihrem Mann: «Heinz, komm sofort herauf. Alles wegen dir. Die ganzen Schmerzen, nur wegen dir!»

Und Heinz stand da, als wäre er vom Donner gerührt, und flüsterte: «Jetzt sind wir zu viert. Meine Güte, jetzt habe ich drei Kinder zu versorgen. Lieber Gott, ich danke dir dafür.»

Ines Thorn

Galgentochter

Die Verbrechen von Frankfurt

rororo 24603

Im Schatten des Galgens lauert das Verderben

Als auf dem Frankfurter Gallusberg die Leiche einer Hure gefunden wird, steht für Richter Blettner sofort fest: Es war Selbstmord. Doch seine junge Frau Hella sieht das anders. Und es dauert nicht lange, da liegt ein zweiter Toter am gleichen Ort: der verschwundene Gewandschneider Voss. Hella und ihre Mutter, die Witwe Gustelies, beschließen, dass es höchste Zeit ist für eine ordentliche Ermittlung. Die Spur führt sie hinauf in die oberste Riege der Frankfurter Zünfte und tief hinab in die dunkelsten Winkel der Reichsstadt.

Philippa Gregory
Die Königin der Weißen Rose

England, 1464: Die Adelshäuser York und Lancaster kämpfen erbittert um den Thron. Entgegen allen Standesschranken heiratet König Edward, der Erbe der Weißen Rose, die schöne Elizabeth Woodville – ein ungeheurer Skandal! Missgunst und Intrigen bringen Elizabeth und ihre Familie in große Gefahr. rororo 25484

ro
ro
ro

Faktensatt und spannend!
Historische Romane bei rororo.

Bernard Cornwell
Stonehenge

Lengar, der Krieger, wendet sich gegen den Vater und raubt dem Bruder die Frau. Blutige Kriege überziehen das Volk von Ratharryn. Dann hat der Seher Camaban eine Vision. Frieden ist nur möglich, wenn ein gewaltiger Steinkreis erbaut wird: eine Heimstatt für die Götter. Stonehenge. rororo 25364

Axel S. Meyer
Das Buch der Sünden

Normannen! Sie bringen Tod und Verderben. Als Paris überfallen wird, muss der junge Odo hilflos mit ansehen, wie sein Vater getötet und die Mutter entführt wird. Er schwört Rache. Jahre später fällt ihm im Kloster St. Gallen ein Manuskript in die Hände. Es prophezeit den Untergang der heidnischen Welt – sobald die sieben Todsünden gesühnt sind. rororo 25380

B 250/1

Weitere Informationen in der Rowohlt Revue *oder unter* www.rororo.de

MIX
Papier aus verantwortungsvollen Quellen
FSC® C083411

Das für dieses Buch verwendete FSC®-zertifizierte Papier *Pamo Super* liefert Arctic Paper Mochenwangen, Deutschland.